문예신서
283

# 시나리오 쓰기의 이론과 실제

안 로슈 / 마리-클로드 타랑제

이용주 옮김

東 文 選

# 시나리오 쓰기의 이론과 실제

Anne Roche / Marie−Claude Taranger

# L'ATELIER DE SCÉNARIO
### Éléments d'analyse filmique

차　례

# 서 문

## 시나리오란 무엇인가?

시나리오는 이탈리아어에서 빌려 온 용어로서, 영화에 대응되는 언어로 표현된 이야기를 가리킨다. 말하자면 영화가 영상과 소리로 이야기하는 것을 시나리오는 낱말로 이야기한다.

일반적으로 언어로 표현된 이야기인 시나리오는 영화가 갖게 되는 첫번째 형태이다. 시나리오는 영화의 준비와 연출에서 빼놓을 수 없는 작업의 자료가 된다. 예를 들면 시나리오는 배우에게 그들이 연기할 인물을 알 수 있게 해주고, 제작자와 기술진에게 촬영에 필요한 방법들을 미리 알 수 있게 해준다.

그렇지만 시나리오는 언어의 본질로 영화의 세계에서 의외로 자유롭게 영화를 이해할 수 있는 하나의 공간이다. 사실 아이디어와 낱말도 카메라와 스타들만큼 가치를 지니지만 비용은 훨씬 적게 든다. 따라서 시나리오를 쓴다는 것은 물질적이고 기술적인 계획을 쉽사리 이해할 수 있는 실천으로 영화에 참여하여 보통 사실성 때문에 요구되는 한계를 모른 채 영화를 구상하는 작업이다. 예를 들어 여러분들에게 《벤허》에서 볼 수 있는 이륜마차의 경주나 《타이타닉》의 난파와 같은 볼거리를 제공해 주는 것을 막을 수 있는 것은 아무것도 없으니까 말이다.

시나리오의 공장이라고 제목이 붙여진 이 책은, 고려해야 할 것들이 마치 지능과 예술의 제약뿐인 것처럼 우리로 하여금 영화적 이야기를 구상할 수 있도록 해준다. 어쨌든 우리는 누구나 불가능한 것을 꿈꾸는 것이 그런 생각을 하게 만드는 최선의 방법임을 알고 있다.

중요한 것은 정확성이다. 우리는 시나리오를 우선 중요시한다 해도 연출이나 편집, 연출과 관련된 다른 모든 행위들이 재미없거나 창조적인 차원이 아니라면 그것을 생각하지 않는다. 이와 정반대로 그들의 탐구는 단순히 다른 여행을 위한 것일 수 있다. 여러분들이 쉽게 이해할 수 있는 시나리오의 영역은 너무나도 많은 가능성을 남기고 있기 때문에 이 책이 그것을 제시하기에는 많은 분량이 아니다.


## '모험을 시작하자'

이것은 광고용 슬로건이 아니라 우리의 계획이다. 시나리오는 자유로운 공간이니까. 차라리 그렇게 취급하는 편이 낫다. 우리는 당신이 탐구 정신으로 그것을 탐구해 주기를 바란다. 따라서 우리에게 있어서 중요한 것은 당신이 하나 또는 여러 개의 모델을 묘사하고, 거기에 따르기를 바라는 것이 아니다. 물론 우리는 그렇게 하겠지만 중도에 그만두지는 않을 것이다. 우리는 당신이 가능한 영역을 탐구하고, 그것을 더 넓히는 데 도와 주고, 특별히 그렇게 해주고 싶다. 실제로 이런 모험 정신은 영화사에서 기름칠 잘된 '이야기하는 기계' 보다 '탐구자들' 의 경험으로 강조된 작품에 해당한다고 할 수도 있다. 즉 우리는 오로지 독일의 표현주의 영화나 누벨바그만 생각하고, 프리드리히

W. 무르나우 · 루이스 브뉴엘 · 짐 자무시 · 샤트야지트 레이와 같은 다른 많은 감독들을 생각한다.


## 과정 제안

우리가 당신에게 제시하는 과정은 수년 동안 경험한 결과이다. 우리는 분석과 실제에 초점을 맞출 뿐만 아니라 우리의 방식을 명확히 하는 데 도와 주었던 여러 그룹의 학생들과 우리의 공장을 시험해 보았다. 여기 그것에 대한 중요한 세 가지 방침이 있다.

### ▶ 분석과 글쓰기를 연계시켜라

분석과 글쓰기라는 두 행위는 상호 보완적인 것으로 생각되기 때문에 우리는 영화의 이야기 분석과 시나리오 쓰기를 끊임없이 교류할 수 있도록 결합시킬 것이다.

**분석**은 영화마다 어떻게 스토리를 우리에게 성공적으로 전달할 수 있는가에 대한 이해를 돕는다. 분석은 나중에 글쓰기에 아주 유용한 기본 개념들을 정의할 수 있고, 글쓰기의 실행을 설명해 줄 수 있는 예들을 제시할 수 있다.

**글쓰기**는 우선 음계와 같은 역할을 한다. 그것은 당신에게 다음과 같은 것을 허용함으로써 이야기와 영화의 흐름 전체가 전제로 하는 것보다 선택에 대한 더욱 분명한 의식을 갖도록 해준다.

— **관객**의 입장에서, 내적인 것을 인지하고 이런저런 영화들이 택

하고 있는 해결 방식을 보다 더 잘 이해하려는 것.

— 시나리오 작가의 입장에서, 당신이 사용하고 있는 수단들을 한층
더 많이 인지하고 그것을 자유자재로 구사하려는 것.

### ▶ 전체적인 것을 작업하고 세부 묘사를 하도록 해라

우리는 이런 수단들을 당신의 것으로 삼는 데 도움이 되도록 개괄적
인 문제뿐만 아니라 여러 가지 세세한 문제까지도 검토할 것을 제안
한다. 실제로 누구나 시나리오를 쓸 때 분명하게 드러나는 이런 중요
한 문제들에 대한 답을 찾아야 한다: 어떤 주제를 다룰 것인가? 어떤
행동을 인물들에게 부여할 것인가? 어떤 결말을 택할 것인가? 그러나
우리는 겉보기에 아주 작은 수많은 문제들도 해결해야 한다: 한 장소
에서 어떤 정보를 줄 것인가? 어떻게 관객에게 범죄의 상황들을 제공
할 것인가? 어느 순간에 시작할 것인가? 등등. 남보기에 부차적인 것
에 불과한 이런 선택 작업도 중요할 뿐더러 많기도 하다. 주제의 여러
가지 측면에 대한 고찰보다 훨씬 덜 어려운 이 작업은 종종 진정한 발
견들을 하게 해줄 수 있고, 시나리오 작가에게 종종 자신도 모르는 사
이에 가지고 있는 창작의 수단을 이용하게 만들 수도 있다.

### ▶ 시나리오를 프로그램인 동시에 텍스트로 생각하라

종종 시나리오 쓰기는 기술적으로 정확한 여러 가지 규칙에 따르는
것을 전제로 한다. 이런 규칙들 중 몇 가지는 기본이 되는 것들(예를
들면 제1장에서 보게 될 '시각적 글쓰기'에 대한 규칙들)이다. 다른 규
칙들은 훨씬 더 자의적이고 가변적이다(서문의 끝부분에 제시되어 있

는 도입부의 규범처럼).

시나리오 쓰기의 중요한 특징은 지체 없이 강조될 필요가 있지만, 시나리오 텍스트는 다음과 같은 **양도논법**의 중간에 위치한다:

— 우선 시나리오는 하나의 **도구**이다. 이것은 앞으로 만들어질 영화를 묘사한다. 이것은 이미 지적했던 바와 같이 영화 연출에 이용될 수 있다. 이것은 작업 자료로서 기능성에 의미가 있고, **완성품**인 영화에 앞서 **과도기적인** 것에 불과하다.

— 그렇지만 이 도구는 읽힐 수 있고 읽을 맛이 나는 하나의 **텍스트**이다. 많은 시나리오들의 경우 읽는 독자들의 손에서 멀어지고 있다. 이것은 이를 토대로 계획된 영화들이 잘못 짜여 있거나 단조롭고 지루하기 때문이 아니라 글쓰기 자체가 그렇기 때문이다. 이렇게 시나리오의 텍스트 차원은 망각되어서도 안 되고, 무시되어서도 안 된다. 물론 시나리오 텍스트는 결코 계획중인 영화를 방해해서도 안 된다. 말하자면 그것은 그 자체에 주의를 기울여서도 안 되고, 언어적 차원에서만 제 기능을 해서도 안 된다. 그렇지만 그것은 대등한 하나의 텍스트처럼 다듬어져 이해하기 쉽고, 읽기에 좋으며, 암시적이어야 한다. 그런 텍스트적 특성들이 시나리오를 영화화하는 데 도움을 줄 수 있을 것이다.

이런 전제 조건들이 중요하지만 본질적인 것은 텍스트의 즐거움이다. 모든 글쓰기와 마찬가지로 시나리오 쓰기도 하나의 작업이기 때문에 인내와 엄격성을 필요로 한다. 그렇지만 우리에게 있어서 시나리오 쓰기는 역시 놀이이고 창작이고 기쁨이다. 특히 그래야 한다. 우리는 당신의 경우도 그러하기를 바란다.

그러면 축제를 시작하기로 하자!

# 참고 자료, 실례, 전문 용어

## ▶ 이론적 참고 자료

우리의 텍스트는 다양한 이론적 기준, 특히 서사학(이야기에 대한 연구)과 서사학이 문학과 영화의 영역에서 생성시킨 명제, 즉 우리가 경우에 따라 수정하거나 바꾸거나 문제로 삼았던 명제들에 의거한다.

## ▶ 실례

우리는 이론적 전개 및 분석과 마찬가지로 시나리오 실습을 위해 실례들에 특별히 관심을 기울여 왔다. 여기 실례들의 선택과 설명을 유도하는 원칙들이 있다.

우리는 수적으로 **많으면서도**(따라서 그것은 일반적으로 몇몇 특별한 경우를 제외하고 아주 간결하게 소개되었다) **다양한**(즉 다양한 시기와 다양한 국가, 다양한 장르) 실례들을 제시하고 싶었다.

특히 실례들은 특수한 세 영역에 속한다.

— 이미 많이 알려져 있고 쉽게 구할 수 있는 목록에 속하는 것이 좋은, 아주 유명하고 빈도 있게 많이 연구되는 영화들(《시민 케인》《해는 떠오른다》《사이코》 등).

— 유명하거나 평가가 좋은 영화에 속하는 것보다는 평균작은 되는

내용이 풍부하고 교훈적인 영화들(예: 《비누 거품의 도둑》《디스
턴트 보이스, 스틸 리브스》《죽은 자들과의 화해》《햄파우인, 테라
스의 아이》).
— 텔레비전으로 방송된 픽션들과 특히 시리즈물, 즉 일상적 시리즈
물이나 종교적 시리즈물(《양자 코드》와 같은).

우리는 다른 사람들과 마찬가지로 영화 분야에서 선호하는 것이 있
음에도 불구하고 오로지 걸작들과 본보기가 되는 영화만을 고려하지
않는 것이 흥미롭다고 생각했다. 우리가 참조하는 영화들은 체계적인
평가의 대상이 되지 않고 종종 있는 그대로의 제작 영화에 속한다. 이
런 상대적이고 절충적인 입장을 통해 우리는 실제로 다양한 영화적 이
야기들이 어떻게 동일한 실체의 문제들에 대해 일련의 다양한 답을 구
성하는가를 보여 주고 싶다.

## ▶ 전문 용어

영화들을 언급하는 데 사용할 만한 단어들이 항상 만족스러운 것은
아니다(영화나 텔레비전·시청각을 통한 의사 소통에 대한 다양한 종류
의 연구가 대단히 많이 전개되고 있음에도 불구하고). 몇 가지 용어들은
'전문 용어나 은어처럼 전혀 알아들을 수 없으며'(예를 들면 '청각화'
나 '디에게시스적인 것'과 같은 용어), 다른 어떤 것들은 너무 단순해
서 아주 다른 여러 가지 의미들을 내포하기가 어렵고('스토리'나 '서
술'), 또 어떤 것들은 그 목적에 전혀 맞지 않는 것도 있다(예: '시네
마'). 가능한 한 이해하기 쉽고 접근하기 쉬운 텍스트를 제시하길 바
라면서 우리는 이런 것들을 선택한다:

— 되도록이면 일상어의 낱말들을 사용할 것.

— 그렇지만 기술적인 용어들을 사용할 때는 텍스트와 책의 끝부분의 용어사전에서 그것을 정의할 것.

— 텍스트를 무겁지 않게 만들려면 어느 정도 근사치를 감수할 것. 예를 들면 우리는 보통 '시청각적' 용어를 사용하는 데 엄격성이 요구되는 차원에서 '시각적' 글쓰기나 '시각적' 약호에 대해 언급할 수 있다. 실제로 아주 오래전부터 영화들은 영상과 소리에 그 의미와 효과를 마련하고 있다. 그러므로 당연히 이런 것을 망각해서는 안 된다. 게다가 우리의 연구 대상이 된 영화들(특별하고 예외적인 것을 제외하고 서술극 영화들)은 여러 가지 매체(필름이나 비디오)로 구현되어 다른 방식(영화 · 텔레비전 · 비디오테이프)으로 보급되었다. 일반적으로 우리는 적절하다고 볼 수는 없지만 폭넓고 총체적으로 나타내는 데 편리하게 '시네마'라는 용어를 사용한다.

## 시나리오에 대한 설명

당신이 항상 주제에 대해 알고 싶어했던 모든 것이 결코 감히 그렇게 요구될 수는 없다.

### ▶ 시나리오의 여러 가지 형식

앞에서 살펴본 바와 같이 시나리오는 한 편의 영화에 상응하는 언어로 된 이야기이다. 그렇게 말하자면 시나리오라는 용어는 실제로

**다양한 유형의 텍스트**를 가리킨다.

— 넓은 의미에서 좀 상세하게 설명된 영화의 이야기 때문에 시나
리오란 용어가 사용되고 있다. 이런 제목으로 출판된 텍스트들
은 때로는 촬영 준비 자료가 되기도 하고(이런 경우는 아주 드물
다), 때로는 나중에 편집되거나 다소 문학적인 형식으로 씌어진
이야기가 되기도 한다.
— 좁은 의미에서 시나리오는 촬영 준비 기록이다. 그것은 영화가
될 수 있는 것을 정확하게 서술한다. 이런 의미에서 우리는 보통
이 용어를 사용한다. 우리가 제1장에서 설명하게 될 시각적 약
호로 된 글쓰기의 지시들이 적용되는 것도 엄격한 의미에서 시
나리오이다.

엄격한 의미의 이런 시나리오는 영화를 이야기하고 묘사하는 기록 단
계에 해당한다. 점점 묘사가 상세해지면서 보통 다음과 같이 구별된다.

— **시놉시스**: 영화(또는 스토리)를 몇 쪽 분량으로 요약한 것.
— **대화체로 꾸며진 콘티**: 장면 분할(또는 시퀀스)과 대사가 있는 텍
스트를 포함하고 있는 상세한 서술.
— **기술적 분할(데쿠파주)**: 그 위에 주된 기술적 지시들, 특히 쇼트
들을 상세하게 표시하는 것(영화 전체에 번호를 붙이는 것)이다.
데쿠파주는 연출할 때 처음 계획에 생길 변화를 고려함으로써
**촬영 전**(이때 데쿠파주는 영화 촬영팀들에게 작업 기록이 된다)이
나 **촬영 후**(예를 들면 영화 잡지 《라방센 시네마》는 완성본 영화 프
린트에 의해 확정된 편집 이후의 데쿠파주들을 게재하고 있다)에

이루어질 수 있다.

— 몇몇 감독들이 사용하는 **스토리 보드**: 보통 쇼트별로 그림을 그려 만화처럼 보이는 데쿠파주.

이런 용어들은 거의 약호화되어 있지만 한편 그 사용은 문맥과 작가에 따라 조금씩 달라질 수 있고, 다른 한편 주어진 영화에 있어서 모든 기록들이 반드시 존재하는 것은 아니다.

이런 차원의 텍스트에서 **시나리오**는 다음과 같은 것일 수 있다:

— 시놉시스와 대화체로 꾸며진 콘티 사이에 위치할 수 있다. 이때 시나리오는 상세하게 설명된 이야기처럼 보일 수 있지만, 아직 대사가 있는 텍스트를 포함하는 것은 아니다(경우에 따라 대사 작가가 시나리오 작가 다음에 대사를 쓰기 위해 참여하기도 한다).

— 대화체로 꾸며진 콘티와 혼동되는 것일 수도 있다. 이것이 우리가 계승하려는 용법이다.

따라서 우리에게 있어서(상반된 분명한 지시를 제외하고) 시나리오는:

— 장면(신; scène) 분할과 대사가 있는 텍스트를 나타낸다.

— 예외적인 경우를 제외하고 기술적 표시는 하지 않는다(이것은 기술적 분할이 아니다).

## ▶ 설명

시나리오 쓰기에 대한 몇몇 입문서들은 아주 명확한 설명의 규칙들을 이렇게 제시하고 있다. 그것은 지시에 대한 언급, 캐릭터들의 신장, 여백의 넓이 등을 상세하게 설명하고 있다. 사실 이런 규범들은 당연히 문맥에 따라 달라진다. 예를 들면 두 개의 종단, 즉 영상을 위한 것과 소리를 위한 것에 대한 설명은 일부분에 의해 규정되기도 하고, 다른 일부분에 의해 초월된 것처럼 주어지기도 한다.

이런 상황에서 최선의 자세는 다음과 같은 것처럼 보일 수 있다:

— 아주 정확한 규칙들을 선험적으로 준수하려고 애쓰지 않는 것이다. 텍스트를 읽을 수 있게 제시하고 몇 가지 간단한 일반 규칙들, 즉 시각적 약호로 글쓰기, 장면 분할('실외 밤'이나 '실내 낮'과 같은 형식의 언급들은 금방 영화적인 분위기를 줄 수 있다!)을 적용하는 것으로 충분하다.

— 당신의 시나리오를 정확한 틀로 보여 주고 싶다면(시나리오를 어떤 텔레비전 방송사나 가능성이 있는 어떤 투자자에게 보내거나 어떤 공모전에 참가하고 싶다면) 여전히 통용되고 있는 규칙들을 상세하게 제공해라.

하나의 시나리오를 예로 들어 보기로 한다:

비외포르에서. 부둣가에 요트 몇 척, 고깃배 몇 척, 산책자들. 나르디 서장과 로미외 형사가 시청에서 나온다. 페리 호가 꺼져 가는 엔진 소리를 내며 부두로 다가온다.

**로미외**　서장님, 페리 호를 탈까요?

**나르디**　마음대로. (두 사람은 승선하여 승무원에게 신분증을 보여 준다. 다른 승객들, 관광객들, 광주리를 든 아낙들이 함께 배에

오른다. 페리 호는 천천히 다른 연안으로 출발한다.)

**로미외**   예쁘죠, 그렇지 않아요? 항구 주변의 식당들, 배들, 대형 요트들, 마르세유 사람들, 아마데우스 등등…….

**나르디**   그렇군……. 내가 보기에도 좀 구경할 만해.

**로미외**   맞아요, 서장님 여기 출신 아니잖아요!

**나르디**   그건 상관없잖아! 하지만 난 즐기는 이런 항구는 좋아하지 않아……. 나는 산업항을 좋아해. 그런 항구에는 관광객이 오지 않지. 끝이 보이지 않는 대형 창고들, 화물 수송용 컨테이너, 도크를 따라 떠 있는 대형 유조선들, 이것은 또 다른 모습이지…….

**로미외**   (의아한 듯) 부두요……. 아시다시피 그곳은 거칠잖아요! 지난해 부두 노동자들이 파업했을 때, 그들은 배들이 입항도 출항도 못하게 정박지에 쇠줄을 늘어놓았잖아요. 그래서 한밤중에 잠수병을 투입하여 쇠줄을 잘라야 했지요……. 만만한 도시가 아니지요!

**나르디**   그래, 나도 알고는 있지…….

**로미외**   이곳이 서장님의 마음에 드신 것 같군요! (페리 호가 부두에 닿는다. 두 사람은 부두에 내려 칸비에르 쪽으로 다시 올라가 어느 영화관 앞을 지난다.)

**나르디**   자, 우리 《보르살리노》나 볼까……. 당신도 이 영화 알지?

**로미외**   맞아요, 제 졸개가 절 데리고 다녔지요……. 우리에게 피해를 입히는 것이 이런 종류의 영화일 겁니다! 그것 때문에 파리인들은 이곳이 갱단과 회사가 있는 곳이라고 생각할지도 모릅니다! 당시의 갱단은 나름대로 스타일이 있었지요……. 지금의 조무래기 불한당들과는 달라요!

**나르디**　나도 의아하게 생각해……. 알다시피 당시의 갱단이야말로 모두 영화의 주인공은 아니었지! 그들은 살인자들이었고, 사용자들과 시청의 하수인이었기 때문에 노동자들이 칸비에르에서 시위할 때 그들에게 거리낌없이 발포하기도 했지…….

**로미외**　오, 서장님! 그들은 우리들 사이에 있지만 서장님은 칸비에르에서 시위하는 그들 편에 있다고 말하지는 않았지요!

**나르디**　(웃으며) 그래, 맞아. 하지만 난 당국의 허가 없이 그들에게 발포하는 데 동의하지 않아…….

**로미외**　(생각에 잠겨) 그러면…… 난 이 영화를 다시 볼 필요가 있겠는데요…….

**나르디**　흥, 그럴 필요 없을걸. 우리는 생각해야 할 것이 따로 있어……. 내 차는 감베타 주자창에 있으니 당신을 어딘가로 데려다 줄까?

**로미외**　예, 고마워요. (두 사람은 차로 다가간다: 카폰이 울린다. 나르디는 수화기를 든다.)

**나르디**　나르디 서장입니다. 예…… 예. 아니오! 좋아요, 잠시 후에. (그는 수화기를 내려놓는다.)

**로미외**　심각한 건 아니죠?

**나르디**　테러야……. 어윈 골드버그에 대해!

두 사람은 잽싸게 차에 오른다. 나르디는 통신용 라디오를 켠다.

알아볼 수 없을 정도로 너무 좁은 방구석에서 트랜지스터 라디오의 스위치를 돌리는 다른 손으로 장면 연결. 아나운서의 목소리가 들린다:

"아마데우스 사건이 새로운 국면을 맞고 있습니다. 이 유명한 요트에서 결성된 실내악 그룹의 멤버 중 두 사람이 이상하게 연달아 살해된 것을 기억합니다. 경찰은 몇몇 용의자를 뒤쫓고 있습니다만 아직

발표하기를 거부하고 있고, 금방 체포할 수 있을 것 같지도 않습니다. 그런데 이번에는 우리 시의 음악애호가로 잘 알려진 피아노 교수 골드 버그 씨에 대한 새로운 테러 기도가 있었습니다. 그의 자동차에 폭탄 이 장착되어 있었는데, 그는 기적적으로 화를 모면했습니다……."

안 로슈의 소설 《엑스마키나 아마데우스》
(《텔레라마》의 여름호 문예란, 1987), 몽펠리에, 코스, 1997.

# 1 시각적 약호와 소설적 약호

소설에서 읽을 수 있는 낱말들과 제목과 동질적인 특성을 보이는 낱말들은 아주 다른 현실을 가리킨다. 낱말들은 대화를 구성할 수 있고, 그런 경우 그 어떤 거리도 두지 않고 우리를 현실에 밀착시킨다.

— 오, 내 말 좀 들어 봐, 넌 끔찍해, 넌 노력할 수도 있었는데…….
난 정말로 난처했어.

— 난처했다고? 넌 아직도 찾으려는 것이 있니? 제기랄, 왜 난처했는데?

— 그가 이 우편엽서…… 바로 복제엽서를 꺼냈을 때 정말 끔찍했었지. 네가 보았더라면 어떤 표정을 지으며 그 엽서를 차지했을까…….
너는 자세히 보지도 않고 그 엽서를 나에게 건넸을 거야, 기껏해야 너는 눈길만 주었을 거야……. 그는 무척 괴로운 표정이었을 거야…….

나탈리 사로트, 《황금 열매》(1962)

하지만 낱말들은 다음과 같이 배경을 묘사할 수도 있다.

태양의 직사광선으로 돛대 주변의 철판과 뱃전의 금속판과 물의 표

면이 반짝거리고 있다. 물결은 뱃머리에 두 갈래로 갈라져 초원의 가
장자리까지 가서 닿았다. 강의 굽이진 곳에는 생기 없는 포플러나무들
이 장막처럼 줄지어 있었다. 시골은 텅 비어 있었고, 하늘에는 흰 구름
조각들이 떠 있었다.

플로베르, 《감정 교육》(1869)

또한 낱말들은 다음과 같이 등장 인물의 행동을 목격할 수 있게 해
줄 수도 있다.

수요일마다 그날이 마치 모여 있는 소녀들 중 한 소녀가 생일이라도
되는 것처럼 별장에서는 마시고 춤추는 성대한 간식 시간이 있었다. 그
때까지 항상 음반을 바꾸는 일만 하던 미셸이 첫 스텝을 배우게 된 것
도 바로 그날이다. 미셸은 자신이 스텝을 성공하게 된 것에 대해 무척
놀라워했다.

미셸 뷔토르, 《등급》(1960)

또한 낱말들은 더욱 섬세하게 우리로 하여금 한 등장 인물이나 여
러 등장 인물들의 내면 세계에 빠져들거나, 등장 인물의 생각이나 감
정을 '읽을 수 있게' 해준다. 이런 것이 자연스러워 보이지만, 실생활
에서 종종 주변 사람들의 생각들과 때로는 우리의 생각들을 파악하기
어렵게 만들 때도 있다.

이런 생각은 쥘리앵의 유일한 관심사가 되었다. 그는 더 이상 다른
것을 아무것도 생각할 수 없었다. 그에게 며칠이 몇 시간처럼 지나갔
다. 매순간 그는 어떤 신중한 일에 전념해 보려고 하지만 아무것도 생

각할 수 없었다. 그는 가슴이 두근거리고 머리가 혼란스러운 상태로 '그녀는 나를 사랑하고 있는 걸까?' 라는 생각에 젖어 있다가 15분쯤 지나서 잠을 깼다.

스탕달, 《적과 흑》(1830)

시나리오에서는 전혀 다르다. 물론 시나리오는 나중에 영화의 영상으로 표현될 낱말들로 구성되어 있다. 시나리오의 낱말들은 소설에서와 마찬가지로 아주 다양하게 사용될 수 있다. 그러나 모든 자유가 허용되는 소설과 달리 시나리오는 몇 가지 규칙에 따라야 한다. 당신은 이상적인 시나리오를 생각하고 꿈꾸고 창작하기 전에 다음과 같은 몇 가지 규칙들에 익숙해질 필요가 있다.


# 1. 대사


겉보기에 가장 단순해 보이는 대사부터 시작하기로 한다.

원칙적으로 말을 주고받는 것은 현장에서 이루어지든, 순간적으로 카세트에 녹음된 것이든, 소설이나 시나리오에 씌어진 것이든 같은 것이다. 하지만 잘 알다시피 일상의 대화는 읽기 텍스트와 유사한 경우가 아주 드물다. 이것을 증명이라도 하듯 데생 화가 고틀리브는 먼저 밥 먹는 사람들이 모르게 녹음을 하고, 다음에는 마이크를 대고 녹음해 본 가정의 식탁을 상상해 보기를 즐겼다. 전자의 경우에 대화는 알아들을 수 없는 말, 횡설수설 · 반복 · 생략, 관련된 인물들만 알고 있어서 설명하는 수고를 하지 않아도 되는 지시 대상의 암시로 점철되어 거의 알아들을 수 없었다. 후자의 경우에는 녹음되고 있다는 것을 알고 있는 동일 인물들이 세련된 언어(만화의 관습에서 말풍선으로 표현되는)를 사용하고, 통사 구조와 어휘에 신경을 쓴다. 그런데 산출된 결과는 무척 자연스럽지 못했다.

소설가는 가장 고상한 언어로부터 구어에 가까운 언어에 이르기까지 모든 가능성을 탐구해 볼 수 있다(크노·셀린). 이 장의 시작 부분의 인용에서 사로트의 등장 인물들은 아주 자연스럽게 보이도록 표현되고 있다. 시나리오 작가들도 많은 가능성이 있다. 즉 대사들은 세련될 수도 있고(에릭 로메르·자크 리베트), 그와 반대로 거리에서 통용되는 현대 언어를 모방해 볼 수도 있다(《증오》, 마티외 카소비츠, 1995; 《차가현황서》, 장 프랑수아 리세, 1994). 그래서 우리는 대부분의 시나리오 쓰기의 개론서와 달리 규범적으로 '단순하게 만들거나' '현실에 접근하도록' 노력해 보라고 조언하지는 않을 것이다. 그 대신 당신이 대사를 쓰게 될 때는 대사를 큰 소리로 말해 볼 것을 권한다. 다시 말해 큰 소리로 혼자 읽거나 친구들과 읽어볼 것을 권한다. 그러면 당신은 '통용될 수 있는' 것과 '통용될 수 없는' 것을 금방 알 수 있다.

당장 명심해야 할 원칙: 소설에서 대화 앞이나 뒤에 오는 모든 표현들('그는 말하길' '그녀는 대답하길' '그는 고백하길' '그녀는 외치길' 등: 일일이 다 열거할 수 없다)을 제거하고, 연극 대본에서처럼 대사를 제시하라. 즉 등장 인물의 이름 다음에 줄표(—)를 하고 대사를 쓰고, 줄을 바꾸어 다음 등장 인물의 이름과 대사를 써라.[1]

---

1) 서론에서의 여러 가지 지시와 제시의 예 참조.

[과제]
《황금 열매》에서의 대화를 두 개의 판본, 즉 하나는 고상한 언어로, 다른 하나는 일상적인 언어, 거기에 은어로 이어서 써보라.


# 2. 지문

지문[2]이란 무엇인가? 연극에서 빌려 온 이 용어는 대사가 아닌 모든 것을 통칭한다. 달리 말하자면 배경이나 행동에 대한 묘사, 무대 장치, 배우들을 위한 지시, 거기에 등장 인물들의 생각이나 감정을 일컫는다.

이렇게 하지 않는 편이 더 낫다는 것을 보여 주는… 아주 좋은 예가 하나 있다(패러디에 불과하지만):

푸른 깃이 달린 옷을 입은 선량한 아이들은 해먹에 누워 흔들며 잠을 청하며 가련한 어머니와 소중한 늙은 아버지를 꿈꾸고 있는데…… 아버지를 꿈꾸는 아이들은 아주 조용조용 아빠와 속삭이고, 어머니를 꿈꾸는 아이들은 아주 조용조용 엄마와 속삭이는데…… 고아거나 비천한 아이들, 행실이 나쁜 아이들, 생활 보호 대상의 혜택을 받는 아이들은 말도 없고 꿈도 꾸지 않는다.

자크 프레베르, 〈마르셀 레르비에를 위한 시나리오〉,

《전투 준비》, in 《정경》(1949, 갈리마르, 1972).

---

2) '교육'이란 의미의 그리스어 *didaskalia*: '시인이 배우들에게 내리는 지시'(리트레 사전). 여기서 의미가 확장되어 대화에서 오는 모든 것이 된다.

이런 짓궂은 예(이 시나리오의 속편에서는 양식·도덕·미학의 왜곡이 심화되고 있다)에서는 불가능한 것들이 누적되고 있다. 그것은 누군가가 꿈꾼다는 것을 시각적으로 표시하는 것도 어렵지만 누군가가 꿈을 꾸지 않는 것을 표기하고, 그 사람의 가족적·도덕적·사회적 상황을 추론하는 것은 더욱 어렵기 때문이다!

## 묘사

### ▶ 제1원칙: 엄격한 현재시제의 사용

시나리오 작가로서 당신이 쓴 낱말들은 관객이 현재 시점에서 곧바로 인지될 수 있는 영상으로 구체화되도록 되어 있다. 따라서 과거나 미래시제는 배제되어야 한다(특별한 경우를 제외하고).

### ▶제2원칙: 단순성 및 경제성을 추구하라

전보 문체가 허용될 수 있다. 지나칠 정도로 정확하게 세부 묘사를 하는 것도 무용지물이다. 예를 들면 당신의 주인공이 호화 아파트에 살고 있다면 '호화 아파트'라는 지문으로 충분하다. 아파트를 루이 15세 양식의 가구나 바우하우스 디자인의 가구로 장식할 것을 무대장치가(미래의)에게 요구하지 않아도 된다. 몇 가지 기능적인 지문으로 한정하도록 해라. 당신은 필요한 경우(예를 들면 무타르드 대령이 창문을 통해 거실로 들어갔는지, 현관문을 통해 거실로 들어갔는지 반드시 알 필요가 있는 탐정 영화의 경우) 도표를 만드는 것을 생각해 볼 수도 있다.

[과제]
1. 위에서 인용된 바 있는 플로베르의 묘사를 가능한 한 시각적으로 만들
   어 현재로 바꿔 보라.
2. 같은 원리에 따라 당신이 찾은 작품을 묘사해 보라.


# 행동

같은 원칙들이 적용될 수 있지만 여기에는 함정이 많다.
뷔토르의 작품에서 일부분을 발췌해 보기로 한다.


　수요일마다 그날이 마치 모여 있는 소녀들 중 한 소녀가 생일이라도
되는 것처럼 별장에서는 마시고 춤추는 성대한 간식 시간이 있었다. 그
때까지 항상 음반을 바꾸는 일만 하던 미셸이 첫 스텝을 배우게 된 것
도 바로 그날이다. 미셸은 자신이 스텝을 성공하게 된 것에 대해 무척
놀라워했다.

미셸 뷔토르, op. cit.


　지금부터 여러 가지 상이한 요소들을 시각적으로 동등하게 표현해
보기로 한다.


　**'수요일마다'**


어떻게 하면 될까? 달력을 넘길까? 이것은 너무 진부한 방법이다.
속임수를 써야 한다. 예를 들면 며칠 전에 이루어질 수도 있는 대화를

통하여.

**클레르**    사실 미셸, 너도 알다시피 수요일은 베아트리체의 생일
이야.

**미  셸**    어, 그래……. 나도 초대될지 모르겠네…….

같은 상황에서 관객은 베아트리체의 생일을 곧 일어나게 될 사건이
나 과거의 사건(소설에서의 경우)으로 알게 된다. 우리는 뒤에서 과거
를 어떻게 처리하는지 보게 될 것이다.


**"별장에서는 마시고 춤추는 성대한 간식 시간이 있었다."**


배경: 멋진 빌라. 정원에 놓인 얼룩덜룩한 테이블 위에 음료수와 쿠키
가 담겨진 접시가 차려져 있다. 배경 음악(임의대로 정할 수 있지만 춤을
출 수 있는 곡이어야 한다). 몇몇 커플이 잔디밭에서 춤을 춘다. 미셸은
머뭇거리다가 별장으로 향한다. 컷.


**"그때까지 항상 음반을 바꾸는 일만 하던 미셸이 첫 스텝을 배우게
된 것도 바로 그날이다. 미셸은 자신이 스텝을 성공하게 된 것에 대해
무척 놀라워했다."**


미셸은 용감하게 전축 옆에 자리를 잡고 음반을 정리하기 시작한다.
그는 음반 재킷을 바라보며 간간이 얼굴을 찌푸리다가 건전지를 준비
하는데…… 베아트리체가 다가온다.

**베아트리체**    안녕!

**미 셸**　　　(속삭이듯이) 안녕.

**베아트리체**　춤출래? 자 어서, 바보야, 이리 와! 이거 쉬워, 아주 간
　　　　　　단해[…].

(시나리오 작가는 그 나름대로 춤을 하나 제시하겠지만 이전에 선택한
것과 일관성이 있도록 주의를 기울여야 한다.)

두 사람이 춤을 춘다. 미셸은 먼저 자신의 발을 보더니 차츰 자신감
을 갖게 된다.


당연히 행동의 이야기로 제시된 모든 함정이 이제부터 모두 해결되
는 것은 아니다. 당신은 단지 몇 가지 기본 원칙을 갖추었을 뿐이다.
우리는 이것을 다시 언급하게 될 것이다.


## 생각과 감정


그는 몇 스텝을 밟고 나더니…… 그의 시선에서 방금 비장한 결심을
했다는 것을 읽을 수 있다.

자크 프레베르, *op. cit.*


프레베르가 생각해 낸 배우는 상황 때문에 그의 것으로 간주되지 않
는 한 의미심장한 눈을 가지고 있다. 잠시 후 그는 갑판의 난간을 넘
어가 바다로 뛰어들 것이기 때문이다. 꿈을 꾸고 있거나 그렇지 않은
어린 선원의 예와 같이 이런 우스꽝스러운 예는 시나리오 작가가 겪을
수 있는 또 다른 난관을 가리킨다. 실제로 시나리오 작가는 소설가에
비해 박대당하고 있다는 느낌이 들 수 있다. 모든 표현 방식이 생각을

환기시킬 수 있기 때문에 시나리오 작가에게는 감정과 감동이 금지되어 있다. 시나리오에서 "그는 생각한다, 그는 기억한다, 그는 ……라고 말하다"와 같은 표현은 불가능하다. 모든 제약과 마찬가지로 이런 금지는 잠재력이 많다는 것을 의미할 수 있다. 말하자면 매번 등장 인물이 체험하고 생각하고 느끼는 것과 시각적으로 동일한 것을 추구한다는 것은 시나리오 작가로 하여금 새로운 것을 구상하도록 강요하는 것이다. 해결책 중의 하나는 그렇다고 해서 감독이 해야 할 작업을 미리 예견하지 말고 배우들의 연기("그의 시선에서 ……을 읽을 수 있다")에 대한 지시를 하는 것이다. 하지만 다양한 실마리들은 우리가 이 책의 다음 부분에서 전개하게 될 것을 탐구하는 데 있다.

지금 여기서 고전적인 예를 하나 제시해 보기로 한다. 소설의 이 장면에서 인물들의 행동과 생각들은 복잡하게 뒤얽혀 있다.

마틸드는 자기 자신에 대해 격분해서 눈물을 흘리며 말하길, "내가 제일 먼저 온 남자에게 몸을 맡겼다는 사실이 혐오스럽다."

쥘리앵은 "제일 먼저 온 남자!"라고 소리치며 골동품처럼 서재에 보관되어 있던 오래된 중세의 검이 있는 곳으로 달려갔다. […] 쥘리앵은 마틸드를 죽일 수 있는 남자들 중 가장 행복한 사람이었다. 쥘리앵이 간신히 낡은 칼집에서 검을 빼어드는 순간 마틸드는 아주 새로운 감동에 젖어 행복한 표정으로 거만하게 쥘리앵에게 다가갔다. 이미 그녀의 눈물은 메말라 있었다.

쥘리앵에게 자신의 후원자 라 몰 후작에 대한 생각이 선명하게 떠올랐다. 쥘리앵은 생각하길, 내가 마틸드를 죽이게 된다면! 얼마나 끔찍한 일인가! 쥘리앵은 검을 집어던지는 동작을 취한다. 그는 생각하길, 틀림없이 마틸드는 이 멜로드라마 같은 동작을 보고 웃음을 터트리겠지. 이런 생각이 들자 쥘리앵은 냉정을 되찾을 수밖에 없었다. 쥘리앵은 주의 깊게 마치 녹슨 흔적이라도 찾으려는 듯이 오래된 검의 날을 유심히 살펴보더니 칼집에 다시 집어넣었다. […] 마틸드는 생각하길, 자칫하면 내가 애인에게 죽음을 당할 뻔했구나! […] 그녀는 더 이상 증오에 찬 두 눈으로 쥘리앵을 바라보지 않았다.

스탕달, 《적과 흑》, op.cit.

클로드 오탕 라라가 1954년 이 소설을 각색하여 만든 영화는 행동을 단순화시키고 간결하게 표현하고 있지만 섬세함은 찾아보기 어렵다. 즉 스탕달의 등장 인물들(그 중 한 인물은 멜로드라마의 남자 배우의 모습으로 등장하고, 다른 한 인물은 마고 여왕과 동시대의 여주인공의 모습으로 등장한다)에 대한 아이러니는 찾아보기 어렵다. 쥘리앵(제라르 필립 분)은 검에 사로잡혀 있고, 마틸드(안토넬라 루알디 분)는 가슴을 조이며 쥘리앵 곁에 있다. 쥘리앵이 마틸드에게 검을 들이대며 "나는 당신을 죽일 수 있을 만큼 사랑하지 않아요"라고 말하고는 무대를 떠난다. 홀로 남게 된 마틸드는 다정한 눈길로 자신이 쥘리앵을 다시 사랑할 수 있다는 것을 관객에게 보여 주는 것으로 여겨지는 춤의 스텝을 밟는다.

이런 단순한 몇 가지 첫번째 원칙에 따라서 당신은 이제 더 복잡한 장면 두 개를, 즉 하나는 주로 대사 문제에 중점을 두고, 다른 하나는 행동의 문제에 중점을 두고 쓸 수 있을 것이다.


[과제]

1. 대사를 극화시켜라.

보잘것없는 가정의 귀여운 딸 마틸드는 봉급쟁이와 결혼하여 생활고에 시

달린다. 그녀의 남편은 관청에서 주최하는 파티에 초대받는다. 마틸드는 파티에 예의를 갖추고 참석하기 위해 부유한 친구 잔에게서 다이아몬드 목걸이를 빌린다. 마틸드는 무도회에서 대성공을 거두지만 돌아오는 길에 목걸이를 잃어버리게 된다. 부부는 목걸이를 찾기 위해 여러 가지 시도를 해보지만 헛수고에 그치자 체념하고 그것을 새로 사준다. 그들은 빚을 지게 되면서 가정부도 내보내고 집도 바꾸기에 이른다……. 10년에 걸쳐 빚은 갚게 되지만 비참한 생활에 지치고 말았다. 어느 일요일 샹젤리제 거리에서 마틸드는 잔을 알아보는데, 잔은 마틸드를 먼저 알아보지 못할 정도로 변해 있었다. 마틸드는 잔에게 진실을 털어놓는다. 그러자 잔은 마틸드에게 목걸이는 모조였다고 대답한다.(모파상의 단편, 《목걸이》)

지문을 빼놓지 말고 마틸드와 잔과의 대사를 써보라.

이런 연습의 어려움은 충격적인 우연한 만남과 관계된 사실에 있지만 모든 것은 대사, 즉 과거를 이야기하는 대사로 이루어진다. 따라서 위험성은 결과가 수다이고 정태적이라는 사실이다. 또 다른 위험은 설명(마틸드나 잔에 의한)이 너무 장황하다는 사실이다. 이런 위험을 막기 위한 여러 가지 해결책(우리 학생들이 찾은 해결책)이 제시될 수 있다.


• 새로운 극적 요소를 삽입하라.

마틸드와 대화할 때 신경이 쓰이는 잔은 진주 목걸이를 만지작거리다가 망가뜨린다. 이것은 모든 보석이 모조품이라는 고백을 유도한다(마리-안 고데올 보네).


• 극적인 어조를 심화시켜라.
— 우연히 만난 뒤 마틸드가 자살한다(에스텔라 플로랑).
— 잔의 마차가 마틸드를 쓰러뜨리고, 마틸드는 진주 목걸이가 모조였다는 것을 알고 죽는다. 마틸드의 남편은 병이 든다(또는 미치게 된다). 잔은 마틸드의 남편에게 케이크를 가져온다(스테판 셰리에 · 제롬 이바르).
— 잔은 마틸드에게 진짜 목걸이를 돌려 주기를 제의하지만 마틸드는 점잖게 거절한다(시릴 브뤼네).
— 부랑자들의 난투극에 희생된 마틸드는 기억상실증에 걸리고, 잔은 그녀

를 보살피다가 의사가 도착하자 모르는 사람이라고 발뺌한다(사뮈엘 에스트라드).

— 잔의 가정부에게 진주 목걸이를 도둑맞는다(아를레트 로슈).

— 잔은 마틸드에게 자신이 더 행복하다는 것(가난하지만 정직한)을 드러낸다. 잔은 그녀가 항상 모조라고 생각하는 마틸드에게 진주 목걸이를 '준다.' 홀로 남게 된 마틸드는 목걸이를 센 강에 던져 버린다(코랄리 아메데오).

— '졸라' 식의 어조: 마틸드가 몸을 판다(스테판 랑팔 · 리오넬 그를라).


• 어조를 바꿔라.

— 코믹하고 익살스러운 어조: 잔과 마틸드는 치과에 있다. 잔은 그곳에 치료받으러 와 있고(따라서 그녀는 일시적으로 말문이 막힌다), 마틸드는 빚을 갚기 위해 그곳에서 일하고 있다(사라 도리발).

— 환상적인 어조: 잔은 정신착란을 일으켜 자신의 족적을 남기며 시골길에 있는 자신을 발견한다(그레고리 마르탱).


• 시대를 바꿔라.

장면을 수긍할 수 있는 1910년(마리-안 고데올 보네)이나 현대로 설정해라(리디아 구즐레 · 그레고리 마르탱): 이것은 아직 믿을 만할까?


2. 액션 장면을 시각화하라.

케임브리지대학생 엘레나는 매일 아침 늘 그러하듯이 조깅을 한다. 보통 그녀는 의붓어머니 질과 함께 달렸지만, 그날 그녀는 오지 않았다. 그래서 엘레나는 한적한 오솔길을 혼자 달렸고, 살해되었다. 범인은 누구인가? 그녀가 거절했던 애인 피터일까? 엘레나와 아버지와의 암묵적인 동조에 질투를 느끼던 아버지의 두번째 여자 질일까? 대학과 사교계에서의 아버지의 성공을 부러워하고 아버지가 더 많이 아끼는 것에 타격을 주거나 아버지를 스캔들에 연루되기를 바라는 아버지의 동료일까? 부랑자일까? 여하튼 분명한 것은 그날 아침 몇 개월 전부터 떠오르지 않는 영감을 되찾기를 바라며 바로 그 오솔길로 그림을 그리러 갔던 아버지의 옛 여자 친구인 매력적인 여류 화가는 범인이 아니다(엘리자베스 조르주, 《엘레나를 위하여》).

이 명단에서 용의자를 한 사람 선택하고(아니면 용의자를 하나 만들어 내라), 살인 장면을 쓰거나 살인자에게 초점을 맞춰 당신이 선택한 다른 장면을 써 보라.

해결책의 몇 가지 예를 다시 제시한다(우리 학생들이 찾아낸 예).

서술적인 선택은 다음과 같다:

— 피터가 유력한 용의자였다. 미지 인물을 살인자로 택한다면 해결이 쉽지 않도록 그가 중심 인물들 중 한 사람의 도움을 받거나 다른 인과 관계가 있다는 것을 암시해야 할 것이다.

— 여류 화가가 의혹을 불러일으킨다: 화가의 그림에 〈소녀와 죽음〉이라는 제목이 붙어 있거나(베랑제르 오에), 그녀가 다람쥐 시체의 그림을 그렸다(소피 부아스망). 그녀는 정부와 함께 살 수 있고, 딸의 몫을 상속받을 수 있도록 딸을 살해한 엘레나 아버지와 공범일 수도 있다(오렐리 페리스). 아버지는 전부인 엘레나의 엄마로부터 고발당하게(부당하게?) 된다(에디 자르디). 질은 공모자일 수도 있고, 직접적인 살인범일 수도 있다.

— 삶에 지친 엘레나가 자신의 살해를 유도했다(드니 아뉘렐).

결국 이런 일화를 아주 진부하지만 고어 영화의 어조(용의자들 중 피터가 연필 깎는 칼로 엘레나의 손목을 자른다는 셀린 파이아르의 버전)나 퇴폐적인 미래로 방향을 설정할 수도 있다. 전기가 나가고, 이것은 비디오의 꺼짐으로 이어진다. 따라서 여류 화가는 경찰이 되어 카메라의 공백을 메우기 위해 시체에 색칠을 한다(필립 르루아).

# 2 서술과 전체 구조

## 1. 행동과 등장 인물: 이론적 모델

호르헤 루이스 보르헤스에 의하면, 세상의 모든 스토리는 다음과 같은 두 가지 기본 도식으로 귀결된다는 것이다. 이것은 한 인간이 수많은 재난을 이겨내고 고국으로 돌아가고자 하는 《오디세이》의 도식과, 한 인간이 동포들을 구하려고 애쓰다가 죽는(원하는 바는 아니지만) 《신약성서》의 도식이다. 이런 강력한 축소까지 이르지 않더라도 대부분의 스토리는 우리가 그것을 원작으로 생각한다고 하더라도 수세기 전에 시험된 구조에 다소간 따르고 있다는 것이 확인될 수밖에 없다.

오늘날 서술 이론가들은 스토리 안에서 이루어지는 행동에서 출발하든, 스토리의 등장 인물에서 출발하든, 두 기준을 교차시키면서든 간에 이런 기본 도식들을 조명해 보는 데 집착하고 있다.

## 프로프의 여러 가지 기능

러시아 이론가 블라디미르 프로프는 러시아 민담을 연구하면서 이 야기들이 다음과 같은 중요한 여러 가지 기능으로 귀결된다는 것을 확인하기에 이른다.

민담의 항구불변적인 요소들은 인물들이 어떤 인물이고, 그 여러 가지 기능을 수행하는 방식이 무엇이든 간에 등장 인물의 여러 가지 기능이다.
《민담의 형태론》, 파리, 쇠이유, 〈푸앵〉 총서, 1970, p.31

요약하자면 민담은 최초의 상황 묘사로 시작한다. 이것은 우리가 의도한 경우의 **도입부**에 해당된다. 행동은 최초의 질서 교란으로 시작된다. 예를 들면 늙어가는 왕은 젊음의 원천이 필요하다. 이것이 없으면 왕의 죽음으로 왕국은 곧 불안정한 상태에 이르고, 적의 손에 넘어가게 된다. 또는 가족 중 하나가 출가하거나(일이나 전쟁으로 인하여) 죽는다. 원기를 회복시켜 주는 임무가 주인공에게 맡겨진다. 그는 길을 떠나 도중에 장애물을 만나기도 하고, 사람이나 동물일 수도 있고 무생물이 될 수도 있는(민담에서는 어떤 사물도 생명이 없는 경우는 없지만) 보조자들을 우연히 만난다. 그는 마침내 자신의 임무를 완수하고, 처음의 불쾌감을 없애고 행복감을 되찾고 보상받기 위하여 출발점으로 돌아온다.[3]

---

3) 아주 단순화된 이 도식은 특히 주인공에게 통고된 금지, 공격자(정보를 얻으려고 계략으로 희생자를 속이는)의 위반, 간계 등을 생략하고 있다. 안 로슈(Anne Roche)·앙드레 기게(André Guiguet)·니콜 볼츠(Nicole Voltz)(1988), pp.80-81 참조.

　물론 이 도식은 다양한 변형을 포함한다. 동일한 상황에서 등장 인물들은 다르게 반응할 수도 있을 것이다. 페로의 동화에서 착한 누이는 노파(요정)를 도와 주고, 그 보답으로 누이는 입을 벌릴 때마다 입에서 꽃과 다이아몬드가 떨어진다. 질투심이 발동한 계모는 같은 특혜를 누리기 위해 악독한 딸을 보내지만 그 바보 같은 녀석은 노파를 돕는 일을 거절하게 되면서 입에서 독사와 두꺼비가 떨어진다. 그렇지만 이런 차이는 유일한 교훈, 즉 미덕은 보답을 받게 되지만 이기심과 악의는 벌받게 된다는 것을 분명하게 드러낸다.

　삶에서도 마찬가지인지 어떤지 알아보는 일은 제쳐두더라도 이것이 영화의 경우는 아니라는 것을 확인해야 한다. 물론 종종 사건들이 다소간 질서를 회복하기도 한다. 《사냥꾼의 밤》(찰스 로턴, 1955)에서 악인은 도망가는 어린이를 체포하지 않고, 《위트니스》(피터 위어, 1984)에서의 살인 공모자는 목격자였던 사내 녀석을 무력하게 만들지 않으며, 《폴몬티》(피터 카타네오, 1977)에서 실업자들은 여러 가지 난관과 그들의 배우자들의 회의적인 태도까지도 극복한다. 하지만 《악마의 씨》(로만 폴란스키, 1968)처럼 악의 승리로 끝나지는 않지만 적어도 모호하고 비관적인 결말로 끝나는 이와 상반되는 예의 영화들도 많다. 주인공들은 파멸되어 불안한 상태로 그런 결말에서 벗어나기도 하고, 거기서 처음의 불쾌감이 해소되지 않기도 한다.

　따라서 민담의 도식은 시나리오 작가에게 다양한 구체적 상황들에서 불변 요소들을 찾아낼 수 있도록 해줌에 따라 시나리오 작가들이 구체적인 상황을 인지하는 데 도움이 될 수 있지만, 성공 스토리가 제안된다고 하더라도 시나리오 작가가 이 도식을 맹목적으로 추종해야 한다는 것을 의미하는 바는 아니다.

# 그레마스의 행위자 도식

프로프의 도식으로부터 여러 이론가들이 여러 가지 이야기 구조 모델을 만들어 냈다.

알지르다스 J. 그레마스(1966, **pp.**172와 그 이하)[4]의 경우, 모든 이야기는 다음과 같은 여섯 가지 기본적인 기능을 사용한다.


— A: 발신자, 임무를 부여하는 사람.

— B: 주체, 임무를 부여받고 수행하는 사람.

— C: 탐색의 대상.

— D: 수신자, 탐색 대상의 혜택을 입어야 하는 사람.

  도중에 B는 다음과 같은 사람을 만날 수도 있다.

— E: 보조자, 주체가 임무를 수행하는 것을 돕는 사람.

— F: 반대자, 임무 수행을 방해하려는 사람.


서로 다른 이런 요소들이 **행위주**들이다. 행위주들은 등장 인물들에게서 구현될 수도 있지만 동물이나 사물, 아니면 충동·감정으로도 구현될 수 있다.

이런 개념들은 우리가 이것들을 억지로 형식화하지 않고 직관적으로 소유하게 됨에 따라 당신에게 추상적으로 비칠 수도 있고, 거의 유용성이 없는 것으로 비칠 수도 있다. 그럼에도 불구하고 이런 개념들의 유용성은 점점 더 폭넓은 전문 용어를 필요로 하기 때문에 연속되

---

4) 장 미셸 아담(Jean-Michel Adam)(1985), **pp.**20-34와 그밖의 여러 곳 참조.

는 작업에서 진가를 발휘하게 될 것이다. 이제부터는 이런 개념들이 모든 이야기의 토대를 구축한다고 말할 수 있다. 그러나 이런 도식은 이와 같이 불가분 반복적이기 때문에 곧 충실해지고 복잡해지게 될 것이다.

이런 개념의 사용에 익숙해지기 위해 우선 분석의 예를 하나 들어 보기로 한다.

### 《죽음의 땅》(스티븐 시걸, 1993)

사건은 알래스카에서 일어나고, 첫번째 영상으로 곰과 새들만이 살고 있는 순백의 눈덮인 풍경을 보여 준다(**초기의 행복감**). 거대한 석유 회사 에이지스 오일이 이곳에 설비를 갖추고 생태계를 고려하지 않은 채 석유 탐사 작업을 진행한다(**불쾌감**). 유정탑에서 대형 화재가 발생하여 세 명이 죽고, 주위 경관을 심각할 정도로 훼손시킨다(처음보다는 덜한 불쾌감). 제닝스 사장(제임스 케인 분)은 화재 진압 전문가 포레스트 태프트(스티븐 시걸 분)에게 도움을 청한다. (**주인공은 발신자의 임무를 부여받는다**: 주의하라, 이런 임무는 종종 그렇듯이 함정이 있다.) 포레스트는 화재를 진압하지만(**첫번째 임무 완수**), 그러면서 보안 체계에 결함이 있다는 것을 발견한다(**장애물**).

조사 과정에서 포레스트는 에이지스 오일사가 오래전에 에스키모 소유의 땅의 20년간 채굴권을 획득했으며, 계약 기간이 만료되었기 때문에 에이지스 오일이 건설중인 거대한 석유 시추용 플랫폼을 정상 가동시키지 않는다면 에스키모인들이 땅을 되찾을 수 있다는 것을 알게 된다. 따라서 주인공의 임무는 바뀌게 된다. 즉 발신자는 이제 에스키모 종족(그들의 땅의 오염을 막으려는)이 되며, 임무는 환경 오염자들로부터 알래스카를 지키는 것이다.

　사장은 포레스트에게 간섭하지 말라고 충고한다(**주인공에게 전달된 금지**). 물론 포레스트는 계속 고집을 부린다(**주인공은 금지를 어긴다**). 공장장 휴스 노인(**제1의 보조자**)은 보안 체계가 위험하고, 사장도 그 사실을 알고 있지만 석유 시추용 플랫폼의 가동을 지연시키게 된다는 이유에서 보안 체계를 바꾸는 것에 소홀히 했다는 것을 포레스트에게 알려 준다(**제1의 보조자가 주인공에게 정보를 제공한다**). 사장은 하수인을 동원하여 휴스가 이런 정보들이 담겨 있는 디스켓들을 어디에 감추었는지 알아내기 위해 휴스를 고문한다(**적대자는 온갖 술수로 보조자로부터 정보를 얻어내려고 애쓴다**). 휴스는 아무것도 자백하지 않고 죽는다. 포레스트는 테러를 모면하고 에스키모 종족(**제2의 보조자**)의 환대와 보호를 받고 나서 인디언 처녀(**제3의 보조자**)의 도움으로 제닝스가 그를 죽이기 위해 보낸 다른 외국인 용병들을 무력화시키고, 석유 시추용 플랫폼을 폭파시킨 후 제닝스를 죽인다(**적수는 제거된다**).

　마지막 장면에서 포레스트는 에스키모 부족의 평의회에서 중유로 오염된 새들과 스모그로 뒤덮인 구역을 담은 슬라이드를 이용하여 오염에 대한 강연을 하게 된다. 임무 완수인가? 실제로 포레스트-시걸은 발신자가 되었고, 관객들은 새로운 임무를 부여받은 잠재적인 주인공이 된다.


[과제]

　당신이 최근에 보았거나 비디오카세트로 가지고 있는 영화로부터 프로프와 그레마스의 범주를 사건과 등장 인물에 적용해 보라.


　결론적으로 이런 첫번째의 이론적 접근과 첫번째 예들은 드라마가 있기만 하면(바로 사건을 가리키는 그리스어 드라마의 어원을 상기해 볼 필요가 있다) 스토리도 존재할 수 있다는 것을 강조하고 있다. 이것은 또한 등장 인물들 사이에 갈등(또는 같은 인물의 내면의 갈등)이 있다는 것을 전제하는 것이기도 하다. 당장 우리는 '아이디어를 찾으려고' 애쓰지 않으려 한다는 것을 상기하면서 이제 '스토리'를 어떻게 다룰 것인지 더 상세하게 살펴보기로 한다.


# 2. 전체 구조

대부분의 시나리오 쓰기의 입문서에서 스토리는 두 개의 '중요한 극적 전환점'(구성점 또는 전환점)으로 양분되어 **세 개의 장**——도입, **전개** 또는 **핵심**, **결말**——으로 분할된다. 아리스토텔레스와 지난 수 세기 동안 연극과 소설에 이론적 모델을 마련하고자 했던 다른 작가들을 배제한다면 처음으로 세 개의 장 이론을 공식화한 사람은 사이드 필드이다. 이것이 **사이드 필드의 패러다임**이다.

사이드 필드의 경우 시나리오는 **시작** 또는 도입(설정), **중간** 또는 갈등(대립)이 복잡하게 얽히는 순간, **끝** 또는 결말(해결)이라는 세 개의 장으로 구성되어 있다는 것이다.

이런 도식으로부터 종종 '세 개의 장'을 각각 더 정확히 엄밀하게 시간을 배정하기도 한다. 예를 들면 필드는 독자들에게 영화에서 시간을 측정해 볼 것을 넌지시 권하면서 그가 영화를 좋아하는지 좋아하지 않는지 결정한다.

약 10분이 걸린다. 그것은 당신의 시나리오 10페이지 분량에 해당한다. 당신은 처음부터 독자의 흥미를 끌어야 한다.

사이드 필드, 《시나리오. 시나리오 쓰기의 기초》,[5]

뉴욕, 델출판사, 1984, pp.8-9.

도입부는 약 30페이지, 전개부는 60페이지, 결말부는 30페이지를 차지하게 될 것이다. '극적 전환점(구성점)'은 약 25-27, 85-90페이지 사이에 위치하게 될 것이다.

실제로 영화에서는 페이지 구분이 엄격하게 지켜지지 않을 뿐더러 특히 그렇게 기능을 하지도 못한다. '전개'라는 개념은 너무나 느슨하기 때문에 글쓰기에서 지주 역할을 하지 못한다. 도입부와 결말부로 말하자면 그것은 종종 아주 규범적으로 정의되기도 하고, 틀에 박힌 모델들의 원인에 불과할 수도 있다.

그렇다면 전체적인 불분명함과 평범한 모델 사이에 어떻게 위치해야 될까? 우선 지니고 있는 제약에서 벗어나야 한다. 현재로서는 시나리오의 실질적인 필요성을 가리키는 도입부와 결말부의 개념을 유지할 필요가 있다.

## 도입부

시작부터 관객들은 상황을 이해하는 데 유용한 정보를 얻을 수 있

---

5) 이 책은 국내에서 《시나리오란 무엇인가》(유지나 옮김, 민음사, 1999)란 제목으로 번역 출판되었다. [역주]

어야 한다. 관객의 주의와 흥미를 끌 수 있어야 한다. 결말에서 수수께끼는 풀려야 하며, 답도 수반되어야 한다. (우리는 나중에 표면상이든 실제적이든 규칙에 배치되는 예외를 보게 될 것이다.) 또한 순수하게 말하는 도입부(**이야기의 첫번째 시간**)와 관객들이 이야기의 흐름에서 정보를 얻게 되는 사실(연속되는 **도입부의 기능**)도 구별해야 한다.

도입부는 오페라의 서막과 같이 서스펜스의 신선미를 유지한 채 작품 전체의 근원을 내포하고 있어야 한다. 예를 들어 보자:

### 《새》(앨프레드 히치콕, 1963)

영화의 시작 부분에서 앵무새의 등장은 새들에 의한 인간들의 살육을 예고한다. 따라서 이것은 실마리에 해당되지만, 처음 영화를 보는 사람들에게는 수수께끼로 남게 된다(물론 영화의 제목이 예고의 효과를 보여 줄 가능성이 있을지 모르지만). 영화의 결말 부분에 가서야 관객은 영화의 시작 부분에서 본 이 장면을 다시 떠올리면서 그 의미와 계략을 파악하게 된다.

그러나 도입부는 또 다른 아주 중요한 기능을 한다. 즉 도입부는 관객들에게 제시된 일종의 '강독 조항'을 만들어 놓는다. 물론 이런 조항은 이미 영화 제목이나 이와 관련된 광고, 입소문으로 전해지는 말로 주어진다. 말하자면 관객이 영화가 시작되기도 전에 영화가 속해 있는 장르에서 이미 알게 되는 모든 것으로 마련된다. 하지만 관객이 영화 포스터도 보지 않고 우연히 영화관에 들렀다고 가정해 보자. 영화의 첫 영상들을 보면서 관객은 영화가 서부 영화인지 고대 사극 영화인지 탐정 영화인지 알게 되고, 이런 특유한 '조항'이 결말까지 지속될 수도 있다는 것을 은연중에 기대하게 된다. 《헬자포핀》(H. C. 포

터, 1941)이나 《불타는 안장》(멜 브룩스, 1973) 등과 같은 패러디 영화
들만이 도중에 허구적 규정을 바꾸는 것이 허용될 수 있다. 여전히 패
러디의 속성은 장르의 경계를 정확하게 준수하지 않는 것이라고 말할
수 있기 때문이다.

## ▶ 소설의 시작과 영화의 시작

따라서 관객에게 정보(특유하면서도 기본적인 내러티브에서 발생하
는)의 제공은 영화의 시작 부분에서 절대적으로 필요하다. 하지만 이
것이 단순해서는 안 된다. 소설에서는 고전적인 수법이지만 작가는 사
건을 아주 형식적으로 시간·공간에 위치시킬 수 있다.
　발자크 소설의 첫 구절을 예로 들어 보기로 한다.

　1828년 새벽 1시경 두 사람이 엘리제-부르봉 근처의 포부르-생-토
노레 가에 위치한 호텔에서 나왔다. 두 사람은 오래전부터 친구 사이로
한 사람은 아주 유명한 의사 오라스 비앙숑이었고, 다른 한 사람은 파
리에서 가장 품위 있는 사람 중의 한 사람으로 알려진 라스티냐크 남작
이었다.

《금지》(1836)

우리는 시대·시간·장소·중심 인물들의 관계뿐만 아니라 이름과
상황을 곧바로 부여받게 된다. 우리는 이런 부차적인 유형의 정보를
언어로 표현하지 않더라도 우리에게는 역사적인 허구지만 작가와 첫
독자들에게는 동시적일 수 있는 허구 속에서 사실적인 체제에 살고
있다는 것을 알 수도 있다. 시각적인 도입부가 그렇게, 적어도 직접 그

렇게 만들 수 없다는 것은 자명하다.

발자크는 종종 비극적 사건과 그 원인들을 요약하고, 첫줄부터 주요 인물의 성격을 밝히면서 전개시킨다.

궁정의 지지를 받아 온 많은 귀족들의 재산을 파괴시킨 7월 혁명의 완전한 실패 후에 카디냥 공작부인은 자신의 낭비벽에서 비롯된 완전한 파멸을 정치적인 사건의 탓으로 돌리는 능숙함을 보였다.

《카디냥 공작부인의 비밀》(1839)

이런 비밀이 곧 공작부인과 사랑에 빠지게 되는 가련한 다르테즈에게는 지켜진다고 하더라도 독자들에게는 더 이상 비밀이 될 수 없지 않은가!

소설가는 정보가 독자에게 주어지게 됨에 따라 그것을 수집하도록 재촉할 수도 있다.

이와 같이 일은 시작되었다. 나는 결코 아무 말도 하지 않았다. 나로 하여금 말하게 만든 것은 바로 아르튀르 가나트였다. 아르튀르는 의과 대학생이었고 동료였다. 사람들은 클리시 거리에서 우연히 서로 만날 수 있다…….

셀린, 《밤 끝으로의 여행》(1932)

이 소설의 첫 구절에서 독자는 우선 시작 부분의 구두 표현에서 약간 당황하게 되지만 화자의 사회적인 조건, 사건의 장소를 알 수 있고 서스펜스를 느끼게 된다(그러면 화자가 사건에 대해 결코 아무 언급도 하지 않았지만 그가 곧 말해 줄 수 있는 사건은 무엇인가?). 여기서 서술적 정체는 20세기의 독자에게 사실주의적 혹은 현대적으로 정의될 수도 있다. 아마 같은 언어가 발자크의 언어와 거리가 있는 만큼 미래의 독자에게 통용되지 않는 것처럼 보일 수도 있을 것이다.

시나리오 작가는 '시각적으로' 써야 한다는 첫번째 제약이 있다. 앞서 언급한 바와 같이 이것은 상황을 서술적으로 설명하는 것을 배제한다는 것을 의미한다. 그러나 시나리오 작가는 소설가들이 가지고 있지 않은 방법을 사용한다.

무엇보다도 이런 **시각적 제약**은 한계가 정해져 있는 것은 아니지만 장소나 배경의 차원에서 보면 아주 생산적이다. 대사 한마디 없어도 관객은 어떤 풍경 앞에서 영화가 어떤 장르에 속하는지 금방 예견할 수 있다(영화 포스터를 보지 않고 영화관에 들어가거나 프로그램을 보지 않고 텔레비전을 켠다고 하더라도). 어두운 거리, 흐릿하고 음산한 조명, 뚜벅뚜벅 걸어가는 발자국 소리와 같은 것들은 금방 탐정 영화를 떠올리게 만든다. 희미한 달빛에 비친 산의 풍경, 배경으로 깔린 성채의 어두운 그림자, 늑대 울음소리, 우리는 지금 트란실바니아에 있는 흡혈귀의 성에 들어와 있다.

### 《칼리가리 박사의 밀실》(로베르트 비네, 1919)

배경, 즉 표현주의 회화에서 영감을 얻은 기묘한 앵글과 원근법을 무시한 굴절된 선으로 이루어진 인위성을 그대로 드러낸 도시 풍경은 이미 등장 인물을 사로잡는 광기를 예고하고 있다(정신병원·몽유병 등).

### 《메트로폴리스》(프리츠 랑, 1926)

마찬가지로 거대한 마천루, 그 사이로 소형 비행기들이 요리조리 날아다니는 화면은 금방 미래주의적이고 불길한 세계를 예고한다.

등장 인물들의 경우도 마찬가지이다. 그들의 의상이 시대 · 장르(고
대 사극 · 서부극 · 탐정 영화 등)를 설정하고, 배우들의 차림새 또한 의
미의 전달자 역할을 한다. 전통적인(또는 패러디적인) 서부극에서 진
하게 화장하고 가슴과 등이 파인 옷을 입은 금발의 여인은 술집 댄서
이고, 회색 차림의 갈색 머리는 신참 여선생님이다(여선생님은 결말부
분에서 이민족과 결혼하게 된다).


[과제]
이미 당신 자신만의 시나리오 아이디어가 있다면 당신은 도입 장면을 쓰기
시작할 수 있다(시각적 약호로). 이 장면을 쓰는 것이 가장 쉽지 않다는 것을 유
의해라. 보통 우리는 이 부분을 마지막에 쓰도록 남겨두라고 충고할 정도니까!
그렇지 않으면 당신이 최근에 본 영화를 한 편 선택해서 시작 부분을 시각
적 약호로 써보도록 해라. 당신이 공격받을 것 같은 느낌이 들면 다른 버전
을 제시해 보도록 해라.


**지나치게 많은 정보를 제공하지도 말고, 모든 정보를 제공하지도 마라**


시나리오 쓰기의 공통인수로 남아 있는 시각적 약호 이외에도 도입
부는 특히 관객의 동화력과 연관된 부차적 원리에 따라야 한다. 당신
은 관객에게 5분 이내에 등장 인물의 이름, 그들의 신분, 그들의 관계,

---

6) 이 문제에 대해 제4장 공간 부분에서 다시 살펴보게 될 것이다.

그들의 과거 등을 기억할 것을 요구할 수 없기 때문이다. 그러나 당신은 관객을 위해 결코 아무것도 망각하지 않을 것 같고(그런데 그것이 그에게 행복을 가져다 주는 것은 아니다), 그렇다고 해서 그에게 '모두' 말해서는 안 되는 기억력을 타고난 보르헤스[7] 단편의 퓌네스 같은 인물을 가질 수 있어야 한다. 그렇지 않으면 당신의 시나리오는 도입부의 끝에서 엉뚱한 방향으로 옮아갈 가능성이 있다. 따라서 정보를 준다는 것은 정보를 모두 제공한다는 의미가 아니라 매력을 느끼고 다음 부분을 알고 싶어할 만큼 충분히 준다는 것을 의미한다.

몇몇 시나리오 쓰기의 입문서들은 가능하면 빨리 관객에게 주요 등장 인물들의 신분과 그들의 관계를 설명하도록 하라고 조언한다. 물론 이것이 틀린 것은 아니다. 고전극에서는 보편화되어 있는 경우이다. 하지만 흥미를 줄 수 있는 효과는 정반대 전략에서 도출될 수 있다.

> **《나를 사랑하는 사람들은 기차를 탈 수 있다》(파트리스 셰로, 1998)**
> 관객은 다양한 기차 승객들의 관계를 알아내고, 특히 샤를 베를랭이 발레리아 브루니−테데치의 전남편이라는 것을 파악하는 데 어느 정도 시간이 걸린다. 그렇다고 해서 무관심이나 의지박약의 문제일까? 그와 반대로 우리가 당장 알 수 없는 삶처럼, 서로의 관계·의미·서열이 밝혀지고 누가 누구인지 알기까지 시간이 걸리는 집단처럼 영화는 우리로 하여금 더욱 주의를 기울이게 만들고, 그럼으로써 재미를 배가시켜 주기도 한다.[8]

---

7) 〈퓌네스 또는 기억력〉, 《소설 *Fictions*》, 파리, 갈리마르, 〈폴리오〉 총서, 1986, p.109.

과거에 대한 불확실성과 등장 인물들의 관계가 극단적인 경우 플롯의 주된 동인이 될 수도 있다.

## 《지난해 마리앵바드에서》(알랭 레네, 1961)

X는 A에게 이미 만난 적이 있다고 주장하고, 그녀는 착각하고 있음에 틀림없다고 대답한다. 관객은 어느쪽이 진실인지 결정할 수 없다.

관객의 기대로 작용하는 다른 예:

## 《왜 안 돼》(콜린 세로, 1978)

두 남자와 한 여자, 셋이서 함께 살고 있다. 시작 부분에서는 세 사람의 관계의 본질이 무엇인지 정확하게 알 수 없다. 두 남자 중 한 명(파트릭 드바에르 분)은 이른 아침 일하러 가고, 남아 있는 커플은 침대에 있다. 파트릭은 오토바이가 고장나서 집으로 돌아오고, 침대에 누워 있던 커플은 그의 인기척을 듣고 불안해하며 옷을 다시 입는다. 관객은 가벼운 희극(보드빌)이나 비극적인 장면을 은근히 기대한다(파트릭은 두 친구가 침대에 있는 것을 보고 곧 격노하지 않을까?). 전혀. 파트릭은 둘에게 입맞춤을 하고 난 뒤 다시 길을 떠나고, 두 남녀는 조용히 서로 포옹한다. 약간 부끄러워진 관객은 자신이 너무 지나치게 의례적인 기대감을 가지고 있었다는 것을 깨닫게 된다. 이것은 관객으로 하여금 다음 이어지게 될 장면을 볼 채비를 하게 만든다.

---

8) 요컨대 이런 방식은 몇몇 소설가, 특히 러시아 소설가들에게서 영감을 얻은 것이다. 예를 들면 톨스토이의 《전쟁과 평화》의 시작 부분에는 우리가 금방 숫자를 헤아릴 수 없을 정도로 많은 인물들이 등장한다. 이렇게 알 수 없는 많은 인물들 중에서 점진적으로 나타샤, 앙드레 왕자와 같은 인물들이 갑자기 등장할 뿐이다.

## ▶ 흔히 범하기 쉬운 몇 가지 오류

**당신은 시나리오의 첫줄부터 등장 인물의 이름을 쓸 수도 있다**

하지만 관객은 인물의 이름을 알지 못한다. 이때부터 당신은 이런 의문을 제기할 수 있다. 우리가 어떻게 이름을 알게 되었지? 당신이 최근에 본 영화에서 어떻게 이런 일이 일어났는지를 살펴보라. 우리는 다른 인물이 이름을 부르게 될 때 그 인물의 이름을 알게 되거나, '수배자'로 올라 있는 벽보나 수취인 주소에 적힌 이름을 읽게 될 때 그 인물의 이름을 알게 된다. 종종 우리는 배역을 맡은 배우의 이름 때문에 그 인물의 이름을 모르게 되거나 쉽사리 잊게 된다. 예컨대 《12몽키즈》(테리 길리엄, 1995)에서의 브루스 윌리스와 《건레트》(클린트 이스트우드, 1977)에서의 클린트 이스트우드가 맡은 인물의 이름은 무엇이었나?

어떤 경우에는 이름이 언급되지도 않는다. 앞서 언급된 바 있듯이 《지난해 마리앵바드에서》의 중심 인물들은 시나리오에 그 이름의 첫 글자(A, X, M)로만 표기되어 있다. 《히로시마 내사랑》(알랭 레네, 1959)에서는 주인공의 이름이 장소(느베르·히로시마)로 표기되어 있을 뿐이다.

하지만 이름을 거명하는 문제가 본질적인 것이 아니라 하더라도 가능한 한 아주 자연스럽게 이름을 삽입시키는 것이 중요하다.

[과제]
제일 먼저 등장 인물의 이름을 제시하는 독창적인 방법을 생각해 보라(항

상 시각적 약호로).

**등장 인물들 중 한 명 혹은 여러 명이 '지나치게 말을 많이 한다'**

이중적인 의미에서 또 다른 빈번한 오류: 등장 인물들은 장황하게 떠들어댈 뿐만 아니라 그들의 담론은 당연히 관객에게 유용하기 때문에 불필요한 정보를 제공할 수도 있다. 라신의 비극 첫행에서 에스테르가 "사랑하는 엘리즈, 그게 바로 당신이었어?"라고 말할 때, 그녀는 아주 잘 알고 있는 시녀의 신분을 확인하려고 애쓰는 것이 아니라 시녀를 관객에게 소개하는 데 몰두해 있는 것이다. 고전극에서는 어느 정도 수용될 수 있는 이런 기법을 시나리오 쓰기에서는 무성 영화를 모방한 삽입 '자막'을 사용하여 패러디 효과나 반전 효과를 끌어내기를 바라는 경우를 제외하고는 피하는 편이 낫다.

이런 오류는 대사에서도 생길 수 있지만 지문은 필요불가결하기 때문에 함정에서 벗어나지 못한다.

**지문에는 약호로 보기 어려운 정보가 제공된다**

관객에게 가능한 한 최선을 다해 정보를 주겠다는 배려에서 초보의 시나리오 작가는 약호로 보기 어려운 정보를 주는 지문을 쓰게 될 수도 있다. 특히 다음과 같은 경우:

— 영화의 현재에 비해 과거(가깝거나 먼)에 일어난 사실에 대해. 당신은 '시나리오 작가가 10년 전 어린아이였을 때 이미 겪었던 그런 경험'을 쓸 수 없지만, 예전에 그런 경험이 있었다는 것을 보

여 줄 방법을 찾게 되면서 문제의 경험을 눈에 보이게 할 수 있다. 즉 형식적인 변화(예를 들면 컬러에서 흑백이나 먹물로의 전이)나 물질적인 변화(아역 배우를 보여 주거나 어른 인물보다 어린 배우를 보여 주고, 관객의 눈에 이미 완성된 것으로 보이는 집을 건축 중인 것으로 보여 주는)를 통해 눈에 보이게 해줄 수 있다.

— 관객의 눈에 보이거나 들리지 않을 것 같은 사실에 대해(예를 들면 두 인물들 사이의 대사를 쓰는데, 그 대화는 장면이 구성된 관점의 인물에게는 들리지 않는다).

## 중심 인물들의 감각과 감정을 환기시켜라

앞서 살펴본 바와 같이 이런 것은 금지되기도 한다. '그는 기억하고 있다'고 쓰는 것은 플래시백으로 들어가기 위해서는 허용될 수 있으나 그것을 시각화해야 한다.

## ▶ 몇 가지 연구 모델

### 고전적 도입부

#### 《시에라 마드라의 황금》(존 휴스턴, 1947)

라틴아메리카나 미국의 남부일 수 있는 배경(조금 지나면 그곳이 멕시코라는 것을 알 수 있다)으로 시작하는 영상에서 남루한 차림에 수염도 깎지 않은 한 남자(험프리 보가트 분)의 모습이 보인다. 그 남자는 로또 결과를 볼 수 있는 벽보를 혼란스러운 듯 주시하다가 복권을 구겨 버린다. 우리는 그 복권이 당첨되지 않았다는 것을 알 수 있다. 그는 바닥에 있는 담배꽁초를 보고는 그것을 주울까 머뭇거린다. 한 부랑아가 그보다 먼저 꽁초를 주워가 버린다. 그러더니 그는 좀 있어 보이는 한 미국인에게 다가가 같은 동포라고 분명히 밝히면서 끼니를 때울 돈을 요구한다. 이때 우리는 그가 영어로 말하면 그것은 단지 영어권 관객을 위한 영화의 관습에 기인하는 것이 아니라 그가 외국으로 추방되어 거지신세로 전락한 존재라는 것을 알 수 있다. 얼마 후 그는 거리에서 우연히 만난 갤리선 동료와 함께 일거리를 찾지만 고용주에게 봉급을 갈취당한다. 그들은 봉급을 받기 위해 고용주를 무자비하게 구타한다. 그들은 부랑자 간이 숙박 시설에서 한 노인을 우연히 만나게 되는데, 그 노인으로부터 전설 같은 시에라 마드라 금광맥을 전해듣는다……. 드라마는 전개되고, 관객은 일어나게 될 일들을 예측하지 못하면서도 어쨌든 그것이 만반의 준비가 된 두 사람(특히 보가트)과 관계가 있다는 것을 이해할 수 있다.

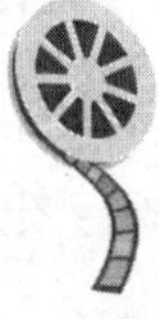

당신이 잘 알고 있는 영화(아니면 비디오카세트로 사용할 수 있는 영화)를 몇 편 골라라. 처음 10분을 주의 깊게 보아라(사이드 필드의 암시, 그것을 예측해 보아라). 다음과 같은 것을 분석해 보라:

— 인물들의 등장 순서(먼저 주인공이 등장하는가, 아니면 조연들이 먼저 등장하는가?).

— 인물들의 등장 방식(어떤 징후들이 인물들마다 나타나게 되는가?).

— 처음 장면들이 일어나는 장소(제4장 공간에 관한 부분 참조).

— 처음 10분 동안의 영화적 지속 시간: 극 전개에서 10분이 문제인가, 아니면 그 이상인가, 그 이하인가(제5장 시간에 관한 부분 참조)?

## 여러 가지 '속임수' 도입

아마도 특히 탐정류의 영화에서 이런 것을 발견할 수 있을 것이다. 여기서 두 유형의 '속임수' 도입, 즉 역언법 도입(exposition-paralipse)과 전유법 도입(exposition-métalepse)을 구별해야 한다.

제라르 주네트(1972)에게서 빌려 온 용어인 **역언법 도입으로** 작가는 독자나 관객에게서 고의적으로 정보를 빼낸다. 달리 말하자면 도입은 결말로 해결되어야 할 수수께끼 같은 문제를 만들어 내는 방식으로 정보를 훼손시킨다. 여기 그 성공적인 한 예가 있다:

### 《유주얼 서스펙트》(브라이언 싱어, 1995)

첫번째 장면에서 관객은 살인범과 설전하는 부상자의 모습이 보이면 대화에 참여할 수도 있는, 숨어서 두려움에 떨고 있는 제3의 인물이 '보인다고 생각한다.' 두번째 장면에서 관객은 그가 시각적인 술수보다는 서술적인 술수의 희생자였다는 것(영화를 보지 않을 사람에게는 이야기할 필요없다)과 사실 '제3의 인물'과 살인범은 동일한 인물이라는 것을 알 수 있다.

또 다른 예:

### 《해븐리 크리쳐스》(피터 잭슨, 1995)

아주 강렬한 도입부 장면은 관객에게 진짜 정보와 속임수를 동시에 내포하고 있다. 실제로 관객은 피투성이가 되어 울부짖으면서 정원으로 뛰어가 살려 달라고 애원하는 청소년기의 두 소녀의 모습을 볼 수 있다. 관객은 두 소녀 중 한 소녀의 엄마가 잔인하게 살해되었다는 것을 차차 알게 된다. 관객이 시간이 흐른 뒤에서야 알게 되는 것은 이성을 잃고 미친 듯이 날뛰는 소녀들이 살인범이라는 사실이다.

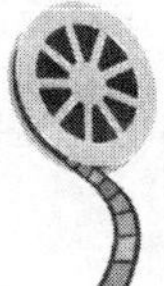

이렇게 부분적으로 삭제된 정보 전달만의 도입 유형이 다소 공들인 듯한 형식으로 많이 통용된다. 당신은 이런 유형을 이미 알고 있는 영화들에서 틀림없이 발견할 수 있다.

역시 주네트에게서 빌려 온 용어인 **전유법 도입**은 근거 없는 서술 장면의 변화를 나타낸다.

이런 변화는 다음과 같은 총칭적인 순서에서 연유할 수 있다:

### 《맨 인 블랙》(배리 소넨필드, 1997)

시작 부분에서 불법 이민자들, 주로 멕시코인들이 타고 있는 트럭을 검문하고 있는 경찰관 두 명의 모습을 볼 수 있다. 협정으로 보면 사실주의 영화인 것처럼 보인다. 하지만 검문중에 이민자들 중 한 명은 외계인으로 밝혀진다. 따라서 관객은 허구적인 체제가 바뀌어 사실주의에서 **SF**로 넘어가게 된다.

변화는 총칭적인 동일한 협정에 남아 있게 됨으로써 줄거리와 먼저 등장한 인물들의 단계에서 일어날 수 있다:

### 《펄프 픽션》(쿠엔틴 타란티노, 1994)

시작 부분을 보자: 우리는 술집을 겸한 식당에서 자신들이 보니와 클라이드라 생각하고 강도 행각을 저지르려는 두 청춘 남녀를 목격할 수

있다. 따라서 관객은 영화가 스토리를 전개해 주기를 기대한다. 그러나 우리는 두 남녀를 볼 수 없다. 그동안 우리는 그들을 완전히 잊고 있다가 영화의 마지막 부분에서 비로소 실패한 강도 행각을 저지르려는 그들을 다시 볼 수 있다. 타란티노는 관객이 기대감을 갖게 만들고, 예측을 빗나가게 만들며, 관객에게 엑스트라에 불과한 부차적인 인물보다 수적으로 더 많은 등장 인물들을 등장시키는 것을 좋아한다. 마치 그들이 줄거리의 주인공들이 되어야 하는 것처럼 말이다.

여기서도 여전히 다음과 같이 소설가들에게 익숙한 독자, 누보 로망 그 이전의 독자를 가볍게 여기는 것이 문제라는 데 주목할 필요가 있다:

그들은 어떻게 만났을까? 다른 사람들이 그런 것처럼 우연이겠지. 그들의 이름은 무엇이었을까? 당신들은 무엇이 중요한가? 그들은 어디서 왔을까? 아주 가까운 곳에서 왔겠지. 그들은 어디로 갔을까? 우리는 우리가 가는 곳을 아는 걸까?

디드로, 《운명론자 자크》, 파리, 플레야드, 1951, p.475.

《운명론자 자크》의 첫 구절은 독자의 기대와 추정된 의문들을 가볍게 여기면서 창작자의 자유 의지와 그가 독자들에게 부여하게 될 동기 부여의 인위적인 특성을 유머를 섞어 강조한다. 잘못 알고 '전통적'이라고 평가되는 소설은 《펄프 픽션》에서처럼 부차적 인물에게 잠깐 조명을 비춰 독자에게 도중에 그가 허구 세계에 있다는 것을 다음과 같이 정확하게 상기시키면서 부차적 인물을 거침없이 사라지게 만들 수도 있다.

그는 어디로 갔을까? 상관없는 일이다. 그는 이야기 속에서 사라졌을 뿐이다. 우리는 그를 더 이상 볼 수 없게 된다.

쥘 베른, 《카르파트의 성》(1892), 파리, 포쉬판, 1966, p.19.

## ▶ 시간상 도입 상황

지금까지 우리는 시작 부분의 표현으로서의 도입에 대해 언급해 보았다. 사실 그런 도입은 영화가 시작된 몇 분 동안 잘 나타난다. 그러나 그것은 그런 도입이 보여 주는 사건들이 스토리의 연대기적인 순서로 전개된다는 것을 의미하지는 않는다. 그와 반대로 영화의 시작 부분에서 스토리상으로 상대적으로 늦게 일어나는 사건을 보여 주고, 뒤에서 이 사건[9]을 설명하기 위해 '되돌아가는' 경우도 종종 있다.

한 예를 분석해 보면:

《외인부대병사》(윌리엄 웰먼, 1939)[10]

첫번째 장면: 사막. 외인부대가 프랑스 성채로 다가간다. 그곳은 도전에 아무런 반응이 없다. 군인들은 성벽 위에서 무장한 채 움직이지 않고 있다. 분견대장이 성채 안으로 들어갈 지원병을 구한다. 한 병사가 나타난다. 그 병사는 성벽에 쇠갈고리를 던지고 기어올라가더니 모습이 보이지 않는다. 한 방의 총소리가 들리더니 조용하다. 분견대장은 성문을 부수게 하고, 병사들이 안으로 들어간다. 성벽에는 외상도 없이 죽은 지 며칠이 지난 병사들의 시체가 널려 있고, 죽은 지 얼마 되지 않은

---

9) 연대기와 이야기 전개의 관계에 대한 이런 의문은 제5장 시간에 관한 부분을 참조할 것.
10) 1926년 제작된 영화의 리메이크 작품. 1977년 마티 필드만(Marty Feldmann)이 《'멋진' 외인부대병사 *Mon 'Beau' légionnaire*》로 패러디하기도 했던 작품.

(아직 체온이 남아 있는) 시체도 있다. 지원병의 모습은 보이지 않는다.

영화 자체는 엄청나게 많은 플래시백으로 구성되어 있다.

10년 전: 아버지로부터 거의 버림받다시피 한 엄마 없는 고아 보(게리 쿠퍼 분)와 그의 두 동생은 숙모의 손에 자랐다. 가세는 점점 기울어 남은 것이라고는 숙모가 아이들에게 이따금 보여 주곤 하던 상자 속에 들어 있는 값어치를 알 수 없는 사파이어 하나뿐이다.

2년 전: 보와 그의 동생들은 청년이 된다. 보는 사파이어를 훔쳤다는 비난을 받지만 아무도 그가 그렇다는 것을 알지는 못한다. 그는 외인부대에 입대했다가 곧 동생들을 다시 만나게 된다. 형제들 중 한 명이 값을 매길 수 없는 보물을 가지고 있다는 것을 알게 된 악당들은 그것을 탈취하고 싶어한다. 형제들은 뿔뿔이 흩어진다. 형제들 중 두 명은 외딴 성채로 배속된다. 전염병이 발생한다. 병사들이 한 명씩 죽어간다. 형제 중 한 명도 죽게 된다. 군대에 남겨진 형은 다른 두 형제의 소식을 듣기 위해 성채로 들어가길 자원한다.

여기서 영화는 우리가 시작 부분에서 보았던 장면으로 연결된다. 형은 성채 안으로 들어간다(카메라가 그를 따라간다. 이 부분은 카메라가 시작 부분에서 보여 주지 못했던 부분이다). 그는 악당(체온이 식지 않은 시체)을 죽이고, 살아남은 두 형제는 사막으로 달아난다.


## [과제]

이런 예에서 영감을 받고 신문이나 뉴스에서 읽은 여러 가지 사실을 주제로 삼아 영화의 시작 부분에 위치하고 관객과/이나 몇몇 등장 인물에게 불가사의한 장면을 써보라. 그리고 같은 장면이지만 그 장면을 이해할 수 있는 여러 가지 요소들을 덧붙이면서 영화의 마지막 부분에 반복되도록 만들어 보라.

당신은 선행된 것으로부터 도입이 어쩌면 첫째로 쓰게 되는 것이 아닐 수 있다는 것을 추론할 수 있다. 실제로 도입은 당신이 잠정적으로 관객에게 다음 스토리를 생략한다 하더라도 그것을 알고 있다는 것을 전제로 한다. 우리는 이런 수수께끼에 숨어 있는 것을 모른 채 너무도 난해한 사막에 있는 성채의 첫 장면을 쓴 《외인부대병사》의 시나리오 작가를 제대로 생각하기 어렵다……. 당신이 도입부를 쓸 수 있다는 것은 오히려 일단 스토리 전체를 소유하고 있는 것이다.


## 결말

엄밀한 의미에서 시나리오의 전개를 건너뛰고 결말부터 이야기한다는 것이 역설적으로 보일 수 있다. 그러나 도입부와 마찬가지로 이야기 전체에 의해 제기된 문제들에 답해야 하는(원칙적으로) 서술의 전략적인 순간의 문제이다. 길버트 K. 체스터턴(1983)은 결말이야말로 여종업원의 '살인범은 주방장이다'와 같은 유형의 단 한 문장의 외침으로 확실히 드러날 수 있다고 주장한 바 있다. 영화적 기록으로 남기기 위해 우리는 《땅콩》에서 루시가 라이너스에게 적나라하게 보여준 바와 같이 '로즈버드는 눈썰매의 상표였다'는 말을 선호한다. 이런 극단에 이르지 않고도 결말은 관객에게 해결책이나 아니면 반드시 만족감을 가져다 주어야 하는 일이 남는다. 결말은 이 명칭이 나타내는 것처럼 영화의 흐름에서 형성된 극적인 모든 실마리를 풀거나 부득이한 경우에 그것을 자를 수밖에 없다.

## ▶ 몇 가지 연구 모델

고전적 결말

### 《사이코》(앨프레드 히치콕, 1960)

이 영화는 고전적 결말의 좋은 예를 보여 준다. 관객은 영화가 전개되는 동안 제기되었던 다음과 같은 여러 가지 의문에 대한 답을 받아들인다. 마리온을 누가 죽였는가? 그리고 아보가스트는? 베이츠 부인은 정확히 누구인가? 노먼의 역할은 무엇인가? 마찬가지로 관객이 윤리적 차원에 있다면 죄는 벌받게 되어 있다(마리온은 사장의 돈을 훔쳤다)는 것을 확인하는 것으로 만족한다.

### 《시에라 마드라의 황금》

돕스(보가트 분)는 황금에 눈이 멀어 동료 커틴을 살해하고 둘이서 함께 사금에서 어렵게 추출해 낸 금분의 탈취를 기도한다. 그 다음에 그는 강도들에게 살해당한다. 강도들은 그의 노새와 옷에 눈독을 들였을 뿐 (…) 금이 든 자루를 모래로 착각하고 던져 버린다. 영화는 커틴과 노인 하워드가 마지막 운명의 순간에 웃음을 터트리는 것으로 끝난다. 그들의 시도는 물거품이 되었고, 금분은 바람에 날아가 버리고, 그들에게 남은 것이라고는 삶뿐이다. 특히 그들은 돕스를 범죄와 죽음으로 몰아넣은 불길한 현기증에 굴복하지는 않았다.

최근 영화의 예:

## 《브래스드 오프》(마크 허만, 1997)

결말 역시 아주 고전적이다: 브래스밴드가 런던에서 대상을 차지한다. 브래스밴드의 단장(피트 포슬스웨이트 분)은 점잖게 반자유적인 일장연설을 하며 트로피를 거부한다(그런데 이것은 앞서 일어난 일을 부분적으로 진정시키는 짤막한 개그에 불과했다. 악대원 중의 한 사람이 그래도 받을 만한 것이라고 몰래 트로피를 탈취해 갔으니!). 이런 결말은 물론 관객을 즐겁게 해주지만 그럴듯함(이전의 여러 가지 에피소드에서 브래스밴드는 지방에서 거행되었던 조그만 콩쿠르에서도 상을 받은 적이 없다)과 심리(브래스밴드의 단장은 음악에 일생을 바쳤고, 그때까지 사회 활동에 거의 신경 쓰지 않았지만 영화의 마지막 5분 동안 갑자기 정치라는 것을 알게 된다)를 감안한 것은 아니다. 관객은 만족스럽다고 생각하지만 해피엔드를 사실주의의 요구보다 선호하기 때문에 그런 세세한 것들에 이의를 제기하지는 않는다.

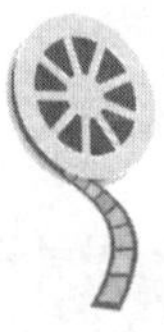

당신이 비디오카세트로 볼 수 있는 영화, 특히 도입부를 위해 살펴본 적이 있는 영화 1,2편을 골라라.

— 결말이 어디에서 시작되는지 살펴보도록 해라(사이드 필드에 의하면 결말은 30분 정도 걸린다).

— 이야기에서 제기된 문제들은 모두 해결되었는가?

— 결말의 허구적인 지속 시간은 얼마나 걸리는가? 당신이 재어 본 시간과 같은가, 아니면 몇 분 덜 걸리는가, 더 걸리는가? 일반적인 규칙상 리듬은 도입부에서보다 더 빠르지만 예외들이 있을 수 있다. 예를 들면 《브래스드 오프》에서 결말은 거의 실제 시간으로 전개되는 반면, 《시에라 마드라의 황금》에서는 적어도 하루나 이틀이 걸린다.

[과제]

당신이 이미 시나리오에 대한 구상이 있다면 이야기가 진행되는 동안 관객이 제기할 수도 있을 문제들의 목록(다소 길 수도 있는)을 작성하고, 그에 대한 답도 만들어 놓도록 해라.

요약되어 있지만 다음과 같이 두 가지 선택을 고려하여 결말을 써보도록 해라:

1. 결말이 30분 걸린다(극의 시간＝영화의 시간).
2. 결말이 하루 걸린다(극의 시간＞영화의 시간).

세번째 선택(극의 시간＜영화의 시간)은 이론적으로만 가능할 뿐이다. 실제로 특수 효과(슬로 모션 등)를 사용하지 않는 한 순식간에 벌어지는 행동을 30분으로 늘린다는 것이 어려워 보일 수 있다.


## 예기치 못한 결말

결말은 관객의 기대를 충족시켜 주지 못하고 빗나가게 만드는 답을 가져올 수도 있다. 관객의 요구 정도에 따라 결말이 격해질 수도 있고, 상당히 기쁠 수도 있다:

우화의 결말에서 어린아이는 정확히 말해 예견하기라도 한 것처럼 주인공들이 행복하게 사는 것을 알고 기뻐한다. 《5시 25분》에서 독자 애거사 크리스티는 자신이 완전히 착각하고 있었고, 작가가 너무 놀랐다는 것을 알고 기뻐한다. 우화마다 그 역할과 그것이 부여하려는 즐거움이 있다.

움베르토 에코, 《우화의 독자》, 파리, 그라세, 1985, p.153.

코미디에서 드라마로 넘어가는 다양한 기록에서 찾아낸 몇 가지 예들이 있다:

《여자 사냥꾼들》(알렉산더 매켄드릭, 1955)

현악5중주를 연습한다는 구실이었지만 사실은 강도 행각을 저지르기 위해 노파의 저택에 침입했던 다섯 명의 강도 중 네 명이 서로 죽도록 치고받는다. 그 일당의 우두머리(알렉 기네스 분)만 남게 된다. 관객들은 우두머리만이 유일한 생존자이기 때문에 그가 부당하게 획득했지만 그 돈을 향유하길 은근히 바란다. 그러나 그가 네번째 강도를 막 해치운 철길을 응시하고 있을 때 기적소리가 지척에서 울리는데 (…) 강도 행각의 결과를 이용하는 것은 바로 의연한 노파이다.


《예수의 생애》(브루노 뒤몽, 1997)

관객은 무위도식에서 젊은 아랍인을 살해하기까지의 주인공과 그 일당들의 방황을 쫓는다. 관객은 투사나 동일화 방식으로 슬픔에 잠긴 인물이나 인물의 스토리에 집착하기는 어렵다. 그러나 결말은 죄가를 치른다는 것을 의미하는 것도 아니고, 속죄를 의미하는 것도 아니다. 화면 영역에 홀로 남아 간질 발작을 하는 경향이 있는 주인공은 관객이 회한으로 쉽사리 설명할 수 있는 일종의 신경증이 있다.


《달콤한 내세》(아톰 에고이얀, 1997)

이 영화는 복수의 동기(차 사고로 죽은 아이들의 보상을 받아내려는)로 구성되어 있는 것처럼 보인다. 스크린에 맨 먼저 나타나 슬픔에 잠긴 부모들을 찾아갔기 때문에 스토리의 길잡이가 될 수 있는 변호사는 배상을 받아내려는 주인공으로 인정될 수도 있다. 그렇지만 결국 영화는 반전된다. 사고의 유일한 생존자인 중요한 증인 니콜은 차를 몰았던 여성 운전자를 비난하는 거짓 증언을 해서 실제로 변호사의 모든 변론을 파기시킨다. 왜 그랬을까? 근친상간을 거의 받아들이는 듯한 상대인 그녀가 속죄처럼 비치는 사고의 배상을 거부했기 때문일까? 관객은 불확실성에 빠진다. 영화의 작가에 의해 모아진 반응들은 몇몇 독자들이 그래도 이야기의 중요한 요소들(근친상간처럼)을 은폐시켰거나, 매겨진 가치뿐만 아니라 상세하게 기술된 사건들의 물질성에 관해 아주 다른 선택을 하고 있었다는 것을 보여 준다. 또한 거기서 영화의 시작 몇 분 동안 차의 앞유리가 자동 세차의 의문스러운 검은 비질로 거무스레해진 것 같은 시퀀스에 의해 상징화된 현대성의 징후도 보여 준다.

[과제]

1. 《달콤한 내세》의 주제로 시작해라: 마을의 아이들이 통학 수송차 사고로 모두 죽었다. 슬픔에 잠겨 있는 사람들을 어떻게 기술할 것인가? 다음과 같이 써보도록 해라:

— 고전적 도입(예를 들면 사고에 대한 묘사로 시작할 수도 있는);

— 고전적 결말(예를 들면 안전 검사를 소홀히 했을 수도 있는 차량 소유자에 대한 처벌).

2. 변화가 많은 사건으로부터(또는 당신이 최근에 보았던 영화로부터) 다음과 같이 써보도록 해라:

— 역설적이거나 착각을 일으킬 수도 있는 다른 도입;

— 예기치 못한 결말.


# 고리와 매듭


질베르 라스코(《고리와 매듭》, 파리, 발랑, 1980)에게서 빌려 온 이 두 용어는 시작과 끝 사이에 일어나는 일, 즉 스토리를 진척시키는 것을 가리킨다. 앞에서 살펴본 바와 같이 사이드 필드와 그의 계승자들에게 있어서 사건들은 상대적으로 단순하다. 그 사이에는 적어도 두 개의 **플롯 포인트**(글자 그대로 구성점)[11]가 있다. 그것은 시나리오에서 25-27쪽과 85-90쪽 사이에 각각 나타나고, 영화에서는 25분과 85분경에 나타난다. 당신은 이미 도입과 결말에 있어서 그랬던 것처럼 선택한 이런저런 영화에 대한 측정의 정확성을 세심하게 확인해 보는 데 흥미를 느낄 수 있다.

표본이 된 것을 잘 다듬어 보려면 우선 고전적 드라마투르기(극작법)에 들어 있는 것을 살펴볼 필요가 있다.

17세기 연극에서 비극들과 희극들은 일반적으로 5막으로 구성되어 있다. 막은 각기 행위를 '진척시키는' 하나의 핵심적인 사건으로 집중된다. 낙관적인 결말의 예:

### 코르네유의 《르 시드》

스페인 궁정에서 시멘과 로드리그는 약혼을 하고, 양가도 동의한다. 그런데 갑자기(사건 n° 1) 왕이 시멘의 아버지 동 고르마스도 바라던 호의를 로드리고의 아버지 동 디에그에게 베푼 것이다. 화가 난 시멘의 아버지 동 고르마스는 동 디에그를 모욕한다(사건 n° 2). 이런 모욕을 손수 복수하기에는 너무 나이가 많은 동 디에그는 아들에게 그 역할을 맡긴다. 순종적인 아들 로드리그는 시멘의 아버지를 죽인다(사건 n° 3). 시멘은 자기 아버지를 죽인 남자와 결혼할 수 없게 된 것이다. 상황은 진퇴양난이었다. 다행히도 때마침 무어족이 침입해 왔다(사건 n° 4): 로드리그는 무어족의 침입을 격퇴시키고 승리로 이끈다. 시멘은 감동하

---

11) "구성점은 행위에 연계되어 있고, 행위를 다른 방향으로 돌려 놓을 수 있는 작은 사건이나 큰 사건이다."(사이드 필드, *op.cit.*, p.111) 일반적으로 구성점은 '극적 매듭'으로 해석된다. 또한 종종 '전환'이나 '전환점'이란 말로 해석되어 변환점이란 용어로 사용되는 것을 볼 수 있다.

게 될까? 아직은: 시멘은 동 상쉬로 하여금 로드리그에게 결투를 신청하도록 한다. 오해로 인해 시멘은 로드리그가 죽었다 생각하고 큰 소리로 사랑을 고백한다(사건 n° 5). 로드리그가 다시 나타난다. 시멘은 바로 전에 했던 고백을 취소한다. 그러나 왕은 관객의 격분을 확실히 고려하듯이 사건들을 조정한다(결말).

당신은 이 짤막한 요약을 통해 모든 '사건들'이 같은 가치일 수 없다는 것을 확인할 수 있다: 첫번째 사건(왕의 호의)은 상대적으로 예측할 수 없는 것이다. 다른 사건들은 등장 인물들이 선택했다(로드리그는 시멘의 아버지를 죽이지 않을 수 있고, 시멘은 여하튼 그와의 결혼에 동의할 수도 있다. 그러나 이런 잠재성들은 인물들의 윤리와 성격 때문에 실현될 수 없다)고 하더라도 일련의 인과 관계와 연관되어 있다. 우리는 인과 관계의 이런 개념으로 되돌아갈 수 있다. 인과 관계가 전적으로 영화의 이야기를 지배한다고 보기는 어렵다.

낭만주의극은 연극의 행동과 상황의 급변이 증가됨에도 불구하고 이런 원칙을 고수하고 있다. 비관적인 결말의 예:

### 뮈세의 《로렌차초》

피렌체에 부패가 만연되고 있다(불쾌감). 그 과오가 알렉산더 공작(적대자)에게 돌아온다. 질서를 확립하기 위한 첫번째 해결책이 다음과 같이 나타나는 것처럼 보인다: 공화주의자인 시보 공작부인은 공작이 극에 달한 감정으로 돌아오길 바라면서 그를 유혹한다(실패, 거짓 해결책). 공작의 사촌 로렌조는 그녀의 신뢰를 얻기 위해 타락한 체하지만(정신분석학에서 말하는 거짓 자아), 결국 정말 타락하게 된다(주인공은 상대 권력에 의해 악영향을 받는다). 로렌조는 공작을 죽인다(적대자 제거). 문

제는 해결되었나? 아니다. 바라던 반란은 일어나지 않고, 목에 현상금
이 걸린 로렌조는 천민들에 의해 처형된다. 그리고 새로운 메디치 가문
이 왕권을 차지한다(악의 승리, **처음의 불쾌감은 해소되지 않는다**).


소설에서도 이것은 마찬가지이다: 인물은 장소와/나 입장을 바꾼
다. 그러나 소설 장르는 연극의 제약에 예속되기 때문에 소설가는 관
점을 증가시키고, 어떤 인물에서 벗어나 다른 인물로 옮아가며, 공간
과 시간을 가로지르고, 게다가 독서 규약을 바꾸고 기록들을 혼합시킬
수도 있다.

시나리오는, 글쓰기에서는 그럴 수 없지만 구조[12]에서는 소설만큼
자유로울 수 있다. 시나리오는 연극적 행동, 상황의 급변——소위 액
션 영화나 모험 영화의 경우——을 증가시키거나 지속 시간, 선형성,
대수롭지 않은 것을 검토해 볼 수 있다. 선행된 서술적 선택 안에서
도 전형적인 예들은 있을 수 있다. 어쨌든 고리와 매듭은 일반적으로
다음과 같은 기능들 중 하나 혹은 여러 개를 충족시킬 수 있다(린다
세게르, 1987, p.16):


— 이것은 행위의 흐름·장소·목적을 바꾼다.
— 이것은 핵심적인 문제를 다시 제기하고, 우리로 하여금 의문을
  갖게 한다.
— 이것은 인물에게 결정의 순간을 구성한다.
— 이것은 쟁점들을 증가시킨다.
— 이것은 이야기를 진척시킨다.

---

12) 시각적 약호와 소설적 약호에 관한 부분 참조.

# 행위의 전개

프로프의 도식을 답습해 보기로 한다. 스토리가 형성되려면 문제가 제기되어야 한다. 그것은 우선 문제가 발생하기 이전에 상황 설명과 찾을 수 있든 없든 해결책을 찾는 것을 전제로 한다. 문제와 그 해결 사이에 많은 돌발적인 사건들이 해결을 늦어지게 만드는——게다가 완전히 막을 수도 있는——장애물 형태로 갑자기 나타날 수도 있다.

아주 보편화된 이런 도식은 소설이나 연극 작품, 고전 영화나 최근 영화와 마찬가지로 《오이디푸스 왕》(소포클레스극에서 제기된 첫번째 문제: 테베를 황폐화시킨 페스트; 해결책: 범인을 색출해 처벌하는 것)을 정의하고 있다. 그러나 이런 것은 좀더 복잡한 도식을 이해하기에는 너무 보편적이고 단순하다. 이것을 조작적일 수 있게 만들려면 좀더 세부적으로 들어가야 하고, 결말을 늦어지게 만드는 장애물들의 본질을 살펴보듯이 특히 행위의 전개를 살펴보아야 한다.


요컨대 이런 모험을 감행하는 여주인공은 많은 위험이 도사리고 있는 분위기에서 그것을 추구할 필요가 없다. 그녀는 현재의 해결책 중 어느것이 최선의 권리인지 정확하게 알지 못한다. 이것 때문에 그녀는 성급하게 싸움에 끼어들지 않는다. 배반자가 백번째의 다이아몬드를 훔친 것이다. 펄은 그를 권총으로 위협하여 그 보석을 빼앗는다. 그녀는 차에 오른다. 자동차는 위장되어 있다. 펄은 지하실에 내던져진다. 그러는 동안 도둑맞은 도둑은 그녀의 집으로 들어가려고 한다. 그는 기자를 보고 놀라 지붕 위로 올라간다. 광고제작자가 그를 쫓아가다가 놓치고, 이전의 사건이 벌어질 때 석연치 않은 역할을 한 바 있는 애꾸눈이를 뜻밖에도 중국인촌에서 우연히 만나게 된다.

루이 아라공, 《애니세 또는 파노라마》(1921), 파리,

포쉬판, 1969, p.118.

루이 아라공이 펄 화이트가 여주인공인 연재 소설 《뉴욕의 신비》의 묘사에서 유머로서 강조하는 것은 여러 사건들의 상당히 자의적인 연관이다. 이런 연관은 작가들의 환상과 관객을 '고수하려는' 욕망과는 다른 이유가 있을 뿐이다. 이런 유형의 연관은 더 이상 시작의 신선함이 없을 수 있지만 사라지는 것과는 거리가 멀다. 그러나 오늘날의 관객은 일반적으로 난센스 영화를 보러 가기를 선택하는 경우를 제외하고 덜 자의적인 방식으로 구성된 이야기를 기대한다. 우리는 구성을 크게 두 유형, 즉 우리가 잠정적으로 **논리적**이라고 말하는 구조와 **불확실**하다고 말하는 구조로 구별할 수 있다.


# 3. 선형적 구조(또는 논리적 구조)


일반적인 규칙상 행위들의 연관은 인과 관계의 규칙에 따르고, 이런 전개가 종종 혼란스럽다 하더라도[13] 시간의 흐름에 따르게 된다. 완벽성을 바라지 말고 몇 가지 기본적인 모티프를 찾아내도록 하자.

---

13) 제5장 시간에 관한 부분 참조.

# 행위의 동기: 임무

프로프와 그레마스에서 알 수 있듯이 행위를 일으키는 첫번째 요인은 이야기의 시작 부분(또는 종종 이전)에서 생기는 혼란, 즉 불쾌감이다. 이런 혼란에 이어서 주인공은 그것을 깨끗하게 해결하는 임무를 부여받는다.

이런 임무는 여러 가지 형식으로 나타날 수 있다.

## ▶ 악인 중의 한 명 혹은 여러 명을 무력화시키거나 제거하라

이것은 많은 시리즈물(《미션 임파서블》《중산모자와 가죽장화》 등)과 모험 영화의 지배적인 도식이다.

### 《지옥의 묵시록》(프랜시스 코폴라, 1979)

조셉 콘래드의 소설 《어둠의 한가운데》에서 막연하게 착상한 사건은 전쟁중인 베트남과 캄보디아에서 벌어진다. 커츠 대령(말론 브란도 분)은 실제로 부대와 고립된 채 주민들을 공포로 지배하면서 혼자 전쟁을 이끈다. 월라드 대위는 커츠와 합류하여 그를 무력화시키라는 임무를 부여받는다. 커츠를 찾기 위해 기도하는 강을 따라가는 긴 여행을 하는 동안 월라드는 '허가된' 전쟁의 공포에 사로잡힌다. 첫번째 버전(다른 세 개의 결말이 존재한다)에서 월라드는 커츠를 죽이고 그 자리를 차지한다.

### ▶ 선한 자(또는 자기 자신)를 악인으로부터 보호하라

이런 궁극 목적은 전례와 아주 유사하다: 자신을 지키기 위해 악인들을 제거할 수 있도록 되어 있다.

《글로리아》(존 카사베츠, 1980)

마피아의 한 조직원의 가족이 은행구좌를 변조했다는 의심을 받고 살해되었다. 유일하게 필이라는 사내아이만 살아남는다. 그 아이는 위험할 수 있는 구좌를 소지하고 있었고, 좋든 싫든 예전에 합창단이기도 했던 이웃집 여인 글로리아(지나 롤랜즈 분)에게 받아들여진다. 기본이 되는 소재가 고전 흑백 영화의 것이기도 한 이 영화는, 두 주인공이 마피아에서 벗어나기 위해 어쩔 수 없이 떠나는 여행에 따른 **로드 무비**인 동시에 두 사람에게 있어서 입문 과정으로 전개된다.

### ▶ 보물을 얻어라

'보물'이란 말은 그 자체로는 모호하지만 사랑하는 사람의 쟁취나 지혜의 쟁취와 같은 상징적 의미뿐만 아니라 글자 그대로(《시에라 마드라의 황금》에서의 금광, 《사냥꾼의 밤》 등) 이해될 수 있다.

### ▶ 복수해라

《시고니 위버의 진실》(로만 폴란스키, 1995)

칠레가 될 수도 있는 나라에서 혁명투사인 한 여인이 투옥되어 고문을 당한다. 그 이후 그녀는 바닷가 외딴집에서 남편과 함께 살고 있다. 우연히 한 손님이 찾아온다. 그녀는 그가 바로 고문관이었다는 것을 알게 된다. 남편이 주저함에도 불구하고 그녀는 그를 감금하고 괴롭히며 죽이겠다고 위협하다가 (…) 결국엔 그를 무사히 떠나도록 해준다. 마지막 장면은 그들이 이 영화의 원래 제목으로 붙인 슈베르트의 현악 4중주가 연주되는 콘서트홀에 있는 것을 보여 준다. 그들은 멀리서 시선을 주고받지만 서로 안면이 있다는 것을 드러내지는 않는다. 모호한 결말: 그녀는 관객에게 여러 가지 모욕을 용서해야 하고 복수해서는 안 된다는 것(하지만 경우에 따라 어떤 정당성도 인정되지 않는다)과, 여주인공은 처음부터 그를 사로잡고 있던 복수의 개념을 초월하게 되었다는 것을 암시하는 것일까?

### ▶ 사죄를 받고, 부당 행위를 바로잡아라

**《네 개의 흰 깃털 달린 모자》**(졸탄 코다, 1939)

영국군 장교 해리 페이버샴은 그의 연대가 위험한 아프리카로 파견되자 퇴역한다. 친구들이 그에게 비겁을 상징하는 네 개의 흰 깃털 달린 모자를 보낸다. 영화 전체가 그의 명예 회복을 다루고 있다. 해리는 용기 있는 행위들을 늘려 간다. 친구들은 마침내 그를 존경하기에 이른다.

## 영화의 동기 부여과 등장 인물의 동기 부여

이전의 모든 전형들에서 영화의 동기 부여는 주인공이 선하든 악하든(《사냥꾼의 밤》에서 숨겨진 보물을 찾는 자는 악인이다) 그의 동기 부

여에 합류된다. 그러나 영화의 동기 부여는 특별한 어떤 인물에 의해
생기지 않을 수도 있다. 한 예를 들어 보기로 한다:

### 《태양은 가득히》(르네 클레망, 1959)

이 영화에서 톰(알랭 들롱 분)이 필립 그린리프를 죽였다는 것과, 그
가 톰으로 위장하고 있다는 사실을 진실이 밝혀지는 것에 확실히 어떤
관심도 없는 톰 자신을 제외하고 아무도 모른다. 톰은 전혀 예기치 않
게 인간의 직접적인 개입 없이 그를 고발하는[14] 마지막 영상에 이르기
까지 영화의 거의 전반에 걸쳐 발각되는 것을 피하게 된다. 따라서 부
당 행위는 바로잡아야 하지만 아무도 의문을 품지 않고 있으며, 바로
잡으려 애쓰지도 않는다. 어원적 의미에서 **데우스 엑스마키나**는 영화
의 행동이 반드시 등장 인물의 행위가 아니고 인물이 주인공이나 조연
일 수도 있지만, 행동은 시나리오 작가의 주도권을 제외하고 인간의 주
도권에서 벗어날 수 있음을 상기시켜 준다.

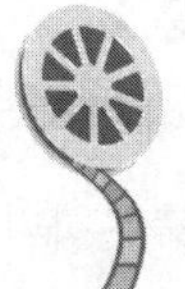

위에서 여러 가지 예로 한정된 범주들을 충분히 활용하도
록 해라.

우선 간단한 예들(그 안에서 단 하나의 범주가 나타나거나,
이것이 지배적일 수 있다)을 찾고, 여러 범주가 결합되어 있
는 예들을 찾아보도록 해라.

---

14) 이 영화의 원작인 파트리시아 하이스미스(Patricia Highsmith)의 소설에서 톰의
범죄는 처벌받지 않는다: 이것이 그의 작품에 대한 평가의 시작이다. 이것은 똑같이
처벌받지 않고 어떤 양심의 가책도 없는 다른 두 편의 소설에서도 계속된다.

[과제]

이런 예들을 모델로 삼아 인물이 세계적인 질서든 개인적 질서든 간에 임무를 부여받은 장면을 상상해 보라. 당신은 그것을 해학적이거나 극적인 방식으로 다룰 수도 있다. 그것을 시각적 약호로 써라, 그렇지 않으면 당신은 주인공이 개입하게 되는 선결되어야 할 상황을 설명하기 위해 서술적 약호를 사용할 수도 있다.

## 적용

행동의 동기 부여가 무엇이든 이야기는 종종 여행의 형태를 띨 수 있다. 악인을 무력화시킨다는 것은 주인공이 은신처에서 악인과 과감히 맞서게 된다는 것을 내포할 수 있다. 순진한 자나 자기 자신을 보호한다는 것은 위험에서 벗어나기 위해 그곳을 피하는 것이다(《글로리아》); 보물을 얻는다는 것은 탐구 이야기와 같은 유형이다(《레이더스》, 스티븐 스필버그, 1981; 《로맨싱 스톤》, 로버트 저메키스, 1984, 또한 대부분의 애정 영화나 《밀라르파》, 릴리아나 카바니, 1974 등).

우리는 **로드무비**에 관한 것으로 돌아갈 것이다. 당장에는 이 여행이 반드시 공간에서만 이루어지는 것이 아님을 밝히는 것으로 충분하다.

### 《카스파르 하우저의 수수께끼》(베르너 헤어조그, 1974)

매혹적인 '플루트'에 타미노의 아리아가 울려퍼지는 첫 영상들이 비칠 때 그는 파미나의 초상화를 발견하게 된다: 용을 보고 놀라 실신할 정도로 약해빠진 청년 타미노는 사랑 덕분에 사라스트로의 시험들에 의연히 대처할 수 있게 된다. 모차르트의 음악은 처음에 카스파르의 스토리일 수 있는 것을 격자형으로 구조화한다.[15] 그는 뉘른베르크의 대광장에 나타난 것인지 죽었는지 공간에서 거의 움직이지 않는다. 그러나 그동안에 그는 언어, 즉 사회적 관계를 습득하고, 그렇다고 해서 독창성을 잃지도 않고 규범화되지도 않으며 타자(음악)와 소통하게 된다. 그것은 그의 논리로 스승들의 추론(청개구리에 대한 스토리)을 실패하게 만들 수도 있기 때문이다. 따라서 인물의 내면적인 여행이 존재한다. 그것은 분명하든 분명하지 않든, 지배적이든 지배적이지 않든 많은 영화적 이야기에서 제 기능을 한다.

## ▶ 갈등과 극적인 매듭

정해진 인물(또는 이야기)의 동기 부여는 갑자기 갈등을 불러일으킬 수 있다. 갈등은 이야기를 풍부하게 만들고, 행동에 새로운 국면을 맞게 만들기도 하며, 때로는 행동을 새로운 방향으로 유도하고, 일반적으로 극적인 쟁점을 증가시키기도 한다.

《메두사 호의 뗏목》(이라드지 아지미, 1998)

제리코 그림의 복제화로 대중화된 이 스토리는 일상어에서 대재앙을 가리키는 것으로 알려지게 되었다. 그것은 서스펜스를 약화시키는 것처럼 보이기도 하고, 게다가 그것을 막는 것처럼 보이기도 한다. 그럼에도 불구하고 작가는 세 시간 동안 매번 여러 가지 기록에 작용하는 갈등을 일으키는 원동력을 배치함으로써 관객의 관심을 끌게 된다.

배가 좌초되기 전(관객이 기다리는 순간이기도 한) 이야기에는 갈등이 두 가지로 나타난다: 하나는 정통 왕조를 지지하는 망명한 선장과 공화

---

15) 제8장 참조.

국을 지지하다가 제정을 지지했던 선원들이나 군인들 사이에서의 정치적 갈등이고, 다른 하나는 망명한 이후 20년 동안 배를 본 적이 없는 같은 선장과 선장의 무능함을 금방 알아차린 장교들과의 권한과 권력의 갈등이다.

배가 좌초하는 순간 뗏목을 버리자(유명인사들 주변에서와 마찬가지로 자신을 위해 보트를 남겨두고 말단들을 버린 선장) 그것은 표류하게 된다(조난자들 사이의 갈등, 잔학 행위 등).

결국 몇 명의 생존자들이 구조된 뒤 마지막 갈등(선장은 승무원들보다 먼저 배를 떠났다고 처벌받게 될까?)과 생존자들처럼 건강 상태가 나쁜 제리코식으로 거의 열광하지 않는 세 명의 생존자에게 그림을 모델로 삼으라고 제안하는 상징적인 보상이 이루어진다.


이런 예는 사이드 필드의 패러다임에 새로운 변화를 가져올 수 있다. 기억하듯이 사이드 필드에게 있어서 영화는 두 개의 '주된 극적 매듭'(전환점) 즉 도입부의 끝부분에 구성점 1과 결말 직전에 구성점 2가 포함되어야 한다. 사실 영화는 두드러진 갈등들이 각기 극적 매듭으로 구체화되기 때문에 더 많은 구성점을 포함하기도 한다.


— 정치적 갈등, 그것은 선장이 승무원들의 적의를 품은 시선 아래로 들어올린 백합꽃으로 장식된 깃발로 상징된다.
— 권한의 갈등, 그것은 승무원들에게 세번째로 마디라 섬[16]이 보인다고 알리는 부사관(다니엘 메기시 분)의 비웃음으로 상징화된다. 반면에 그들은 모두 선장이 착각했다는 것을 알고 있다.

---

16) **Madère**: 포르투갈령의 섬 이름. [역주]

— 사회적 갈등: 말단들을 버린 선장과 유명인사들.

— 도덕적 갈등: 인육을 먹을 수 있을까?

— 제2의 정치적 갈등: 선장은 동료들에게 비난받게 될까?

— 제2의 도덕적 갈등: 우리는 메두사의 뗏목에 오른 뒤 예전과 같
은 인간이 될 수 있으며, 예술(제리코)을 통한 승화를 받아들일
수 있을까?

[과제]

당신이 최근에 본 영화에서(또는 경우에 따라서 영화를 여유 있게 연구해 보
려면 비디오테이프를 사용해도 된다) 극적인 매듭들을 찾아내 보아라. 그것을
중요성에 따라 등급화해 보도록 해라.

## ▶ 갈등의 중첩과/이나 연결

갈등(하나 혹은 여러 개)이 있어야 할 필요성이 일단 인정되면 영화
에서 두 유형의 변별적인 갈등이 교차되거나 연결되어 있다는 것을 확
인할 수 있다. 이런 배치의 유효성은 본질적으로 두 유형의 갈등을 연
결하는 특성에 기인한다: 갈등 중 하나가 작위적으로 다른 갈등에 연
결되어 있는 것처럼 보이게 되면 드라마는 상당히 흥미를 잃는다.

### 《쓴맛의 쌀》(지위제페 드 상티스, 1948)

중심 인물들의 특별한 갈등은 우선 다음과 같이 나타난다: 도둑 부부
발터와 프란체스카는 경찰을 무사히 피할 수 있을까? 프란체스카는 몽
딘 그룹, 즉 논일을 하기 위해 고용될 여성 노동자들 사이에 숨을 수 있
을까? 이 두번째 질문은 더 큰 다른 것에 첫번째 줄거리를 포함시킬 수
있다: 노동 계약서가 없는 프란체스카와 같은 처지의 다른 노동자들은

십장들의 인정을 받기 위해 정기적으로 고용된 여성 노동자들보다 더 빨리 일하려고 한다. 실바나(실바나 망가노 분)가 이끄는 정규 고용 여성 노동자들은 그들을 욕하고 공격하기도 한다. 대립은 마르코 중사(라프 발론 분)의 개입으로 중단되고 해결된다. 마르코는 두 그룹의 여성 노동자들에게 모두들 관심사가 똑같으니 소지주들의 압제에 항거하려면 단결해야 한다는 것을 보여 준다. 그 이후의 줄거리는 다소 작위적인 새로운 전개를 보이지만(예를 들면 훔친 목걸이가 쓸모없는 가짜라는 것이 드러난다) 개인적이고 사회적인 두 차원의 연결은 제대로 이루어진다.

## ▶ 특별한 쟁점과 보편적 반향

우리가 환기시켰던 대부분의 일반적 동기 부여는 관객이 자신의 감정, 그렇지 않으면 자신의 전기를 인지할 수 있다는 의미에서 보편적 가치를 갖는다. 관객들 중 황금을 찾는 사람이거나 정글에서 길을 잃은 군인, 마피아의 조직원, 성미 고약한 살인자는 거의 없지만 이런 이국적 모험들은 각자 일상에서 경험할 수 있는 두려움이나 희망의 상징들이다. 안전 욕구, 사랑받고 받아들여지길 바라는 욕구, 개인적 성공과/이나 집단적 진보의 욕구, 이에 상반되는 것에 대한 두려움과 증오 같은 관객의 '동기 부여'는 인물이나 이야기의 동기 부여와 만나게 된다.

린다 세게르(*op. cit.*)가 **패배자의 승리**(가장 빈약하고 실패한 승리)와 **다가올 시대의 스토리**(성인이 되어가는 입문 이야기)라고 명명한, 특히 효과적인 모티프들은 종종 많은 이야기의 숨겨진 주제를 형성한다.

《내 사촌 비니》(조나단 린, 1991)

이 영화는 오심과 자주 실패하는 자, 즉 패배자의 승리와 같은 기본적인 갈등의 두 유형을 교차시키고 있다. 오심: 뉴욕 태생의 두 학생이 앨라배마 시를 통과하던 중 종합상가에서 참치통조림을 사고 돈을 지불하지 않아 현금 출납계원의 살인자로 고발된다. 그들은 투옥되어 얼이 빠져 있는데다 변호사를 선임할 돈이 한푼도 없었기 때문에 둘 중 한 사람의 사촌 비니에게 도움을 청한다. 비니는 다섯 번의 실패 후 우수한 성적으로 사법시험에 합격했지만 한번도 변호를 해본 적이 없었다. 토카르는 옷도 잘 입지 못하고, 대개 변호사에 대해 기대하는 언변과 외모도 시원치 않았으며, 게다가 결혼하고 싶어했고, 지각없는 타입의 선정적인 여인으로 비치는 애인을 데리고 다니던 이상을 꿈꾸는 자주 실패하는 인물이었기 때문에 두 피고 중 한 사람은 관선변호인(말을 더듬는 것으로 밝혀진)을 선임하고 싶어했다. 그러나 비니는 판사와 검사의 반대에도 불구하고 결국 그 중에서도 특히 자동차 전문가의 진가를 발휘해 살인자들의 자동차 타이어 자국이 두 학생의 자동차의 것과 다르다는 증거를 가져온 애인의 결정적인 증언으로 두 피고의 무죄를 입증하기에 이른다. 오심은 바로잡히고, 자주 실패하는 자는 판사의 신임(사실 최후의 농간 덕택에)을 받게 됨과 동시에 그의 나이 어린 사촌과 애인의 감탄의 대상이 되기도 한다. 애인은 결국 아주 오래전부터 간청했던 청혼을 마지못해 위선으로 수락하기에 이른다.

재미있는 결과는 역시 전혀 다른 중요한 두 가지 갈등을 동시에 불러일으킴으로써 얻어질 수 있다. 사키의 소설 《끔찍한 배싱턴》(쥘리아르, 1990)에서 어머니는 외아들이 식민지에서 방금 병으로 죽었다는 사실과, 동시에 화가의 자존심을 그렸던 반 데르 뮐렌의 그림이 가짜라는 사실을 알게 된다. 첫번째 소식을 모른 채 어머니에게 두번째 소식을 전하는 사람은 노력해도 아무 소용이 없다는 것을 짐작도 못하고 괴로워하는 어머니를 보면서 위로하려고 애쓴다. 이 장면(아들의 죽음)의 중요한 드라마는 가짜 그림의 조롱거리밖에 안 되는 조그만 드라마와의 우연한 일치로 돋보이게 되는 것이지 약화되지는 않는다.

[과제]
다소 최근의 시사 문제에서 사회적 갈등(공장 폐쇄, 실업자들의 투쟁, 고용 계약서 없는 자들의 투쟁)을 하나 선택해라. 이런 갈등이 인물(해고 노동자·실업자·불법 노동자)이나 그와 가까이에 있는 주변인(배우자·동료·정치적 투사·조합운동가·어린이·친구 등)의 삶에 기능적으로 생기는 신을 하나 써보아라.

## ▶ 결정

주인공은 일단 자기 임무를 부여받고 갈등에 직면하게 되면 선택의 기로에 서게 된다. 종종 인물의 자유 의지가 개입될 수 있고, 또 어떤 경우에는 결정이 외부적인 것에 어느 정도 좌우되기도 한다.

《소피의 선택》(앨런 파큘라, 1982, 원작 윌리엄 스타이런의 소설)
사건은 제2차 세계대전이 끝난 몇 년 후 뉴욕에서 일어난다. 화자는 자신보다 나이가 더 많은 이웃들과 친분을 맺고 있다. 폴란드 태생의 그의 부인 소피(메릴 스트립 분)는 그에게 의아심을 품게 된다. 많은 거짓말을 하다가 그녀는 결국 진실된 이야기를 남편에게 하기에 이른다: 아들과 딸, 두 아이와 함께 아우슈비츠에 강제 수용되었던 그녀는 끔찍한 한 가지 '선택,' 즉 한 아이만 구할 수 있는 선택의 기로에 서자 딸을 포기하고 말았던 것이다.

제1차 세계대전(1914-1918)중에 벌어진 이탈리아 군대와 오스트리아 군대와의 전선에서 이탈리아군 연대는 이미 첫번째 대량 학살을 겪었다. 병사들은 지치고 사기가 떨어져 다시 긴장이 풀려 있었다. 영관 장교가 두번째 대량 학살을 명령한다. 사쉬(마크 프레세트 분)는 총살 집행반의 지휘를 거부한다. 한 장교의 항명을 믿고 소대도 상관의 명령을 거부한다. 대위는 재판에 회부되어 총살형에 처해진다. 당장 위험을 직감했던 그의 결정은 영화가 전개되는 동안 확실해진다. 애국자이기도 하고 우선 전쟁의 정당성을 확신한 그는 먼저 전쟁터에서, 그리고 최고 사령관(잔 마리아 볼롱테 분)의 부당성에 반발하는 사회주의자인 다른 한 장교와의 토론을 통해 전쟁의 잔인성과 무용성을 조금씩 의식하기 시작한다. 최고 사령관이 무모한 공격으로 중상을 입게 되자 사쉬가 이를테면 그의 뒤를 이었고, 그는 전쟁의 비판을 극단적으로 이끈다. 인물이 그 전달자가 된다.

## ▶ 원인들의 연관

이런 여러 가지 예들은 그 중에서도 특히 행동과 사건들의 인과 관계를 나타내는 연관의 문제를 제기한다. 인물은 종종 자신의 운명을 제어하고 자유롭다는 것을 주관적으로 암시한다: 오이디푸스는 친부모라고 생각했던 양부모를 떠남으로써 자신의 운명에서 벗어날 수 있다고 믿고 실제로 서두른다.

오늘날에 영화의 이야기들은 대부분 신의 탄생과 같은 숙명성에 의존하는 것이 아니라 인간의 태생과 같은 숙명성들로 대체되었다. 인간의 숙명성들은 역사적이거나 경제적 · 심리학적이다. 오슨 웰스가

《악의 손길》(1958)에서 이야기한 우화를 떠올려 보기로 한다: 전갈이 거북에게 강을 건너는 데 자기를 등에 태워 주면 찌르지 않겠다고 약속했다. 어쨌든 그것은 흥미로운 일이었다. 남을 잘 믿는 거북은 전갈을 등에 태우고 강의 한가운데 이르자 전갈은 거북을 찌르고 만다. 거북과 전갈 둘이서 함께 떠내려가던 중 거북은 화가 나서 전갈에게 왜 그랬느냐고 묻자 대답하길: "그건 내 성격이야." 이 우화는 많은 시나리오에서 작용하는 설명의 원리를 은유적으로 표현한 것이다.

프랑스 국영 라디오 텔레비전 방송국[17]에 소속된 사빈 샬봉 드메르세가 수백 편의 시나리오 분석에서 지적했던 바와 같이 인문과학은 사회적 메커니즘을 생각하고 그것을 개선하기 위한 최근의 도구로서 정신분석학의 경우도 마찬가지이다: 예를 들면 '어린 시절의 심한 충격'은 자아 상실의 문제로 제기되지만 회복은 결코 고려되지 않는다. 해석의 좋은 방식(마르크시즘, 정신분석 등)은 바꾸려는 의지로 토대가 마련되기 때문에 여기서 다음과 같이 변질된다: 방식들은 무력한 문제 제기를 뒷받침한다.

그러나 이런 엄격한 분석은 적어도 기대할 만하지만 조사에서 검토되고 '상업화'되기 이전에 제출된 시나리오의 경우 시대 정신이라고 생각했던 것에 해답을 제시할 만하다. 당연한 결과이지만 거의 1천 편 중 단 10여 편만이 영화화되도록 채택되었다. 반면 우리가 좋아하는 장편이나 단편 영화들은 자유 의지의 환상에 따르지 않으면서도 해결책이 무엇이든간에 인물들이 경쟁해서 선택할 수 있는 장면의 연속을 제시한다.

---

17) **ORTF**(=Office de Radiodiffusion Télévision Française). 1974년 해체. 〔역주〕

# 4. 불확실한 구조들

그렇지만 잘 드러나지 않고 더 복잡한 인과 관계를 중심으로 다르게 구성된 영화의 유형들이 있을 수 있다. 시나리오의 구조는 더 넓게 한정된 인과적 연관의 원칙에 따르지 않을 수 있다. 그것은 아마 이전보다 더 '근대적'일 수 있는 재미있는 결과를 낳을 수 있다. 이때 관계는 구조적이라기보다 주제적인 순서에서 연유할 수 있다.

《나의 사랑하는 친구들》(마리오 모니첼리, 1975)

어린 시절과 군대로부터 묵계로 맺어진 젊은 네 친구들은 몇 시간 동안 가족과 직업, 사회적 의무를 망각하지 않으려고 산보를 나간다. 그들이 지나가며 마주치는 사람들에게는 다소 우스꽝스럽고 난처한 모험들이 정해진 순서 없이 계속된다. 입장(전기적이고 구조적인)이 고려되지 않을 수 없을 것 같은 유일한 에피소드는 기자의 죽음이다. 그는 관객이 영상으로 발견할 수 있는 네 친구 중 첫번째이지만 그의 장례식은 마지막 속임수로 끝난다. 그가 심장발작으로 죽게 되는 데 반해 생존자들은 슬픔을 마지막 웃음을 터트리는 것으로 감추면서 행렬의 일원들에게 그가 마피아와의 결투의 희생자였다는 것을 믿도록 한다. 지나간 시간과 우정에 대한 섬세하고 애정어린 성찰의 매력이 꼭 구조의 빈약함으로 약해지는 것은 아니다: 반대로 인과 관계나 논리가 영화의 정신 자세를 훼손시키는 것은 아니라고 여기고 싶어질 수도 있다.

### 《오케스트라 시연》(페데리코 펠리니, 1979)

영화의 대부분이 악기 연주자 각자가 악기를 선택한 이유와 그의 악기가 다른 악기들보다 우월한 이유를 설명하고 있기 때문에 장면들은 일화적인 것과 달리 관련성 없이 계속된다. 여러 가지 악기의 만남이고 융화인 음악 자체를 착각한 음악가들은 각기 '동업조합주의'에 빠져 있다. 어느 누구도 필요성을 인정하지 않는 오케스트라 지휘자와의 갈등이 시작되기 때문에 갈등은 파괴자들의 공이 장소를 파괴함으로써 반복이 끝날 때까지 싸움으로 변한다.


# 반복

이런 유형의 구조에서 반복은 본질적으로 가능할 수 있다.

### 《미스터리 트레인》(짐 자무시, 1989)

이 영화는 '3막'으로 나누어진다. 그것은 언뜻 보이게 전개되는 장소, 즉 멤피스(테네시)와 더 정확히 말해 다른 중심 인물들이 하룻밤을 보내게 되는 초라한 호텔에서만 다른 관계를 유지한다.

제1막: 로큰롤과 리듬 앤 블루스의 메카를 구경하고 돌아온 엘비스 프레슬리(여자의 팬)와 다른 가수들(남자의 팬)의 팬인 일본인 청춘 남녀 커플을 주인공으로 하고 있다(아무도 노래하는 것을 들어 본 적이 없는 호텔 지배인은 스크리민제이 호킨스와 다를 뿐이다). 라디오에서 프레슬리의 노래 〈블루문〉이 들리고 한참 뒤 한 방의 총성이 들린다.

제2막: 끈질긴 준설 인부의 표적이었던 남편의 관을 가지고 멤피스에 머물러 있는 이탈리아 젊은 미망인은 같은 호텔로 도피한다: 그녀는 방을 하나 잡아두고 돈 한푼 없는 처녀에게 숙식을 제공한다. 밤새도록 라디오에서 프레슬리의 노래 〈블루문〉이 들리고 한참 뒤 한 방의 총성이 들린다. 이때 관객은 스크린에 이어지는 두 개의 스토리가 '사실' 동시적인 것임을 알게 된다.

멤피스의 세 젊은이가 같은 호텔에서 여전히 머물러 있고, 오발로 그 중의 한 명이 부상당하게 되는 세번째 스토리에서 그들 중에 이전의 에피소드에서 보았던 돈 한푼 없는 처녀의 남자 친구도 있다는 확증이 있다.

두번째와 세번째만 한 인물과 연관되어 있는(약간) 이 세 개의 스토리는, 시간적 전개나 논리적 연결로 유지되는 것이 아니라 주제(인물들은 각기 자기 방식대로 추방자나 낙오자가 된다)와 영화의 진정한 잎맥을 형성하는 주목할 만한 음악적 상호 텍스트성으로 유지된다.

### 《죽은 자들과의 화해》(파스칼 페랑, 1994)

이 영화는 두번째와 세번째만 연계가 되는(중심 인물들이 같은 가족의 형제자매이다) 세 개의 스토리로 구성되어 있고, 옴니버스 영화와 흡사하지만 구조는 훨씬 더 치밀하다.

첫번째 스토리(가장 절친한 친구가 병으로 죽은 아이가 선두에 선 장례 행렬)에서 몇 개의 장면은 두 번 반복된다. 이것은 부모의 연설을 '다시 보게 되는' 아이의 깊은 생각과 그의 실종을 통보받은 헌병들이 아이가 수동적으로 겪었던 두 순간을 내적 독백으로 정당화하면서 그를 찾아서 강제로 데려올 때 생기는 반복이다: 따라서 관객은 아이의 화면 밖 소리(오프)와 함께 요약된 장면들을 다시 볼 수 있고, 다른 관점에서 그것을 인지하게 된다. 두번째와 세번째 스토리 사이에 아주 이해하기 어렵고, 그를 그대로 놓아두도록 되어 있는 관계들이 형성된다: 관객은 형과 동생, 두 형제와 그의 누이들 사이의 관계가 어떤 것인지 확실하게 결코 알지 못할 것이고, 몇몇 장면들을 명확히 해주지 않으면 반복은 또 더 모호하게 만든다. 그러니 화자들은 자가당착에 빠질 수도 있다. 이런 반복들은 고전 미학에서 결점으로 취급받지만 이런 영화의 효력과 독창성에서는 중요하다.

## 여정

우리는 이미 논리적 유형의 구조에서 이야기는 종종 여행의 형식을 띤다는 것을 지적한 바 있다. 이런 경우는 18세기에 유행하던 여행담에서 착상된 **로드무비** 장르로 발달하게 된다. 《이지 라이더》(데니스 호퍼, 1969)·《스트로첵》(베르너 헤어조그, 1977)·《파리, 텍사스》(빔 벤더스, 1984)와 같은 많은 예들이 바로 이런 생각에 속한다. 그러나 우리가 여기서 주의를 기울이는 것은 몇 가지 연관으로 강요되지 않은 특성이다: 인과성이 여기에 적용되지 못하는 것이 아니라 세세한 면에서 엄밀하게 제 기능을 하지 못한다. 몇몇 예들이 이런 면을 보여준다.

### 《무력 항쟁》(클린트 이스트우드, 1977)

이야기의 주된 도식은 간단하다: 알코올 중독에 평판이 좋지 않은 경찰 클린트 이스트우드는 소송에서 검찰측 증인 거스 맬리를 다른 도시로 호송하는 임무를 부여받는다. 고위직의 관심은 맬리가 증언할 수 있는 것과 상반되기 때문에 계략들은 호송중에 늘게 되지만 전부 성공하게 된다. 계략들이 서로 통하는 것이 아니고 스토리에서 중요한 것을 아무것도 바꿀 수 없으면 순서가 뒤바뀔 수도 있다는 의미에서 영화는 효과가 있지만 그 구성은 불확실하다.

《델마와 루이스》(리들리 스콧, 1990)

이 영화는 점점 강하게 연주하듯이 크레셴도 형식으로 구성되어 있는 것처럼 보인다: 여자들끼리 가벼운 주말 여행을 떠나는 두 친구가 경찰에게 쫓기다가 두 사람 모두 자살을 선택하는 것으로 끝난다. 좀더 심층적으로 살펴보면 한편 가장 격렬한 행위는 영화의 시작 부분(델마의 강간과 루이스에 의한 강간범의 살해)에 나타나고, 다른 한편 이어지는 범죄들은 항상 인과성의 순서에 한정되지 않는다는 것을 알 수 있다: 델마가 종합상가에 들어가 총으로 위협한 것은 물론 **JD**(브레드 피트 분)가 그들의 돈을 훔쳐갔기 때문이지만, 그후에 경찰관이 그가 몰던 차의 트렁크에 갇히게 된 에피소드와 폭발시킨 트럭의 에피소드는 논리적 관계를 유지하지 못하고 전체적으로 손상 없이 전도될 수 있다. 그렇게 보면 인과적 연계가 없다는 것으로 장면과 장면의 연결, 효과적인 일종의 '눈덩이' 효과가 생기는 것을 막을 수 없다.

위의 두 가지 예에서 여행이 핵심(공간과 인물들에게서 일어나는 변화에서)이지만 몇 가지 에피소드는 원인과 결과로 연결되어 있고, 다른 몇 가지 에피소드는 단순히 병렬로 연결되어 있기 때문에 여행의 선형화는 거의 중요하지 않다. 이런 유형의 구조는 옴니버스 영화에서 다시 발견할 수 있다.

# 옴니버스 영화

옴니버스 영화의 전형적인 예로 막스 오필스의 《윤무》(1950)를 들 수 있다: 이 영화는 이상하게 계속 쌍을 이루게 되는 커플로 각자 다음 스케치에 속하는 상대에게 매달리게 된다. 이런 구조는 불평등한 행복에서 여러 번 사용되었다. 우선 이런 유형의 영화는 종종 하나의 주제로 모아진 집단 영화가 된다. 예를 들면

### 《스무 살의 사랑》(1962)

이 영화는 다섯 개의 스케치를 연결하고 각기 다른 나라로 설정되어 있다. 바비에르를 무대로 한 스케치는 막스 오필스의 아들 마르셀 오필스가 만든 것이고, 역순(젊은이가 얼마 전 자기 아이를 낳은 젊은 여인에게 청혼하고, 결국 그녀와 사랑에 빠지게 된다)이지만 잘 마무리지어진 유일한 작품이라는 데 주목할 필요가 있다. 이 영화의 공통된 주제는 제목으로 나타나지만 트리트먼트는 달라진다: 프랑스(프랑수아 트뤼포)와 폴란드(바즈다)의 스케치는 약간 우울하고, 이탈리아(렌조 로셀리니)의 스케치는 비열하며, 일본(이시마라)의 스케치는 극적이다. 두 편의 '우울한' 스케치가 전체 영화를 시작하고 끝내고 있음을 확인할 수 있는 것을 제외하고, 어떤 전체적인 순서가 그것들 사이에 정해질 수 없다.

다른 작품은 집단적이지만 이번의 주제는 정치적이다.

### 《독일의 가을》(1977-1978)

이 영화는 다큐멘터리적 요소와 허구적·미학적 요소들을 암시적으

로, 독창적으로 묶었다. 이것은 국경 지대의 경찰대원들과의 논쟁 섞인 대담(에드거 레이츠), 세련된 한 테러리스트와 한 여인과의 무의지적 만남(카트자 뤼페와 한스 페터 클로스), 소포클레스의《안티고네》를 텔레비전으로 연출할 때 편집자들에 의해 억지로 잘라낸 부분들(슐뢴도르프), 한스 마틴 슐라이어의 장례식과 단골방의 죽은 자들(알렉산더 클루게 · 슐뢴도르프), 어두운 집 안에 갇힌 채 전화와 라디오를 통해 외부와 연결되고 나치 체제하에 살면서 그렇게 나쁜 기억이 없는 어머니와 논쟁하며 사건에 대한 자신의 반응을 그리고 있는 라이너 베르너 파스빈더의 자전적인 시퀀스를 나란히 연결하고 있다. 이렇게 혼합적인 성격으로 구성된 모자이크는 관객에게 이런 의문을 들게 한다: 여기서는 동일화에 대한 기능과 전혀 다르다.

옴니버스 영화의 구조는 물론 감독 개개인들에 의해 사용되기도 했다: 그 예로《데카메론》(1971, 보카치오) ·《캔터베리 이야기》(1972, 초서) ·《천일야화》(1974)[18]와 같은 문학 작품 자체에서 착상을 얻어 끼워맞추기식의 세 편의 영화를 만든 피에르 파올로 파졸리니를 들 수 있다.

일반적으로 옴니버스 영화는 공통된 주제를 중심으로 다른 장면으로 다루어지기도 하고(《스무 살의 사랑》), 다른 인물로 바뀌는 과정으로(《윤무》), 이야기 속에 다른 이야기의 삽입으로 구성되기도 한다. 주제의 통일이 아주 확실할 때 옴니버스 영화는 다음과 같은 '시리즈' 영화들만큼 유기적인 역학을 나타낼 수 있다:

---

18) 제7장 이야기의 차원에서 끼워맞추기 구조에 대한 부분 참조.

《카오스》(타비아니 형제, 1984)

영화는 네 개의 부분(텔레비전에 방영하기 용이하도록)으로 구상되어 있다. 피란델로에게서 착상된 스토리들은 각기 시칠리아 농부들의 생활의 냉혹함, 아메리카로의 망명, 미신, 권력과의 대립을 상기시킨다. 마지막 스토리는 어린 시절을 이야기해 주시던 돌아가신 어머니와 대화하는 작가의 모습과 해변가의 백사장에서 즐기는 부분을 보여 준다. 이때 관객은 이제 불연속적이라는 오히려 음악적 의미에서 일종의 연속으로 같은 주제를 중심으로 한 변화의 느낌이 들게 된다. 같은 주제에서 반복은 단절 효과를 탈피할 수 있다.

# 5. 영사 작용: 기본적인 몇 가지 상황들

대부분의 영화 이야기들을 구축하고 있는 주된 구조들을 살펴보면 무질서와 레크리에이션으로서 가장 일상적인 몇 가지 상황이다. 그렇지 않으면 삶(안도의 표현으로 휴우!), 적어도 우리들의 이야기 속에서 일어나는 상황들이다.

## 재난

재난이 복구될 수 있느냐 없느냐에 따라 소위 '재난' 영화는 두 유형으로 구분될 수 있다.

## ▶ 복구 가능한 재난

대다수의 영화들이 이런 경우이다: 여러 가지 피해와 인간적인 삶을 상실했다가 주인공이 뛰어들어 상황을 모면한다: 《지옥의 탑》(존 길러민, 1974) · 《대지진》(마크 롭슨, 1974) · 《쥬라기 공원》(스티븐 스필버그, 1993) · 《트위스터》(얀 드봉, 1996) · 《단테스 피크》(로저 도널드슨, 1997) · 《볼케이노》(믹 잭슨, 1996) 등.

많은 재난들은 자연의 질서에서 연유한다. 그것은 몇 가지 의문을 불러일으킬 수 있다.

시민들을 보다 더 안심시키기 위해 도시의 한 중심에서 자연이 낳을 수 있는 공포의 표현은 커지게 된다: 지구가 갈라지고 하늘이 머리 위로 무너진다면 당신은 아무것도 아니지만 이런 세상의 종말은 일어날 것 같지 않거나 피할 길이 없다. 그러니 종말을 부인하고, 어두운 방 안에서 그것을 주시하며 만족하도록 해라. (…) 물론 질서(오늘날 사회의)는 완전하지 않지만 대홍수보다 더 낫다.

프레디 뷔아슈, 《1971년–1983년 사이의 미국 영화》,<br>로잔, 라쥬 돔, 1985, p.201(대지진에 대한 부분).

위험은 인간에게서 비롯될 수 있지만 전 세계가 똑같을 수 있다: 제임스 본드 · 스티븐 시걸 · 브루스 윌리스의 영화나 《미션 임파서블》 《중산모자와 가죽장화》 같은 텔레비전용 영화의 경우를 들 수 있다.

## ▶ 복구 불가능한 재난

아주 드물기는 하지만 재난이 복구되지 않는 영화들이 있다. 관객도 인물과 마찬가지로 영화의 시작부터 누구나 그 사실을 안다. 이때 어떻게 할 것인가?

### 《해변에서》(스탠리 크래머, 1959)

이 영화는 미국의 많은 주민들이 핵방공호[19]에 필요한 장비를 갖추면서 핵에 대한 불안을 느끼던 시기에 만들어진 작품으로 천재지변 직후 가까운 가상의 미래에 위치한다. 방사능 구름이 아직 피해를 입은 적이 없는 유일한 대륙 오스트레일리아 상공으로 흘러간다. 모두들 곧 죽게 될 것이고, 모두들 그 사실을 알고 있다. 시나리오 작가는 어떻게 할까?

한편 그는 부차적이지만 전체적인 상황 때문에 곧 두드러지게 나타날 서스펜스를 삽입시킨다. 지리적인 상황으로 우연히 살아남게 된 미국 잠수함의 승무원들은 불규칙한 모르스 신화, 즉 인적이 있을 것 같은 신호가 들리는 캘리포니아 해안으로 향한다. 누가 이런 신호들을 보내는 것일까? 발신 지점에 도착했을 때 승무원들은 생존해 있는 것이 아무것도 없음을 알게 된다: 끈에 단단히 묶여 있는 빈 병 하나가 간간이 송신기를 두드리고 있는데…….

다른 한편 시나리오 작가는 등장 인물들을 구할 수 없게 되자 곧 적어도 그들을 개별화시킨다: 각자 제멋대로 다가오는 죽음에 대처하게 된다. 몇몇은 죽음을 부정하고 다른 몇몇은 개인적인 선택(한 잠수부는

---

19) 《양자 코드 *Code Quantum*》 시리즈에서 '핵가족' 에피소드와 비교해 볼 것.

오염된 공기를 그대로 마시기 위해 배 밖으로 빠져나온다)에 따라 죽음을 맞게 되지만, 대부분 동료들과 함께 자살을 선택한다. 따라서 영화는 **해피엔드**일 수 없지만 인류에게 경고의 메시지를 내포한다. 관객들은 이것이 오늘날에는 전혀 통용되지 않는다고 믿고 싶을 것이다.

[과제]

세계는 심각한 위험(화성인, 불타는 운석, 미쳐 버린 위성, 새어나간 바이러스 등)에 위협받고 있다. 정부는 지구를 구하기 위해 당신에게 도움을 청한다. 물론 당신은 방법으로 흰 카드를 가지고 있다. 위험의 본질을 요약해 쓰고, 당신이 전략으로 적용할 장면을 시각적 약호로 써라.


# 정체성의 오류

고대 그리스 로마 시대(플라우투스의 《메나에크무스 형제》) 이후 많이 사용되고, 고전주의 시대(셰익스피어의 《뜻대로 하세요》, 몰리에르의 《앙피트리옹》 등)에도 그대로 답습된 극적 원동력인 정체성의 오류는 의도적이든 의도적이지 않든 상사성(相似性), 즉 닮음과/이나 성의 뚜렷한 변화[20]에 근거한다. 그러나 그것은 사회적 정체성의 침해로 발전할 수도 있다.

## ▶ 상사성과 유사성

정장 차림의 스타니슬라스(시나리오의 요구 사항과 그와 그의 아버지

---

20) 제3장 인물에 대한 부분 참조.

가 닮았다는 조건이 주어졌기 때문에 모든 사람들이 사령관으로 인정하게
된)…….

자크 프레베르, op.cit.

프레베르의 이런 동작 지시는 정말 무궁무진한 보고로서 다른 여러
가지 매력 중에서도 비밀을 누설하는 매력이었다: 정체성에 대한 무
관심의 원인은 X와 Y의 닮음보다 시나리오의 요구 사항이 더 많다. 시
나리오 작가들은 이러한 것을 사용하길 포기하지 않았고, 게다가 진부
할 정도로 사용하는 것도 개의치 않았다: 《투시》(시드니 폴락, 1982)
의 마지막 부분에서 여전히 여장을 하고 있는 더스틴 호프만은 연속
촬영이 이루어지는 중에 직접 가발을 벗고, 자기가 얼마나 부당한지
아무도 모르는 누이의 원수를 갚으러 온 도로시의 쌍둥이 오빠라고
'고백할' 때 감독은 이런 진부함을 보면서 두려움의 비명을 지른다.

시리즈물들은 종종 이런 이중화를 모티프로 삼는다. 그것이 멜로드
라마와 19세기 연재 소설의 전형적인 원동력을 형성하기 때문이다:
모리스 르블랑의 소설(아르센 뤼팽의 창조자이지만 뤼팽은 연재 소설에
서 저작권 때문에 모습을 드러내지 않는다)《서른 개의 무덤이 있는 섬》
에는 쌍둥이지만 성격과 역할이 다른 두 청년, 착한 프랑수아와 못된
사이비 '프랑수아'가 등장한다. 그들의 어머니도 두 쌍둥이를 구별하
기 어려운데 하물며 관객이야! 한 녀석이 스크린에 나타나도 우리는
결코 기대하는 바를 모르게 되는데…….

이런 모티프는 쉽사리 패러디될 수 있다. 미국의 시리즈물《파커 레
위스는 결코 패하지 않는다》에서 하나의 에피소드에는 '카멜레온'이
라는 별명이 붙은 악인 한 사람이 등장한다: 이 인물은 별명이 시사하
는 바와 같이 누구의 모습이든 취할 수 있다. 계속 그들의 정체성을 가

지면서 중심 인물들을 모두 속이고 난 뒤 마지막에 가면을 벗게 되는데 (…) 적어도 우리는 그를 믿게 된다. 왜냐하면 끝자막에서나 지하실 안에 결박되어 있는 불쌍한 파커의 모습이 보이기 때문이다. 그러는 동안 그와 꼭 닮은 사람은 의기양양하게 여자 친구와 함께 떠난다.

이런 방식은 확실히 효과적이다. 우리는 제3장 인물에 대한 부분에서 이것을 다시 언급하게 될 것이다. 우선 그 중의 한 예만 들어 보기로 한다:

### 《현기증》(히치콕, 1958)

《현기증》의 주제는 닮음에 근거한 음모이다. 음모의 시작을 상기해 보면, 한 사건을 겪고 난 뒤 고소공포증을 느끼는 사설 탐정(제임스 스튜어트 분)은 한 친구로부터 행동이 의심스러운 부인(킴 노박 분)을 미행해 달라는 부탁을 받는다. 그는 공동 묘지, 친구 부인이 모델이 자기와 닮은 그림을 주시하고 있는 미술관 안에도 따라 들어가는데……. 이것은 우선 그가 유령, 환생의 이야기와 관계 있다는 것을 관객에게 믿게 해준다. 그리고 이해하기 힘든 이 여인은 종탑에 기어올라가 그 높은 곳에서 뛰어내린다(십중팔구). 그렇지만 스튜어트는 고소공포증 때문에 쓰러져 그녀를 구하기 위해 아무런 조치도 취할 수 없게 된다. 끝일까? 천만에. 그것은 중간에 불과하다. 스튜어트는 잠시 후 죽은 그녀와 꼭 빼닮은 주디라는 여인을 우연히 만나게 되는데…….

## ▶ 특별한 경우: 판단 오류

아주 효과적이지만 오래전부터 극작가들과 소설가들이 이용해 왔던 원동력과 관계가 있다: 무고한 사람이 악행으로 억울하게 구속되어 처벌받고 풀려난다(또는 종종 최후의 순간에 누명을 벗기도 한다). 그것은 분명히 그 나라의 사법권을 신뢰하도록 부추긴다.

고전적인 예: 19세기초 특이한 사건인 리용의 우편물 사건은 여러 가지 문학적 활용과 한 편의 영화(모리스 레만과 클로드 오탕 라라, 1937)[21]의 소재가 되었다. 르쥐르크(피에르 블랑샤르 분)는 악당 두목(다른 가발을 쓰고 같은 배우가 연기한)과 외모가 닮았다는 것 때문에 역마차 습격에 가담한 것으로 고발되어 '공범들' 중 하나가 최후의 순간에 그의 무죄를 증명하려 했음에도 불구하고 단두대에서 처형된다.

그러나 '판단' 오류는 꼭 법정에서만 일어나는 것은 아니다.

### 《죽은 자들과의 화해》

자매간인 두 막내 프랑수아와 수잔은 정원에 들어가 냄비 뚜껑을 두들기면서 소란을 피운다. 장남이 불쑥 나타나 시끄러운 것을 나무라면서 두들기던 냄비 뚜껑을 빼앗는다: "아무도 너희들에게 울라고 당부하지는 않았지만……." 장녀 릴리가 소형 오토바이 사고의 후유증으로 죽었다는 것을 차차 알 수 있게 된다. 장남은 두 막내의 소란을 무감각의 표시로 해석하고 그들을 꾸짖는다: 프랑수아가 성년이 될 때까지도 그 쓰라린 감정을 간직하게 되는 '판단' 오류.

또 다른 여러 가지 예: 《도시 전체의 수다》(존 포드, 1935); 《분노》(프리츠 랑, 1936); 《너는 단지 한번 산다》(프리츠 랑, 1937); 《푸른 치자나무》(프리츠 랑, 1953); 《누명 쓴 사나이》(히치콕, 1957); 《나는 고발한다》(호세 페레, 1958); 《임무는 살인이다》(보리스 사갈, 1963).

---

21) 《리용의 우편물 *L'Affaire du courrier de Lyon*: *Courier of Lyons*》(1937). [역주]

해결되지 않은 판단 오류의 두 가지 예: 《나는 살고 싶다!》(로버트 와이즈, 1958); 《영광의 길》(스탠리 큐브릭, 1957).

**[과제]**

위의 예나 다른 예들에서 착상을 얻어 당신이 희생자가 될 수 있는 판단 오류를 생각해 보라. 당신이 부당하게 고발당할 수 있는 장면을 서술적 약호로 요약해 보고, 당신의 무고함을 입증해 보려는(의기양양하든 의기양양하지 않든 선택하여) 장면을 시각적 약호로 써보라.

## ▶ 은폐

### 《황금 팔을 지닌 사나이》(오토 프레민저, 1955)

영화의 매듭은 도덕적 질서와 심리적 질서의 갈등을 근거로 한다: 이제 방금 출감한 마약중독자 프랭키(프랭크 시나트라 분)는 다시 마약에 빠지게 될까? 프랭키의 주변에는 상대자들(그를 도박과 마약에 다시 손대도록 만드려는 마약밀매자), 그를 사랑하게 되고 결국 그의 마약중독 치료를 도와 주게 되는 보조자 몰리(킴 노박 분)와 관객이 우선 제대로 분류하기 어려운 인물, 프랭키가 책임져야 했던 사건 때문에 마비 증세를 보이는 프랭키의 부인 조쉬(엘리너 파커 분)가 맴돌고 있다. 프랭키와 모든 다른 인물들은 조쉬의 마비 증세가 사실이라는 것을 믿게 된다. 그렇지만 관객은 그녀가 꾀병을 부리고 있다는 걸 금방 알아챈다. 조쉬는 아파트에 혼자 남게 되자 일어나서 집안일에 열중하는데…… 그녀가 불구자 행세를 한 것은 오로지 남편 프랭키의 변함없는 사랑을 믿기 위한 것이다.

또 다른 예:

《의식》(클로드 샤브롤, 1995)

　여주인공인 가정부는 문맹자이다: 그녀는 수많은 술수로 고용주 가족들(그렇다고 해서 그녀를 해고시킬 수도 없는)에게 자신의 핸디캡을 완벽하게 은폐시킨다. 그녀가 주인의 딸에게 발각되자 협박을 해보지만 실패로 끝난다. 그녀는 공범과 함께 가족 모두를 살해한다.


[과제]

　위의 모델에서 착상을 얻어 두 인물이 등장하는 상황을 생각해 보라. 거기서 둘 중 한 사람은 상대방에게 자기가 어떤 핸디캡, 즉 그것을 조작하기 위한 무지(예를 들면 그는 외국어를 모르는 체한다)로 입지가 약해졌다는 것을 믿게 만든다.


# 권력은 범죄를 은폐한다

　가장 비관적인 이야기들에서 상대자는 질서, 선을 책임져야만 하는 세력에 속하는 것으로 드러난다. 우리는 질서의 세력 중에서 '타락한' 경찰들을 종종 만나게 되지만, 흔히 그들은 유감스러운 예외적인 인물군(《위트니스》에서처럼)을 형성할 뿐이다. 청렴하고 유능하지만 잦은 갈등과 여러 가지 이유 때문에 평판이 좋지 않은 경찰과 무능하고 종종 매수되기도 하는(항상 그런 것은 아니지만) 상관이 대비되기도 한다. 이런 경우에 주인공은 상관들에게 수사권을 박탈당하고, 홀로 수사를 진행하기로 결심하며 공식적인 경찰 조직에 앞서 목적을 달성하게 된다.


《더티 하리 2-이것이 법이다》(테드 포스트, 1973)

　경찰의 사이드카 대원들에 의해 살인이 자행되었다; 감독관 브리그

스(할 홀브록 분)는 그들이 처벌되어야 한다고 주장하지만, 그 자신이
그가 구성한 '심판자' 그룹의 수장이 된 것으로 나타난다.

### 《성실(星室)》(피터 하이암즈, 1983)

사법권의 무력함에 실망하고 관료적인 난관에 부딪친 판사들은 형을
선고하고 집행할 수 있는 특별법원을 세운다.

또 다른 예들: 《더티 하리》(돈 시겔 · 클린트 이스트우드, 1971); 《프
렌치 커넥션》(윌리엄 프리드킨, 1971); 《뱃지》(하워드 W. 코크, 1973);
《악한》(제임스 파고, 1976); 《형사 맥》(존 스터지스, 1974); 《형사 서피
코》(시드니 루멧, 1976) 등.

이런 여러 가지 예에서 서술적인 차이가 있지만 고독한 주인공이라
는 공통된 주제를 알 수 있다. 홀로 남게 된 주인공(개인이나 집단)은
그의 계급, 그가 속해 있는 집단, 이런 집단의 규범에 맞서면서 정의
를 부르짖는다. 안티고네와 같은 감독관 브리그스를 낳을 수 있는 모
호한 주제이다.

영화의 결말에서 어떤 질서가 다시 정립되기만 하면 경찰, 교도소 같
은 조직, 스펙터클한 세계 등에서 만연된 부패는 관객을 놀라게 할 만
한 것이 아무것도 없다. 물론 이런 것이 항상 같은 경우, 특히 부패가
국가에서 극도의 상태에 이르렀을 경우는 아니다: 《완전 범죄》(엘리오
페트리, 1970); 《흠없이 아름다운 시체》(프란체스코 로지, 1976); 《대
통령의 음모》(앨런 파쿨라, 1976, 워터게이트 사건에 관한 영화).

특히 실제 사건에 근거한 그런 예들에서 우리는 역사 영화와 같이
아주 새로운 경우를 설명할 수 있다.

# 역사 영화의 문제

보통 인과성이 지배적 구조를 결정하는 원리라는 측면에서 보면 역사 영화는 상기된 바와 같이 그 나름대로 전체적인 도식을 마련하고 있다. 역사 영화는 동시대와는 다소 거리가 먼 실제 사건들에 근거를 두고 있지만, 그것을 전혀 다르게 다룰 것을 제안할 수 있다.

## ▶ 역사를 소재로 사용하라

많은 경우에 있어서 역사는 《삼총사》(앙드레 윈벨, 1953)나 《스카라무슈》[22](조지 시드니, 1952)에서처럼 하나의 소재에 불과하다: 이런 유형의 영화는 한편으로 주인공(다르타냥의 사회적 지위 상승과 그의 연애 사건, 앙드레 모로의 이탈리아 코미디 인물로의 변장)에, 다른 한편으로 시대 상황(1789년 대혁명 초기 루이 18세 궁정의 혼란스러운 상황들)에 방향을 맞춘 이중적 플롯으로 구성되어 있다. 그러나 플롯의 두번째 층은 최선의 경우 하나의 틀, 즉 우리에게 낯선 느낌을 주는 배경과 의상의 경우에 불과하다. 단지 그뿐이다. 실존했던 인물의 출현(리슐리외, 루이 18세, 제3계급의 대표들)이 영화에 더 많은 신빙성을 부여하지는 않는다: 그와 반대로 허구적 상황에 삽입된 역사적 인물은 현실감을 잃게 되고, 허구에 현실성을 줄 수도 없다는 것을 롤랑 바르트(1970)[23]

---

22) 16세기 중반 이탈리아에서 발생한 즉흥 희극의 등장 인물로, 검은 옷을 입고 무대에 서서 허황한 말로 익살을 부리는 어릿광대이다. [역주]

23) 롤랑 바르트가 제시한 예는 발자크(Balzac)의 인물(특히 《수상한 일 *Une ténébreuse Affaire*》에서)로서의 나폴레옹(Napoléon)이다.

와 함께 생각해 볼 수 있다. 따라서 이런 영화들은 오히려 앞서 언급한 바 있는 구조를 다소 복잡하게 보여 주며 우화와 같은 기능을 한다.

## ▶ 역사에 기능을 부여해라

다른 역사 영화들에서는 반대로 역사가 실제로 인물들의 이야기에 연결되든, 더구나 이중적 독서의 가능성을 부여하든 간에 훨씬 더 기능적이다. 그 중 몇 가지 예를 들어 보기로 한다.

첫번째 전형적인 예:

《애증》(루키노 비스콘티, 1954)

이 영화에서 이탈리아 백작부인(알리다 발리 분)과 오스트리아 대위(팔리 그랭거 분)를 결합시키는 사랑의 플롯은, 영화의 시작부터 자유에 대한 외침처럼 울리는 베르디의 오페라에 의해 격자형으로 구조화된 이탈리아의 독립을 위한 전쟁 상황에서 전개되는 의미가 있다. 두 층위의 연결은 자연스럽고 필수적이고 관객에게 완벽에 가까울 정도로 작용한다. 관객은 시간상으로 동떨어져 있음에도 불구하고 거기에 동조한다.

두번째의 경우(이중적 독서의 가능성)에서 우리는 에이젠슈테인(《이반 대제》, 1945; 《알렉산더 네프스키》, 1938)과 셰로(《여왕 마고》)를 예로 들어 볼 수 있다. 역사적 층위와 인물들 삶의 역정 층위와의 연결은 앞의 예시에서만큼 분명하다. 그러나 그들은 영화에서 상세하게 기술된 과거의 시간과 영화가 연출된 시기 사이에 보족적인 연결을 제시한다. 이런 식으로 그들은 과거의 혼란스러웠던 시기와 현대와의 관계를 설정하고자 하면서 《황금시대》(브뉴엘, 1930)가 개봉될 때 초현

실주의자들이 제기한 의문에 답하고 있다:

현대와 비교할 것을 찾으려면 이미 오래된 재난을 찾아볼 필요가 있다. 어쩌면 고대 세계의 몰락까지 거슬러 올라갈 필요가 있을지도 모른다. (…) 정신적 지진계의 바늘에 의해 인간의 망막에 남겨진 정확한 흔적은 '모의들'이 현실을 대신하는 비평 요점을 결정하는 것이 무엇보다도 중요한 사람들에게는 항상 예외적인 중요성을 띠게 된다. (…) 비난으로 신문에 실려 있는 소식들에 아직 두려움을 느끼지 못하는 사람들은 모두 《황금시대》를 볼 필요가 있을 것이다. 이것은 주식 거래와 관련된 경고에 꼭 필요한 도덕적 보완이다.

《황금시대, 총서 텍스트》(1930), 에릭 로스펠드,
《초현실주의적 전단과 집단적 선언》(1980, 제1권, p.169)에 재수록.


이런 영화들은 교육적인 가치가 있지만, 특히 그것이 우리의 것이 아니거나 직접적으로 우리의 것이라 하더라도 연출된 갈등의 시간적 전이의 성격을 살펴보게 만든다. 그와 반대로 관객은 감독이 실행한 전환 과정을 되풀이하도록 되어 있다: 《이반 대제》(1945)는 에이젠슈테인이 고통스러울 수밖에 없었던 스탈린주의에 대한 은유로 읽힐 수 있다. 《알렉산더 네프스키》(1938년에 만들어진 것으로 추정되는 영화라는 것을 상기할 필요가 있다)에서는 러시아 민중의 튜튼 기사단[24]에 대한 투쟁이 전쟁중에, 그리고 전쟁 후에 소련인들의 나치에 대한 투쟁으로 전환되는 것처럼 비치게 된다. 《여왕 마고》에서는 실제 정확한 의미를 부여할 수 없다 하더라도 그 중에서 철학적이고 종교적인

---

24) 1128년 창립되었다가 16세기에 해체된 기독교 군단. 〔역주〕

불관용과 국가의 폭력에 관한 고찰을 엿볼 수 있다.

[과제]

1. 언제 어느 때나 극작가와 소설가들은 현재의 사건들을 나타내기 위해 검열의 두려움 때문이든 미학적 이유 때문이든 과거에서 빌려 온 서술적 짜임의 방법을 사용해 왔다.

현실적 갈등에 대해 앞선 연습의 주제(사회적 갈등)를 답습해서 그것을 이전 시대로 바꾸어 보라.

2. 변형: 같은 현상은 공상과학 텍스트들로 확인된다(허버트 조지 웰스의 《타임머신》, 조지 오웰의 《1984년》, 올더스 헉슬리의 《멋진 신세계》, 자먀틴의 《우리들》 등). 영화는 그런 텍스트들을 진지하거나(바이런 헤스킨의 《세계 전쟁》, 1952; 보리스 사갈의 《생존자》, 1971; 폴 버호벤의 《토탈 리콜》, 1990 등), 다소 해학적으로(로버트 저메키스의 《백 투 더 퓨처》 1985; 《맨 인 블랙》 등) 많이 이용한다.

앞의 연습에서와 같은 짜임으로부터 미래에서의 한 장면을 바꾸어 보라.

## ▶ 만화경을 흔들어 보라

대부분의 역사 영화에서 선한 인간들과 악한 인간들은 분명하게 분리되고, 하나의 이야기가 판도를 어지럽히는 경우는 아주 드물다. 미셸 스트로고프에 대항하여 타타르인들의 명예를 회복시키거나, 벤허에 대항하여 로마인들의 명예를 회복시키려는 시도가 있었을까? 그런 만큼 거꾸로 **독사**(doxa; 일반적으로 허용된 견해, 그리스어로 '영광' 이란 의미)를 얻게 되는 보기 드문 예들을 살펴보려는 것은 더더욱 당연하다.

우리의 상상 세계에서 남북 전쟁(1861-1865)은 북부의 승리로 끝났기 때문에 '선한 인간들' 은 북군파들이다. 더구나 그들은 오늘날 더 이상 문제를 삼게 될까 신경 쓰지 않아도 되는 이유인 노예 제도의 폐지를 이룩했기 때문이다.

### 《국가의 탄생》(데이비드 W. 그리피스, 1915)

이 영화는 틀이 잡힌 남부, 호의적인 남군들의 모습을 보여 줄 뿐만 아니라 흑인들의 수탈[25]로부터 남부의 압제에 신음하는 사람들을 지키려는 위엄 있는 기사수도회처럼 소개된 KKK(Ku Klux Klan)단을 찬미하면서 역사의 해석에 정반대 입장을 취한다.

### 《바람과 함께 사라지다》(빅터 플레밍, 1939)

유사한 모티프가 여기서 눈에 띄지 않게 다시 발견된다. 스칼렛은 두 흑인의 습격을 받는다. 보복으로 토벌대 파견이 클랜에 의해 이루어진다. 그들 중에는 아실리(그렇고말고, 레슬리 하워드는 아주 호의적이지!)도 속해 있다. 아실리는 그 사건에서 부상을 당하게 되고, 레트는 그를 집으로 데려간다. 레트는 북군파 경찰의 체포를 피하기 위해 얼근얼근하게 취한 취객인 체한다. 오히려 코믹한 이 장면은 중요한 것을 은폐시키고(토벌대 파견은 완전히 외화면 영역으로 전개된다), 클랜을 긍정적인 관점에서 소개하면서(그는 습격받은 여인을 지켜 주고, 그 일원 중의 한 사람은 부상당한다) 우리가 그에 대해 가질 수 있는 시각을 은밀히 바꾸어 놓는다.

예는 우리에게 더 친숙하기 때문에 더 미묘해진다. 나치 영화는 아주 보잘것없는 역사 영화들(1940년 리오넬 포이히트방거의 소설을 원작으로 하여 만들어진 파이트 할런의 《유대인 쥐스》)을 고려하지만, 적어도

---

25) 어떤 광고들은 미국의 남부 문명을 아주 확실치 않은 측면에 포함해서('인종차별주의자' 라는 말이 강조된다) 긍정적으로 상기시킨다. 그렇지만 이런 현상은 주변적인 것처럼 비친다. 반대로 랑빌(Lambil)과 쇼뱅(Chauvin)의 만화 《총알받이 신병들 *Les Bleus de la balle*》(여러 가지 제목)를 참조할 것. 이 만화의 주인공들은 북군파에다가 오히려 평화주의자 군인들이다.

걸작은 오늘날 분명한 여러 가지 이유에서 간혹 드러나게 된다:

《크벡스 히틀러 소년단》(한스 슈타인호, 1933)

물론 선전용이지만 몇 편의 소련 영화들만큼 그런 장르에서 성공한 영화이다. 이 영화는 노동자 출신인 한 사나이의 스토리이다. 그는 술주정뱅이고 사회주의자인 아버지 밑에서 자랐지만 갈망하던 동포애와 질서를 히틀러 청년대에서 찾게 된다. 그는 청년대에 생명을 바칠 정도였다(그는 한 공산주의자에게 칼에 찔려 죽게 된다). 에이젠슈테인의《베진 초원》(1937, 어린 소년 병사의 암살 모티프)을 상기하지 않을 수 없는 이 영화는 정말 감동적이고 오늘날의 관객의 눈에 타락이 확연하게 드러나 보이지만, 그래도 역시 원천적으로 옹호할 수 있는 도덕적 가치(희생, 자아보다 더 큰 원인에 대한 자기 희생, 용기, 청렴결백 등)를·검토하고 있다.

KKK단을 옹호하고 나치즘을 덜 옹호하는 것이 문제가 아니라 이런 예들을 검토해 보면서 **만화경을 흔들어 보는 것**, 즉 아마도 더 드물게는 깊이 생각한 역사적 구상을 포함해서 우리에게 관례적인 입장을 바꾸어 놓는 것이 문제이다. 인용된 예들은 인물들을 호의적으로 만들고, 여러 가지 요인들 때문에 보기에 그렇지 않을 수도 있는 방법을 **먼저** 사용하고 있다. 이런 방법들은 약자, 억압받는 자, 피해자에 대한 옹호와 부정적 모티프(무질서 · 질병 · 추함 · 이기주의 · 잔인성 등)에 대한 긍정적 모티프(질서 · 건강 · 아름다움 · 이타주의 · 희생 등)의 장려와 같은 아주 관례적인 가치의 배열을 이용한다. 우리는 여기서 가장 고전적인 서부 영화가 추구했던 도덕가치론을 발견할 수 있다. 차이라면 도덕가치론이 여러 가지 사실에서 그것을 바꾸어 놓는 여러 가지 원인에 작용한다(엘리트주의, 약자, 즉 '열등한 민족'에 대한 멸시, 세력의 강화 등)는 것 때문이다.


# 6. 이론적 보완: 복선, 속임수, 징후


## 복선


우리가 구조를 완벽하게 검토해 보려면 당신이 믿을 만한 시나리오 쓰기의 모든 개론서에서 언급되었다고 생각할 수 있는 다른 도구, 즉 복선에 하나의 항목을 할애해야 한다. 우리는 '거짓 복선'도 존재함을 알게 될 것이다.

시선이 집중되어 있는 **은행지폐**, 권총이 놓여 있는 탁자, 경우에 따라 무기가 될 수도 있는 술병, 범죄를 암시하는 손수건, 책상에 놓여진 타자기, 은행가들을 부자로 만들거나 죽이는 마법과 같은 불가해한 숫자로 펼쳐진 무시무시한 띠 모양의 전보(…).

알랭 비르모 · 오데트, 《초현실주의자들과 영화》, 파리, 랑세,

〈포쉬 시네마〉 총서, 1988, p.109에 인용된 아라공,

〈배경에 대하여〉(1918).

나중에 일어날 사건을 준비하고 관객이 당장 그 효과를 알 수 없는 요소들(시각적이고/이거나 청각적인)을 가리켜 **복선**이란 용어를 사용

한다: 먼저 바로 이해할 수 있는 것들을 이용할 수 있다. 예를 들면:

### 《사이코》

노먼 베이츠(안소니 퍼킨스 분)와 그의 미래의 희생자 사이에 첫 대화
가 이루어질 때 우리는 박제된 새들을 볼 수 있고, 이것이 노먼의 취미
라는 것을 알 수 있다. 해를 끼치지 않는 취미는 처음에 젊은이의 외로
움과 약간 기이한 행동을 내포하고 있는 것처럼 보일 뿐이다. 이런 세
부 묘사에 대한 관심은 영화의 결말 부분에 이르러서야 드러나게 된다.

### 《시민 케인》(오슨 웰스, 1941)

죽어가는 사람이 속삭이듯 내뱉은 '로즈버드'란 말은 그 의미가 관객
에게만 드러나게 될 만큼 아주 치밀한 복선이다: 어떤 인물도 마지막
에 소형 눈썰매를 불태우는 것을 볼 수 없도록 되어 있다.

### 《시에라 마드라의 황금》

시작 부분에서 돕스(험프리 보가트 분)가 구겨 버리는 당첨되지 않은
복권은 그가 후에 마지막 남은 페소로 사서 당첨될 복권을 예고한다.
그것은 그에게 금을 찾는 장비(그를 파멸로 이끌게 되는)를 가질 수 있
게 해준다. 같은 영화에서 돕스와 그의 두 친구가 멕시코 마을에서 산
여러 필의 수노새는 특징적인 철제 낙관이 있다. 거기서 카메라는 거
의 멈추지 않는다. 그러나 영화의 마지막 부분으로 가면서 복선은 제
기능을 하게 된다. 돕스가 살해되고 난 뒤 수노새들을 마을에 되팔려
던 강도들은 철제 낙관 덕택에 발각되어 처형되기 때문이다.

[과제]

당신은 시나리오의 골조가 이미 마련되어 있다면 이야기의 나중 요소를 예고하는 복선을 생각해 보도록 해라. 그렇지 않으면 당신이 잘 알고 있거나 비디오카세트로 소장하고 있는 영화로부터 영화 시작 15분쯤 지나 하나의 복선을 삽입하도록 해보라.


# '가상 복선들' : 속임수와 징후[26)]

복선은 반드시 이야기의 흐름에 대단한 의미를 지니는 것은 아니다: 그것은 **단순한 징후적 가치**를 지니거나 관객에게 놀라움을 발생시키는 데 이용될 수 있다.



《흐르는 강물처럼》(로버트 레드퍼드, 1992, 원작 노먼 맥린의 소설)
강이 중요한 역할을 한다. 청년기 때부터 두 형제는 '빌린' 보트에서 추락의 위험을 의연하게 대처한다. 그들은 주기적으로 그곳에 온다. 이때 낚시 때문에 그들의 삶은 갈라지게 된다. 그들은 늙은 아버지를 모시고 마지막으로 그곳에 온다. 막내동생(브레드 피트 분)은 거대한 물고기를 잡다가 익사할 뻔한다. 영화의 마지막 15분쯤에 관객은 브레드 피트의 죽음, 즉 그의 익사를 예상한다. 오류: 그는 건조한 장소에서 죽게 된다. 그의 죽음은 화면에 드러나지 않고, 화자인 형에 의해 상세하게 기술된다.

---

26) 피에르 바야르(Pierre Bayard)의 글에서 서사학에서의 이런 개념에 대한 흥미로운 전개.

몇 편의 패러디 영화들은 관객의 예상을 빗나가게 만들지만, 코믹한 방법으로 관객을 궁지로 몰아넣는(잠깐) **가상 복선**들을 내포할 수도 있다.



여주인공은 사막의 텐트 아래 악인의 인질로 잡혀 있다. 그녀는 최악의 경우를 예상한다. 관객 역시 그렇다. 악인은 금속 막대 하나를 잽싸게 집어 조작하기 시작한다. 관객들은 몸을 떤다. 거기서 어떤 도구가 나오게 될까? 그는 아치를 올라가는 중이었다.

결론적으로 이 장에서 제시된 설명들이 분명히 완벽한 것은 아니고, 그러기를 바라지도 않는다. 언급된 모든 요소들은 다르게 조합되거나, 한없이 조작될 수도 있다: 이야기는 빠진 것이 있고, 분할되거나 단편화되거나 매끄럽고 완벽해질 수 있다. 논리적 구조는 불확실한 것을 끌어들일 수 있는 논리적 비약을 내포할 수 있다. 그 정도에 그치지 말고 가볍게 여길 것을 권유한다: 이것은 배열에 압축 응력이 주어지는 퍼즐이 아니라 전혀 구애받지 않는 구성 장치이다.

# 3 인물

우리는 이미 인물들의 구성을 돋보이게 하는 많은 요소들을 언급한 바 있다: 행위의 후원자에 해당하는 사람들을 제외하고 이야기나 그것의 전환점의 구조에 대해 언급한다는 것은 불가능하다.

《캘커타 사막에서의 베니스라는 이름》(마르그리트 뒤라스, 1976)

뒤라스는 인물을 한 사람도 보여 주지 않고도 한 편의 영화를 만드는 무모함을 완수했다: 텅 빈 풍경에 《인디언 송》(1974)의 화면 밖 소리 (오프)만이 들릴 뿐이다. 이것은 극단적인 경우에서도 인물은 정말 부재하는 것이 아니라는 것을 말해 주는 것이다: 그는 영상으로만 부재할 뿐이다. 보이지 않을 뿐이다.

《무도회》(에토레 스콜라, 1983)

다른 예외적인 경우: 이번에 인물들은 등장하지만 아무 말이 없다: 영화의 유일한 소리는 인물들을 움직이게 만들고, 그 시간의 연속이 반세기의 이야기를 말해 주는 춤곡이다.

이 극단적인 두 가지 예는 적어도 서술 영화에서 인물이 없어서는 안 된다는 것을 **대립된** 추론을 통해 입증해 주고 있다. 인물은 사실 화신의 극단적인 다양성을 넘어서 모든 이야기에서 다시 발견되는 구성 원리를 마련한다. 이야기의 '행위주들' 중에서 관객이 자신을 동일화시킬 수 있는 것은 오직 한 사람의 인물뿐이다. 그러나 영화 장르에 따라 인물은 더 도가 지나치거나 더 피상적인 성격 규정을 필요로 한다는 것을 상기시키는 것이 중요하다. 빅토르 시클로프스키가 16세기부터 18세기까지의 몇 편의 소설에 대해 언급한 바와 같이 플롯이 중요한 것이었다.

여기서 우리는 인물을 발견할 수는 없다. 행위에 주의가 집중되어 있고, 동작주는 주체에게 뜻을 펼칠 수 있게 해주는 놀이카드에 불과하기 때문이다. (…) 르자주의 질 블라스는 비평가들에게 작가의 의도가 평범한 인간을 등장시키는 것이었다고 생각하게 할 정도로 성격이 거의 없다. 그것은 사실이 아니다. 질 블라스는 인간이 아니라 소설의 에피소드들을 연결하는 실과 같다: 그런데 그 실은 눈에 잘 띄지 않는다.
　빅토르 시클로프스키, 〈단편 소설과 장편 소설의 구성〉, 《문학의 이론. 러시아 형식주의자들의 텍스트》, 파리, 쇠이유, 1965, p.190.

액션 영화나 모험 영화는 고작해야 개괄적으로 그려진 인물, 즉 플롯의 새로운 전개에 대한 단순한 후원자에 만족해할 수도 있다. 여기서 '심리' 영화(이른바 더 나은 용어의 결여)는 인물들의 과거와 복잡성을 더 한층 깊이 파고들어 볼 수도 있다.

# 1. 인물을 어떻게 구성할 것인가?

## 보편성

인물은 두 가지 작용, 즉 **할당**(이야기의 흐름에 따라 점진적으로 등장하는 각양각색의 특성을 지닌 한 인물과 연결시키는)과 **구별**(한 인물을 다른 인물들과 구분하는)에 따라 구성된다:
필리프 아몽(1976)은 몇 가지 분류 유형을 제시하고 있다.

— **지시적 기준**에 따라: 나이, 사회 계층, 성별, 능력 등.
— **서사학적 기준**에 따라: 이런 기준 중에서 중요할 수 있는 것은 이야기에서 인물들의 출현 시기(시작 · 끝 · 어려운 시기 등), 출현 빈도, 출현 '장소'(장소 이동이나 그와 반대로 한 장소에 정착), 출현 방식(혼자인가 그룹인가, 능동적인가 수동적인가, 임무가 있는 자인가 없는 자인가 등).

지시적 기준에 의한 분류는 시나리오 쓰기에서 분명히 전제되어야 할 조건이다. 반면에 서사학적 기준의 경우 당신은 사전에 몇 가지를 사용할 수 있지만(예를 들면 중심 인물을 처음부터 등장시킬 것인지 등장시키지 않을 것인지 결정할 수도 있다) 모든 것은 처음부터 결정될 수 없고, 더구나 당신의 처음 선택 자체는 바뀔 수 있다.

시나리오 쓰기의 몇몇 개론서들, 유난히 미국의 개론서들은 글쓰기를 시작하기 전에 인물에 대해, 특히 인물의 내력과 기질에 대해 '모두 알아둘 것'을 권한다. 물론 무턱대고 시작하지 않는 편이 더 낫다. 그러나 이런 충고는 글쓰기의 모험을 시도해 본 경험이 있는 사람들 이면 누구나 알고 있는 것을 무시하는 것이다: 아이디어들은 쓰면서 생길 수 있고, 계획이나 윤곽도 쓰면서 종종 수정될 수 있기 때문이다. 이때부터 아주 제한적인 사전의 초상화를 고집하면서 왜 많은 글쓰기 행위, 갑자기 생길 수 있는 선의의 놀라움을 스스로 금하게 될까? 이 런 것이 당신이 이미 쓴 것을 수정하게 만든다 하더라도 중요한 것은 아니다. 새로운 버전이 처음 것보다 더 '조직적'이고, 더 심오해질 수 있는 기회가 여러 번 있다.

더구나 최종 탈고 때 엄밀한 의미에서 시나리오보다 인물들을 묘사 하는 짤막한 '인상 기록 카드'를 선행시켜야 할까? 그럴지도 모르지만 (또는 이런 지시가 명시되어 있다면, 예를 들어 어떤 시나리오 공모에 명 시되어 있다면) 제한적 조건들이 있다. 인물의 성별, 대략적인 나이, 사 회적 상황, 다른 인물들과의 관계를 명확히 밝히는 것으로 족하겠지 만 '심리 묘사'를 하는 데 유의할 필요가 있다. 우리의 견해에 비춰 보 면 이것이 실패를 시인하는 것이 될 수 있기 때문이다. 실제로 그것 이 당신이 우리에게 알려 주어야 하는 주인공을 행동시키게 될 첫 장면 임에도 불구하고 당신의 주인공은 '우유부단'하거나 교만하다고 말 하게 되는 이유는 무엇일까? 당신의 도입부가 잘 짜여졌다면 이러한 지적들을 선행시킬 필요가 전혀 없다. 이것은 최선의 경우 필요 이상의 것이 되고, 최악의 경우 인물의 행동들과 대립될 것이기 때문이다.

# 빙산

여기서는 《타이타닉》의 **리메이크** 작품과 관계 있는 것이 아니라 극적 구조의 원리와 관계가 있다. 알다시피 빙산에서 수면 윗부분, 즉 보이는 부분은 종종 바다 속에 있는 부분보다 훨씬 더 작다. 같은 방식으로 잘 구성된 인물은 과거나 처음부터 드러나지 않거나 결코 명백하게 드러나지 않는다 하더라도 그에게 배의 균형을 잡기 위해 뱃바닥에 싣는 바닥짐과 같은 것, 즉 깊이를 주는 과거가 있어야 한다.

시나리오 작가에게는 적어도 개략적으로 인물의 이전 내력을 예견하는 것이 유익하다. 이런 내력의 단편들은 이야기의 흐름에 따라 기억이나 고백으로 주어질 수도 있지만 그것은 근거가 있어야 한다. 하나의 예를 들어 보면:

### 《쓴맛의 쌀》

관객은 월터와 프란체스카 부부가 강도질을 했다는 것을 알지만 처음에는 그들에 대해 아무것도 알지 못한다. 나중에 몽딘의 캠프장에 잠시 머물다가 프란체스카는 실바나에게 비밀을 털어놓는다: 그녀는 대형 호텔들, 국제적인 술집, 도박, 사기, 강요받았던 낙태 등 자신의 삶을 이야기하고, 이전에 보호자 역할과 지배적인 역할을 했던(그녀는 직업에 대해 프란체스카에게 충고한 적이 있다) 실바나는 유사한 사회적 경험도 없이 감탄에 젖어 깜짝 놀라게 만드는 청중이 된다.

이런 장면은 겉보기에 정태적이지만 삼중의 재미, 즉 **심리적**(그녀는 프란체스카에게 그런 적이 없었던 심오함을 부여한다), **역동적**(그녀는 두 여인들 사이에 힘의 균형을 변화시킨다), **예변적**[27](그녀는 다음과 같은 것

**[과제]**

신문에서 읽은 적이 있는 다양한 사건에서 주인공의 과거(도둑, 사기꾼, 부
득이한 경우에는 살인자: 당신이 훌륭한 변호사 정신을 느낀 경우를 제외하고 너
무나도 끔찍한 형사범의 범죄 동기를 변호하는 것은 피해라)가 주인공이 해주는
이야기(어떤 수신자에게?)든 플래시백이든 영상(또는 꾸며낸 다른 해결책)으로
든 나타나는 한 장면을 써보라.


# 2. 주요 인물 또는 주인공을 어떻게 결정할 것인가?


주인공은 세 가지 요인, 즉 서술적 논리, 투사적 원리, 영화에 의해
전달된 가치 체계를 하나로 모으는 점으로 정의된다.


## 서술적 논리

주인공은 인물들의 구성원을 계층화하면서 작품의 내적 공간을 설

---

27) 주네트의 견해로 예변법은 아직 일어나지 않은 사건을 예견하는 이야기이다.

계한다.



### 《잃어버린 환상》(발자크의 소설)

이 소설은 긍정적이거나 부정적인 수많은 인물들을 포함하고 있지만 중심 인물은 뤼시앵 드 뤼방프레이다. 반면에 무기력함과 같은 그의 여러 가지 결점 때문에 그는 주변의 노리개가 된다. 그래서 그는 통상적인 의미에서 보면 '주인공'이 될 수 없다.

### 《아름다운 내일》

우선 변호사가 첫 장면부터 나타나서 계속 등장하기 때문에 흔히 주인공이 변호사라고 생각할 수 있다. 사실 변호사는 보조적 인물이거나 반대자(영화를 어떻게 보느냐에 따라서)일 뿐이고 주인공은 마비된 젊은 생존자 니콜이다. 그녀를 중심으로 행동(공동체의 윤리적 존속)이 구체화된다.

## 투사적 원리

주인공은 독자가 자신과 동일화하려는 인물이다. 이런 동일화의 이유들은 여러 가지가 있다.

동화에서 독자는 학대받는 순진무구한 인물(당나귀 가죽, 신데렐라)과/이나 탐험을 떠나는 주인공과 자신을 동일화하려고 한다. 당연히 우리는 당나귀 가죽의 근친상간의 죄를 지은 아버지나 신데렐라의 계모와 자신을 동일화할 수 없다: 하지만 이것이 도덕적인 이유 때문일까? 또한 우리는 장화 신은 고양이나 신데렐라의 대모와 자신을 동일화하지 않는다. 이런 인물들은 반대자나 보조자와 관계가 있을 뿐이다. 이것은 동일화가 인물의 긍정적이거나 부정적인 성격보다는 인물의 **중심성**과 관련 있다는 것을 말해 준다.

동일화는 또한 인물이 위험에 처해 있다면 **문제를 야기시키는 상황**과 관련이 있다. 히치콕의 유명한 전제에 따르면 관객은 영화가 상영되는 동안 강도질에 대해 가질 수 있는 윤리적 반론을 생각하지 않고, 피해자들의 예기치 않은 귀가로 놀랄 우려가 있는 강도와 자신을 동일화하게 된다는 것이다. 《사이코》에서 관객들은 릴라(두번째로 등장한 젊은 여인, 마리온의 언니)가 같은 운명을 겪게 되지 않을까 하는 두려움 때문에 그녀와 자신을 동일화한다. 여기에 바뀔 수도 있는 투사의 불안정이 있을 수 있다는 것을 덧붙일 필요가 있다.


## 가치 체계


이것은 모든 이야기에 배어 있다: 주인공은 작가의 가치관을 옹호하는 존재이다. 사회는 동일하지 않기 때문에 그 가치관이 반드시 작품이 제시하는 사회의 것일 수는 없을 것이다.

> 《야수들의 밤》(시릴 콜라르, 1992)
> 중심 인물(감독이 연기한)은 소수의 가치들(동성애와 성적 편력의 옹호)과 의심스러운 행동(그는 에이즈 보균자라는 것을 밝히지 않음으로써 상대를 전염시킨다)의 전달자로서, 주인공이 당시에 야기시킨 스캔들임에도 불구하고 그래도 역시 영화의 주인공이 된다.

실제에 있어서 이 세 가지 기준이 항상 겸비되는 것은 아니다. 사실 세 가지 유형의 주인공이 있을 수 있다:

— 구조적 주인공(중심 인물).
— 투사적 주인공(공감의 매개자).
— 이데올로기적 주인공(가치전달자).

《마리우스와 자네트》(로베르 게디기앙, 1997)

스토리 전체가 자네트와 관련하여 전개되는 것을 고려한다면 구조적 주인공은 자네트이다: 마리우스가 사라질 때 사람들은 그녀를 위해 슬퍼하지만, 마리우스의 죽음으로 스토리가 파기되지는 않을 것이다.

투사적 주인공 역시 자네트이거나 아니면 마리우스일 수 있지만, 마리우스는 그가 취해 있을 때를 제외하고 사람들이 그의 내면성에 접근하는 순간에만 외부에서 보인다.

이데올로기적 주인공은 카롤린(《위마니테》지를 읽고 있는)일 수도 있고, 쥐스틴(외교적인 《르몽드》지를 읽고 주변에 있는 아이들에게 전 기독교적인 입장을 취하는)일 수도 있다.

[과제]

당신이 최근에 본 영화에서 주인공이 어떤 유형에 속하는지 정의해 보도록 해라. 당신이 이미 시나리오에 대한 아이디어가 있다면 당신의 주인공이 세 영역이나 그 중 두 영역을 조합하고 있는지 생각해 보라. 만약 주인공이 단 하나의 기준에만 일치한다면 수정하도록 해라.

# 3. 인물을 어떻게 성격 규정할 것인가?

우리는 인물들이 지시적이거나 서사학적 기준에 따라 분류될 수 있다는 것을 살펴보았다. 이제 우리의 인물들을 성격 규정하기 위해 분류 원칙을 적용해 보기로 한다.

첫번째 기준들의 경우 사회학적으로 세부적인 것(인물은 사이클 선수, 도살업자, 킬트[28] 입은 주교, 식물학자, 일요일의 소설가[29]가 될 수 있다)을 파고들 문제가 아니라 많은 영화에서 입증되고 앞서 검토된 '장애물'이나 '필연성'을 대조 검증하거나 다원적으로 검증하는 몇 가지 큰 영역을 정해 보려는 문제이다.

— 선인 혹은 악인;

— 능동적 인간 혹은 수동적 인간;

— 디에게시스적인[30] 세계에서 혼란을 받아들이는 주변인(《레인맨》, 배리 레빈슨, 1988; 《정리(定理)》, 파졸리니, 1968);

— 거짓말쟁이;

— 사기꾼 등.

서술학적 기준의 경우, 이미 상기된 것들 이외에(이야기에 등장하는 순간) 다음과 같은 인물을 덧붙일 수 있다.

---

28) 스코틀랜드에서 남자가 전통적으로 입는 체크무늬 스커트. [역주]

29) 관객은 《기묘한 드라마 *Drôle de drame*》의 중심 인물들을 알아본다.

30) 기본적인 내러티브에서 발생하는 것. [역주]

— 이야기에서 궤적이 올라가거나 내려가는 인물;

— 서술적으로 말하자면 강하거나 약한 인물. 이것은 사회적이거나
육체적·지적인 역량으로 볼 수 있는 것이 아무것도 없다: 《이창》
(히치콕, 1954)의 주인공은 사고를 당하고 나서 깁스한 채 움직이
지 못하고 있고, 《모던 타임즈》(찰리 채플린, 1936)의 주인공은
연속 공정의 작업을 하며, 《길》(펠리니, 1954)의 여주인공은 머리
가 모자란다.


  종종 인물이 혼자거나 부득이한 경우에 '부차적 인물들'이라고 부
르기로 결정한 것에 포함되어 있는 것처럼 묘사되기도 한다는 것을 덧
붙이기로 한다. 그러나 모든 사람은 그를 한정하고 그의 주변을 마련
해 주는 가족, 인간 관계, 사회적 조직망에 속해 있다. 게다가 이야기
는 일련의 차이와 유사성, 즉 서술적 지위(주요 인물 대 부차적 인물),
성별, 숫자(개인 대 집단), '가치관(선 대 악)' 등에 의해 동시에 방향이
정해지는 인물들의 배치로 구성된다.

  개별화된 개인이 이따금 부각된다 하더라도 종종 이야기의 '주인공'
이 집단이 되기도 한다: 《전함 포템킨》(에이젠슈테인, 1925)에서 주인
공(집단)은 반란을 일으키는 배의 수병들이고, 《음악의 거장들》에서
는 브라스밴드의 합주단이며, 《폴몬티》에서는 스트립쇼 공연을 계획
한 실업자 집단이다.

# 4. 인물의 안정성

원칙적으로 시나리오에 써서는 안 되는 법칙 중의 하나는 주인공이 이야기의 시작부터 끝까지 같은 상태로 있는 것이다. 종종 중심 인물을 가리키는 제목이 이런 연속성을 나타낸다: 《영화 가이드》(퇼라르, 1990)의 A문자의 첫줄에서만도 우리는 《아보트와 코스텔로 투명인간을 만나다》《에이브러햄 링컨》《아메드 왕자의 모험》《고약한 박사 피브스》(그의 이름이 P자로 시작한다 하더라도) 《아니타 G.》《아뒤아와 그의 정부들》을 발견할 수 있다. 또 다른 예들도 많이 있을 수 있다.

그렇지만 반대가 되는 예를 들어 보기로 한다.

**《사이코》**

영화의 3분의 1이 상영되는 동안 우리는 마리온의 이야기, 즉 아마도 유부남으로 보이는 남자와의 관계(그녀는 그 남자를 점심 시간에만 은밀히 만날 수 있다), 사장이 그에게 맡긴 임무, 그녀가 저지른 공금횡령, 베이츠 모텔에의 도착 등을 따라간다. 그리고 그녀는 잔인하게 죽는다. 이 죽음은 관객을 놀라게 만든다. 이것은 관객에게 핵심적으로 비치는 인물과 관계가 있다. 거기로부터 새로운 인물(죽은 여인의 언니 릴라와 형사 아보가스트)의 등장과 이미 만난 적이 있지만 모텔 관리인 노먼 베이츠가 그렇게 중요한 인물이 될지 몰랐던 인물의 '잠정적인 등장' 과 함께 관점의 변화는 일어난다.

# 5. 인물과 그의 변화

인물의 안정성의 원칙이 일단 인정되고 대부분 존중되면 우리는 금방 상반된 것처럼 보이거나 적어도 역설적인 것처럼 비치는 다른 원칙, 즉 인물의 변화 원칙에 직면하게 된다. 우리는 이어서 이런 변화가 왜 필요하고, 그것이 어떻게 이루어지는지 알아보게 된다.

## 변화의 필요성

영화의 모든 이야기나 그것 중 대부분은 영화의 시작부터 끝까지 심각하거나 사소하더라도 여러 가지 방식으로 인물과 관계된 많은 사건들이 일어날 수밖에 없다는 전제를 근거로 한다. 변화가 없으면 관객은 지루해할 우려가 있을 수 있고, 더 슬프게 영화를 결코 볼 수 없을 수도 있다. 어떤 제작자도 정태적인 시나리오에 한푼이라도 투자하는 모험을 하고 싶어하지 않을 것[31]이기 때문이다.

---

31) 물론 영화에서 아무 일도 일어나지 않는다고 말할 수는 없지만 《브뤼셀 1080, 코메르스 가 23번지, 잔 디엘망 귀하 *Jeanne Dielman, 23 Quai du Commerce, 1080 Bruxelles*》(샹탈 아케르만(Chantal Akerman), 1975)과 같이 정반대의 예들도 있을 수 있다.

# 변화 방식

서술적으로 말해 '같은 상태'로 있는 인물이 그렇다고 해서 변하지 않는 인물은 아니다. 인물의 심리가 작가의 걱정거리인 막내처럼 보이는 액션 영화에도 보통 인물에 대한 깊은 연구가 이루어진다. 시련과 장애물은 인물에게 처음에 결핍되어 있던 성숙함을 부여하는 데 기여한다.

경우에 따라 인물의 변화, 육체적·심리적·도덕적 변화, 상황의 변화가 강조되기도 하고, 드문 경우지만 직접 관계되거나 그렇지 않은 역사적 변화가 강조되기도 한다.

이런 변화는 항상 경과되는 시간과 연관되어 있지만, 여기서 시나리오 작가는 여러 가지 가능성들 중에서 선택을 한다: 시나리오 작가는 인물의 변화를 인간의 삶에 리듬을 주는 큰 이행 중의 하나(청년기·성인·노년·죽음으로의 이행)에 연결시키든지, 변화를 인류학적인 큰 리듬과 연관시키지 않고 더 짧은 시간의 경과 속에서 생기게 하든지 한다. 우리는 첫번째 유형을 **이행**으로, 두번째 유형을 **위기**로 표현하기로 한다.

## ▶ '위기'의 몇 가지 예

### 《어둠의 표적》(샘 페킨파, 1970)

유순한데다가 끔찍한 정신적 충격(아내가 강간당하고, 그가 보호해 주려고 했던 집에 있던 젊은이는 집단 폭행을 당한다)으로 소심해진 주인공 데이비드는 양심의 가책을 느끼지 않는 살인자로 변한다.

덜 극적인 기록에서:



## [과제]

당신이 이미 한 편의 시나리오가 구상되어 있다면 거기에 부차적 인물과 관계될 수 있는 하나의 사건(극적이든 아니든)을 삽입시키도록 해보라. (주인공에 대해서는 당신이 있는 시점에서 이미 주인공을 철저하게 파악하는 것을 전제로 한다. 그 결과 주인공은 더 이상 변할 수 없다.)

그렇지 않으면 다양한 사건(당신은 이전의 과제에서 사용한 적이 있는 것들 중에서 하나를 다시 사용할 수도 있다)에서 중심 인물이나 그들을 변모시킬 수도 있을 다른 결말을 만들어라.

## ▶ '이행'의 몇 가지 예

### 소년기에서 청년기로의 이행

《고르키의 어린 시절》(마르크 돈스코이, 1938); 《헬파우인, 테라스의 아이》(페리드 부즈디르, 1990); 《벌거벗은 어린 시절》(모리스 피알라, 1968); 《중앙역》(월터 살레스, 1998).

## 청년기에서 성년기로의 이행

《이유 없는 반항》(니콜라스 레이, 1955); 《시씨》(에른스트 마리시카, 1956); 《어린 소녀》(루이스 브뉘엘, 1960); 《가슴의 숨결》(루이 말, 1971); 《귀여운 여인들》(장 외스타슈, 1974); 《웨일즈인 페르스발》(에릭 로메르, 1978); 《여행》(페르난도 솔라나스, 1990); 《천사들이 꿈꾸는 삶》(에릭 종카, 1998).

## 노쇠

이런 테마는 아마 앞의 경우에 비해 수적으로 적을 것이다: 린다 세게르(*op. cit.*)가 언급하고 있는 바와 같이 대중은 성년기로의 이행을 이야기하는 스토리인 **성년의 도래 스토리**를 중시하고, 장래의 불가피성을 자신이 상기하고 있음을 안다고 생각지 않는다. 그렇지만 아름다운 몇 편의 영화들은 다음과 같은 테마를 다루고 있다: 인물은 세월이 가고 늙어간다는 것을 고통스럽게, 아니면 체념하며 의식한다. 아셴바흐는 타드지오의 눈부신 젊음을 보면서 자신이 늙었다는 것을 발견하고, 화장과 염색의 시도가 조롱하듯이 빨리 나타난다(《베니스에서의 죽음》, 루키노 비스콘티, 1970). 드로고는 가상의 적을 감시하는 데 일생을 보내고, 어쩌면 침략자가 나타나는 순간 늙어 죽음을 맞게 될 뿐이다(《타타르 사막》, 주를리니, 1977). 다른 인물들은 주변 사람들에게 부담을 주지 않으려고 체력 저하에 과감하게 맞서거나(《나라야마 부시코》, 기노시타 게이스케, 1958) 헌신하면서 그들의 조건을 극복하려고 한다: 《산다는 것》(구로사와 아키라, 1952)의 늙은 관료는 암선고를 받

고 나서 초라하게 폭음만 하다가 미결 상태로 있던 서류, 즉 어린이
공원 건설을 실현하는 데 모든 정력을 쏟는다.


[과제]

예로 든 영화들 중 한 편(또는 당신이 알고 있는 유사한 테마를 다루고 있는
다른 영화)에서 착상하여 그것이 당신의 개인적 계획에 부합하든 부합하지 않
든 '이행'의 상황을 묘사해 보라.


# 6. 다른 변화들


다른 몇 편의 영화들은 심리적 정당화(예를 들면 정신분열증)로든 내
적 정당화(디에게시스 내적인) 없이든 미학적이거나 철학적 장치로 인
물의 자아 분열이나 증대의 경우를 노린다:

**《다른 사람》(르네 알리오, 1967)**

소심하고 소극적인 안나는 함께 살고 있는 남자에 대해 독립을 받아
들이게 되면서 다른 사람들 중에서도 더 명석한 그녀의 언니 시몬의
정체성을 갖는다.

**《벤과 베네딕트》(파울라 델솔, 1977)**

여주인공은 살아오면서 자신에게 허용하지 않았던 것을 감행할 수
있는 더 대담한 분신을 만들어 낸다. 결말 부분에서 스스로 인정하고 행

동하기에 이른 그녀는 베네딕트의 '장례를 치른다.'

또 다른 예들: 《바로코》(앙드레 테시네, 1976); 《베로니카의 이중 생활》(크쥐시토프 키에슬로프스키, 1990); 《욕망의 모호한 대상》(루이스 브뉴엘, 1977, 이 영화에서 같은 여성 인물을 다른 두 여배우, 안젤라 몰리나와 캐롤 부케가 연기하고 있다); 《은밀한 방어》(자크 리베트, 1997, 두 자매를 같은 여배우가 연기한 정반대의 경우) 등.

[과제]
인용된 예들에서 착상하여 조금씩 계략을 알게 되는 피해자 관점에서의 장면을 쓰면서 인물이 신분증으로 다른 사람을 속이는 장면을 생각해 보라.
당신은 이 장면을 진지한, 게다가 극적인 기록으로든 코믹한 기록으로든 다루어 볼 수 있다.


## 성의 전환

우리는 영화의 이야기가 연극이나 소설과 마찬가지로 항상 인칭을 빈번하게 잘못 사용하고 있다는 것을 살펴보았다. 특수한 사례, 즉 성의 전환(외견상) 역시 상당히 많이 나타나고 있다.

### 《실비아 스칼렛》(조지 쿠커, 1935)
캐서린 헵번은 채권자들에게 쫓기는 아버지와 비밀리에 여행을 떠날 수 있도록 남장을 한다. 그후에 위장된 소년은 그들이 생존을 위해 계획했던 순회 공연에서 코미디를 상영하기 위해 소녀로 '변장한다.'

### 《빅터/빅토리아》(블레이크 에드워즈, 1982)

고용 계약이 없는 줄리 앤드루스는 여장 남자 빅터로 행세한다. 그녀는 이 신분으로 대성공을 거둔다.

### 《옌틀》(바브라 스트라이전드, 1984)

이 영화는 20세기초 폴란드의 시골 유대인 공동체를 배경으로 하고 있다. 여성들은 전통적으로 공부하는 것이 금지되어 있음에도 불구하고 아버지로부터 성서를 익힌 여주인공은 계속 공부하고, 자신이 익숙해 있던 비교적 자유로운 삶을 계속 영위할 수 있도록 남자 행세를 한다.

성의 전환은 강한 성에 속할 수 있는 기회가 오면 여자 행세를 해야 할 필요가 있는 것보다 다른 방향, 즉 놓쳐 버린 돈벌이의 징후에서 드물게 나타난다. 우리는 여기서 남성의 동성애 경우에 변장을 다룬 영화들은 제외하기로 한다. 이런 동성애는 《광인들의 감호소》(에두아르 몰리나로, 1978)에서 《사막의 광녀 프리실라》(스테판 엘리오트, 1994)나 《금지된 습관》(폴 보가트, 1989)에 이르기까지 아주 다양한 기록들에서 위장되고 있다.

### 《뜨거운 것이 좋아》(빌리 와일더, 1959)

두 연주가는 여성 관현악단에 숨어 있도록 강요받게 되는데, 그 상황에서 그들의 눈에는 부정적인 측면들만 비칠 뿐이다. 한 사람은 억만장자 노인에게 결혼의 열정을 불러일으키고, 다른 한 사람은 악단의 여가수(마릴린 먼로 분)에게 사랑 고백조차 하지 못한다.

그렇지만 정반대의 좋은 예도 있다.

출발점에서 변장은 인물(더스틴 호프만 분)에게 코미디언 출연 계약을 맺기 위한 수단일 뿐이다. 그후에 영화는 심각해지고 흥미가 있다. 주인공은 내면적으로 여자라는 것을 즐기면서 페미니스트가 되어 주변의 여자들에게 그를 본보기로 삼아 자신의 존재를 분명하게 드러내도록 부추긴다.

그럼에도 불구하고 이런 모든 경우에 성의 전환(외견상)은 중심 인물들에게 정반대의 성(겉보기에)으로 많은 권태를 초래한다: 그들의 가상적 파트너들은 그들이 인성에 어긋난다고 생각하는 매력적인 악마들처럼 자신을 보호한다. 그렇다고 해서 그들이 잘못을 깨닫게 되었을 때 폭로를 항상 잘 받아들이는 것은 아니다(《투시》).

## 이름이나 호적의 변경

이름이나 호적의 변경은 당사자들도 모르는 사이에 이루어질 수 있다(《인생은 조용히 흐르는 긴 강이다》, 에티엔 샹틸리에, 1989): 그러나 한 간호사의 복수로 태어날 때 뒤바뀐 두 어린아이 그로제이와 르 케노의 예는 예외이다. 흔히 신분의 사칭은 그로부터 이익을 얻어내기를 바라는 누군가를 의식한 행동이다.

우선 관객은 불안해할 수 있다: 관객의 눈에 비친 인물은 관객이 그렇게 되기를 바라는 사람일 수 있을까? 종종 불안은 이야기의 결말까지 거의 남아 있기도 한다:

《마틴 기어의 귀향》(다니엘 비뉴, 1981)

마틴, 아니면 그를 닮은 남자(제라르 드파르디유 분)가 전쟁터에서 피레네의 작은 마을로 돌아온다. 마을 사람들이 모두 그를 알아보지 못했지만, 그의 부인은 그를 '알아보았거나' 적어도 그럴 수 있다고 주장한다: 그래서 그는 마을에 받아들여지게 된다. 진짜 마틴이 돌아오던 날이 되어서야 비로소 가짜 마틴은 재판에 회부되어 사형에 처해진다.

몇몇 경우에 신분의 사칭은 사칭자가 정말로 사칭된 신분임을 인정하고, 이익보다는 더 많은 위험을 무릅쓰기를 포기하기에 이른다. 이런 예가 그런 경우이다:

《로베레 장군》(로베르토 로셀리니, 1959)

주요 인물인 포용력이 없는 나이 어린 사기꾼은, 독일군이 체포하여 협상하기를 기대할 때 실수로 피살된 레지스탕스 활동가 로베레 장군의 역할을 하도록 독일군에게 '징집'된다. 그러나 관객의 예상과는 달리 그 가짜 장군은 다음과 같이 탐닉한다: 그는 감옥에서 진짜 항독지하 활동가를 만나게 되면서 가능한 것처럼 보이는 역할에 동조하다가 그가 구현한 전투원이 제 역할을 할 수도 있는 것처럼 결국 죽게 된다.

관객이 일단 주인공의 신분(진짜든 가짜든)에 대해 확신이 서기만 하면 두 가지 태도가 가능해질 수 있다: 관객은 사칭자의 편에 서든지, 그와 반대편에 서서 그가 정체를 밝히기를 기대한다.

《북쪽의 호텔》(마르셀 카르네, 1938)

에드몽(루이 주베 분)은 그를 찾고 있는 악당들의 복수를 피하기 위해 신분뿐만 아니라 외모와 습관까지 바꾼다: 이렇게 이전 생활에서는 피를 보는 것을 견디지 못했던 그가 닭과 같은 가금류의 목을 따서 죽이는 것과 연관이 될 때는 항상 자발적이다. 호텔의 웨이트리스에 의해 전해진 이런 상세한 정보가 활주로에 던져진 악인들을 혼란스럽게 만든다(잠정적으로).

### 《금지 구역》(폴 슈레이더, 1978)

아주 엄격한 네덜란드 본고장의 공동체에 소속되어 있는 잭 밴 던은 유괴되었거나 가출한 딸 크리스텐을 찾고 싶어한다: 그러기 위해서 그는 암흑가로 들어가 그 집단의 일원으로 가장해야 한다. 특히 그는 포르노 영화(여기서 연유된 제목) 제작자로 행세하게 된다. 그는 딸을 다시 찾게 되지만 어느쪽으로든 크리스텐이 회피했던 엄격한 도덕의 문제가 제기되지 않을 수 없다.


# 특별한 사례: X가 Y에게 Z를 속이기 위해 가짜 신분증을 준다

## ▶ 권모술수를 쓰는 다른 형태

### 《불로뉴 숲의 여인들》(로베르 브레송, 1944)

디드로의 《운명론자 자크》의 에피소드를 원작으로 한 포메레 부인과 아르시스 후작의 이야기: 엘렌(마리아 카사레스 분)은 자기를 돌보지 않는 애인에게 복수하기 위해, 그에게 그녀가 존경할 만한 친구의 딸처럼 매춘을 하는 몰락한 소시민 계급의 아녜스(엘리나 라부르데트 분)를 소개한다. 그는 속아서 그녀와 결혼한다: 얼마 지나지 않아 엘렌은 그에게 부인의 옛날 직업을 밝힌다. 디드로의 소설에서처럼 그가 그녀를 용서함으로써 엘렌의 복수도 진정된다.

## ▶ 관대한 다른 형태들

### 《마카로니》(에토레 스콜라, 1985)

미국인 사장 로버트 트래번(잭 레몬 분)은 중요한 계약을 성사시키기 위해 나폴리에 도착한다. 직원 안토니오(마스트로이아니 분)는 트래번을 텔레비전에서 알아보았다: 그 사람은 바로 그의 누이와 약혼한 적이 있는 평화 유지군의 미군 병사였다. 그는 우선 접촉을 시도했지만 헛수고였다: 트래번은 그를 돈을 자주 빌리는 사람으로 간주하고 멸시하다가, 조금씩 그를 가족처럼 다시 만나는 것을 승낙한다. 이때 그는 안토니오가 자기 누이를 위로하기 위해 몇 년 전부터 '밥'이라는 서명으로 편지를 보내고 있었다는 사실을 알게 된다. 안토니오는 밥에게 놀라운 공적을 돌리고 있었던 것이다. 밥은 그만한 능력을 갖기가 어려웠지만(그는 피아노에서만큼은 명인으로 알려졌다: 안토니오는 카네기 홀에서의 콘서트를 그의 공적으로 돌렸다) 되찾은 그의 열의와 호의가 모든 것을 보상해 준다.

### 《하루 동안의 숙녀》(프랭크 카프라, 1933)와 리메이크 영화 《포켓 가득한 기적》(같은 감독, 1961)

한 여성 부랑아는 유럽에서 자기 희생과 거리에서 사과 행상보다는 뒷골목에서 몸을 팔아 딸을 키운다. 자신의 딸이 약혼자인 스페인 귀족과 그 남자의 부모와 함께 미국에 도착했을 때 파국에 이른다. 애플

# 7. 역사적 변화

끝으로 변화는 역사적 대혼란 때문에 인물들과 연관이 될 수 있다. 19세기초부터 소설은 그런 예들을 많이 보여 주었다. 이것은 오늘날까지도 계속되고 있다: 발자크의 반급을 받는 장교들, 있을 자리가 없는 사회로 되돌아온 샤베르 대령, 프러시아에서의 테오도르 퐁탄의 귀족들이나 남방 국가에서의 윌리엄 포크너의 귀족들, 시칠리아에서의 토마시 디 람페두사의 귀족들(《표범》, 루키노 비스콘티, 1963), 조르조 바사니의 소설에서 자신들에게 일어나게 될 일을 예감하지 못하고 있는 페라레의 유대인들(1970년 비토리오 데 시카에 의해 각각 스크린으로 옮겨진 《핀지 콘티니스의 정원》《금테 안경》), 고향 떠난 농부들(《로코와 그의 형제들》, 비스콘티, 1960), 멸망의 전조를 알지 못하고 나치즘의 출현을 찬양한 부르주아 계급(《망령들》, 비스콘티, 1971), 역사적 사건들이 개인의 운명을 만들어 내고, 인물들이 이것을 의식하지 못하기도 하며, 맞서 싸우기도 하고 싸우지 않기도 하는 예들이 있다. 이런 대부분의 영화 이야기들은 프레디 뷔아슈가 《망령들》에 내린 정의에 부합할 수도 있다:

이야기의 일반적인 구조는 서로 교차하는 상반된 힘에 따른다: 하나는 내려가려는 힘으로 외적 사건들의 압력을 받는 집단의 해체에서 연유하고, 다른 하나는 올라가려는 힘으로 마틴(변장하고 있다가 나치의 제복을 입은 철공소 주인의 아들)과 같은 독특한 개성의 느린 계층화의 결과로 생긴다.

프레디 뷔아슈, op.cit., p.68.

## [과제]

여러 편의 프랑스 영화들이 제2차 세계대전, 레지스탕스 운동, 대독 협력을 주제로 삼고 있다: 《라콩브 뤼시앵》(루이 말, 1974) · 《구식화기》(로버트 엔리코, 1975) · 《아주 신중한 영웅》(자크 오디아르, 1975) 등. 같은 시기에 착상하여 무관심에서 참여의 어떤 유형으로 바뀌거나 되돌아가게 되는(서술적 약호로, 글쓰기로) 인물을 생각해 보라.

이런 몇몇 암시들은 주제라는 말의 모든 의미에서 많은 것들을 철저히 파헤치기를 바라지 않는다. 우리는 시나리오 쓰기의 개론서들이 관례적으로 전하는 조언에 대해 이런 변형으로 마무리한다: 당신이 주변에 애착이 있고 기꺼이 받아들인다 하더라도 당신의 인물을 만들려면 주변을 잘 관찰해 보라. 그리고 특히 독서를 하고 (…) 영화관에 가도록 해라.

# 4 공간

유리창에 알아보기 어려운 대문자가 붙어 있는 덜컹거리는 선술집의 출입문이나 30층짜리 건물에 1천여 개의 눈이 달린 것 같은 현기증을 일으키는 정면, 통조림통들의 매력적인 진열(어떤 위대한 화가가 이것을 그렸을까?), 보기만 해도 취하게 만드는 술병이 진열되어 있는 판매대: 황혼과 고딕 양식의 성들, 농부들이 이런 초월의 시간 감각을 결코 지치게 만들지 못하면서도 불과 사랑의 발견 이후 인간들에게 항상 이야기되고 있는 10-12개의 이야기가 전개될 수 있는 불필요하게 반복된 1백여 개의 말과 무관한 아주 새로운 배경이다.

아라공, 〈배경에 대하여〉(1918),

A.와 O. 비르모(*op. cit.*, p.107)에서 인용.

시간이 그 필요성이 요구되는 많은 서사학적 분석의 대상이 되는 만큼 공간은 서사학에서 대접받지 못하는 것 같다. 물론 특정 공간, 즉 특별한 작가의 작품에 대한 전문적 저술들이 있지만 공간에 대한 고찰은 상대적으로 경시되는 것처럼 보인다.

이것은 아마도 시간과 연대순의 여러 가지 혼란이 우리가 이야기를 따라가고 있을 때 주의를 끌게 되지만, 공간은 흔히 단순한 배경처럼 보일 뿐인 사건과 관계가 있다. 말하자면 배경은 모두 부차적인 것이지만 행동이 중요한 틀이 될 수도 있기 때문이다. 어떤 독자가 대사와 사건, 인물의 제스처를 찾아내는 데 급급하면서도 소설에서 묘사들을 결코 '대충 건너뛰지' 않았을까? 어떤 관객이 극장에서 무엇보다도 먼저 무대 배경에 집착하게 될까?

그렇지만 행동에 대한 글쓰기로서 공간에 대한 문제는 중요하다. 극작법에서는 결코 이것이 소홀히 다루어진 적이 없다: 고전주의 작가들이 존중했던 장소의 일치는 기술적 방법이 부족한 결과가 아니라──루이 14세 치하에서 베르사유 궁전의 오페라나 코미디의 기계를 이용한 몽환극을 상기하는 것으로 충분하다──미학적 선택의 결과였다. 낭만주의 작가들은 상반된 미학, 즉 '음모자들이 전제군주를 맹렬히 비난하고, 반대로 전제군주가 음모자들을 맹렬히 비난하는'(《크롬웰 서문》, 1827) 어떤 경우에도 적합한 그런 장소를 위고와 함께 야유하는 그럴듯함의 미학을 고려하여 장소의 일치를 부정한다. 영화는 장소들을 보여 주고 그것들을 넓히기 위한 분명히 연극과 비교될 수 없는 기술적 유연성이 있다. 말하자면 이것은 연극이 자동적으로 그런 유연성을 이용할 수 있도록 유도하지 못한다는 것을 의미한다.

소설가들은 그들이 사용하는 공간의 역할과 묘사 방식에 대해 그들 나름대로 의문을 갖는다. 스탕달이나 발자크·톨스토이·클로드 시몽 작품에서의 전투 장면, 모리아크나 나탈리 사로트 작품에서의 아파트 내부, 모파상이나 플로베르 작품에서의 지방. 모든 작품에서 묘사는 세부적이든 암시적이든 간에 어떤 잠재적 기능이 있다. 예를 들면 발자크는 묘사를 상당히 중시한다. 여기서 묘사는 그곳에 삽입되어 있는 인물들을 특징짓는 데 사용된다는 것을 고려한다면 자연 풍경이든 도시 풍경이든 관계가 있다. 이런 개념에 대한 있을 법한 반발로 알랭 로브 그리예(1963)는 '장엄한 산들'과 '평온한 호수들'을 야유하고, 그 자신이 《질투》나 《지우개》에서 제시하고 있듯이 주관적인 암시적 의미가 없는 사실적 묘사만 허용하는 전통적인 소설에서의 풍경에 대한 묘사들의 신인동형론을 비판한 바 있다.

영화가 수식어도 없고 '기교를 부리지 않고 꾸밈없이 표현하는' 이미지들을 보여 주는 것 같은 점을 고려한다면 그것은 로브 그리예의 비판에서 벗어나 있는 듯하다. 그렇지만 외관이기는 하지만 영화에서도 공간은 주관적인 구성이다.

영화에서 공간의 중요성은 공간이 '명백하게 드러난다'는 것에 기인한다. 영화 관객은 공간을 빼놓고 생각할 수 없는 반면에, 독자는 묘사를 피하려면 소설의 페이지를 넘기면 된다. 그러나 이런 분명한 사실 때문에 대부분의 시나리오 쓰기의 개론서에서 공간 역시 소홀히 다루어지고 있다. 보통 이 주제에 대해 장르에 따라 실제적인 몇 가지 지적만이 허용된다:

당신의 장면은 어디에서 일어나는가? 은행에서? 당신의 집에서? 술집에서? 자동차 안에서? 공원에서? 분명한 장소(강도질을 위한)는 조용하고 후미진 장소, 예를 들면 고속도로상의 렌터카가 될 수도 있을 것이다. 이것이 분명한 위치이다. 이것이 제 기능을 하지만, 우리는 게다가 시각적인 어떤 것을 찾을 수도 있을 것이다.

사이드 필드, *op.cit.*, p.133.


그렇지만 공간은 시간과 같은 이유에서, 아니면 같은 방식으로 의미의 전달 기능이 있고, 또한 그것은 영화의 구성에 중요한 역할을 한다. 우리는 시작 부분의 시각적 공간이 총칭적인 협정을 내포하고, 그리고 또 이것이 일련의 행동에 우리의 정보를 주고 흥미를 끌게 하는 데 기여한다는 것을 알 수 있었다(제2장). 영화의 행동이 전개되는 공간의 유형이 그 첫번째 성격 규정이다. 내적 공간은 다음과 같은 코미디나 심리극을 예고한다: 《로프》(앨프레드 히치콕, 1946) · 《비공개 재판》(자클린 오드리, 1954) · 《나의 성생활, 혹은 나는 어떻게 싸우는가》(아르노 데스플레생, 1996) · 《폴의 애정 편력》(로렌스 페레이라 바르보자, 1996) 등. 복잡한 구조의 외적 공간은 다음과 같은 서부 영화나 모험 영화의 경우일 것이다: 《사막의 여포로》(존 포드, 1956) · 《초록빛 다이아몬드를 찾아서》 등. 또한 우리는 몇 가지 유형의 영화에서 공간이 로드무비 영화의 예와 같이 구조적 기능을 한 적도 있다는 것을 알 수 있었다. 그러나 보다 일반적으로 문제가 되었던 공간의 수와 다양성, 공간의 교대로 나타남, 연속, 회귀는 불확실하다기보다는 시나리오의 기본적인 조정 장치에 속한다.

　이제 공간의 기능들과 그 방법들 중 몇 가지는 어떤 것일 수 있는지 잠시 후 살펴보기로 한다. 우리는 관객의 인식 문제들과 마찬가지로 스크린의 공간에 그림의 구성과 시나리오 쓰기에 아주 적합할 수 없는 구성에 대해 문제를 제기하지 않는다는 것을 밝히기로 한다(예를 들면 감독이 의식하지 못한다 하더라도 좌파와 우파, 상위 계층에서 하위 계층에 이르기까지 서구의 독서 습관들이 스크린 공간에서 대상들의 위치 이동을 조절하는 데 기여하지 않았을까?). 우리는 '행위주' 와 서술적 구성의 요소로서 공간에만 관심을 갖는다.

# 1. 장소 또는 공간

그레마스(1976, p.73)는 넓이와 공간을 구별하고 있다. 넓이는 우리가 지각 작용을 통해 알게 되는 자연이나 인위적인 대상들의 총체이고, 공간은 "의미상 '실제' 대상의 이런저런 소유, 가능한 관여성 차원 중 어느것 하나만을 선택하는" 형태, 구조이기 때문이다.

앙드레 가르디(1993)는 랑그와 파롤의 소쉬르식 구별의 모델을 근간으로 장소와 공간을 구별할 것을 제안하고 있다: 장소는 공간의 현동화일 것이고, 공간은 항상 장소에 가상적일 수 있다. 장소들은 영화가 우리에게 보여 주는 가시적 대상들이고, 공간은 관객의 지식으로부터 작용하는 정신적 구조이다(움베르토 에코는 이것을 '백과사전'이라 명명하고 있다).

이 두 가지 용어를 고려할 필요가 있다. 한편 공간은 구체적인 것의 차원에서 연유하는 **장소**나 **넓이**와 대조적으로 의미가 부여된 형태이고, 다른 한편 공간은 건축가 · 정치가 · 사회학자 등이 선택한 결과이며, 우리의 경우에는 작가가 선택한 결과이다. 물론 이런 선택은 시나리오 작가보다는 흔히 감독에 의해 이루어지지만, 시나리오 작가가 의문을 제기해서는 안 된다는 결과가 따르지는 않는다.

# 2. 성격 규정 요소로서의 공간

우리는 제1장에서 무대 배경의 시각적 묘사의 몇 가지 기본 원칙을 살펴보았다. 공간은 사회적이고 심리학적으로 성격을 규정하는 역할을 한다는 것을 덧붙이는 게 좋겠다.

## 사회적 성격 규정 요소로서의 공간

예를 들면 《노동자 계급 천국에 가다》(엘리오 페트리, 1972)에서 공장의 배경과 인물(잔 마리아 볼론테)이 살고 있는 아파트의 배경은 《시씨》 시리즈에서 바바리아와 오스트리아의 궁전과 같이 사회적 부속을 정확하게 설정하고 있다.

[과제]

당신이 최근에 본 영화에서 인물을 한 사람(반드시 주요 인물일 필요는 없다) 선택해서 그가 있는 장소를 묘사하면서 그 인물만 성격 규정하도록 해보라.

인물이 생활하는 장소를 보여 주는 것이 아니라 두 일본 남자와 이탈리아 여인, 멤피스 태생의 세 남자와 한 여자(테네시)가 엇갈리는(서로 보지 못하고) 《미스터리 트레인》(1989)의 호텔처럼 우연의 사고 장소를 보여 주는 영화를 선택함으로써 난해한 부분을 재미있게 만들 수 있다. 이 인물들 중 한 사람이 있는 장소를 생각해 보라.

# 심리학적 성격 규정 요소로서의 공간

공간은 특징 없는 무대 배경이 되는 것이 아니라 19세기 소설에서
처럼 인물의 정신 상태를 반영하거나 분류하도록 되어 있을 수 있다.
《붉은 사막》(미켈란젤로 안토니오니, 1964)에서 여주인공의 정신적 혼
란은 그녀가 횡단한 공간에 의해 분명해진다:

> (줄리아나는) 감각적으로 나무들이 잘 자라지 않는 산업쓰레기장의 풍
> 경에서 방황하듯이 초현대식 아파트에서 안절부절못하고 있다. 공장은
> 도시를 향해 매연을 뿜어내고, 트롤선들은 수로의 오염된 물을 가르면
> 서 협박이나 있을 수 없는 '이국' 의 막연한 약속처럼 계속해서 지나간다.
>
> 프레디 뷔아슈, 《1945년-1990년 사이의 이탈리아 영화》,
>
> 로잔, 라쥬 돔, 1992, p.103.

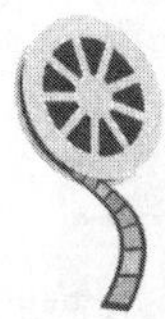
체계적이거나 일시적인 공간이 한 인물 혹은 여러 인물의
주관성을 '묘사하거나' 그것을 간접적으로 나타내기 위해서
사용된 영화들을 찾아보라.

[과제]

당신이 최근에 읽었던 소설이나 본 영화에서 착상하여 인물의 내면성을 반
영하거나 은유적 형태로 표현한 배경을 묘사해 보라.

몇 가지 제안:

— 《시에라 마드라의 황금》(1947)에서의 부랑자를 위한 간이 숙박소;

— 《브론테 자매》(앙드레 테시네, 1979)에서의 황야;

— 《네 번의 결혼식과 한 번의 장례식》(마이크 뉴웰, 1994)에서 가레스의

장례식이 거행되는 사원;

　— 《사과》(사미라 마흐말바프, 1997)에서 소녀들이 감금되어 있는 집.


　더 나아가 공간은 인물과 대립 상태에 있거나 없고, 인물이 그 발산물이거나 아닌 세계를 상징할 수 있다. 《정사》(미켈란젤로 안토니오니, 1960)에 대해 언급하길:


　섬의 황량한 높은 고원이나 절벽·바람, 소란스러운 파도, 반짝이는 고요한 바다는 (…) 모든 창조적인 표시가 소멸되도록 강요되고 경직되게 만드는 것 같은 세계에 대한 무관심을 용해시킨다.

*Ibid*., p.97.


　여기서 이것은 우리가 공간이 전통적인 소설에서 부여되었던 기능들을 되찾는다는 것을 의미한다. 그러나 우리는 영화적 글쓰기의 특수성이 또 다른 공간을 나타나게 만들 수 있다는 것을 금방 알 수 있다.


# 3. 관객의 해설 활동의 결과인 정신적 구조로서의 공간


**《인생의 기차》(라두 미할리누, 1998)**
　슈테틀의 주민들이 떠날 준비를 하는 것은 여러 장소의 교차 편집 대상이 된다: 마을의 다른 장인들이 각기 그들의 공간에서 분주하게 움직이는 모습(재단사 · 구두수선공 · 벌목인부 · 소목장이 · 요리사 등)이 차례로 보인다. 분할된 이런 공간들은 우선 음악(시골 사람들의 열의와 서두르는 모습을 상기시키는 아주 활기찬 이디시어 춤곡)에 의해 통합되고, 따라서 관객의 인식에 의해 통합된다: 처음부터 청각을 통해 시각적으로 모호해 보이는 공간들을 동일한 것으로 느끼는 데 자극받은 관객은 공간들을 유일하고 같은 행동(마을을 구하고, 떠날 준비를 하는)을 추구하듯이 동시에 분석한다. 그때부터 관객이 '인지하게 되는' 포괄적인 장소는 시각적으로 인지된 사소한 모든 장소들과 다르다: 그것은 추가된 것이라기보다는 통합이다.

같은 의미에서 로스앤젤레스의 화산 폭발을 이야기하는 재난 영화 《볼케이노》는 비디오로 연결되어 있지만, 용암의 출현으로 서로 다르게 문제가 된(위협받는) 도시의 다른 부분을 차례차례 보여 주고 있다.


[과제]
이런 예들에서 서로 다른 여러 공간들(인물들)이 연루되어 있는 상황을 생각해 보라: 이런 공간들을 각각 짤막하게 묘사해 보고, 그것의 통합이 어떻게 이루어지는가도 기술해 보라.
　제안:
　— 어느 학교의 수호성인 축제[32] 준비(학생 · 선생님 · 부모의 편에서);
　— 파리 교외의 철도 파업;
　— 운동 경기 등.


---

32) 케르메스(kermesse): 네덜란드 · 벨기에 · 프랑스 북부 지방의 축제. 〔역주〕

# 4. 공간의 서술적 기능

공간은 우리가 앞에서 인물들과 마찬가지로 정의했던 행위주의 기능 중 몇 가지를 나타낼 수 있다. 요컨대 이것은 더구나 불균등하게 나타날 수도 있는 반대자와 보조자의 기능이다. 그레마스에 의해 기술된 다른 기능들은 거의 입증되지 않았거나 전혀 입증되지 않았다.

## 반대자로서의 공간



초등학생 꼬마가 공책을 빠뜨렸고, 선생님은 그 아이에게 또 허튼짓을 하면 퇴학시키겠다고 엄포를 놓은 바 있다. 그 아이의 친구는 불안해서 공책을 친구에게 가져다 주고자 한다. 하지만 '내 친구의 집은 어디인가?' 그는 잰걸음으로 너무 멀리 떨어진 시골 마을에 와 있다는 것 이외에 확실한 것은 아무것도 없다. 그는 용감하게 출발해서 여러 번 되풀이하여 기대하던 집을 찾았다고 생각하지만 잘못 알게 되어 헤맨다. (…) 행복한 결말에도 불구하고 영화는 시골 냄새가 풍기는 미지의 공간과 아주 강하게 연결되어 있지만 익숙해진 지표가 없거나 거짓 지표만 있는(어린 녀석을 헤매게 만든 동명이인) 큰 불안감을 돋보이게 한다: 분명히 어머니 집의 안정감을 주는 공간과는 아주 다른 대조적인 공간이다.

일반적으로 많은 영화적 이야기들은 악조건의 공간을 내포하고 있

다: 주인공들이 사막(《외인부대병사》만 예로 들기로 한다)이나 정글을 횡단하는 모험 영화, 주인공들이 근본적으로 낯설고 무서운 세계에 직면하게 되는 공상과학 영화, 지나칠 정도로 빈곤한 땅이나 많은 종교적 박해, 외국인 기피증 때문에 주민들이 이주할 수밖에 없는 사회적 성격의 영화. 예: 《분노의 포도》(존 포드, 1940); 《아메리카, 아메리카》(엘리아 카잔, 1963); 《굿모닝 바빌론》(타비아니 형제, 1987); 《어머니》(앙리 베르네유, 1990).

더 내면적인 기록들에서 공간은 다음과 같이 구별된다: 바닥에서 멀리 떨어져 현기증이 날 정도의 사다리 위에서 두려움에 떨고 있는 《롤라 몽테》(막스 오퓔스, 1955)의 위협적인 공간, 가랑스를 다시 만나려고 쓸데없이 애쓰는 밥티스트를 갈라 놓는 세계의 검은 사원의 가로수길(《인생유전》, 마르셀 카르네, 1945). 외견상 목가적인 배경(숲 속의 급류)은 악몽의 장소(《서바이벌 게임》, 존 부어맨, 1972)가 될 수 있다. 그러나 우리는 뒤에서 같은 공간이 다른 가치, 게다가 상반된 가치를 가질 수 있다는 점을 보게 될 것이다.

[과제]

인용된 예들이나 당신이 본 적이 있는 영화에서 착상을 얻어 공간이 반대자가 되는 상황을 생각해 보라. 가능한 한 정확하게 장소들을 묘사하면서 한 장면을 써보라.


## 보조자로서의 공간

여러 가지 예들이 우리의 기억 속에 반대자로서의 공간으로 교차하고 있지만 보조자로서의 공간 역시 마찬가지이다. 그 이유는 무엇일까? 한 가지 이유를 제시해 볼 수 있다: 흔히 말하길 행복은 스토리가 없는 백지 상태와 마찬가지로, 시나리오의 페이지를 더 쉽사리 채울 수 있는 것은 악조건의 장소들이다. 물론 《바람과 함께 사라지다》 시작 부분의 저택이나 《흐르는 강물처럼》의 목동의 집, 밴조와 기타가 조화롭게 협연하는 《서바이벌 게임》의 베란다처럼 조용한 장소들이 없는 것은 아니지만 그런 곳들은 흔히 일시적이다: 특히 그것은 결국 배경의 전통적인 역할로 귀착되어 거의 기능을 하지 못한다.

그렇지만 깊이 연구해 보면 '베를린의 하늘' 을 의미하는 공간을 따라 전개되는 《베를린 천사의 시》라는 독일 영화도 있다.

### 《베를린 천사의 시》(빔 벤더스, 1987)

이 영화에서 공간은 아주 특별한 역할을 한다. 그것은 우선 천사들이 이동하는 공중의 환경이다. 그곳에서 천사들은 인간들을 관찰하고, 우연히 인간들의 삶에 개입을 시도한다: 인조 날개가 있는 가짜 천사(솔베이그 도마르틴 분)가 사다리 위에서 균형을 잡고 있는 곡마단으로 상징화된 투명한 소통 환경. 그곳은 인간으로 태어난 천사(브루노 간츠 분)가 식별할 수 있게 들어가서 형제애의 몸짓을 발견한다(한 미지인이 그에게 베를린 장벽 옆에 노천카페에서 어떻게 인간이 마시는 첫번째 커피 값을 지불할 수 있는가 그 방법을 보여 준다). 그가 제일 끝에 있지만 스크린에는 보이지 않는다. 관객의 지식으로만 머릿속에 장벽으로 분단된 도시의 분리된 공간(이 영화는 1987년도 작품), 즉 한쪽에서만 볼 수 있는 공간을 구축할 수 있다. 결국 우리는 공간이 그레마스의 의미에서 수신자일 수도 있다고 생각할 수 있다: 물론 공간이 임무의 지표처럼 분명하게 지적되지는 않지만, 천사들만이 장벽의 상공을 비행할 수 있고 승리의 기념탑(동쪽에 있는) 위에 버티고 서 있을 수 있는 권리가 있다면 이런 비유는 아마 작가가 가까이서 생각할 수 없었던 미래를 연동시킬 수 있다는 것이 감지된다.


[과제]
공간의 역할을 전도시키는 앞의 것의 변이형.


## 객체로서의 공간

끝으로 공간의 초점이 정복에 맞춰질 때 그것은 객체의 기능일 수 있다. 몇 가지 예:


《아귀레, 신의 분노》(베르너 헤어조그, 1972)
1560년 에스파냐의 페루 원정대는 전설의 황금도시 엘도라도를 찾아나선다.


《불질러!》(질로 폰테코르보, 1969)
19세기 전반 앙티유의 포르투갈 식민지인 상상의 섬의 이름에서 연유한 제목이다. 영국의 주동자 월커(말론 브란도 분)는 그 섬을 영국인의 소유로 넘기는 임무를 맡는다. 그는 공화국을 선포하고 노예 제도를 폐지한 호세 돌로레스에 의해 '주도된' 거짓 해방 운동을 선동하는데 (…) 영국인들은 섬을 점령하고 반란은 진압된다.


《미션》(롤랑 조페, 1986)
18세기 중반 에스파냐 정복자들과 인디언들을 영토 합병으로부터 보

■ 호해 보려는 예수회 수도사와 대립하던 남아메리카에서의 충돌.


　모든 서부 영화는 식민지 개척자들이 인디언들을 약탈하거나 가축 사육자들(유목민)과 농민들(정착민) 사이에 치열하게 경쟁하는 땅의 문제이다. 럭키 루크의 모험은 모리스와 고시니의 만화《초원의 철조망》에 그 원형을 마련해 주고 있다. 더구나 우리는 앞의 세 가지 예들 중에서《미션》이 미국에서 만든 것이 아니라 하더라도 미국 영화 고유의 특징과 관계가 없는 것인지 생각해 볼 수 있다. 실제 역사적으로 서부 정복은 19세기초에 시작되어(미국 독립 다음날부터) 공식적으로 1890년에 끝난다. 이것은 모든 서부 영화의 소재를 제공했을 뿐만 아니라 유럽 감독들과는 다른 공간과의 관계를 형성하게 되었을 것이다.


　**[과제]**
　제시된 예들은 모두 '영토'의 고전적 개념을 대상으로 삼고 있다. 유사한 것이지만 영토를 풍속학적인 의미(동물이나 인간의 생활권)로 받아들이는 구조의 상황을 생각해 보라.
　제안: 방을 나누는 데 있어서 형과 동생 사이에 협상, 두 마리 개의 싸움 등.


## 공간이 주체가 될 수 있을까?


　그레마스(*op. cit.*, p.152)의 경우, 도시는 여러 요소들과 복합적이고 '집단적인 행위주'를 형성하지만 그의 관점에서 도시는 본질적으로 공간이 아니고, 생성 방식을 알고 있다고 생각하는 사람들(건축가·도시계획가)만큼 사용자들(거주자들)을 능가하는 경제력과 정치력의 교차점이다. 우리는 이에 대한 정말 타당한 예를 찾지 못했다. 이상한 현상들이 발생하는 유령이 나오는 집에 대한 이야기들(《악마의 집》, 로버트 와이즈, 1963; 《친선의 도시, 악마의 집》, 스튜어트 로젠버그, 1979; 《샤이닝》, 스탠리 큐브릭, 1980 등)은 주체로서의 공간을 구성한다. 오히려 그것은 대립적인 공간의 새로운 경우의 문제이다.

공간은 주체가 될 수는 없지만 틀림없이 **행위주**가 되고, 따라서 서술적 역동성이 요구되는 부분일 수 있다는 점을 기억해 둘 필요가 있다.

# 5. 서술적 역동성

우리가 기본이 되는 도식들(프로프와 그레마스의 도식)과 행복감/불쾌감의 개념들을 따른다면 거기서 공간이 하나의 역할을 한다는 것을 입증할 수 있다.

첫째로 공간은 처음의 안정적 상황(행복감)의 구성 요소들 중 하나이다. 그런 상황은 곧 뜻하지 않게 생긴 변화하는 사건(인물이나 다른 것)으로 중단되기도 한다. 우리는 이미 여러 가지 예들을 살펴보았다. 그후에 상황이 전개되면서 변하게 될 때 공간은 인물이 좋게 아니면 나쁘게 변할 수 있는 영역이다: 따라서 공간은 가치론적인 중요성이 있다. 예를 들면:

《말콤 X》(스파이크 리, 1992)
말콤이 여러 가지 악행(절도 · 마약)으로 보내진 감옥은 그가 변하는 장소가 된다: 그는 이슬람교 운동가들을 만나 개종하게 되면서 그 이후

의 삶이 바뀐다. 공간과 정신의 변화는 약간 마니교식으로 색깔에 의
해 구체화된다: 말콤 X의 '죄악에 빠진' 시기는 나이트클럽과 그가 특
히 좋아하는 화려한 붉은색 의상이 주조를 이루고, 감옥에서 전향의 시
기는 파란색(육체노동자의 청바지를 환기시키는 죄수복의 색깔, 감방의
벽과 하늘의 색깔)이 주조를 이룬다.

그러나 공간의 구성은 더 복잡해질 수 있고, 여러 가지 급격한 변화
를 보일 수도 있다. 예를 들면:

### 《관타나메라》(토마스 구티에레스 알레아, 1996)

이야기의 구조는 느슨해 보이지만(몇 가지 에피소드들이 크게 손상되
지 않고 순서가 바뀔 수도 있을 것이다), 특히 공간의 사용에 있어서 세
련되어 있다. 시작 부분에 늙은 인기 여가수가 조국인 쿠바로 돌아와
젊은 시절의 사랑을 되찾고 금방 세상을 떠난다. 이 영화는 여가수의 관
의 복잡한 도정을 그리고 있다. 여가수의 관은 반대자로서 쿠바의 관
료와 이런 관료 중에 우둔하고 저명한 조카와 함께, 그리고 보조자로서
일단 관이 모두가 만족하도록 매장되고 나면 결국 다른 남자와 떠나 버
리는 조카의 부인과 함께 '선적항'을 찾기 전에 섬 전역으로 끌려다닐
수밖에 없다. 여주인공의 되찾은 자유와 당국에 대한 쿠바의 소수 민족
의 비판적인 유머, 일상 생활의 어려움에 대처하는 그녀의 능수능란함
등을 구체적으로 드러내는 대다수의 공간들은 점점 협소하고 숨막히는
듯한 공간으로 바뀐다.

영화의 이야기는 공간에서의 인물의 동화와 변화를 근간으로 한 극
화 방식을 보일 수도 있다.

시작 부분에서 주인공은 영화의 공간에 불청객이다. 그는 거기서 이방인이다(그는 루마니아의 마을들을 통해 보헤미안 여가수를 찾아다닌다. 그는 언어를 모르고 경계심을 늦추지 않는다). 조금씩 그는 로마 공동체에 동화되어 언어도 배우고, 거행되는 여러 가지 의식에도 초대받고, 가수들의 노래를 녹음하기도 한다. 비극적인 사건이 있은 후(보헤미안에 반감 있는 루마니아 농부들은 유대인 박해에 몰두한다), 주인공이 자동차 안에 혼자 있는 모습이 보인다(적어도 이것은 영상으로 비치는 것이다). 그는 녹음했던 카세트를 부숴 버린다. 이때 자동차 뒤편에 그가 사랑했었고 조국으로 데려온 로마 처녀의 누워 있는 모습이 보인다. 그는 다시 잠시 머무는 이방인이 되고, 우리가 거의 아무것도 알 수 없는 외화면 영역의 공간으로 가기 위해 다시 영화의 공간에서 벗어난다.

[과제]

이 세 가지 예로부터 공간에서, 그리고 공간을 통한 인물의 변화 도식에 근거한 하나의 상황을 생각해 보라. 이런 상황을 한 페이지 정도로 요약해서 써 보라.


# 6. 공간의 이원적 구성


그레마스는 의미 작용을 드러나게 하려면 공간의 이원적 분절이 필요하다는 것을 지적한 바 있다. 그러나 고전적인 대립(여기/저기, 닫힘/열림, 사적 공간/공적 공간, 외부/내부, 상위/하위, 남성/여성, 동질적/이

질적)은 거기서 하나의 관점이 인지될 때에만 의미가 있다:

예를 들어 우리가 **여기**라는 공간과 **저기**라는 공간을 구별할 때, 이런 첫번째 분절이 이루어지는 것은 여기라는 관점(도시인의 **여기**는 도시를 바라보는 방랑자의 **여기**가 아니기 때문에)이다. 따라서 모든 위상학적 연구는 **언술 행위의 장소와 언술된 장소**를 구별하면서 사전에 관찰하려는 점을 미리 선택할 수밖에 없다.

알지르다스 J. 그레마스, op. cit., p.131.

여기서 관점이 결정적[33]이다: 같은 공간이라 하더라도 초점맞추기(인물·화자·'영화')에 따라 긍정적인 가치를 가질 수도 있고 부정적인 가치를 가질 수도 있으며, 역동적인 가치를 가질 수도 있고 정태적인 가치를 가질 수도 있다.

이런 현상을 살펴보기 위해 닫힘/열림의 대립적인 예를 들어 보기로 한다.


## 닫힘과 열림

특히 많은 시나리오들은 같은 이야기 안에서도 변할 수 있는 상이한 가치를 공간들에 부여하면서 닫힌 공간과 열린 공간의 대립을 토대로 하여 구성된다. 특히 두 용어 중 어느것도 **선험적으로** 긍정적이거나 부정적인 것은 아니다. 우리는 두 용어가 둘 중 하나, 이따금 둘

---

33) 관점에 대해서는 제6장 참조.

다일 수 있다는 것을 알게 될 터이다.

## ▶ 닫힌 공간

이런 공간은 재미있는 효과를 얻을 수 있지만 어떤 관점에서 보면
아주 대조적이다.

### 부정적인 닫힌 공간

이런 공간은 안으로 피신한 '선한 자들'을 외부에서 포위하여 위협
하는 **감옥처럼 비공개된 곳**을 나타낼 수 있다.

《살아 있는 시체들의 밤》(조지 앤드류 로메로, 1968)

첫 장면들(공동 묘지에서 일어난 장면들과 처녀가 도망가는 시골에서 일
어난 장면들)을 제외하면 모든 것은 외딴집 안에서 전개된다. 그 집에서
인물들은 서로 알지 못한 채 은신처를 찾는다. 살아 있는 시체들은 그
집을 둘러싸고 그 안으로 들어가려 하고, 포위당한 자들은 출입문들,
덧문들을 완전히 막으면서 피신처를 견고하게 만들려고 애쓴다. 행동
은 유폐되어 있다는 것을 강조하는 시간의 단위인 밤에 집중된다. 날이
새고 라디오에서 살아 있는 시체들의 전염병이 제압되었다는 소식이
전해질 때 유일하게 살아남은 누아르는 집에서 나오지만 '열린 곳'을
통과해야 되는 것은 그에게 숙명적이다: 그는 그를 살아 있는 시체로
간주하는(아마도) 민병대원에게 죽음을 당하게 된다.

이런 울타리의 주제는 미국의 도시 폭력과 많이 연관되어 있다. 미

국에서 공공의 안전을 위한 '호화로운 유대인 거류지들'은 사회민족
학적 유대인 거류지들에 해당한다. 리처드 매더슨은 이것을 《나는 전
설이다》에서 흡혈귀의 풍조로 분명하게 취급하고 있다. 흔히 말하길
서부 지역의 정복과 그것으로 열린 외견상 한없이 넓은 공간은 서부의
공간을 구축했고——또한 시간의 유한성을 구축했다——미국의 현
실은 비공개의 모티프에서 부분적으로 아주 유사한 것을 찾을 수 있
을 것이다.

　그러나 우리는 다음과 같은 다양한 기록에서 또 다른 예들도 찾아
볼 수 있다:


**《알라모》(존 웨인, 1960)**
포위된 성채.


**《지난 여름 갑자기》(조셉 L. 맨케비츠, 1959)**
조카딸 캐서린(엘리자베스 테일러 분)을 정신병원에 가둘 음모를 꾸미
는 베나블 부인의 호화 빌라에 감금: 이런 이중적인 감금은 그녀의 진
실에 대한 거부(죽은 아들의 동성애)를 상징한다.


**《그들은 말을 쏘았다》(시드니 폴락, 1969)**
행동은 유일한 공간(무도장과 탈의실)으로 집중된다. 그것은 중심 인
물들, 즉 가혹한 춤의 마라톤 경기에 참여하여 몇 푼이라도 벌어 보려
는 대공항기 실업자들의 자유의 부재 상태를 나타낸다.


**《샤이닝》(스탠리 큐브릭, 1980)**
거대하지만 닫힌 공간에 갇혀 있는 것은 점점 작가(잭 니콜슨 분)의

병적인 유폐의 거울이 된다.

《달콤한 내세》

운전기사는 자동세차기 아래에 있는 자동차 안에 꼼짝 못하고 있다. 이것은 그의 삶의 막다른 골목(마약에 중독된 딸과의 관계 실패, 슬픔에 잠긴 공동체의 변호사로서의 직업적인 실패)을 나타내는 그럴듯한 상징이다. 학교 버스에서 대부분의 아이들은 죽음을 느낀다.

이런 예들은 모두 미국이나 캐나다에서 나온 것이지만 유럽이나 극동에도 다른 예들이 있다. 상이한 두 기록, 《감각의 제국》(오시마 나기사, 1975)와 《말리나》(베르너 슈뢰터, 1990-1991)를 예로 들어 보기로 한다. 후자의 영화에서 여주인공(이자벨 위페르 분)과 그녀의 환상의 분신 말리나(마티유 카리에르 분)는 그들이 도망칠 수 없지만 꿈이나 환각으로는 가능한 아파트에 갇혀 있다. 결국 그 장소와 어쩌면 인물들도 화염에 싸인다(이 영화의 원작 소설 작가 잉게보르그 바흐만도 화재로 죽었다).

그리고 우리는 다른 예들도 더 많이 찾을 수 있을 것이다. 그러나 우리는 그런 닫힌 공간에서 주인공의 죽음(《알라모》《살아 있는 시체들의 밤》《말리나》)에 의해서든 상대자의 사실적(《샤이닝》)이거나 상징적(《지난 여름 갑자기》)인 죽음에 의해서든 닫힌 공간에서 벗어날 수 있다. 탈주가 불가능한 《그들은 말을 쏘았다》처럼 울타리로 성공을 거두는 영화들은 드물다.

[과제]

1. 당신이 알고 있는 영화들 중에서 부정적인 닫힌 공간의 다른 예를 하나 찾아보라.

2. 같은 유형의 상황을 생각해 보라. 오로지 그 장소만 묘사하는 데 몰두하면서 상황을 구축해 보라.


## 긍정적인 닫힌 공간

그러나 닫힌 공간이 아주 다른 가치를 가질 수도 있다: 그런 공간은 **보호 · 열기 · 가정**을 의미할 수도 있다.

> 《우든 크로그》(에르마노 올미, 1978)
> 소작인 집은 초라하지만 따뜻하고 포근하다.

> 《불안은 영혼을 잠식한다》(파스빈더, 1973)
> 에이미가 일단 알리와 결혼하게 되자 그녀의 아파트는 아이들과 이웃들의 심한 비난을 막아 주는 피신처(불안정하지만)가 된다.

> 《바베트의 만찬》(가브리엘 액셀, 1987)
> 읍에서 피신한 바베트가 차지하고 있는 주방.

여기서 보조자로서의 공간의 예들이 반대자로서의 공간의 예들보다 더 드물게 나타나는 것과 마찬가지로 긍정적인 닫힌 공간의 예들을 찾는 것이 그리 쉽지 않다는 데 주목하기로 하자. 그런 예들은 모든 경우에 **불안정한 공간**을 나타낼 수 있다는 것을 덧붙일 필요가 있다: 소작인의 집은 어린 아들에게 나막신을 다시 만들어 주기 위해 나무 한 그루를 자르고 나서 지주에게 쫓겨나게 되기 때문에 곧 파괴되기에 이른다. 알리와 에이미 부부는 질병과, 아마도 알리의 죽음으로 헤어지게 된다. 바베트의 만찬은 궁핍한 세계에서의 허영의 순간에 불과하다.

일반적으로 보호받는 닫힌 공간은 잠정적으로 **변화로 열려** 있다. 그렇지 않으면 다음과 같이 스토리가 없을 수도 있다:



[과제]
이전의 연습의 변이형이지만 공간의 가치를 바꾸어 놓는다.

영화의 시작 부분과 결말 부분에서

닫힌 공간이 영화의 시작 부분이나 결말 부분에 설정됨에 따라 공간은 다른 가치를 갖게 된다는 것을 다른 관점에서 확인할 수 있다.

확장하려면 시작 부분에 설정된 공간을 벗어나야 한다. 그렇지 않으면 스토리가 없을 수 있다. 주인공 자신이 금방 혼란스럽게 만들 수 있는 것은 초기의 행복감이다.

---

34) 사이드 필드가 분석한 장면, *op.cit.*, pp.133. 138.

로메르는 중세 신화를 소재로 하여 규범에 맞는 예를 제시하고 있다: 페르스발은 남성의 세계(부권)를 의미하는 아서 왕의 궁정으로 가기 위해 포근한 어머니의 품을 떠나 성배를 찾으러 떠나야 한다.

닫힌 공간이 결말 부분에 설정되면 그것은 일반적으로 동일하게 발견된 시작 부분의 공간이 아니다: 주인공은 입문 과정중에 원숙해져서 그 자신이 바꾼(또는 이미 변해 버린) 장소로 되돌아간다.

### 《백 투 더 퓨처》

마티는 보잘것없는 가정을 떠나 모험을 하던 중에 더 멋진 가정을 발견한다. 하지만——영화의 환상적인 주제에도 불구하고——그것은 마술과 같은 변화는 아니다. 이 변화는 마티의 아버지가 그의 어머니를 만났던 무도회의 에피소드에서 보여 주었던 용기 때문에 가치가 있다.

우리는 이런 예에서 극복된 시련과 행복감 형태로의 회귀에 대한 프로프의 도식을 다시 발견할 수 있다. 이것은 이야기의 다른 요소들과의 공간의 밀접한 유기적 구성을 여러 번 보여 주게 된다.

## ▶ 열린 공간

열린 공간에서의 같은 양면성: 우선 감금이나 질식과 반대되는 것을 의미하는 긍정적 공간은 서부 영화의 광대한 평원이나 창을 여는 단순한 사건의 문제이다. 특히 미국 영화는 옛 유럽의 보잘것없고 불모의 공간과 이민자들의 꿈에서나 열리는 거의 끝이 보이지 않는 넓은 영토의 대비를 추구한다.


[과제]

열린 공간에 긍정적인 가치를 부여하면서 한 인물이 닫힌 공간에서 열린 공간으로 옮아가는 것을 묘사해 보라.


그러나 공간이 넓다는 것 자체는 **부정적**으로 비칠 수 있다: 광대한 평원은 자유로운 공간일 뿐만 아니라 상실의 공간이다. 여기서 개인은 길을 잃어 헤매고, 탐색도 헛된 일이 될 수 있다(《사막의 여포로》).


### 《언더그라운드》(에밀 쿠스투리차, 1995)

위선적인 자선가 때문에 전쟁은 계속된다고 믿게 된 주인공들이 은거해 있던 지하실은 물론 숨이 막히고 약간 음산하지만, 그것은 인물들 중 몇몇이 태양의 빛을 되찾게 될 때 먼저 감탄하며(아들이 말과 태양을 발견하게 되는 장면) 그곳에서 공포와 죽음을 발견해 내기 위한 것이다.


게다가 이런 열림 자체는 허상일 수도 있고, 반대로 돌아갈 수도 있다.


### 《서바이벌 게임》(존 부어맨, 1972)

카약을 타고 한적한 강을 내려가면서 야생의 삶을 찾았다고 믿고 있는 주인공들은, 언덕 위의 주민들과 충돌하게 되면서 유람은 활짝 열려 있는 공간에 위험만 도사리고 있는 위협적인 추격으로 변한다.


### 《서던 컴포트》(월터 힐, 1981)

같은 도식: 루이지애나 주에서 군복무를 마친 예비역 군인들은 아카

디아에서 온 프랑스 후손들과 충돌한다.

### 《아귀레, 신의 분노》

엘도라도를 찾는다는 것은 모든 구성원이 죽음을 느끼는 절망적인 탐험이 된다(강의 양쪽 연안에 악조건의 숲으로 둘러싸인 강, 뗏목으로 좁아진 공간).

### [과제]

위에 있는 예들이나 다른 예들에서 착상하여 점점 부정적으로 드러나는 열린 공간에서 한 인물(또는 여러 인물)의 변화 과정을 묘사해 보라.

이런 몇 가지 분석 요소들과 예들로 공간의 기능성뿐만 아니라 그것의 성격 규정의 유동성을 보여 주기에 충분하다: 같은 영화에서 같은 특성(여기서 닫힘이나 열림)이 차례로 드러나거나 같은 시기에 긍정적이거나 부정적으로 드러날 수 있다. 그리고 같은 지적은 다른 대립 체계로 작용한다. 게다가 그 중의 몇몇은 전례와 일치한다: 이렇게 사적 공간/공적 공간의 대립은 어느 정도까지는 남성/여성의 대립 등과 마찬가지로 닫힌 공간/열린 공간에 포개질 수 있다. 당신은 개인적인 여러 가지 예를 들면서 연구를 계속할 수 있다.

# 로드무비

우리는 제2장에서 주인공이 자신의 임무를 완수하기 위해 이야기의 표준이 되는 도식에서 여행하는 일이 종종 있음을 알 수 있었다. 이런 여행의 필요성은 종종 탐구의 목적이 탐구를 위한 움직임 자체를 위해 사라지는 **로드무비**에서 체계화된다. 이런 움직임에서 방황은 그 자체의 목적이 된다.

종종 방황은 정착을 위한 하나의 단계이다: 일반적으로 방황은 일정 기간만 지속된다. 인물은 언젠가는 정착하기를 갈망한다. 이것은 서부 영화(원래 떠도는 카우보이는 **정착자**가 될 수도 있는)에서의 경우뿐만 아니라 《소풍》(조수아 로건, 1956)에서의 윌리엄 홀덴과 같이 결혼을 하고, 직업이나 상황 등을 받아들이는 것처럼 공간보다도 시간과의 관계에서 '안정될' 필요가 있는 경우이다.

방황하는 인물들 중에는 제1의 추격자(《참전한 남자들》, 앤서니 만, 1957; 《벗겨진 박차》, 같은 감독, 1953; 《가르시아》, 샘 페킨파, 1974), 화물열차를 타고 비밀리에 여행하는 **부랑자**(《설리반의 여행》, 프레스턴 스터지스, 1941; 《바바라 허시의 공황시대》, 마틴 스콜세지, 1972)뿐만 아니라 그때까지 잘 동화되었고 삶에서의 변화가 예기치 않은 편력을 유도하는 존재들(《앨리스는 이제 여기 살지 않는다》, 마틴 스콜세지, 1974; 《델마와 루이스》 등)이 있다.

**로드무비**들은 이미 언급된 바 있는 대비 체계들에 대한 나름대로의 해석을 제시한다. 그 예로 《미드나잇 카우보이》(존 슐레진저, 1969)·《우리는 이방인이다》(존 휴스턴, 1950) 등과 같은 도시와 시골의 대비를 들 수 있다.

이런 유형의 영화는 하나의 교훈을 내포할 수도 있고 그렇지 않을 수도 있다: 어떤 경우 여행은 주인공에게 고양이를 데리고 길을 떠나면서 지혜를 얻게 되는 《해리와 턴토》(폴 마줄스키, 1974)의 퇴직자나 '포로'로 만드는 우정을 위해 엄한 군기에 대해 조금씩 거리가 멀어지는 《마지막 지령》(할 애시비, 1973)의 **해군**들처럼 종종 추구하지도 않았던 재산(상징적이든 아니든)을 얻을 수 있게 해주기도 한다. 여기서 프로프의 도식은 (무의식적으로) 존중된다. 그러나 다른 경우 영화에서 다루어진 방황이 어떻게 보면 영화 자체에 악영향을 미치기도 하고, 그 의미가 가능할 수도 있다. 《스트로첵》이나 《앨리스는 이제 여기 살지 않는다》의 '교훈'은 무엇인가? 모든 것은 이런 유형의 영화가 위에서 언급된 대비 체계를 혼란스럽게 만들 듯이 이루어진다. 이런 경우들에서 공간이 모호성과 복잡성의 정도에 따라 인물의 지위를 아마 가장 확실하게 차지할 수 있을 것이다.

연구해야 할 **로드무비**들로 몇 편의 영화를 예로 들어 보면:

### 《페이퍼 문》(피터 보그다노비치, 1973)

포용력이 없는 못된 사기꾼 모지(라이안 오닐 분)는 어린 소녀 애디(그의 딸일지도 모르는)의 어머니의 무덤 앞에서 그녀를 구제하기에 이른다. 애디(테이텀 오닐 분)는 그가 우려했던 것처럼 악조건을 만들지 않고, 그의 두번째 사기를 효과적으로 완수하고 구좌도 갖는다. 결국 그는 예정대로 그녀를 친척(이모)에게 보내지 않고 직접 보살피게 된다.

### 《마지막 지령》(할 애시비, 1973)

두 해군(그 중의 한 명은 잭 니콜슨 분)은 가벼운 범법 행위로 처벌받은 한 젊은이를 호송하는 임무를 맡는다. 두 하사관들은 조금씩 공범이 되고 친구가 되면서 점점 마지못해 명령을 수행하기에 이른다.

### 《해리와 턴토》(폴 마줄스키, 1974)

칠순의 노인 해리는 유일한 친구로 고양이 턴토가 있다. 건물에서 쫓겨난 해리는 우선 좋아하지 않는 아들집에서 살다가 딸을 만나러 시카고로 떠난다. 고양이 때문에 비행기를 탑승할 수 없게 되자 결국 사막

> 한가운데서 자동차에 무료 편승한다. 그는 허상의 가치 같은 것들을 버
> 림으로써 평온을 찾는다.

### 《영광을 향하여》(할 애시비, 1976)

우디 구트리(1936년에 24세)가 처음 직업을 갖게 되는 것과 경제 공
황의 희생자가 되어 약속의 땅으로 향하듯이 캘리포니아로 떠나는 농
민들의 비참한 서사시. 우디 역을 맡은 배우는 《분노의 포도》 연기자
들 중 한 명인 존 캐러딘의 아들 데이비드 캐러딘이다.

또 다른 예들: 《지옥의 천사의 귀환》(리처드 러시, 1967); 《우리에게
내일은 없다》(아서 펜, 1967); 《이지 라이더》(데니스 호퍼, 1969); 《자
브리스키 포인트》(미켈란젤로 안토니오니, 1969); 《파이브 이지 피시
스》(보브 라펠슨, 1970); 《옛날 애인들》(존 튜크스베리, 1979); 《덩굴장
미》(제리 셔츠버그, 1980).

# 7. 이론의 추가 : 공간의 재현에 대한 역할

담론에서 공간의 재현에 대한 문제를 제기했던 이론가들 중 영화를
예로 들면서 담론에 제거와 부가, 제거-부가의 영역을 적용한 그룹 뮤[35]

---

35) groupe $\mu$: 자크 뒤부아(Jacques Dubois)·프랑시스 에들린(Francis Edeline)·장
마리 클랭켄베르그(Jean-Marie Klinkenberg)와 그 집단들.

를 언급하는 것이 바람직하다.

그 중에서 **제거**는 시각적인 것에 국한시켜 카메라를 클로즈업하여 초점을 맞추는 것으로 이루어진다. 여기서는 부분이 전체를 가리킨다 (그 예로 칼 드레이어가 1928년에 만든 《잔다르크의 수난》에서의 클로즈업을 들 수 있다).

**부가**는 정반대의 작용이다. 여기서는 전체가 부분을 가리킨다. 그 예로 롱쇼트에서 공간에 '사용된 요소들의 배열을 읽을 수 있는' 버스터 키턴의 영화들을 들 수 있다. 특히 《항해자》(1924)에서 여객선의 유일한 승객 버스터 키턴과 그의 약혼녀는 각자 선상에 다른 승객이 없다고 단정하면서도 혹시 다른 승객이 있을지 모른다고 생각하며 그 미지인을 찾기 시작한다.

> 몇몇 롱쇼트들은 계단과 사다리를 통해 각기 다른 이동을 동시성으로 연결할 수도 있을 것이다.
>
> 그룹 뮤, 《일반수사학》, 파리, 라루스, 1970, **pp.**186-187.

끝으로 가장 재미있는 영역인 **제거-부가**는 관객을 엉뚱한 방향으로 유도하는 수많은 방법 중의 하나이다.

《철가면》에서 샤를로는 우리가 보는 앞에서 부인의 결별 편지를 읽는다. 그는 한숨지으며 돌아선다: 그의 뒷모습이 흐느끼고 있는 것처럼 흔들리고 있다. 그러나 그가 다시 돌아섰을 때, 우리는 그가 탐욕스러운 눈길로 칵테일용 셰이커를 흔들고 있다는 것을 알게 된다. (…) 여기서 우리는 세 가지 순간을 볼 수 있다. 처음부터 우리는 두번째 순간의 의미를 추론해 볼 수 있다. 그것은 우리가 부인으로부터 버림받은

남자가 슬픔을 느끼고 있는 것을 그럴듯한 것으로 받아들이기 때문이
다. 그러나 세번째 순간은 두번째의 의미를 재론한다. 그 순간은 두번
째 의미를 잘못된 것처럼 제거하고 다른 의미를 부가시킨다. (…) 가상
과 현실의 대비가 이루어지기만 하면 진정한 코믹 효과가 생길 수 있을
것이다.

*Ibid*.

# 5 시간

## 1. 서론

### 기본적인 자료

**영속적인 영화. 단편 · 장편 · 아주 긴 장편** 영화(그리고 이런 경우에 공간에 대한 가치가 종종 과대평가된다). **최근** 영화나 **오래된** 영화도. **표현이 장황한** 영화. **매일** 상영되는 시리즈 영화 (…) 우리가 영화에 대해 이야기할 때 자주 시간에 대해 언급한다. 더 정상적인 것은 무엇인가? **시네마토그래프의** 기법——어원학적으로 '움직임에 대한 글쓰기'——은 자칫하면 '동체사진술,' 즉 시간에 대한 사진술로 불릴 수도 있었다. 촬영중인 카메라가 시간을 **녹화**한다면 영화는 모든 것을 감지하고 있는 것처럼 그것을 변화시킨다. 그리고 영화의 시간은 독특한 착상과 구성의 결과로서 '실제' 시간과 전혀 다른 것이다. 일반적으로 확인된 이런 특성은 특히 극영화에서 강조된다: 시간은 이야기와 시나리오에서 가장 많이 다루어지는 재료 중의 하나이다. 이제 우리에게는 방법을 알아보는 것이 문제이다.

## 스토리와 이야기

영화는 스토리를 이야기한다. 이 스토리와 거기서 제의된 이야기는 제각기 특유의 시간적 특성이 있다: 지속 시간과 연관이 있는 《1900년》(베르나르도 베르톨루치, 1976)은 몇 시간 동안(**이야기의 지속 시간**이 정확히 5시간 20분) 20세기 전반을 망라하고 있는 스토리(**창조적 허구의 지속 시간**)를 이야기하고 있다.

한편 이야기의 시간적 특성과 다른 한편 스토리의 시간적 특성의 관계는 영화의 스타일을 가장 잘 결정짓는 요소들 중에서 미학과 의미 작용이다. 또한 우리는 이러한 것들에 대한 연구를 시도해 볼 것이다: 여기서 시나리오 작가에게 주어진 선택은 무엇인가? 이런 선택들과 연관된 쟁점들은 무엇인가? 이런 선택으로 해결할 필요가 있는 문제들은 무엇인가? 우리는 주네트(*op.cit.*)를 인용해서 시간의 다른 양상을 **순서 · 빈도 · 지속**이라는 세 가지로 구별할 수 있다.


# 2. 순서

스토리에서 사건들은 어떤 순서(**연대기적 순서**)로 전개된다. 이야기는 같은 순서에서 사건들을 상세하게 기술할 수도 있고 그렇지 않을 수도 있다. 이야기하기 위해 연대기적 순서를 따라가는 것은 물론 가장 간단한 해결 방법이다. 그러나 이런 기본적인 일치에서 입증된 위반은 수적으로 아주 많고 아주 오래된 것이다.


## 플래시백

가장 널리 퍼져 있는 위반은 적합하지 않은 영어의 용어이지만, ‘뒤로 돌아가기’나 퀘벡에서의 ‘회고’를 의미한다 하더라도 관례로 인정된 **플래시백**이다. 대다수의 **플래시백**은 ‘플래시처럼 순간적인 장면’과는 거리가 멀고, 그와 정반대로 긴 이야기들이다. **플래시백**에서 이야기는 **이야기중에 있는 사람들에게 이전의 사건을** 이야기해 주기 위해 뒤로 돌아간다.

### 《시민 케인》
이 영화는 주인공의 죽음과 함께 시작해서 관객에게 그의 생애를 이야기해 주기 위해 뒤로 돌아간다(상당히 복잡한 구조로).

사람들은 이런 기법을 율리시스가 트로이로 출발하고 나서 겪었던 사건들을 노시카에게 이야기하는 《오디세이》에서 찾으려는 경향이 있다. 영화에서 이런 예들은 초기의 무성 영화[36]로 거슬러 올라간다. 가장 잘 알려진 예들 중에서 찾아보면:

---

36) 앙드레 고드로(André Gaudreault)와 프랑수아 조스트(François Jost)(《영화서술학 *Le Récit cinématographique*》, 1990, p.108)는 1909년에 만든 《운명을 지배하는 자, 나폴레옹 *Napoleon, man of destiny*》을 예로 들고 있다. 이 영화에서 자신이 참전한 전투를 회상하는 나폴레옹을 볼 수 있다. 전투 장면들이 연달아 스크린에 나타난다.

이 영화는 1939년에 만들어진 작품으로 시간의 구성이 관객을 혼란
스럽게 만드는 것 같다. 이런 구성은 이제 보편적인 것이 되었다. 우리
는 이것을 《바바르》나 《타오 타오》와 같은 어린이를 위한 작품에서와
마찬가지로 《사바나》와 같은 텔레비전 연속극에서도 찾을 수 있다.

## 플래시 포워드, 교차, 순서 착오

플래시백과 대칭적인 위반이 바로 플래시 포워드이다: 이야기는 과
거로 돌아가는 것이 아니라 미래로 향한다(전문적인 용어로 플래시 포
워드는 '예변법(prolepse),' 플래시백은 '회고법(analepse)' 이라고 한다):



같은 원리에 대한 변이형: 《내일 일어날 일》(르네 클레르, 1944)이나
텔레비전 연속극 《내일 한 시》에서 언론이 미래를 언급하는 미래의
사건에 대한 이야기를 주인공과 관객에게 신기하게 제공해 주는 것은
신문이다.

또 다른 스타일:

《발라돌리드 논쟁》(텔레비전용 영화, 장 다니엘 베레그, 1992, 장 클로드 카리에르의 시나리오)

우리는 신에게 결정을 하는 데 빛을 주시고 도와 달라고 기도하는 교황 특사(장 카르메 분)의 모습을 영상으로 볼 수 있다. 동시에 결정(디에게시스에서 다음날이면 발표될)을 알리는 카르메의 목소리가 들린다.

**플래시 포워드**는 플래시백보다 훨씬 드물다(잠시 후에 그 이유를 알 수 있을 것이다). 하지만 우리는 연대기적 순서를 뒤엎는 다른 방식들도 발견할 수 있다. 우리는 **교차**의 원리에 따라 이야기할 수 있다:

《편협》(그리피스, 1916)

이 영화는 다른 네 시대, '바빌론의 역사' '예수의 수난' '성 바르텔레미,' 현대를 배경으로 한 비교 가능한 네 개의 스토리를 소개하고 있다.

《세 시대》(버스터 키턴, 1923)

마찬가지로 그리피스의 기념비적인 작품을 참고로 한 것 같은 이 영화에서는 다른 세 시대(선사시대 · 고대 로마시대 · 현대)를 배경으로 한 동시 진행의 익살스러운 세 개의 스토리가 혼합되어 있다.

《피곤한 죽음》(프리츠 랑, 1921)

우리는 이런 선택을 전례와 대조시켜 볼 수 있다: 그것은 다른 세 시대를 배경으로 하는 유사한 세 개의 스토리이지만 세 가지를 차례로 이야기한다.

연대기적인 순서를 다루는 데 더 혼란스럽게 하는 것은 그 순서를 무시하거나 오히려 불확실한 것을 그대로 놓아두는 것이다. 영화는 어떤 순서로 사건들을 이야기하는 것이고, 관객은 스토리에서 이런 사건들의 순서가 무엇인지(순서 착오) 모르고 있다.

**《부르주아의 은밀한 매력》(루이스 브뉴엘, 1972)**

하나의 시퀀스(게다가 세 번 반복되는)에서 우리는 이 에피소드를 연속된 사건들에 제대로 끼워넣을 수 없지만 적막한 길을 걸어가는 여섯 명의 중심 인물들을 볼 수 있다.

[과제]

표준형의 스토리(단순한 몇 가지 행동이 있는)를 선택해라. 그것을(요약하여) 시나리오 형식으로 만들어라:

— 여기에 플래시백이나 플래시 포워드를 삽입시키면서;

— 또는 순서 착오 방식으로.

(교차는 여기서 너무 복잡해질 수도 있다.)

텔레비전으로 방송된 시리즈물 《파커 레위스는 결코 패하지 않는다》에서 빌려 온 제안:

— 연대기적 순서에서의 스토리: 파커 레위스는 학교 무도회에서 애니와 사랑에 빠진다. 그들은 함께 외출을 하기도 한다(여러 번). 파커의 한 친구가 그를 경계한다. 애니는 결별을 선언한다. 절망에 빠진 파커는 닉(카페테리아의 지배인)에게 속내를 털어놓는다. 닉은 그에게 여러 가지 조언을 해준다. 애니가 다시 돌아온다;

— 플래시백: 절망에 빠진 파커가 닉에게 속내를 털어놓는다; 과거의 행복으로 회귀;

— 플래시 포워드: 친구가 그를 경계한다; 미래.

# 서술적 혹은 디에게시스적 혼란

우리가 인용한 바 있는 모든 예들——판타지 영화들까지도——에서 시간의 전개는 우리가 정상적이라고 여기는 경향이 있는 것과 같은 것이다: 시간은 흘러가고, 그것은 선형적이고 돌이킬 수 없다. 단지 이야기만은 현재와 과거·미래를 자유롭게 순환시킬 수 있다.

이런 유형의 이야기와 그것들이 이야기하는 스토리를 위해 시간의 다른 기능을 만들어 내는 유형들과 구별해야 한다. '타임머신'은 여러 번 영화로 각색된 바 있는 H. G. 웰스의 유명한 소설에서 과거로 거슬러 올라갈 수 있다.

《백 투 더 퓨처》(로버트 저메키스, 1985, 1989, 1990)
인물들은 과거로 향하든 미래로 향하든 여행을 할 수 있다.

《라 즈테》(크리스 마커, 1962)
마커는 다른 스타일에서도 같은 주제를 다루고 있다: 어린 주인공이 자신의 죽음을 목격하는 이 영화는 고정된 영상으로 이루어졌다.

이런 모든 영화들에서 이야기는 선형적이고 창조적 허구 시간의 흐름을 따른다(그렇지 않으면 그것은 아마도 정말 너무 복잡해질 수 있겠지!). 하지만 창조적 허구의 시간은 그야말로 평상시와 다른 기능을 갖게 된다.

복합적인 시간의 구성은 영화에 따라 디에게시스[37]와 이야기 사이에 나누어 배치된다:

### 《펄프 픽션》(쿠엔틴 타란티노, 1994)

이 영화는 이야기 순서에서의 복합적인 혼란을 보여 주고 있다. 이야기 순서의 전도: 버치의 아파트에서 그에게 살해된 존 트라볼타가 마지막 시퀀스에서는 살아 있다. 이야기의 작위적인 중단: 첫번째 시퀀스(술집에서 강도질 시도)는 중단되고 영화의 결말 부분(두 살인자와 강도질을 하려는 자들과의 만남으로)에서 비로소 마무리된다. 변화 원인의 생략(또는 역언법): 두 살인자는 먼저 검은 양복 차림으로 등장했다가 얼룩덜룩한 티셔츠 차림으로 등장하지만, 끝에서 두번째 시퀀스(보니의 입장)에서 비로소 옷차림이 바뀐 것이 설명된다.


### 《은하수》(루이스 브뉴엘, 1968)

이 영화는 결정이 불가능한 상황을 제시하고 있다: 몇몇 시퀀스들은 고전적인 플래시백이지만, 다른 시퀀스에서 시대는 아주 자유롭게 혼합되어 있다(예를 들면 현대의 중심 인물들이 중세에도 다시 나타난다). 두 경우의 경계를 정한다는 것은 항상 쉬운 일이 아니다.


### 《밤의 미녀들》(르네 클레르, 1952)

음악 교수의 평범한 삶에 만족을 느끼지 못하는 클로드(제라르 필립

---

37) 서술된 사건들(story)이 일어난 허구의 세계를 가리키기 위해 서사 이론에서 쓰는 말로 아리스토텔레스는 《시학》에서 이것을 보여 주기가 아니라 말하기와 관련된 재현의 양태를 지시하기 위해 사용했다. 1953년 에티엔 수리오는 영화의 '차례차례로 이야기되는 스토리'를 지시하기 위해 이 용어를 부활시켰으며, 그 이후에 메츠가 이 용어를 영화 이론에 가져오기에 앞서 제라르 주네트가 문학 분석에서 정교화시켰다. 디에게시스(주네트의 스토리와 다소 유사한)는 내러티브의 구축된 사건과 등장 인물, 즉 담론적 매개에 대한 참고 없이도 그 자체로 이해되는 내러티브 내용의 기호 내용, 등장 인물과 행위를 지시한다.(로버트 스탐, 《어휘로 풀어 보는 영상기호학》, 시각과 언어, 2003, p.75)〔역주〕

분)는 꿈에 빠져 있다. 꿈은 우선 1900년, 알제리 정복의 해인 1830년, 1789년, 《삼총사》의 시대로, 끝으로(짤막하게) 선사시대로 거슬러 올라간다. 이런 시간으로의 여행은 엄밀하게 사실적인 동기유발에 따른 것은 아니다(꿈).

## 텔레비전 연속극 《양자 코드》의 하나의 에피소드 '더 립 홈(The Leap Home)'

시간으로의 여행을 할 수 있는 능력(그가 태어난 1953년 이하로는 거슬러 올라갈 수 없고, 그가 살아온 삶의 시간에서만)의 소유자인 샘 베케트는 청년기로 던져진다. 그는 아버지가 지나친 흡연 때문에 심근경색으로 머지않아 죽게 된다는 사실을 알고 있다. 그는 아버지의 담배를 감춰 보기도 하고 버려 보기도 하지만 (…) 그는 화만 치밀게 될 뿐 아버지의 운명을 바꾸어 놓지는 못한다(그와 반대로 그는 큰형이 베트남 전쟁에서 죽게 되는 것을 막을 수 있게 된다).

[과제]

1. 측정: 여러 가지 예에서 서술적 혼란과 창조적 허구의 혼란의 차이를 찾아내는 연습을 해보라. 시간의 기능이 낯설어 보이는 영화들을 찾아 창조적 허구 시간의 혼란과 이야기 순서에서 혼란의 이상한 면들을 분류해 보라.

2. 잘 알려진 주제(제안: 《메두사 호의 뗏목》이나 《로미오 줄리엣》)로부터 주인공들 중 한 사람에게 시간으로의 여행과 재난을 피할 수 있는(아마도) 능력을 부여해 보라. 그런 주인공의 스토리를 서술적 약호를 사용하여 한 페이지 분량으로 써보라.

# 양태

## ▶ 영상과 낱말

영화에서 과거 사건들의 이야기나 미래 사건들에 대한 예상은 지금까지 인용된 여러 가지 예에서처럼 영상(그리고 소리)이나 낱말로만 표현될 수 있다:



플래시 포워드의 측면:

《내일 일어날 일》에서 미래는 신문, 즉 인쇄된 낱말로 이야기된다. 《내일 한 시》에서 신문은 사진도 실려 있다.

기대 효과는 종종 이렇게 언어의 재료, 예를 들면 제목(《리버티 밸런스를 쏜 사나이》, 존 포드, 1962; 《죽음의 연대기》, 프란체스코 로지, 1987)이나, 항상 그런 것은 아니지만 종종 화면 밖 소리(오프)의 해설을 토대로 한다:

관례는 오히려 이야기의 순서에서 영상으로 보여 준 혼란에 플래시백과 플래시 포워드의 용어를 마련해 놓고 있다. 그러나 언어의 예변법과 회고법은 시청각적인 것에 상당하는 효과를 줄 수 있다(예를 들면 바로 결말을 보여 주는 서스펜스를 완화시킬 수 있다. 다음 부분 참조).

## ▶ 척도

연대기적 순서에서의 혼란은 아주 가변적인 차원일 수 있다. 그것은 이야기의 진행 상태에서 아주 큰 차이를 보일 수 있다.

우선 과거와 다소 멀어질 수 있다(진폭): 몇십 년(《시민 케인》); 몇 세기(《은하수》); 몇 달(《해는 떠오른다》)이나 몇 시간: 《나의 성생활, 혹은 나는 어떻게 싸우는가》에서 두 연인은 파티에서 돌아오면서 싸운다. 우리는 다른 남자와 떨어져 있는 그 젊은 여인의 모습과 같이 몇 개의 영상을 **플래시백**으로 다시 볼 수 있다.

그리고 **플래시백**의 지속 시간은 상당히 가변적이다: 플리시백은 글자 그대로 플래시(《증오》[38]의 시작 부분에서 춤추는 뱅상 카셀의 단 하나의 쇼트)에 불과하거나, 주인공이 자신의 젊은 시절을 이야기할 때 거의 영화 전체(아서 펜이 1970년에 만든 《작은 거인》이나 제임스 카메론이 1998년에 만든 《타이타닉》)에서 계속될 수도 있다.

극단적인 경우 이야기의 순서에서의 혼란은 하나의 시퀀스 안에서 일어날 수도 있다.

---

38) 마티외 카소비츠(Mathieu Kassovitz)의 대표적인 장편 영화. 〔역주〕

기법은 《펄프 픽션》에서와 유사하다.

아주 작은 단계에서 일어나는 혼란은 통상적인 **플래시백**보다 아마 더 당황스러울 수 있고, 관객의 방향 상실 효과가 더 눈에 띌 수 있을 것이다. 그럼에도 불구하고 혼란은 이야기보다는 오히려 글쓰기의 효과로서 시간의 무질서와 같은 원리를 따른다.

## 디에게시스적 동기 유발

연대기적 순서를 엉망으로 만들고, 물론 가장 간단한(요컨대 가장 일반적인) 해결책이라고 할 수 있는 사건들이 일어나는 순서대로 이야기하지 않는 이유는 무엇인가? 우선 영화들 자체가 이야기의 무질서를 어떻게 정당화시키고 있는지 살펴보라.

과거로의 회귀는 이야기를 통해서든(《타이타닉》의 시작 부분에서처럼) 기억을 통해서든(《해는 떠오른다》에서 장 가뱅은 회상을 하고, 우리는 그가 회상하는 데 동행한다) 동기 부여는 쉽다. 이야기들과 기억들이 실제 생활에서 빈번한 것처럼 **플래시백**이 그럴듯하게 보이도록 만드는 것은 어렵지 않다.

상황은 **선험적으로 플래시 포워드**의 경우에도 같은 것처럼 보일 수 있다. 그것은 우리가 미래, 즉 불확실성·희망·합리적 예측의 대상을 자주 기대하기 때문이다. 따라서 가능할 수 있는 심리적 동기 유발은 수적으로 많고 다양하다.

**《4월》(난니 모레티, 1998)**
미래에 모레티의 아들 탄생을 모두가 계속 떠올리고 있다.

**《쿤둔》(마틴 스콜세지, 1998)**
이야기는 달라이라마의 통찰력인 미래의 이미지로 장식되고 있다.

**《나를 사랑하는 사람들은 기차를 탈 수 있다》**[39]
미래는 수행적 가치가 있다.

이런 중요한 차이가 남아 있다. 과거는 이미 일어난 일이기 때문에 대상을 확실한 지식(적어도 일견에)으로 만들 수 있는 것처럼 보인다. 그와 반대로 미래는 불확실한 상태로 남는다(예언자와 신적 존재를 제외하고). 영화의 이야기에서 예상은 상상계와 혼동되는 경향이 있기도 하다. 일반적으로 우리는 미래보다는 오히려 꿈에 빠지게 된다(특히 영상화된 **플래시 포워드**의 경우). 그리고 상상계와 미래가 혼동되고, 미래의 통찰력으로 현실과 같을 수도 있는 사건들이 묘사되려면 환상적인 스토리들(《내일 한 시》에서의 마력을 지닌 신문, 로라 마르스

---

39) 파트리스 셰로(Patrice Chéreau)가 1998년에 만든 영화. [역주]

의 마술적인 예지 능력)이 종종 필요하다.

요컨대 영화는 혼란에 '스토리에서의' 정당성을 연대기적 순서에 따르게 만들도록 강요받지는 않는다(**창조적 허구의 동기 유발**). 일반적으로 그렇다면 그것은 영화의 이야기에서의 리얼리즘의 영향력 때문이다(우리는 시간이 선형적으로 그 흐름을 따르고 있고, 동기 없이 시간을 혼란스럽게 할 수 없다고 생각한다).

그럼에도 불구하고 그와 정반대의 예들도 찾아볼 수 있다. 《증오》나 《미치광이 피에로》에서 **플래시백**은 창조적 허구의 동기 유발이 없다. 마찬가지로:

> **《살바토레 줄리아노》(프란체스코 로지, 1961)**
>
> 이 영화는 제목이기도 한 시칠리아 악당의 죽음으로 시작해서 그 죽음으로 유도했지만 어떤 구실도 없이(어떤 인물도 이야기하거나 회상하지 않는다) 사건들의 연쇄를 다루고 있다.

이런 자유는 아마 여기서 참고가 될 만한 장르들인 탐방기사(르포)나 다큐멘터리에서 발견할 수 있는 것이다. 시간의 혼합은 극영화를 제외하고 비교적 더 일반적이다. 현재와 과거의 이미지를 교차시키는 《밤과 안개》(알랭 레네, 1956)를 예로 들어 볼 수도 있을 것이다.


## 서술적 동기 유발

그러나 시간의 흐름을 혼란스럽게 하는 이야기는 무엇을 얻을 수 있을까? 시간적 혼란의 수많은 효과를 완벽하게 열거하기를 주장하지 않고도 우리는 연구의 여러 가지 방향을 제시할 수 있다.

### ▶ 서스펜스

잘 알다시피 서스펜스는 많은 이야기들과 영화들의 토대를 이룬다. 실제로 화자는 거의 항상 스토리의 일관된 맥락을 기대하고 바라게 만들려고 한다. 그렇지만 **플래시백**과 **플래시 포워드**는 종종 각기 그 나름대로 관객에게 미리 사건들의 전개에 대해 알려 주게 된다. 따라서 이런 방식을 사용한다는 것은 이야기를 서스펜스의 큰 영향력으로부터 벗어나게 만들고, 관심을 다른 방향으로 돌리는 방법일 수 있다. 《살바토레 줄리아노》나 《죽음의 연대기》에서 주인공이 결국 죽는다는 것과, 따라서 우리의 주의를 끄는 것은 해결책보다는 오히려 드라마의 상황이라는 것을 금방 알 수 있다.

그럼에도 불구하고 모든 기계적인 효과를 제외하고 우선 나중에 일어나게 될 일을 밝히는 것은 반대로 호기심을 자극하는 방법이 될 수 있고, 또한 서스펜스를 이동시키거나 연장시킴으로써 그것을 새롭게 만드는 방법이 될 수도 있다.

《노예 해안》
주인공의 기이한 운명을 상기시키는 프롤로그는 우리로 하여금 예기치 않은 사건들을 기대하게 만든다.

《해는 떠오른다》
회상의 효과는 이중적이다: 한편 **플래시백**으로 상기된 사건들은 당장 그것이 살인으로 연결된다는 것을 아는 것보다 그 사실에 대해 더 강한 극적 반향을 일으킨다. 또 한편 회상은 외롭고 절망에 빠진 장 가뱅이 호텔 방에 갇혀 있는 현재 순간의 서스펜스를 계속되도록 만들 수 있다.



《옛날 옛적 서부에서》(세르지오 레오네, 1969)
플래시백으로 나타나는 영상(하나의 그림자가 하모니카 음악에 맞춰 천천히 다가온다)은 완전히 신비에 싸여 있다: 관객의 호기심은 이런 회상에 집중된다. 이것은 영화의 결말 부분에 가서야 밝혀질 뿐이다.

플래시 포워드의 측면과 비교 가능한 작용: 우리가 예로 든 바 있는 판타지 영화의 예들에서 시나리오의 기본 원리는 미리 이야기된 미래와 실제로 일어나게 되는 미래 사이에 생길 수 있는 차이를 받아들이면서 서스펜스를 '회복하는' 것이다. 그것은 항상 약간은 오이디푸스의 예언의 스토리와 같은 면이 있다. 누구나 자신의 운명을 알게 될 때 그것을 회피하고자 한다. 《내일 일어날 일》이나 《내일 한 시》에서 신문들이 사건들의 이야기를 혼동할 수도 있기 때문에 사람들은 종종 그런 상태에 이르게 된다(또한 관객은 서스펜스가 어디서 연유하는지 알고 있다).

[과제]
이런 예들에서 서스펜스가 플래시백이나 플래시 포워드로 인해 생기는 이야기를 생각해 보라. 이런 시나리오의 개요를 한 페이지 정도로 써보라.

## ▶ 심리학과 조사 연구

서스펜스는 동떨어진 것이지만 이야기의 시간을 혼란시키는 또 다른 이유는 주관적인 시간보다는 오히려 **경험된** 시간에 관심을 가지고 있고, 사건들의 흐름을 인물들의 감정에 따라 이해하는 데 있다. 현실적으로 감정적인 측면에서 우리는 과거에 대한 향수가 있기 때문에 과거로 돌아가기를 꿈꾸고, 그것을 망각하거나 이용하려 하며, 미래를 두려워하거나 기대하게 된다. 영화에서도 마찬가지이다.

알랭 레네의 영화들은 시간을 심리학적으로 가장 잘 다루고 있는 본보기에 해당한다.

### 《히로시마 내사랑》(1959)

여주인공의 느베르에서의 과거는 현재 히로시마에서 체험하는 사랑이 회상과 망각을 동시에 필요로 하게 됨에 따라 상기될 뿐이다.

### 《사랑해, 사랑해》(1968)

옛날의 행복은 정신분석의 장면에서처럼 단편적으로 되살아난다.

게다가 정신분석의 착상은 극영화에서 아주 많이 이용되고 있다. 그러니 당신은 많은 다른 예들을 찾기는 어렵지 않을 것이다.

연구 영역이 심리학이 아니라 하더라도 과거는 탐구나 조사의 대상이 될 수 있다.

### 《시민 케인》

케인의 과거는 그가 마지막 남긴 말의 비밀을 밝히는 임무를 맡은 기자가 조사하는 중에 점진적으로 드러나게 된다.

### 《대리석의 사나이》(안제이 바이다, 1976)

젊은 영화감독은 한 편의 영화를 만들기 위해 스탈린 체제하의 폴란드에서 일하는 주인공의 운명을 조금씩 재구성해 간다.



《남쪽》(페르난도 솔라나스, 1987)
역사적이고 개인적인 탐구는 독재 권력의 감옥에서 몇 년 보낸 뒤 고향으로 다시 돌아온 주인공의 정치적이면서도 감정적인 기억들이 떠오르면서 혼합된다. (감독은 아르헨티나인이다.)

이런 모든 예들에서 이야기는 다음과 같은 **찾기**의 기능을 한다. 퍼즐의 조각들을 찾아 조립해야 한다(그런데 《시민 케인》에서 퍼즐은 이미지로 존재한다). 당장 주어지는 것은 아니지만 사건들의 인식은 장악의 결실이 되어야 한다. 여기서 우리는 관객의 특히 적극적인 태도를 필요로 하는 많은 조건이 따르는 이야기의 구상을 한다: '무질서한' 이야기는 선형적인 이야기들보다 쉽게 바로 이해되지 않는다(이런 어려움이 과장되지 않을 수 있었음에도 불구하고 우리는 플래시백이 이제 '진부한' 기법이라는 것을 알게 되었다).

종종 과거에 대한 적극적인 탐구는 또한 진실의 구상과 이런 구성의 상관성[40]을 강조하는 것과 연관이 있다.

[과제]
이런 예들에서 인물이 과거를 찾아 떠나는 상황을 생각해 보라. 과거를 찾는 과정을 한 페이지 정도로 요약해 보라.

---

40) 이야기의 층위에 관해서는 제7장 참조.

## ▶ 구성

'무질서'를 택하는 또 다른 이유: 연대기적 순서로 반드시 스토리를 이야기해야 할 필요성이 없는 영화는 그런 방법으로 귀중한 자유와 구성에 관해 흥미있는 가능성을 부여받는다.

과거와 현재의 교차는 이렇게 이야기에 튼튼한 뼈대를 마련해 줄 수 있다(《해는 떠오른다》《대리석의 사나이》《시민 케인》). 영화는 같은 장면(《해는 떠오른다》에서 갇힌 신세가 된 장 가뱅)이나 비교될 수 있는 장면들(《대리석의 사나이》에서 비전 제시의 회의)로 구분될 수 있다.

다른 종류의 효과: 《편협》에서 시대의 교차는 그리피스가 시대에 따라 사회적으로 같은 행동의 여러 가지 표명에서 보여 주는 비교를 명확하게 해주고 있다. 다른 이야기들은 동시에 비극적 결과로 발전하기 때문에 그런 교차는 또한 영화의 시작 부분부터 결말 부분에 이르기까지 극적 긴장을 증가시킬 수 있다(우리는 그런 리듬을 《피곤한 죽음》의 리듬과 비교해 볼 수 있을 것이다. 이 작품에서 드라마로의 발전은 계속 세 가지 에피소드로 반복된다).

단절과 대비의 효과 혹은 그와 반대로 각운과 반복의 효과는 스토리의 연대기에 대한 이야기의 자율성으로 정당화된다. 우리가 인용한 바 있는 대부분의 예들에서 이야기의 구성은 의미 작용으로 보면 아주 잘 구상되어 있고 다채롭다.

[과제]
당신이 최근에 읽은 소설이나 영화에서 착상하여 반복과 대비 효과를 노릴 수 있는 연대기적 순서의 혼란을 삽입시켜 보라. 이런 시나리오를 한두 페이지 정도로 요약해 보라.

# 시간 관계에 대한 이해

## ▶ 문제점

우리 모두에게——우리 주변의 누군가에게——약간 복잡한 시간 구성의 이야기에 몰두하는 일이 생길 수 있다. 예를 들면 《불량배》(클로드 를루슈, 1970)가 상영된 뒤 어른은 젊은 관객들에게 어린 소년이 부모를 무사히 되찾고 나서 유괴되었다는 것을 보여 주는 회상 장면을 설명해 주어야만 했다. 이런 경험들은——몇몇 인물들의 보편화에도 불구하고 관객은 비선형적인 구성을 해독하려면 더 적극적이어야 한다는 것을 확인하게 되기 때문에——단순하지만 기본적인 이런 의문을 제기하도록 만든다. 영화에서 우리로 하여금 시간의 관계들을 이해할 수 있도록 해주는 것은 무엇인가?

이런 문제는 영화의 사건들이 연속 촬영, 즉 현실과 아주 동떨어지지 않게 묘사되는 한 거의 제기되지 않는다는 것을 인정할 수 있다. 그러나 편집이 이루어지고, 그와 더불어 시간과 공간에서 비약과 불연속이 일어나면 우리는 다시 어떤 상황에 처하게 되는가? 답은 간단하다: 기적적으로! 우리가 보통 관객으로서 표명하는 여유(내가 금방 떠올리게 되는 몇 가지 나쁜 버릇에도 불구하고)는 사실 시나리오 작가들과 감독들(협력자들과 마찬가지로)로서는 극단적인 경계의 결과이다.

영화는 시간의 관계들을 지적하기 위해 언어로 표현된 이야기가 사용하는 여러 가지 수단을 가지고 있지 않기 때문이다. 다음과 같이(강조하는 것은 바로 우리이다) 문학적 이야기의 경우 아주 평범한 문장을 예로 들어 보기로 한다.

그가 15분 간격으로 르픽 거리에서 두 번이나 우연히 마주친 금발의
미녀와 사랑에 빠지게 된 것은 같은 날 오후였다.

마르셀 에메, 〈벽을 뚫고 다니는 사람〉(1943), 파리,<br>포쉬판, 1968, p.17.

우리는 이 이야기를 영화로 표현하고 싶지만 영화는 동사의 시제나
시간부사, 이런 종류의 것을 아무것도 사용할 수 없다는 사실에 부딪
치게 된다. 영화는 오히려 현재라는 장치를 보여 준다(대부분의 이론
가들은 이 점에 견해를 같이한다).

그러면 시나리오 작가들과 감독들이 시간을 표현하기 위해 사용하는
방법은 무엇인가? 그것은 여러 가지가 있지만 공통점은 하나이다. 그
것은 시간의 관계들을 **시각**과/이나 **청각**의 요소들을 통해 표현할 수
있다.

## ▶ 외모와 논리

### 인물들의 외모

우선 인물들의 외모, 특히 그들의 의상을 언급해 볼 필요가 있다.
아주 널리 퍼져 있는 관례(분명히 어떤 필요성이 있는 것이 아님에도 불
구하고)는 날짜가 바뀔 때 배우들이 옷차림이 바뀌기를 바란다(게다가
똑같은 관례는 사회자의 넥타이 색깔로 날짜를 구별할 수 있는 텔레비전
뉴스에서도 발견되지 않는가!). 당신은 이런 사실, 특히 여성들의 옷차
림이 인상적이라는 사실을 확인하는 것이 재미있을 수 있다(가능한
수많은 예들 중에서 《이창》이나 《부르주아의 은밀한 매력》을 예로 들 수

있다).

같은 장면에서 **스크립터**(영어로 **콘티 걸**)들은 시의 적절치 못한 옷차림이나 머리 모양의 변화를 아주 가까이서 살펴야 한다는 것은 잘 알려진 사실이다(한 장면의 몇몇 쇼트들을 바꿀 필요가 있고, 배우가 그 사이에 수염이 자라도록 그대로 놓아두었다면 그것은 드라마이다. 왜냐하면 같은 날이라는 인상을 줄 수 있을 것이기 때문이다).

## 무대장치와 그 요소들

변화를 나타낼 수 있는 모든 것(해와 비의 대비, 나무들의 색깔, 눈 등)과 함께 실내, 불이 켜져 있는가 켜져 있지 않는가(밤이냐 낮이냐), 실외와 같은 중요한 다른 기준들이 있다. 흔히 이야기의 두 순간 사이에 몇 달 동안의 기간은 다소 공공연하게 계절의 변화로 표현된다. 이것은 아주 인상적이기 때문에 자주 인용되는 예가 있다.

### 《미친 약혼녀》(버스터 키턴, 1925)

지나칠 정도로 내성적인 주인공은 사랑을 고백하지 못한 채 시간이 흘러간다: 비슷한 몇 개의 장면으로 잎이 돋아나고 개가 크는 동안(첫 번째 장면에서는 아주 어린 강아지인 데 반해, 마지막 장면에서는 덩치가 큰 몰로스 개가 된다) 여전히 말없이 사랑하는 사람 곁에 있는 그의 모습을 보여 준다.

## 행동과 대사의 논리적 연관

이것은 중요한 또 하나의 기준이다. 이것은 대수롭지 않은 행동(자동차 한 대가 출발해서 목적지에 도착하는 장면이 보인다)이나 더 눈에 띄는 사건과 관계가 있을 수 있다. 옛날 영화와 《마스크 오브 조로》(마틴 캠벨, 1998) 같은 복고풍의 복제 필름 연판에 두 연인이 포옹하고 있고, 사람들은 울고 있는 갓난아기에게 관심이 쏠려 있다. 여기서 가능성들은 영화의 행동들만큼 다양하다.

## ▶ 낱말과 제목

우리는 시간의 표현에 있어서 말로 표현하는 언어와 영화 언어 사이에 방법의 차이를 환기시킨 바 있다. 물론 영화에도 낱말이 있다. 그것은 시간적 관계들을 표현하는 데 사용될 수 있다.

### 고전적 용법

무성 영화는 장면에서 시간을 추정하기 위해 일정한 간격으로 자막('이틀 후' 또는 '이듬해')을 사용했다. 이런 기법은 에이젠슈테인과 같은 '조형적인' 감독의 영화에서도 볼 수 있다. 《전함 포템킨》의 자막은 '새벽, 안개가 걷힌다'는 것을 나타낸다.

### 상징적 이미지들

시간을 나타내는 자막은 종종 손쉬운 방법으로 간주되기(모든 언어적 표현 수단과 마찬가지로) 때문에 상징적인 이미지로 대체되는 것을 자주 볼 수 있다. 예를 들면 뜯겨지는 달력이나 돌아가는 시계가 진부하게 사용되고 있다. 하지만 늘 그렇듯이 진부하다는 것 때문에 이런 이미지들을 새로운 것으로 바꾸거나 이용하는 것을 금지할 수는 없다. 《2001년 스페이스 오디세이》(스탠리 큐브릭, 1968) 프롤로그의 끝부분에서 하나의 유명한 장면 연결이 우리를 원숭이 한 마리가 허공에 던진 뼈에서 우주 로켓으로 옮아가게 만들고 있다.

### 현대적인 몇 가지 스타일 효과

다양성과 혁신은 실제로 현대 영화에서 종종 사용되고 있는 시간을 나타내는 부제나 자막을 사용하는 데서 찾을 수 있다.

— 이야기를 나누기 위해: 《2001년 스페이스 오디세이》에서는 대부분 에피소드들을 시대로 설정하는 제목으로 구분하고 있다.
— 아이러니컬한 언급을 도입하기 위해: 《재키 브라운》(쿠엔틴 타란티노, 1998)에서는 에로틱한 장면이 시작되면서 '3분 후'라는 하나의 제목이 표기되고 다음 쇼트에서 모든 상황은 이미 끝나 있다.

[과제]
당신이 여러 번 반복해서 볼 수 있는 영화에서 두 개(또는 세 개)의 장면을 선택해라.
1. 시간 관계들을 설정할 수 있는 모든 것(배경·의상·행동·대사)을 목록으로 작성해 보라.
2. 그런 연후에 스토리의 시간을 변경시켜 보라. 예를 들면 두번째 장면은 다음날 일어나는 것이 아니라 2년 후에 일어난다. 이런 변경이 이해되도록 만들기 위해 영화에서 바꾸어야만 하는 모든 것(아이들이 많이 컸고, 텔레비전 프로의 진행자도 같은 사람이 아니고 이웃은 이사를 갔다 등)을 기술해 보라.

## ▶ 게임과 속임수

일단 시간의 관계들을 이해하게 만드는 기술에 정통한 당신은 시간
의 지시를 이용할 수 있다.

예를 들어 관객을 헛다리 짚게 만드는 방향으로 이끌도록 해보라.
이것은 《M》(프리츠 랑, 1931)에서 하나의 예를 끌어 온 노엘 버취가 기
술하고 있는 '이해를 늦추기 위한 장면 연결'의 원리이다.

> 갱단이 잡혀 있던 건물을 빠져나갈 때 '가학성 변태성욕자' 프리츠
> 랑은 이미 여러 번 나타난 하나의 쇼트를 반복시키면서 (…) 우리에게
> 바닥에 뚫린 구멍을 통해 가혹하게 닫힌 방으로 침입한 '강도'를 보여
> 준다. 그 남자는 다시 올라가기 위해 사다리를 요구한다. 누군가가 그
> 에게 사다리를 던져 준다. 그러나 일단 올라갔을 때 그를 기다리고 있
> 는 것은 동료들이 아니라 경찰이라는 것을 알게 된다. 그리고 우리는
> 이 쇼트가 다른 갱단이 빠져나가고 난 뒤가 아니라 사실은 몇십 분 후
> 로 설정되어 있다는 것을 알게 된다.
>
> 노엘 버취, 《영화의 실천》, 파리, 갈리마르, 1969, p.28.

몇몇 요소들은 비논리적으로 취급될 수도 있다.

### 《또 다른 여인》(우디 앨런, 1988)

젊은 시절의 기억에 여주인공은 어른의 용모를 갖고 있었다(그러나
다른 모든 징후들이 일치하는 것처럼 우리는 그래도 과거의 문제라는 것
을 이해하게 된다).

우리는 관객이 불확실성(결정불능성, 순서착오)을 탈피할 수 없도록 징후들을 배치할 수도 있다. 이것은 알랭 로브 그리예와 알랭 레네가 《지난해 마리앵바드에서》에서 행한 것이기도 하다.

### 《부르주아의 은밀한 매력》

길을 걸어가는 시퀀스에서 모든 인물들은 다른 장면에서도 입었던 옷을 입고 있다. 그것은 에피소드를 설정해 줄 수밖에 없을 것이다. 그러나 다른 네 가지 순간을 가리키는 이런 옷차림의 유사성은 그와 반대로 불확실성을 강화시키는 결과를 가져온다.


# 3. 빈도


사건이 스토리에서 몇 번 일어나는가? 그것은 몇 번 이야기되는가? 《미스터리 트레인》에서 단 한 발의 총성이 밤에 울린다. 그런데 관객은 세 번이나 그 소리를 듣게 된다. 《아파치 요새》(존 포드, 1949)의 시작 부분에 수십 개의 신문이 도처의 아파치 공격 소식을 전하고 있지만, 관객은 이 행동을 한번밖에 보지 못한다. 스토리의 시간과 이야기의 시간의 관계에 대한 문제 역시 사건의 빈도와 관련이 있다.

종종 그렇듯이 가장 간단한, 즉 가장 보편적인 해결책은 두 시기의 일치이다(예를 들면 **한** 발의 총성은 **한번** 들릴 것이다). 가능하고 확실한 변화는 이야기가 '더 많이' (예를 들면 영화는 《미스터리 트레인》에서처럼 단 하나의 사건을 여러 번 되풀이해서 보여 준다) 이야기하느냐

더 적게(반복된 하나의 사건을 단 한번만 보여 준다) 이야기하느냐에 따라 크게 두 영역으로 나누어지게 된다.


# 반복

## ▶ 익숙해진 문제들

아마도 총성·살인·추락은 되풀이되는 특별한 목적이 있을 것이다. 왜냐하면 우리는 이야기가 유일한 창조적 허구의 시간을 여러 번 반복할 때 그런 사건들을 종종 발견할 수 있기 때문이다.

《지난해 마리앵바드에서》

수수께끼처럼 이해할 수 없는 서술은 같은 사건들을 변화의 복잡한 작용으로 여러 번 되풀이해서 제시한다(애인이 방 안에 등장, 총성이 울리고 나서 델핀 세리그의 추락).

《라쇼몽》(구로사와 아키라, 1950)

이것이 가장 자주 인용되는 예이다: 여러 명의 인물들이 같은 살인 사건을 차례차례 이야기한다.

《무희들》(조지 쿠커, 1957)

여러 명의 인물들을 통해 같은 사건들에 대한 같은 이야기 원리(살인은 없지만).

### 《지상의 밤》(짐 자무시, 1990)

다른 장르에서 화자 인물도 없이 자무시는 같은 날 밤을 네 개의 수도에서 차례로 이야기한다.

시간의 특별한 혼란이 제기하는 문제는 적어도 몇몇의 경우 격식이 없다. 우선 기준의 문제: 반복은 어떤 단계에서 이루어지는가? (시퀀스인가? 이야기 전체인가? 단 하나의 쇼트인가?) 그리고 반복된 이야기들은 어떻게 서로 관련되어 삽입되는가? (그것은 바로 이어지는가? 그것은 아주 동떨어져 있는가?) 지금까지 인용된 예들은 오히려 대부분 이야기의 중요한 일면들과 관련이 있지만, 우리는 이어지는 쇼트들에서 반복된 행동들의 널리 알려진 몇몇 경우들을 상기시킬 수 있다.

### 《10월》(에이젠슈테인, 1927)

갑판이 들어올려지는 변화.

### 《기관총부대》(고다르, 1962)

고다르가 에이젠슈테인의 영화에 헌정: 한 군인의 제스처가 갑자기 대혁명시대 여자 투사의 금발을 두 번 드러낸다.

### 《추방당한 천사》(브뉴엘, 1962)

영화의 시작 부분에 초대받은 사람들이 무리지어 도착하는 쇼트가 두 번이나 반복된다(영화가 처음 상영되었을 때 깜짝 놀란 편집자는 자신이 실수했다고 생각했다).

이야기보다는 차라리 글쓰기(여기서도)의 행위라고 해야 할까? 이런

예들에서 짧은 순간의 즉각적인 반복은 리얼리즘과의 단절을 나타낸
다. 그 효과들은 상황에 따라 다르다: 그 예로 에이젠슈테인(고다르 영
화는 의문이 들지만)의 영화에서의 서사시적인 열광, 브뉴엘의 영화에
서의 기묘함과 불확실성을 들 수 있다.

## ▶ 동일성과 차별성

같은 사건(또는 같은 시간)의 이야기들 사이에는 어떤 관계가 있는가?
이런 문제 역시 중요하고 아주 다른 각양각색의 답이 나올 수 있다.

### 같은 사건의 동일한 반복

같은 사건은 같은 방식으로 정확하게 두 번 또는 여러 번 나타난다.
이것은 《추방당한 천사》의 경우이다. 또한 《옛날 옛적 서부에서》도 거
의 같은 경우이다. 즉 같은 영상들이 다시 나타나지만(다가오는 사람
에 대한 슬로 모션) 그 장면은 점점 커지고, 이야기는 처음에 상당히 암
시적이다가 결국 명확해진다.

### 다르게 제시된 같은 사건의 반복

다른 곳에서도 사건은 같은 것이지만 그 사건의 제시는 다르다(《10
월》의 갑판이나 《기관총부대》의 젊은 여인의 연속적인 프레임 구성들이
다른 것처럼).

두 여인 사이에 같은 대화(사실 출산한 리프 울만과의 어려운 관계에 대한 긴 독백)가 두 번 나타난다: 먼저 귀를 기울이고 있는 리프 울만의 얼굴이 보이고, 잠시 후 말하는 비비 앤더슨의 얼굴도 보인다.


## 같은 상황의 다른 국면 제시

두 가지 해석에는 약간의 차이가 있다. 같은 상황의 다른 국면을 드러내는 영화들도 있다:

— 《시민 케인》에서 오페라 《살람보》의 첫 장면을 먼저 비평가의 관점에서 보여 주고, 그 다음 중심 인물을 맡은 배우의 관점[41]에서 보여 주는 두 장면의 교차점은 상당히 넓다.

— 교차점은 앞에서 인용된 바 있는 자무시의 영화에는 훨씬 더 축소되어 있다. 예를 들면 《미스터리 트레인》에서 우리는 같은 사건(밤에 들린 총성)을 겨우 인지할 수 있다. 《지상의 밤》에서 사건들은 서로 비슷함에도 불구하고(네 번의 택시 질주) 다르다. 유일한 공통점은 같은 날 밤의 문제라는 것이다.

— 아직 더 살펴보아야 될 단계로 우리는 같은 사건에 대해 다르고, 게다가 상반된 해석을 할 수도 있다: 이것은 바로 《라쇼몽》이나 《무희들》《펄프 픽션》에서 일어났던 것이다.

---

41) 제6장 관점에 대한 부분 참조.

## ▶ 다른 기법들과의 결합

우선 보기에 반복은 보기 드문 기법이라고 생각할 수도 있지만 그것이 전형적인 사례는 아니다. 당신은 근간에 제작된 영화에서도 그런 예들을 찾을 수 있다. 이렇게 해서 당신은 반복이 종종(거의 피할 수조차 없다) 다른 수식과 결합된다는 것을 관찰해 볼 수 있다. 당신은 도중에 이것을 다음과 같이 열거해 볼 수도 있다. 말하자면 그것은 **플래시백**, 머릿속의 이미지, 기억들, 이야기들이다. 《옛날 옛적 서부에서》의 반복된 이미지는 하나의 **기억**이다. 《라쇼몽》이나 《무희들》과 같은 영화는 같은 사건들의 여러 가지 **이야기**들을 보여 주고 있다.

또한 당신은 '표현 소재'에 반복과 변화를 결합시키는 예들을 찾아 볼 수도 있다. 예를 들면 같은 사건은 영상이나 말로 이야기되거나, 아니면 그림으로 이야기되기도 한다. 이것은 우리가 일어나고 있는 것을 목격한 적이 있는 사건을 인물이 상세하게 이야기할 때 보통 생길 수 있는 일이다.

**《모든 청년의 이름은 파트릭이다》(고다르, 1957)**

두 소녀가 각자 파트릭(장 클로드 브리알리 분)과의 만남을 이야기한다. 우리는 그들의 만남을 앞서 목격한 바 있다.

**《잔과 무시무시한 소년》(올리비에 뒤카스텔, 자크 마르티노, 1998)**

우리는 한눈에 반하는 것을 목격한다. 다음에 그 이야기는 잔에 의해 그녀의 언니에게 전해진다.

**《자유의 환영》**

나폴레옹 군대에 의한 에스파냐 시민의 살해는 먼저 그림(고야)으로 이야기되고, 그 다음에 직접 영화로 이야기되었다.

## 왜 반복하는가?

가능한 대답을 철저하게 고찰해 보려고 하지 않아도 두 방향에서 원인들을 찾을 수 있다.

— 우선 반복한다는 것은 **강조하고 돋보이게 만드는 것**으로 귀착된다. 이런 효과는 《옛날 옛적 서부에서》나 《잔과 무시무시한 소년》과 마찬가지로 《10월》에서도 충분히 감지할 수 있다. 더구나 우리가 이미 **플래시백**에 대해 살펴본 바와 같이 쇼트나 장면의 반복은 종종 이야기의 구성에서 중요한 역할을 한다.

— 두번째로 반복은 **읽기에서의 변화**를 허용한다: 관객은 두번째(또는 여러번째) 만남에서 같은 유형의 사건을 이해하지 못한다. 흔히 볼 수 있는 전략은 《옛날 옛적 서부에서》나 《해는 떠오른다》에서 사용된 것이다. 우선 암시적이고 단편적일 뿐인 하나의 신은 이야기가 사건을 다시 언급하게 될 때[42] 명확하고 완전해진다. 그러나 그 역도 흔히 볼 수 있다. 이때 반복은 분명한 재검토를 유도한다. 우리는 이야기의 층위에 관한 장에서 이야기에 부여된 **진실**에 대해 더 정확하게 다시 언급하게 될 것이다.

---

42) 제2장에서 소개된 《외인부대병사》의 예도 참조.

[과제]

잘 알려진 이야기에 반복의 효과를 삽입해 보라. 새로운 시나리오를 요약해 보라.

제안: 난파 순간의 기대되는 반복으로 《타이타닉》의 이야기를 분할해 보라. 당신은 어느 순간을 택할 것이며, 반복을 어디에 삽입할 것인지 생각해야만 한다.

## ▶ 여러 가지 경계

**이야기를 통한 반복과 창조적 허구의 반복 사이**

여기서도 스토리와 이야기는 구별되어야 한다. 우리는 '이야기에 의해' 반복된 시간의 여러 가지 예들을 인용한 바 있지만, 시간이 '스토리 안에서' 반복되는 환상적인 세계를 창조할 수도 있다(그렇게 하기도 했다). 우리는 다음과 같은 경우를 예로 들 수 있다:

**《라 즈테》**
어린 주인공이 어른이 죽는 것을 목격하게 된 방파제 장면.

**《사랑의 블랙홀》(해롤드 래미스, 1992)**
같은 날이 끝없이 계속된다: 주변 사람들은 모두 같은 상황을 기억하지 못하고 있는 데 반해 주인공만이 유일하게 이것을 의식하고 있다.

이런 우화적인 장르에서 가장 중요한 문제는 반복에서 변화를 가능케 하는 것을 알아내는 것이다. 여기서 주인공은 사건의 흐름을 이용할 수도 있고, 넘어설 수 없는 그의 하루를 계속 개선하기도 한다. 따라서 관객은 역설적인 인상에 직면하게 된다: 동일한 하나의 상황의 반복(하숙집 여주인이 주인공에게 아침 식사를 제공한다. 보험중개인은 같은 고등학교의 졸업생이다)과 주인공의 반응에서의 변화(주인공은 중개인을 멸시하고, 그를 귀찮게 하며, 그에게 게걸스럽게 입을 맞추고, 그에게 성관계를 요구하고 나서 보험을 들어 준다). 말하자면 이런 괴리 감에서 희극성이 생긴다. 문제가 다시 제기된다면 그것은 왜 반복되는 가이다. 여기서 수련의 상황이 있다. 예를 들면 처음에 가증스럽던 주 인공이 조금씩 선한 인간으로 변한다.

### 경계에 대한 인식

반복의 서로 다른 유형(디에게시스와 이야기)의 경계가 항상 파악될 수 있는 것은 아니다.

#### 《추방당한 천사》

브뉴엘은 그런 구별을 결정할 수 없게 만드는 데 전념하고 있다.

#### 《카이로의 붉은 장미》(우디 앨런, 1984)

우디 앨런은 서술과 스토리의 점진적인 변화에서 코믹 효과를 자아낸 다: 여러 번 상영된 바 있는(상영 때마다 반복되는 같은 모험들) 영화의 첫번째 젊은이는 생활의 단조로움(마치 디에게시스적의 반복의 문제이 기라도 한 것처럼)을 즐긴다.

#### [과제]

짤막한 스토리를 택해서 여러 가지 사건에 몇 가지 변화를 삽입시켜 스토 리를 다시 시작해 보라(디에게시스적 반복). 시나리오를 소설적 약호로 써보라(한두 페이지).

일화의 서툰 시도를 어떻게 표현할 것인지(그렇지 않으면 정당화할 것인지) 생각해야 한다.

여러 가지 예:

— 《우연》(크쥐시토프 키에슬로프스키, 1982): "한 학생이 기차를 타려고 달려간다: 기차를 탈 수 있을 것인가, 없을 것인가? 가능할 수 있는 세 가지 운명이 그에게 주어진다."(《텔레라마》, nº 2541)

— 《슬라이딩 도어즈》(피터 호윗, 1998): 두 갈래로 갈라지지만 이번에는 지하철과 젊은 여인의 문제이다. 그녀가 지하철을 타게 되면, 그녀는 애인이 자기를 속였다는 것을 알 수 없게 된다.


# 습관

"오랫동안 나는 일찍 잠자리에 들곤 했다." 친숙한 질문: 마르셀 프루스트가 소설을 쓰지 않고 영화를 만들었다면 《잃어버린 시간을 찾아서》의 첫 문장이 어떻게 되었을까? 영화는 말로 표현된 언어처럼 **하나의 사건이 여러 번 일어난다는 것을 한번 말하는** 방법이 있을까?

이런 표현으로 정확하게 문제가 제기된다 하더라도 답은 부정적으로 비친다. 우리는 다른 도움 없이(특히 텍스트 없이) **반복적 가치가 있는** 단 하나의 이미지를 생각하기는 어렵다(아니면 아직 생각조차 하지 못했다). 그러나 영화는 종합적으로 이야기하기 위해 다른 방법들을 찾아냈다.

## 《시민 케인》

이 영화는 개봉 당시부터 다음과 같은 점에 대한 창의력 때문에 주목받았다: 케인과 첫번째 부인의 관계가 악화되는 것을 말해 주기 위해 영화는 몇 개월이나 몇 년의 간격으로 분명히 설정되어 있고, 우리를 초기의 애정어린 대화에서 적대적인 신문을 말없이 읽고 있는 모습으로 옮아가게 만드는 동일한 아침 식사 쇼트들을 연결하고 있다. 마찬가지로 두번째 부인 수잔의 직업도 공연 장면의 몇 개 쇼트로 요약되어 있다.

오슨 웰스가 사용한 기법은 이제 고전적이다. 이 영화는 반복되는 하나의 행동의 몇 가지 표본을 보여 주고, 특유의 표현(디졸브나 다른 특수기법, 음악)으로 이런 암시적인 설명을 강조함으로써 관객으로 하여금 행동이 가시적인 것을 넘어서 반복된다는 것을 이해하도록 해준다. 이런 입장들은 글쓰기와 영화적 이야기의 유연성을 나타내고, 오랫동안 그와 반대로 받아들여진 선입견과 반대 방향으로 나아간다. 그것은 다른 한편 우리가 이어서 다루게 될 시간의 다른 양상, 즉 지속성과 밀접한 관계가 있다.

> 인용된 예들과 어느 정도 비교될 수 있는 '반복성'을 보여 주는 영화의 예들을 찾아보라. 이런 연구는 다음과 같은 것으로 유도될 수 있다.
>
> — 다음과 같은 상투적 표현들(또한 그것의 변화)을 찾아볼 수 있다. 그 예로 1940년대 영화에서 몇 주나 몇 달을 나타내기 위해 문 앞에 쌓여 있는 신문(또는 우유병)을 들 수 있다.
>
> — 다음과 같이 사용된 특수한 기법들의 변화도 따라가 볼 수 있다. 예를 들면 오늘날 몇 개의 화면 분할은 몇 개의 유사한 행동들을 대조해서 환기시킬 수도 있고, 압축하는 데 다른 수단들을 제공할 수도 있다.

[과제]

문학 텍스트에서 반과거 서술이나 종합적인 이야기를 찾아서 영화에 상당하는 표현을 생각해 보라.

여러 가지 예:

— "1796년 5월 15일, 보나파르트 장군은 로디 다리를 건너 그렇게 많은 세기가 지난 뒤 카이사르와 알렉산더의 후계자가 되었음을 세상에 알리는 신흥 군대의 우두머리가 되어 밀라노에 입성했다."(스탕달, 《파름의 수도원》)

— "그는 1890년대 어느 해 11월 어느 일요일 우리 집에 왔다. 나는 그 집이 이제 우리 소유가 아니었음에도 불구하고 집에서 이야기를 계속했다. 우리는 열다섯 살 때 고향을 떠나 결코 그곳으로 다시 돌아오지 못했다."(알랭 푸르니에, 《몬대장》)

— "오늘 11월 5일 나는 내 얘기를 시작한다. 나는 가능한 한 정확하게 모든 것을 메모할 것이다. 그렇지만 나는 오늘이 11월 5일인지조차 모르고 있었다. 지난 겨울 동안 며칠이 나에게는 없다. 나는 그날이 어떤 요일이었는지도 말할 수 없을 것이다. 그러나 나는 그것이 그렇게 중요한 것은 아니라고 생각하는데……."(마를렌 하우스호퍼, 《보이지 않는 벽》)

— "피에르 골드만은 어제 파리에서 '경찰의 명예'를 운운하는 무리에게 살해되었다. 그는 1969년 두 명의 여약사를 살해한 혐의로 구속되어 유죄 선고를 받고, 두번째 재판 때 무죄를 선고받아 1976년 석방되었다. '혁신적인' 조합의 활동가인 그는 은둔자이고 반항적인 인물이었다. 이런 두 가지 감정 때문에 그는 범죄를 저지르게 되었다. 그는 감옥에서 《프랑스 태생의 폴란드 유대인의 어두운 기억》을 쓴 바 있고, 1977년 《아르쉬발드 라포포르의 예사로운 재난》을 내놓게 되었다."(《르 피가로》 1979년 9월 21일자)

반복의 예:

"그는 그녀의 가게 앞을 지나갈 때마다 장사하는 그녀가 자기를 브뤼 군인으로 바라보고 있었던 것이 아닌가 생각했다."(레이몽 크노, 《생의 일요일》)

# 4. 지속 시간

영화의 지속 시간은 제작비나 배급과 마찬가지로 미학을 결정하기 때문에 영화를 정의하는 데 중요한 요소이다. 실제적인 지속 시간은 시대(영화들은 평균적으로 초창기의 영화보다 지금이 훨씬 더 길다)에 따라 변했지만 표준화가 항상 상당히 어려웠다는 것을 주목할 필요가 있다. 감독은 소설가가 자기 소설의 길이를 선택하는 것보다 영화의 지속 시간을 자유롭게 선택하기는 어렵다. 게다가 이런 제약들의 결과를 자세하게 살펴보는 것은 흥미로울 수 있다.

우선 보기에 영화에서 가장 '자연스러운' 상황은 행동의 지속 시간과 이야기의 지속 시간의 균형일 것이다. 왜냐하면 영화의 이야기는 사건의 재현에 토대를 두고 있고, 촬영될 때 녹화는 촬영된 행동과 똑같은 시간이 걸리기 때문이다. 이것은 초창기 영화에서 일어났던 일이다. 조르주 멜리에스의 환상적인 초기의 촌극들이 '실제 시간으로' 이야기되는 것처럼 《라 시오타 역에 도착하는 기차》에서도 마찬가지이다. 그러나 다른 시대에 그런 것처럼 이 당시 영화는 관계들을 끊는 방법을 금방 모색했고, 오래전부터 영화는 종종 슬로 모션과 퀵모션 같은 특수기법 덕택에, 거의 항상 편집 덕택에 지속 시간을 자유롭게 다룰 수 있게 되었다.

사건들에서 가장 일반적인 상황은 지속 시간의 **수축**이다. 우리는 여기서 앞서 인용된 바 있는 대부분의 예들을 다시 언급해 볼 수 있을 것이다. 거의 모든 영화들은 몇 년이나 몇 개월(적어도 며칠)에 걸쳐 전개된 스토리들을 몇 시간으로 기술한다. 이렇게 영화는 생략에 의존한다. 이야기는 《해는 떠오른다》의 진부한 예에서처럼 어느 순간을

'건너뛴다.' 이 영화에서 장 가뱅은 어느 날 아침 첫번째 여인과 우연히 마주친다. 이 장면의 마지막 부분에서의 생략: 우리는 이것을 3주일 후에 다시 발견하게 된다.

따라서 행동이 영화와 똑같은 지속 시간을 갖게 되는 경우들은 종종 열거되듯이(히치콕의 《로프》나 1965년에 만들어진 《파리 스케치》에서 장 루슈의 스케치) 예외(실험의 한계에)이다.

이런 선택은 매번 히치콕 영화에서 서스펜스를 아주 정확하게 다루고 있듯이 미학적 계획과 연관되어 있다.

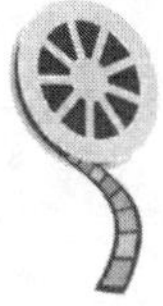 '실제 시간'의 이야기의 다른 예들을 찾아보라. 실험은 규칙적으로 반복된다. 앞서 인용된 바 있는 짐 자무시의 영화들 참조. 이야기의 지속 시간이 행동의 지속 시간을 **능가하는** 경우들은 아주 드물다. 그렇지만 그런 몇몇 예들도 있다(적어도 이야기의 순간들에 대한).

**슬로 모션**은 특별한 상황들과 관련이 있을 수밖에 없다.

— 《옛날 옛적 서부에서》에서의 추억.
— 또는 많은 영화에서 연인들이 바닷가나 시골에서 서로 쫓고 쫓는 행복한 모습의 틀에 박힌 영상.

**퀵모션** 역시 특수하고 《시계태엽장치 오렌지》(스탠리 큐브릭, 1971)에서처럼 아주 재미있을 수 있는 기법의 대칭을 이루는 방식이다. 이 영화에서 기법은 강간 시퀀스의 경우 현실감을 잃게 만든다.

지속 시간을 늘리는 다른 방법은 바로 **시간을 반복하는 것**이다. 우리는 앞부분에서 다루었던 예들을 참조할 수 있다.



'실제 시간'과 반복은 시간을 비정형적으로 다루기 위해 결합된다. 같은 날 밤이 네 번 이야기될 뿐만 아니라 네 가지 행동(택시 질주) 각각의 지속 시간은 영화의 지속 시간에 해당한다. 여기서 흔히 유사한 경우에 그런 것처럼 실제 시간과 시간 늘리기는 순간의 세부적인 것과 두께와 일치하는 특별한 관심에 해당한다.


# 생략을 이용하는 기술

영화나 시나리오들의 경우 도처에서 발견할 수 있는 생략에는 그 폭이나 그것이 삽입된 이야기의 순간, 그것으로 영화에서 이야기를 제외시킬 수 있는 사건들의 성격에 따라 다른 양상과 용법이 상당히 많다. 흔히(고전 영화와 표준형의 작품) 생략은 의미 없는 순간들(두 시퀀스 사이에서, 혹은 하나의 시퀀스 안에서)을 제거하는 데 사용된다. 있을 수 있는 수천 편의 예들 중에서 하나를 들어 보면:

《부르주아의 은밀한 매력》

주인공들은 대령 친구로부터 초대를 받는다. 두 시퀀스 사이에 생략이 있고, 그들이 그 다음주 지정된 주소지에 도착하는 모습이 보인다. 그들은 문으로 휩쓸려 들어간다. 다음 쇼트에서 위층으로 올라가는 과정은 생략되고, 그들이 주인의 집 안으로 들어가는 모습이 보인다.

이런 고전적인 본보기는 효율성을 추구하면서 행동으로 가득 차 있는 순간들을 우선하고, 대칭적으로 한산한 시기들을 경시하는 유용한 이야기의 모델이다. 그렇지만 상반된 선택을 하고, 시퀀스의 전개에서 쓸데없는 부분을 제거하지 않았던 감독들도 많다. 《태양은 외로워》(미켈란제로 안토니오니, 1962)를 예로 들어 보기로 한다. 안토니오니는 죽은 시간에 관심을 갖는 방법으로 신기원을 이루게 된다. 예를 들면 단절의 장면은 모든 것이 이야기되었던 것처럼 보임에도 불구하고 길어진다.

누벨바그에서 권장된 시퀀스 쇼트의 사용은 지속 시간에서 단절을 막기 위해 사용된 방법들과는 다른 것이다.

## 《브뤼셀 1080, 코메르스 가 23번지, 잔 디엘망 귀하》

여류 감독은 이 영화의 세 시간 중에서 중요한 부분을 생략 없이 인물의 반복적인 가정 생활을 상기시키는 데 할애하고 있다.

게다가 생략은 중요하지 않은 순간들이 아니라 아주 중요한 순간을 '건너뛰는 데' 사용될 수 있다.

## 《행복》(아녜스 바르다, 1965)

프랑수아는 부인 테레즈에게 자신의 관계를 고백하면서 그녀가 이것을 받아들여 주기를 바란다. 그의 고백이 있은 뒤 그들은 들판에서 사랑을 나눈다. 그들은 잠이 든다. 테레즈가 사라진다(다음 장면을 예시하는 음산한 조명). 그 다음에 그녀가 자살했다는 것을 알 수 있다.

### 《다운 바이 로》(짐 자무시, 1985)

짐 자무시는 죄수들의 탈옥 장면을 생략하고 있다. 탈옥은 영화에서 가장 강렬한 순간이 될 수도 있을 것이다. 주인공들 중 한 명이 동료들에게 탈옥할 수 있는 방법을 하나 찾았다고 발표한다. (생략) 그들은 감옥 밖으로 나와 있다.

우리는 이런 구성을 탈옥 준비와 그 사건의 급변에 이야기 전체를 할애하고 있는 자크 베케르의 《구멍》(1960)에 대비시켜 볼 수 있다. 짐 자무시의 생략은 영화의 강세를 특히 서스펜스를 제거함으로써 코미디로 바꿔 놓을 수 있다.

생략은 종종 코믹 효과를 자아낼 수도 있다:

### 《밤의 미녀들》

마르틴 카롤의 남편은 1900년 꿈속에서 클로드에게 결투를 신청한다. 그 부인은 흰옷을 입고 충격에 대비하고 있다. 클로드가 동료의 고물 자동차에서 불쑥 나타난다. 그는 남편을 피할 수 없다. 그는 쓰러진다. 그러는 동안 그의 검이 자동차의 라디에이터에 꽂힌다. 이때 카메라는 검은 옷을 입고 손수건으로 눈물을 닦고 있는 마르틴 카롤에게 고정된다.

[과제]

1. 당신이 알고 있는 영화에서 몇 장면을 골라 지속 시간의 처리(특히 생략을 제거하거나 첨가시키거나 옮겨 놓으면서)를 바꾸어 보라.

제안:

— 《천사들이 꿈꾸는 삶》의 첫 시퀀스들: 무전 여행하는 이사의 릴에 도착; 그의 방황; 그녀가 고해성사실에 나타나 마리를 만난다.

— 영화의 전혀 다른 시작.

2. 당신이 알고 있는 영화로 영상 효과용 비디오필름을 만들어 보라.

제안: 《전함 포템킨》이나 무르나우의 《노스페라투》(1922) 같은 고전 영화로 만들면 그 결과는 재미있을 수 있다.


# 5. 배급의 측면


지금까지 우리는 이야기와 스토리의 관계를 생각하면서 시간다루기를 환기시켜 보았다. 요컨대 또 다른 요인, 즉 배급도 환기될 만한 가치가 있다. 영화의 배급은 실제로 고유한, 즉 종종 영화로 인해 생기는 효과에 결정적인 특성이 있다.


## 거리와 근접


예를 들어 영화 배급의 시기와 영화의 스토리가 일어난 시기와의 관계를 생각해 보기로 한다. 사실 대부분의 영화들은 행동을 제작된 시기로 설정한다. 따라서 개봉 당시 영화들은 관객에게 **현재**의 세계를 보여 준다. 물론 이런 일치가 한 시대만 지속될 수 있을 뿐이다. 영화가 나중에 다시 배급되면 처음에 현재였던 것이 **과거**가 된다. 몇 년의 시차로——우리는 그것을 경험으로 삼지만——관객은 옛날의 유행으로 이해했던 것을 즐기거나 감탄하게 된다. 그 예로 자동차의 외관이나 치마의 길이, 헤어스타일(가장 지엽적인 요소들만 인용해 보면)

을 들 수 있다.

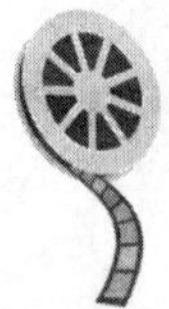이야기된 스토리들의 시대와 영화로 제작된 시대(보통 첫 배급에 해당하는)와의 관계를 주어진 시기에 조사해 보라. 예를 들면:

— 영화관의 한 달이나 1년.

— 텔레비전의 1주일.

우리는 역사적인 어떤 시기(제2차 세계대전중의 프랑스, 50년 동안의 예전 동유럽 국가들)에 과거로의 도피가 있었다는 것을 알고 있다. 현재 미래로의 도피가 있지 않을까?

다른 실마리: 영화사에서 한 편의 영화에 대한 수용과 해석이 배급의 시기에 따라 어떻게 달라질 수 있는가를 보여 주는 예들을 찾아보라. 어느 시기에 물의를 일으키던 것이 어떻게 나중에 전혀 대수롭지 않게 비칠 수 있는 것인가(로제 바딤이 1956년에 만든 브리지트 바르도 주연의 영화 《신은 여자를 창조했다》나 제임스 딘 주연의 《이유 없는 반항》의 경우)? 또한 그 반대의 경우도 생길 수 있을까? 우리는 전쟁 전에 진보주의적인 영화로 이해했던 《위대한 환상》(장 르누아르, 1937)에서 전후의 비평은 유대인 배척주의의 흔적을 찾아냈던 것을 떠올릴 수 있다.

또한 우리는 프랑스의 해방 직후 '뜨거웠던' 레지스탕스 운동을 이야기하는 《철도 전쟁》(르네 클레망, 1945)이나 공산주의 권력과 폴란드 국민들과의 대립을 묘사하는 동시에 그 시작 부분을 이야기하는 《대리석의 사나이》와 같이 개봉 당시 시사 문제를 핵심적으로 다루고 있는 영화들이 시대와 함께 어떻게 변하는지 생각해 볼 수 있다.

다른 기록에서는 이야기들이 **노트북 컴퓨터의 출현 이전**을 배경으로 하느냐 **이후**를 배경으로 하느냐에 따라 그 행동이 현대적인지 아닌지 이야기들을 분류해 볼 수도 있을 것이다. 실제로 휴대전화가 신기한 도구로서 그 존재뿐만 아니라 행동에 새로운 가능성들을 열어 놓기 때문에 노골적으로 영화들의 연대를 추정할 수도 있다.

**《우리들은 그 노래를 알고 있다》(알랭 레네, 1997)**
랑베르 빌송이 거리에서 휴대전화로 전화를 거는 장면에서 그것을 들은 아녜스 자우이는 감기에 걸린 그가 눈물을 흘리는 것처럼 보일 만큼 더욱더 감동적인 절교 장면을 목격했다고 생각한다. 오해는 관객의 경우 나중에 해소되지만 아녜스 자우이의 경우는 결코 그렇지 않다. 전화가 방 안에 있었더라면 아녜스 자우이(랑베르 빌송을 알지 못하기 때문에)는 대화를 들을 수 없었을 것이다. 휴대전화의 효과는 여기서 사적인 것이 아닌 배경에서 사적인 상황을 구성할 수도 있는 사실과 연관이 있다.

따라서 실제로 **흐르는 시간이 영화들에 피해를 입힐 수도 있다**는 것을 기억해야 한다. 우리는 시나리오를 쓸 때 이런 사실을 망각하지 않는 것이 좋다. 예를 들어 시사 문제에서 아주 분명한 암시들이 당장은 재미있을 수 있지만 몇 달 후에는 난해해 보일 수 있다. 우리는 당장을 위해 쓸 것이냐, 후대를 위해 쓸 것이냐 선택해야 한다고 말할 정도까지 이르게 될까? 물론 그렇지 않지만 그래도 그런 문제를 생각해 볼 수 있다.

# 파편화

배급의 다른 양상: 배급이 무성 영화 시리즈물의 경우 그러했던 것처럼 텔레비전으로 방영된 연속극이나 시리즈물에 규칙을 마련해 놓은 파편화된 배급의 서술적 결과들에 의문이 생길 수 있다. 이야기를 여러 개의 에피소드로 분할한다는 사실은 공인된 방식에 반드시 영향을 미친다. 예를 들면 관객은 매번 처음부터 영화의 세계에 다시 빠져들어야 하기 때문이다.

이야기의 진행과 리듬은 다소간 특유의 서술 방식(게다가 광고에 의한 잦은 중단)에 맞춰질 수도 있다. 몇몇 영화들은 자르게 되면 엉망이 되어 버릴 수 있다(15분씩 여섯 개로 나눈 《히로시마 내 사랑》을 생각해 보라). 그와 반대로 다른 몇몇 영화들은 시나리오에서 컷을 예상하고 대처하기 때문에 처음부터 그런 방향으로 구상되기도 한다. 이것은 텔레비전으로 방영되는 연속극[43]의 경우이고, 텔레비전에서 요구된 컷들을 미리 통합해 놓는 유일한 영화관용 영화의 경우일지도 모른다.

《비누 거품의 도둑》(모리지오 니체티, 1988)

사실상 일화의 출발점은 광고로 인한 중단이 일련의 새로운 전개를 유도하는 작가 영화의 상업 채널로의 배급이다. 아주 비싼 광고의 톱모델은 네오리얼리즘 경향으로 추정되는 멜로드라마에서나 찾아볼 수 있다. 작가는 그의 이야기를 어떻게 고쳐야 할 것인지 더 이상 알지 못한다.

---

43) 제9장의 텍스트 상호성에 관한 부분 참조.

[과제]

1. 아주 긴 영화(또는 텔레비전용 영화)를 한 편 선택해서 필요하면 조정하면서 그것을 몇 개의 동일한 지속 시간의 에피소드로 만들어라. 파편화와 변형을 두 페이지 정도의 분량으로 기술해 보라.

제안:

— 앞에 있는 에피소드를 반복하여 삽입해 보라.

— 서스펜스의 순간으로 마무리지으려면 몇몇 장면을 이동시켜 보라.

2. 《비누 거품의 도둑》의 예로부터 영화 한 편을 선택하여 코믹하거나 경이적인 효과(제안: 대조·편차·외견상의 연속성)를 추구하면서 그것을 광고(사실적이거나 꾸며낸)로 중단시켜 보라.

예(선동적인): 나는 집단수용소에서의 한 장면이 푸줏간 광고에 바로 뒤이어 나오는 《대량학살》의 방송을 기억하고 있다.

# 6 시점



　　여주인공은 무성 영화를 패러디한 익살스러운 짤막한 영화의 상영을 관람하게 된다. 스크린에서 두 연인은 애정어린 작별 인사를 나누고 나서 젊은이는 애인이 멀어져 가는 것을 바라본다. 그녀는 검은 옷을 입고 있다. 그는 그녀가 비틀거리다가 쓰러지는 모습을 멀리서 보게 된다. 넘어지는 모습이 치명적으로 보인다. 영구차가 도착하고, 장의사의 일꾼들이 그녀를 데려간다. 젊은이는 무척 슬퍼하며 큰 손수건을 한 장 산다. 이때 그는 자신이 검은색 안경을 끼고 있다는 것을 알아차린다. 그는 색안경을 벗는다. 그러자 그 장면은 다시 흰색으로 시작된다. 그의 애인은 이제 밝은색의 옷을 입고 있다. 그녀는 멀어져 가면서 비틀거리다가 쓰러진다. 이번에는 구급차와 구급대원들이 도착한다. 젊은이는 달려간다. 그는 약혼녀를 들것에서 내려놓는다. 모든 것은 영화적인 고전적 입맞춤으로 결국 순조롭게 잘 마무리된다.

　　이런 짤막한 우화의 교훈은 단순하다. 즉 주인공이 색안경을 벗을 때 그런 것처럼 시선을 바꾸는 것이야말로 현실을 다르게 보는 것이고, 다른 세계를 발견하는 것이며, 마찬가지로 교훈담이 논리를 무너

뜨릴 수도 있는 이런 예에서 또 다른 스토리를 발견할 수 있다.

여기서 같은 인물이 세계를 차례차례 다른 두 가지 시선으로 보고 있다. 일반적으로 다른 시선들은 다른 인물들이나 인물들에 대해 카메라(또는 화자)의 다른 위치에 해당할 수도 있다. 다시 말해 스토리는 늑대의 관점에서 이야기되는 것일까? 어린 양의 관점일까? 모럴리스트의 관점일까?

'관점'에 대한 이런 문제는 서사학의 가장 고전적인 문제 중 하나일 뿐만 아니라 시나리오 쓰기에서의 중요한 점이다. 가능할 수 있는 영역은 아주 넓고, 우리가 할 수 있는 선택은 중대한 결과를 초래한다. 여기서 시나리오 작가는 서술적 전략을 구상하는 데 소중한 능력을 발휘한다.

그것이 무엇인지 좀더 자세히 살펴보기로 한다.


# 1. 신의 시선은?


《파름의 수도원》에서 스탕달은 파브리스 델 동고의 관점에서 워털루 전투 장면을 이야기하고 있다. 파브리스 델 동고는 이것을 병사의 입장에서 통일성 없이 단편적으로만 파악하고 있다. 작가는 종종 소설에서 증명된 또 다른 서술 방식, 즉 '시리우스의 관점'에서 이야기하는 것과 아주 분명하게 구분한다. 이런 경우에 **어디에나 존재하는 화자**(인정된 방식에 따라)는 상황을 지배하고 독자에게 모든 해결책을 제공한다.

이런 유명한 예가 관점을 선택할 때 해결해야 할 문제들 중 첫번째로 다음과 같은 문제를 분명하게 보여 준다. 즉 이야기는 **정해진 인물의 입장**을 취할 것인가 말 것인가? 그때부터 인물은 독자나 관객에게 길잡이가 되고, 종종 동료나 친구가 될 수도 있을 것이다.

영화에서 시작 부분은 두 서술 부분의 차이를 간단하게 예시해 줄 수 있다. 종종 실제로 이야기는 중심 인물에게 집중되기 이전에 상황을 폭넓게 보여 주는 것(제로 **초점 맞추기**)으로 시작한다.

### 《금지된 장난》(르네 클레망, 1951)

시작 부분의 쇼트들은 1940년 프랑스 북부에서의 피난민 대이동의 에피소드 하나를 보여 주고 있다. 즉 그것은 피난가는 가족들을 가득 태운 자동차들로 혼잡한 도로의 보편적이고 비인격적인 장면들, 폭탄을 투하하는 독일군 비행기, 폭발, 뒤따르는 공포이다. 곧 이 거대한 전체에서 이야기와 카메라는 정해진 하나의 요소를 선택한다. 말하자면 여주인공인 어린 소녀(브리지트 포세 분)의 운명을 추적하기 위해 그녀와 그녀의 가족에 집착한다.


## 여러 가지 제약


구체적으로 '초점이 맞춰지는 인물'을 선택한다는 것은 결국 제약으로 귀착된다. 즉 이야기는 초점이 맞춰지는 인물의 이해와 정보를 벗어나지 않도록 해야 한다(다소 엄격하게). 이것은 바로 히치콕이 이미 잘 알려진 영화에서 노골적으로 행한 것이다.

### 《이창》

이야기 전체는 제임스 스튜어트가 연기한 유일한 인물에 의해 구성된다. 이 인물은 한쪽 다리를 깁스한 상태여서 움직일 수 없도록 되어 있다. 조그만 아파트라는 한정된 공간을 떠날 수 없는 그런 처지가 되어 주인공이 창을 통해 볼 수 있는 것만으로 세상을 이해하게 된다.

이런 제약들과 상관없이 어떤 인물과도 관계가 없는 어디에나 존재하는 화자는 자유롭게 떠돌 수 있다. 예를 들면 화자는 동시에 다른 여러 장소들을 탐색할 수 있고——일반적인 구성——적대 관계의 두 주둔지나 전화 통화하는 두 대화자를 번갈아 가며 묘사할 수 있다.

### 《게임의 규칙》(장 르누아르, 1939)

영화의 시작 부분에서는 여러 인물들, 즉 대서양을 횡단하고 나서 인터뷰하는 쥐리외, 집에서 라디오 인터뷰를 듣고 있는 크리스틴, 전화 통화하는 로베르(남편)와 주느비에브(남편의 정부)가 번갈아 나타난다.

### 《역마차》(존 포드, 1939)

이 영화는 협곡으로 접어든 역마차와 언덕 위에서 동정을 살피고 있는 적의에 찬 인디언들을 대비시켜 보여 주고 있다.

### 《스타워즈》(조지 루카스, 1977)

이야기는 반란군들에서 제국의 지배자들로 번갈아 옮아간다.

## 쟁점과 적용

제로 초점 맞추기인가, 아니면 초점이 맞춰진 인물의 선택인가? 그러면 그 중에서 어떤 것인가? 쟁점은 중요하고 다양하다.

### ▶ 모든 것을 지배하는가?

시간과 공간을 자유자재로 다룰 수 있는 어디에나 존재하는 화자의 입장은 원칙적으로 이야기의 현학적이고 고상한 이해를 가리킨다. 그것은 관객을 극중에서 배우들의 예속보다 더 우위에 두려는 거의 신과 같은 관점이다. 그러나 이야기는 초점이 맞춰지지 않은 채 잠재적으로 얻을 수 있는 것을 결과적으로는 잃게 된다. 반대로 평범한 인물의 더 보잘것없는 입장을 취하는 것은 체험과 유사하고, 서술의 인간적인 측면을 강조할 수 있기 때문이다. 뿐만 아니라 스탕달의 소설의 혁신적인 면이나 역사적으로 언급되었던 것도 바로 이런 표현 방식에 의한 것이다.

문학에서와 마찬가지로 영화에서도 설득력 있는 예들은 수없이 많다. 그런 것들에 대한 연구와 조작은 완전히 교훈적일 수 있다.

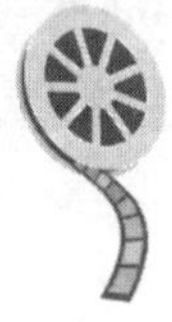

영화관의 영화들이나 텔레비전으로 방영된 영화들에서 장르나 스토리의 경우 비교가 가능하겠지만 초점 맞추기를 선택할 경우 대조적일 수 있는 예들을 찾아보라.

예들:

> — 역마차의 모험담이 다각적으로 초점이 맞춰진 이야기로 표현된
> 《역마차》.
> — 이야기가 더스틴 호프만이 배역을 맡은 인물의 여러 가지 모험
> 에 집중되어 있는 다른 스타일의 서부 영화 《작은 거인》.

[과제]

1. 한 편의 영화에서 제로 초점 맞추기의 시퀀스를 하나 찾아내라. 초점이 맞춰진 인물을 선택해서 인물의 관점에서 장면(시각적 약호로)을 다시 써보라.

2. 변형: 한 인물에 초점이 맞춰진 시퀀스를 제로 초점 맞추기로 다시 써보라.

큰 시각적 차이를 유도하는 강조된 관점의 예들:

— 《햄파우인, 테라스의 아이》의 터키식 목욕탕 장면에서 여인들에 대한 청년의 시선.

— 어린아이들의 집에 'ET'의 출현(《ET》, 스티븐 스필버그, 1982).

— 《가타카》(앤드류 니콜, 1997)의 콘서트 시퀀스에서 주인공의 혼란(주인공은 근시여서 콘택트렌즈를 빼야만 한다).

## ▶ 어떤 인물을 중시할까?

여기서 쟁점은 중요하다. 예외가 있을 수 있다고 하지만 관객은 선험적으로 인물과 공감할 수 있다. 이야기에서 관객이 인물의 자리를 차지할 수도 있다. 표현의 어원적 의미에서의 공감: 관객은 인물의 느낌·감정·반응을 공유할 수 있다. 약간 무거운 교훈성과 관계없이 적합한 예:

### 《결혼 생활》(앙드레 카야트, 1964)

같은 부부의 스토리에 대한 상반된 두 가지 해석을 보여 준 이 영화

는 두 부분(보완적이지만 영화 개봉 당시 분리해서 상영된 바 있다)으로 되어 있다. 사건들은 변함이 없고, 알력으로 두 이야기에서 이혼에 이르게 되지만 영화 중의 하나는 부인(마리 조제 나트 분)의 버전을 나타내고, 다른 하나는 남편(자크 샤리에 분)의 버전을 나타낸다. 그리고 서술적 편견은 관객으로 하여금 논리적으로 부부에 대해 번갈아 편을 들도록 유도한다.

다른 여러 편의 영화들에서도 이런 변화를 발견할 수 있다. 그 효과는 평가의 상관성이나 단순히 해석의 차이에 대해 필연적으로 주의를 끌게 만든다. 잘 알려진 몇 가지 예들을 다시 살펴보기로 한다.

《시민 케인》

시카고 오페라의 개막을 위해 《살람보》의 동일한 첫 부분이 두 번 묘사된다. 첫번째로 형편없는 공연을 관람하면서 지루해 죽을 지경인 케인의 친구이자 음악평론가인 르랜드의 관점에서 묘사된다. 나중에 영화는 수잔의 의도와 관계없이 프리마돈나이면서 관중들의 냉담한 무관심에 몹시 고통스러워하는 수잔의 관점에서 묘사된다.

《해는 떠오른다》

같은 장면의 두 가지 해석의 차이는 다른 효력을 갖는다. 우연히 만난 인물(계단을 오르는 맹인)에 연결된 영화의 시작 부분에서 우리는 장 가뱅에 의한 쥘 베리의 살해 장면을 목격하거나, 이해하지도 못하면서 외부에 귀를 기울인다. 결말 부분에서 우리는 장 가뱅과 **함께** 이 장면을 보게 되고, 세세한 것과 비극을 동시에 완전히 이해할 수 있게 된다.

이런 변화의 예들은 이야기가 어느 한 인물이나 다른 인물의 위치를 채택할 때 하게 되는 선택의 중요성을 잘 보여 주고 있다. 이야기는 거기서 채택된 인물과 연대하여 표현의 일반적인 의미에서 ‘인물의 관점을 나타내는’ 것을 선택하기도 한다.

그렇지만 이런 선택의 적용 영역은 개인뿐 아니라 심리학적 기록에도 한정되지 않는다. 초점 맞추기는 집단이나 목적이 역사적 · 사회적인 영화에 재미있는 효과를 자아낼 수도 있다. 백인들의 관점이나 인디언들의 관점(카우보이 · 식민개척자 · 군대 등)에서 이야기된 서부 영화들을 대비시켜 볼 수도 있다. 《역마차》에서 역마차의 공격과 《작은 거인》에서 인디언 캠프의 공격이 거의 정확하게 여러 번 대비를 이루고 있다. 같은 방식들은 우리를 희생자들(클로즈 쇼트, 행동들과 대사들의 시각적이고 청각적인 세부 묘사)에게 가까이 다가가도록 만들고, 공격자들(분화되지 않은 전체처럼 광각 쇼트로 거의 항상 표현되고 있는)로부터 멀어지도록 만들기 위해 대칭적으로 사용되고 있다. 이런 방식들은 외형상 스타일의 차이가 있지만 《전함 포템킨》에서도 찾을 수 있다. 즉 유명한 오데사 계단의 시퀀스에서 고통스러워하는 희생자들의 세부 묘사에 얼굴이 보이지 않는 기하학적인 이미지를 몽타주로 대비시키고 있다.

같은 원리로 몇 편의 영화들은 고용인의 관점을 취하면서 고전적인 부르주아 가족사에 대해 다른 관점을 갖는다. 《시골 하녀의 일기》(루이스 브뉘엘, 1964)나 《왕비의 고달픈 하루》(르네 알리오, 1973) · 《흑인 소녀》(우스만 상벤, 1967) 같은 영화의 여주인공들과 초점이 맞춰진 인물들은 하녀이거나 가정부이다.

《증오》는 연루된 ‘젊은이들’을 지지하면서 텔레비전 뉴스에서, 모든 사람들의 관점에서 관례적으로 소개된 ‘교외의 자잘한 사건들’을 언급하고 있다.

**[과제]**

두 가지 변형의 구상: 소설이나 영화에서 착상하여 당신이 다른 두 인물의 관점을 차례차례 취할 수 있는 장면을 기술해 보라(시각적 약호로).

제안[44]: 아버지와 함께 여행하는 기차 안에서 한 청년은 수갑이 채워져 경찰에 호송되는 죄수와 마주해 앉게 된다. 처음의 어색한 순간이 지나고 시선이 마주치고 청년과 죄수 사이에 묵계의 질문으로 은밀한 공모가 이루어진다.

당신은 청년의 관점(원작에서처럼)이나 죄수의 관점, 아니면 아버지나 경찰의 관점에서 그 장면을 기술해 볼 수 있다.

집단 작업의 경우에는 그들의 시나리오들을 대조해 볼 수 있을 하위 집단들에게 그 변이형들을 분배하는 것도 흥미로운 일이다.


## 고정적 초점 맞추기와 가변적 초점 맞추기


우리가 기술한 것이 암시할 수 있는 것과 정반대로 이런저런 관점의 선택이 필연적으로 이야기 전체를 대상으로 하는 것은 아니다. 말하자면 그것은 하위 부분, 그 위에 아주 짧은 부분에만 관계가 있을 수 있기 때문이다. 《당나귀의 기억》이나 《이창》에서 이야기는 같은 인물의 관점(**고정적 초점 맞추기**)을 계속(또는 거의) 유지하고 있다. 그와 반대로 《보바리 부인》[45]의 플로베르나 《게임의 규칙》의 르누아르

----

44) 루이스 세풀베다(Luis Sepulveda)의 단편, 〈내가 기차에서 잃어버린 어떤 것에 대하여〉(프랑스어 번역판: 《전쟁중인 나라에서의 데이트 *Rendez-vous d'amour dans un pays en guerre*》, 파리, 메타이에, 1997, p.37)를 원작으로 한 작품.

45) "초점이 맞춰진 인물은 우선 샤를이고 다음에 엠마, 다시 샤를이 된다."(주네트, *op.cit.*, p.207)

는 **가변적 초점 맞추기**를 택하고 있다.

가변적 초점 맞추기와 **초점 맞추기의 부재**와의 경계는 항상 정하는
것이 쉽지 않다. 화자의 경우와 마찬가지로 시나리오 작가의 경우 가
변적이든 고정적이든 초점 맞추기의 선택이 실제로 아주 중요하다면,
그것은 두 용어 사이에 폐쇄적인 양자택일로만 구분되기보다는 오히
려 가능할 수 있는 폭넓은 단계(예를 들면 다소 수적으로 많고 **빠른 변**
**화**)에서 일어나는 것이 문제이다.


# 2. 내재성


## 행동주의, 주관적 카메라, 머릿속의 이미지


다소 긴 시간 동안 한 인물의 관점을 취한다는 것은 사실 관계의 다
른 유형에 해당할 수 있다. 브뉴엘식으로 짤막하게 이어지는 것은 우
리로 하여금 그런 차이를 이해하는 데 도움을 줄 수 있다.


첫번째 경우:


### 《시골 하녀의 일기》

기차역에서 셀레스틴(잔 모로 분)은 그녀로 하여금 집의 하인에게 어
린 소녀의 살해 혐의를 두게 되는 대화에 참여한다. 우리에게 이런 혐
의를 이해할 수 있도록 영화는 대화와 우리가 추론할 수 있는 것에 생

각에 잠긴 셀레스틴의 클로즈 쇼트를 덧붙인다. 우리는 그의 생각을 추측하면서도 그녀를 '외모로' 만 파악하고 있을 뿐이다.

두번째의 경우:

### 《엘》(루이스 브뉴엘, 1952)

영화의 시작 부분에서 주인공은 부활절 1주일 전 성 목요일의 종교 의식에 참석한다. 카메라는 성가대에 무리지어 있는 사람들 사이에서 그를 따로 잡아 우리로 하여금 그의 시선과 마주치게 한다. 우리는 그와 함께 신부가 어린아이의 발에 의식적인 입맞춤을 하는 순간을 응시한다. 그리고 나서 그의 시선은 신자들이 모여 있는 곳으로 옮아가고, 느린 파노라마 촬영은 젊은 여인의 세련된 무도화에 멈추기 전 줄지어 있는 발을 따라간다. 카메라는 무도화로부터 당황한 그의 얼굴이 프레임에 들어올 때까지 올라간다. 여기서 우리와 인물과의 관계는 우리의 시선이 인물의 시선에 휩쓸리기 때문에 《시골 하녀의 일기》에서보다 더 긴밀해진다.

세번째 상황:

### 《버려진 아이들》(루이스 브뉴엘, 1950)

영화의 결말 부분에서 영화가 전개되는 동안 줄곧 '악역' (살인을 범하고 잔인하고 비겁한 그는 결국 친구 페드로를 죽이게 된다)을 맡는 불량소년 자이보는 공터에서 경찰에게 죽는다. 땅바닥에 쓰러진 그의 시체의 영상 위로 개가 지나가는 길이 오버랩으로 나타난다. 그러는 동안 화면 밖 소리(오프)로 몇 마디가 울려 퍼진다. "나는 어두운 구멍으로 떨어진다. 나는 혼자다. 혼자, 늘 그랬듯이." 여기서 우리와 주인공과의 관계에서 새로운 한계를 넘어서면서 우리는 그의 고독과 혼란의 정도를 갑자기 파악하기 위해 이런 최후의 순간에 그의 의식을 깊이 통찰한다.

세 가지 예: 한 인물과 함께 있는 세 가지 방식——즉 세 단계——여기서 제기된 문제는 이야기가 인물의 내면성(**내면적 초점 맞추기**)을 깊이 통찰할 수 있는지, 아니면 이야기가 인물을 외형(**외면적 초점 맞추기**)으로 소개하는 것으로 제한되어 있는지 알아내는 것이다. 이런 양자택일은 문학에서 오랜 기간 동안 중요한 논쟁을 불러일으켰고, 특히 사르트르와 모리아크를 대비시켰다. 영화는 연극과 마찬가지로 **우선 보기**에 필연적으로 '외부'에 대해 이야기하는 것처럼 보인다. 다시 말해 영화는 본질적으로 행동주의적인 것으로 여겨진다. 우리는 제1장에서부터 이런 특징이 시각적 글쓰기의 중요한 특성들 중의 하나라는 것을 알고 있다.

우리가 든 예들은——예외적인 것이 아무것도 없지만——사실 가능할 수 있는 답들이 더 각양각색일 수 있다는 것을 보여 준다. 말하자면 《시골 하녀의 일기》가 단지 여주인공을 '외부'에서 따라가고 있다면, 다른 두 편의 영화는 인물들의 내면성을 깊이 통찰하고 있다. 그러나 그들은 다른 단계에서 이것을 행한다.

— 《엘》의 시퀀스에서는 단지 주인공의 **지각 작용**을 따르는 문제일 뿐이다. 이것은 주관적 **카메라**의 원리, 즉 분명히 소리에도 적용될 수 있는 원리이다. 인물에게 보이고 들리는 것이 관객에게 보이거나 들리기 때문이다.

— 《버려진 아이들》에서 관계는 더 밀접해진다. 관객은 자이보의 **의**

식을 깊이 통찰한다. 브뉴엘은 자이보의 지각 작용만 표현하는 것이 더 깊고 직접적으로 생각·감정·머릿속의 이미지(옴에 걸린 개의 이미지, 돌이킬 수 없는 고독감)를 표현한다.


# 주관적 카메라

## ▶ 지각적 관점과 서술적 관점

'주관적 카메라' 혹은 더 일반적으로 영화의 이야기가 인물의 지각 작용과 일치하는 경우를 다시 언급해 보기로 한다.

우선 영화의 관점에 대해 이야기할 때 방법은 다른 두 가지 방향이 있을 수 있다는 데(적어도) 주목할 필요가 있다. 즉 관계된 것이 단순히 이야기의 배열이라면 일반적인 방향이 될 것이고, 인물의 견지에서 관객의 눈에 **보이는** 것과의 분명한 관계(독자의 눈에는 단지 읽고 있는 페이지의 낱말들만 보이는, 문학에는 존재하지 않는 구체적인 관계)가 고려된다면 아주 구체적인 방향이 될 것이다. 《은하수》의 한 장면은 이런 두 가지 양상의 차이를 재미있게 보여 줄 수 있다.

### 《은하수》

영화의 결말 부분에서 우리는 복음서에서 이야기된 기적들 중의 하나를 목격할 수 있다. 예수는 앞을 보지 못하는 두 맹인에게 시력을 되찾아 준다. 서술적으로 이 장면은 맹인의 '관점'에서 이야기되고, 예를 들면 카메라는 예수를 만나러 따라간다. 그러나 시각적으로 우리는 물론 그들의 시선과 마주칠 수 없다. 그것이 사실이라면 영상은 치유될

▌때까지 어두울 것이기 때문이다.

서술과 지각의 두 양상을 구별하기 위해 영화서술학에서는 초점 맞추기란 용어에 가깝게——부정확하지만——유용한 **시각화**(시각을 위해)와 **청각화**(소리를 위해)란 용어가 사용된다. 예를 들면 우리는 인물의 눈에 보이는 것이 관객의 눈에도 보이는 **내적인 것**의 시각화나 **외적인 것**의 청각화에 대해 언급할 수 있다.

## ▶ 표지

관객은 어떻게 자신이 인지한 것이 정확하게 인물이 인지한 것이라고 이해하게 되는 것일까? 이 질문은 실제로 무척 중요하다. 우리는 두 가지 수단, 즉 한편 전후 관계와 편집, 다른 한편 영상의 내적 특성들을 이용할 수 있다.

### 전후 관계와 편집

원리는 바라보는 인물의 쇼트와 그의 눈에 보이는 쇼트를 연결하는 **시선으로의 장면 연결**이다. 예를 들면 우리는 《엘》의 주인공이 신부를 바라본다는 것을 알고, 이것을 통해 다음 쇼트(성스러운 제스처의 세부 묘사)가 그의 눈에 보이는 것과 일치한다는 것을 이해할 수 있다.

### 영상의 내적 특성들

이런 특성들은 일련의 여러 가지 수단을 형성할 수 있다. 예를 들면 시선의 방향과 일치하는 촬영 각도(《엘》의 시작 부분에서의 부감촬영), 평상시와 다른 형태의 프레임(《이창》에서 여자 쌍둥이가 인화형으로 나타난다), 연조기법(주인공들이 난시일 때), 움직임(주인공들이 자리를 옮길 때) 등.

실제로 전후 관계 효과와 특수한 표지들은 흔히 서로 연관되어 있고, 영상은 그것이 고유한 특징들을 나타내는 것만큼 더욱더 쉽게 주관적으로 인지된다.


### 소리

이런 사실은 소리에서 더 한층 확인된다. 소리는 일반적으로 '규격화된 것'이 아닐 경우에만 분명한 주제와 관계가 있다.

— 소리는 제거될 수도 있다(진부한 예: 《엘》의 주인공은 카페 밖에서 대화 장면을 지켜보고 있다). 주인공의 위치는 주인공도 관객도 대화를 들을 수 없게 만든다.
— 소리는 변형되거나 증폭될 수도 있다: 《필라델피아 이야기》(조지 쿠커, 1940)의 한 장면에서 캐서린 햅번은 입이 마르고 목이 칼칼하고 두통을 호소한다. 누군가가 문을 닫는 소리가 청천벽력처럼 울린다.

### ▶ 주관적 카메라와 반(半)주관적 카메라

영화의 이야기가 연속적으로 편협하게 인물의 육체적 관점(내적인 것의 시각화)을 택하는 경우는 드물다. 관례에 따라 보통 극단적인 경우로 간주되는 로버트 몽고메리의 《호수의 여인》(1946)과 사뮈엘 베케트의 《영화》(1963)를 예로 들 수 있다. 요컨대 보기 드문 경우일 수밖에! 실제로 관객과 인물의 지각을 밀접하게 연결시키는 대부분의 영화들은 주관적 영상들과 주인공의 외모를 결합시킨다(《이창》이나 《엘》에서와 같이). 이런 **혼합**은 대부분의 비평가들과 이론가들이 영화에서 관객이 주인공과 동일화할 수 있도록 그를 바라보아야 한다고 설명하면서 권하는 해결책이다.

그래도 이런 실험적인 경향은 모든 주관적인 경험의 **정기적인 쇄신**을 가져온다.

> 《금지된 여인》(필리프 아렐, 1997)
> 이 영화는 관객이 알 수 없는 연인의 시선으로 애정 관계를 이야기하고 있다.

다른 관점에서 장르는 역사적으로 기술의 발달과 가벼운 카메라의 결합과 **카메라-인물**의 관점에서 촬영된 이야기가 출현하게 되면서 부분적으로 쇄신되었다.

> 《그 일은 당신의 집 옆에서 일어났다》(레미 벨보 · 앙드레 봉젤 · 브누아 포엘보르드, 1990)
> 이야기는 디에게시스에서 살인자를 따라가는 기자의 카메라로 모두 촬영되었다.

> 《은밀한 스캔들》(모니카 비티, 1992)
> 우리는 첫 시퀀스에서 여주인공에게 주어진 비디오카메라의 렌즈를

┃ 통해 영화를 보게 된다.


[과제]

1. 사전 작업: 극영화에서 주관적인 쇼트(또는 소리)를 식별해 보도록 해라.
그리고 나서 당신이 이런 식별(몽타주? 내적 표지? 다른 것들?)을 위해 의존하
게 되는 특징들을 목록으로 작성해 보라. 당신은 이런 사전 작업을 재빨리(영
화에 대한 정상적 시각) 하거나 녹화된 시퀀스를 연구하면서 행할 수 있다.

2. 시나리오: 인용된 예들에서 착상하여 주관적 카메라(소리 포함)의 사용
을 가능한 한 길게 늘여 하나의 장면(시각적 약호로)을 써보라.

제안:

— 어느 도시에 도착하는 한 외국인.

— 반에 전학 온 학생.

— 아주 기쁜 소식을 들은 인물의 시선.


외관의 주관적 특성이 어떤 척도로 관객에게 읽힐 수 있는지 생각해 보는
것은 중요하다(이것이 글쓰기의 세부 묘사가 중요한 점이다). 또한 당신은 이런
선택으로 인해 생기는 효과를 참조해 볼 필요가 있다.

— 앞서 언급한 바와 같이 보통 감각과 지각을 공유한다는 것은 관객과 인
  물과의 공감 관계에서 나타난다.

— 그러나 몇몇 예들은 더 복잡하다: 우리는 《이창》의 결말 부분을 깊이 생
  각해 볼 수 있다. 이 영화에서 살인범은 사진기 플래시로 눈부시게 만
  드는 것 외에는 다른 방어 방법이 없는 주인공에게 다가간다. 관객은
  플래시가 반짝일 때마다 살인범의 눈부심을 함께 느끼다가 정상적인 시
  각으로 되돌아온다. 따라서 관객은 자신이 두려워하는 살인범의 행동들
  과 연계되어 있다.

# 인물의 의식 속에서

이제 영화의 이야기가 우리로 하여금 인물의 의식을 분명하게 깊이 통찰하고, 인물의 생각이나 감정을 공유하게 만드는 경우를 다시 언급해 보기로 한다(여기서 우리는 정신 세계의 탐구가 **외면적** 초점 맞추기의 틀 안에서 이루어지고, 오로지 외적인 표지, 즉 대사, 배우들의 연기, 배경, 무대, 영화적 글쓰기에만 의존하는 앞서 언급된 상황들을 고려하지는 않는다).

## ▶ 고전적 기법

정신 현상의 직접적 탐구로 입증된 방법들은 본질적으로(새로운 창의력을 조건부로) 우리가 《버려진 아이들》의 예에서 찾을 수 있었던 것들, 즉 화면 밖 소리(오프)와 머릿속의 이미지이다.

### 화면 밖 소리(오프)

화면 밖 소리(오프)는 간편한 기법으로 알려져 있다. 그 덕택에 작가들은 좀 영감이 떠오르지 않더라도 영화적으로 표현할 수 없는 것을 언어로 설명하려고 애쓴다. 그렇지만 화면 밖 소리(오프)의 사용이 완전히 예술적인 창의력과 표현의 성격을 띠는 영화들은 상당히 많다. 우리는 여기서 가장 잘 알려진 예들 중 텍스트 작업과 목소리, 텍스트와 영상의 관계를 위해 알랭 레네의 《히로시마 내 사랑》과 프랑수아 트뤼포의 《쥘 앤 짐》, 빔 벤더스의 《베를린 천사의 시》를 인용해 볼 수 있다.

해결책은 종종 이런 예들에서 텍스트를 충분한 수단으로 삼아 서로 연관시켜 아주 자율적인 영상과 텍스트 사이에 가능한 관계들을 폭넓게 탐구해 보는 것이다.

인물의 생각을 표현하는 화면 밖 소리(오프)는 행동과 생각을 대비시키는 데 사용될 수 있다. 예를 들면 오탕 라라의 《적과 흑》에서 줄리앵 소렐은 자신을 축복해 주는 주교 앞에 경건하게 무릎을 꿇고, 화면 밖 소리(오프)로 주교가 매달 얼마를 벌 수 있는지 계산하고 있다.

### 머릿속의 이미지

머릿속의 이미지로 관습과 창의력과의 관계에 대한 문제가 충분히 비교 가능하도록 제기될 수 있다. 머릿속의 이미지를 찾아낼 수 있는 기법들은 종종 잘 체계화되어 있다. 그것은 무대와 행동에서든 영화적 글쓰기에서든 주변적인 '객관적' 이야기에 대비되는 특징들을 이미지들에 부여하면서 결국 이미지들을 **강조하기**에 이른다. 예를 들면 슬로 모션, 오버랩, 컬러의 작용, 다양한 앵글의 사용, 소리의 변형이 아주 빈번하게 나타난다. 이해하기가 쉬운 이런 기법들은 거의 진부한 것이 되었다(우리는 슬로 모션으로 표현된 행복의 기억들이 아주 진부한 이야기라는 것을 알고 있다).

### ▶ 창의력의 방식

그래도 창의력과 혁신은 다양한 영역에서 기인한다.

## 기술적 기법들의 혁신

예를 들면 1950년대 영화에서 사용되었던 디졸브는 오늘날 이미지 결합의 전자적 방식으로 대체되었다.

## 습관 자체에 대한 작용

### 《세브린느》(루이스 브뉴엘, 1967)

세브린느의 몽상들은 패러디, 즉 그것들이 소설적 관습에서 아주 공공연하게 끌어와 사용하는 환상적 도구 일체이다(굵은 다리에 달라붙는 긴 흰옷을 입은 여주인공, 권총을 사용하는 결투에 대치 상태에 있는 정장 차림의 남성들, 부부들을 데려다 주는 사륜마차 등).

펠리니나 우디 앨런의 영화에서도 비슷한 예들을 찾아볼 수 있을 것이다.

## 현실과 비현실과의 모호한 관계에 대한 작용

이런 작용은 자연히 고전적이 된다. 말하자면 가장 중요한 이해 가능성을 추구하는 대신에 그와 반대로 관객으로 하여금 '사실적'이고 '상상적'인 것인지 그렇지 않은 것인지 자문해 보도록 하는 문제이다(예를 들면 《부르주아의 은밀한 매력》이나 알랭 로브 그리예의 영화 참조). 이때 이것은 심리학적 탐구의 영역이 아니라(또는 일뿐만 아니라) 오히려 시적 실험이나 형이상학적 의문의 영역이다.

## ▶ 여러 가지 조합

흔히 관객이 인물의 지각이나 생각·감정을 깊이 통찰할 때, 그것은
인물에 초점이 맞춰진 이야기의 틀 안에 있다. 필연적인 어떤 관계도
서술적인 두 가지 선택 사이에 존재하지 않는다. 따라서 우리는 다양
한 초점 맞추기와 주관적 이미지를 조합해 볼 수 있다. 상페의 풍자적
인 만화는 이렇게 같은 그림으로 다른 두 인물의 상상 세계를 나타내
는 두 개의 말풍선을 보여 준다. 남편은 그가 절벽 위에서 자기 부인
을 떨어뜨리는 것을 생각하지만, 부인은 자기 입장에서 그것을 교묘하
게 피해 허공으로 떨어진 것은 바로 자기 남편이라고 생각하게 된다.
영화를 예로 들어 보면:

《미국에 계신 나의 아저씨》(알랭 레네, 1980)

이 영화는 우리로 하여금 세 주요 인물들의 상상 세계를 차례로 깊이
통찰하게 만들고 있다. 그러기 위해서 독창적인 기법으로 여러 편의 영
화들의 시퀀스들의 어렴풋한 기억이 사용되고 있다.

《죽은 자들과의 화해》

같은 사건들이 과거의 시퀀스들을 차례로 회상하는 여러 인물들의 내
적인 것에 초점을 맞춰 언급되고 있다.

[과제]

인용된 여러 가지 예들에서 같은 장면의 두 가지 변이형, 즉 우선 외적인
것에 초점을 맞추고, 두번째로 내적인 것에 초점을 맞춰 써보라.

《죽은 자들과의 화해》의 해변 장면에서 착상된 제안:

— 행동주의적 해석: 여러 남매가 해수욕을 하고 모래성을 쌓으며 대화를
   나눈다 등.
— 정신적 기습으로: 화면 밖 소리(오프), 설명적인 플래시백, 꿈의 이미지 등.


# 3. 인물 알기와 관객 알기


## 누가 누구를 조종하는가?

이야기가 인물(들)과의 관계를 구축하는 방식은 여러 가지 **이미 알
고 있는 것**들과 관련된 또 다른 양상, 즉 관객 알기와 인물(들) 알기와
의 관계에 있다. 놀라움과 서스펜스에 대한 히치콕의 유명한 구별을
통한 우회적 방법은 이런 새로운 문제의 결과를 명확히 하는 데 도움
을 줄 수 있다.

우리는 이야기를 나누고 있는 중이다. 탁자 밑에 폭탄이 장착되어 있
을지도 모른다. 우리의 대화는 아주 일상적인 것이고, 특별한 일은 아무
것도 없다. 그런데 갑자기 꽝, 폭발이 일어난다. 관객은 놀라게 되지만,
그는 그러기 이전에 누군가가 그에게 아주 일상적인 재미없는 장면을
보여 주었다. 이제 서스펜스를 살펴보기로 한다. 폭탄은 탁자 밑에 장
착되어 있고, 관객은 그 사실을 알고 있을 것이다. 관객은 폭탄을 장착
하는 무정부주의자를 목격했기 때문이다. 관객은 폭탄이 1시에 폭발한
다는 것과 현재 시간이 15분 전 1시라는 것도 알고 있다. 무대에 시계
가 걸려 있다. 관객이 장면에 참여하게 되기 때문에 대수롭지 않은 똑

같은 대화가 갑자기 흥미진진해진다.

프랑수아 트뤼포, 《히치콕과의 대화》, 파리, 세게르, 1975, p.81.

따라서 이야기는 관객이 인물보다 더 많은 것을 알고 있느냐(여기서 폭탄이 장착되어 있다는 사실을 알고 있다), 모른다는 사실을 공유하고 있느냐에 따라 전혀 다른 효과를 낳는다. 물론 다른 전형적인 예들도 생각해 볼 수 있다. 예를 들면 인물은 위협을 알고 있지만(또한 동료들에게 알리려고 애쓰지만) 관객은 그것을 모르고 있다.

실제로 문제는 대화자와 인물(들) 사이에 알고 있는 것의 불균형, 즉 서로 다른 방향에서의 부족이 있는지 없는지를 알아내는 것이다. 여기서 고려할 알고 있는 것은 **이야기를 위한 적절한 것**이고, 부족은 그것이 찾아낼 수 있는 서술 효과를 가져올 수만 있으면 고려해 보는 것이 재미있을 수 있다. 사실 일반적으로 관객(독자·대화자)이 항상 인물보다 더 많은 것을 알고 있다는 것은 명백한 사실이다. 예를 들면 관객은 장르의 규칙들과 일어날 수 있는 사건들 유형의 개념뿐 아니라, 특히 스타 배우가 주인공 역을 맡으면 주인공은 스토리의 시작 부분에서 죽을 수 없다는 것도 알고 있다. 그와 반대로 인물의 세계와 스토리에 대해 인물은 관객이 모르고 있고, 점진적이고 부분적으로만 발견할 수 있는 많은 것들을 반드시 알고 있다고 주장할 수도 있을 것이다.

이런 적절한 지식의 개념을 설명하기 위해 단순하면서도 정확한 하나의 예를 들어 보자면:

### 《사냥꾼의 밤》

우리는 영화의 시작 부분에서 아버지가 체포되기 직전 강도질한 돈을 감추기 위해 집으로 돌아와 아들에게 비밀을 지킬 것을 약속하는 장면을 기억한다. 감옥에서 아버지의 감방 동료(로버트 미첨 분)는 그 비밀의 일부분을 간파한다. 그때부터 그는 큰 돈이 존재한다는 사실은 알고 있지만 정확한 위치는 모르고 있다. 그는 그 돈을 찾아내기 위해 움직이기 시작한다. 그는 어머니와 결혼을 한 뒤 어머니를 살해하고 아이들을 위협하며 죽이려고 한다(아이들은 극적인 추적이 끝난 뒤 기적적으로 구출된다).

영화는 다음과 같이 이미 알고 있는 것들의 관계를 재미있게 이용한다.

— 시작 부분에서 아이들을 제외하고 아무도 돈이 숨겨진 곳을 알지 못한다. 말하자면 돈을 찾고 있는 로버트 미첨도 알지 못하고, 단지 그가 돈을 찾고 있다는 사실을 알고 있으면서도 돈을 찾아내는 것을 막연히 두려워하는 관객 또한 알지 못한다.

— 그리고 나서 관객은 인형의 뱃속에 꿰매 놓은 달러를 가지고 노는 어린 소녀를 보고 있다. 이런 모습을 보면서 관객은 로버트 미첨이 귀중한 장난감에 다가갈 때마다 아이들과 함께 떨게 된다.

— 결국 세번째에 로버트 미첨은 돈이 있는 곳을 발견한다. 그러나 아이들이 달아나 버린 상태이다. 그때부터 더 이상 미스터리도 없고 공유할 비밀도 없지만 감동적인 모험담은 남게 된다.


## 적용 영역

### ▶ '탐정' 이야기 또는 스파이 이야기

이런 이야기들은 알고 있는 것의 관계에 대한 작용 유형에 따라 거의 끝없는 실험의 장을 마련하게 된다. 같은 종류의 살인도 관객이 처음부터 범인과 상황을 알고 있느냐, 수사관이 처음부터 모르고 있다는 것을 공유하느냐에 따라 무척 다른 영화들이 될 소지가 있다.

### 《앱솔루트 파워》(클린트 이스트우드, 1996)

우리는 첫 부분의 장면들 중 하나에서 미국 대통령에 의해 저질러진 살인을 목격한다. 그리고 나면 우리는 클린트 이스트우드가 연기한 순진하지만 수상쩍은 증인에게 곧 닥치게 될 일에 불안을 느끼게 된다.

### 《비밀 방어》(자크 리베트, 1997)

그와 반대로 우리는 영화의 마지막 부분까지 아버지 죽음의 정확한 원인과 상황에 대한 상드린 보네르의 무지와 의심·탐구를 함께한다.

## ▶ '심리적 코미디'와 소설적 코미디

그렇지만 살인과 수사는 관계가 멀 수 있다. '심리적 코미디'나 소설적인 것의 기록에서 알고 있다는 것의 관리는 또한 중요한 역할을 한다.

멸시나 착각·환상이 개입된 연애담을 예로 들어 볼 필요가 있다.

### 《모든 청년의 이름은 파트릭이다》

두 여자 친구를 차례로 유혹하려는 풋내기 돈 후안(장 클로드 브리알리 분)은 두 여자가 서로 아는 사이라는 것을 모르고, 그녀들은 같은 파트릭에게 유혹받고 있다는 사실을 모르고 있다. 관객은 이 모든 것을 알고 있다. 따라서 관객은 높은 위치에 있으면서 그런 반복들과 우연히 동시에 일어난 사건들을 즐기며 사건의 반전을 기대한다.

《애증》

여기서는 반대로 이때 관객은 사랑에 빠진 여인을 유혹했던 남자에 대한 환상을 공유한다. 따라서 관객은 그후 그녀의 실망과 고통을 함께할 수 있다.

## ▶ 코미디 영화

이미 알고 있는 것들의 관계는 여기서 또한 중요한 역할을 한다. 많은 개그들은 인물들 중 어느 한 사람이나 관객이 일시적으로 모르고 있는 것과 연관된 멸시나 오해에 근거한다. 어쨌든 대책으로 관객의 위치가 상관없는 것은 아니다.

《챔피언》(찰리 채플린, 1915)

찰리는 권투 글러브에 은밀하게 말의 편자를 집어넣고, 모든 도전자들을 기적적으로 녹아웃(KO)시킨다. 관객은 그런 광경을 보고 그와 더불어 계략의 효과를 즐긴다.

《미친 약혼녀》

버스터 키턴은 상속 문제를 위해 어떤 희생을 치르더라도 결혼하기 전에 그가 만난 모든 여인들에게 접근하려고 할 때 전혀 다른 위치에 있게 된다. 그는 매번 마지막 순간에 장애물을 발견한다. 여인들 중의 한 명은 외국인이어서 그가 말하는 것은 전혀 이해하지 못하고, 다른 여인은 혼자인 것처럼 보이더니 마침내 동반자가 있는 것으로 나타난다. 여기서 관객은 비밀을 모르고 있다. 일반적으로 관객은 주인공의 놀라움을 공유한다. 이따금 관객은 순간의 이런 놀라움을 기대할 수도 있고, 이때 새로운 차이로 코믹 효과를 기대할 수도 있다.


## 《자유의 환영》

이미 알고 있는 것들의 다른 관계, 다른 유형의 개그: 부부가 어떤 수상한 사람이 딸에게 몰래 전해 준 사진을 보고 분노한다. 처음에 관객은 거슬리는 광경에서 멀리 떨어져 있다. 관객은 사진들을 보게 되었을 때, 그것이 얼핏 보기에 아주 외설적(포르노)인 것이 아니라 파리의 여러 유적들을 나타내고 있다는 것을 발견하고 놀라게 된다.


### [과제]

인용된 예들로부터 영화나 소설에서 한 장면을 선택해 인물과 관객 사이에 이미 알고 있는 것의 관계로 바꿔 보라. 그 장면의 새로운 버전을 1-3페이지 분량으로 기술해 보라(시각적 약호로).

제안:

— 《파리 스케치》에서 장 뤽 고다르의 스케치: 젊은 여인은 자신이 두 연인(물론 두 사람 모두 상대방의 존재를 모르고 있다)에게 보낸 편지가 바뀌었다고 생각한다. 그녀는 자기가 실수한 것이 아니라는 것을 알게 되기 전 용서를 구하려고 한다(하지만 헛수고였다). 그러나 때는 이미 늦었다. 그녀는 정당화시키고 싶어하지만 반대로 배신당하게 된다. 고다르의 영화에서 관객은 여주인공처럼 모르고 있다. 그와 반대로 관객이 다 알고 있다는 것을 생각해 보라.

— 반대의 상황들: 《웨스턴》(마누엘 푸아리에, 1997)에서 인물들은 규칙이 이전의 장면에서 언급된 놀이 '봉주르 라 프랑스'를 즐기고 있다(카페의 테라스에서 행인들에게 봉주르라고 인사하고 그들의 반응을 본다). 《신만이 나를 본다》(브루노 포달리데스, 1998)에서 데니스 포달리데스의 친구는 포달리데스에게 잔 발리바르가 그를 유혹하려 할 것이고, 그를 자기 집으로 데려가서 유효 기간이 지난 요구르트를 먹게 할 것이라고 예고한다. 이런 예언의 실현은 물론 코믹 효과를 낳게 된다. 이런 두 경우 관객이 나중에서야 알 수 있도록 이야기를 유도할 수도 있을 것이다.

# 조합과 유사성

'억제하고' '지배하고' '공유한다' 는 것: 우리는 위의 예들을 제시하기 위해 이미 제로 초점 맞추기를 중심으로 이루어진 선택을 언급하려고 사용한 바 있는 용어들을 다시 사용했다. 이런 우연한 만남은 앞서 살펴본 바 있는 여러 가지 유형의 초점 맞추기와 지식의 다른 여러 가지 관계 유형과의 관계를 암시하고 있는 것처럼 보인다. 정확하게 그것은 무엇인가? 상황은 아주 재미있다. 한편 지식의 문제는 연구된 바 있는 처음의 두 가지 문제와는 다르고, 문제들에 대한 답들은 반드시 서로 어떤 관계가 있는 것은 아니기 때문이다. 그러나 다른 한편 어떤 용어들은 그것들 사이에 다른 용어들보다 더 많은 유사성이 있기 때문이다. 그것은 많은 작용의 여지를 열어 놓는다.

제로 초점 맞추기의 서술(돋보이는 화자)은 상당히 논리적으로 관객에게 있어서 폭넓은 지식과 조화를 이루게 된다.

**《노을진 해변》**

제로 초점 맞추기로 이야기가 진행된 텔레비전 시리즈에서 우리는 범인들을 쫓는 경찰들의 행동만큼 범인들의 행동을 잘 알 수 있다.

그러나 여기에는 어떤 필연성도 존재하지 않는다.

**《미션 임파서블》(브라이언 드 팔마, 1996)**

이 영화는 돋보이고 다양해진 서술의 예를 보여 주고 있다. 그 속에서 관객은 도처에 존재함에도 불구하고 중요한 요소들을 모른 채 교묘하게 자리를 지킨다.

가능할 수 있는 다른 변화들: 초점이 맞춰진 인물의 선택은 가령 서술적 상황이 만들어 낸 묵계가 그런 동등성을 전제로 한다 하더라도 반드시 인물과 관객 사이에 적절한 지식이 동등하다는 것을 전제로 하지는 않는다. 관객의 지식이 부족한 가장 좋은 예로는 소설 《로저 애크로이드의 살인 사건》을 들 수 있다. 애거사 크리스티의 탁월한 수법은 우리가 심리학적 이유나 물질적인 이유 때문이 아니라 서사학적인 관습 때문에 결코 의심하지 않았던 살인자에게 서술을 하도록 했다는 것이다. 우리는 그의 세계를 탐구하면서 그에 대한 모든 지식을 믿게 된다.

관객에게 초점이 맞춰진 인물의 이런 지식의 우월성은 영화들의 다양한 예들에서 찾을 수 있다. 예기치 않았지만 가능한 우월성은 일반적으로 재미있는 서술 효과를 유발시킨다.

### 《현기증》

히치콕의 이 영화는 탐정물에서 표준이 되는 예이다. 이야기에서 제임스 스튜어트와 불가분의 관계가 있는 관객은 그로 인해 조정된다.

### 《여성 편력》(프랑수아 트뤼포, 1977)

원리는 같은 것이지만 심리학적인 기록에서도 마찬가지이다. 우리는 초점이 맞춰진 이야기와 화면 밖 소리(오프)가 우리로 하여금 행동과 생각을 깊이 통찰하도록 만들고, 모든 것――또한 그 자신――이 고질적인 돈 후안 같은 인물로 묘사된 주인공의 에피쿠로스 철학을 잘 이해할 수 있도록 해준다. 마지막 장면이 은밀한 부상과 전혀 다른 심리학을 드러낼 정도이다.

반대로 관객이 초점이 맞춰진 인물보다 더 많은 것을 알게 되는 일이 생길 수도 있을까? 이런 차이로 입증된 여러 가지 예에서 관객의 지식의 우월성은 고정적이고 간혹 특별한 일화의 요소와 연관된 초점 맞추기에서의 순간적인 변화에서 연유한다.

### 《이창》

우리는 중심 인물(초점이 맞춰진 인물이기도 한)이 잠자는 동안 중요한 사건을 목격하게 된다. 실제로 우리는 야음을 틈타 부인과 함께 아파트를 빠져나간 것으로 추정되는 살인범을 볼 수 있다. 그런 방식으로 우리는 주인공이 가지고 있지 않고, 우리로 하여금 사건에 대해 그와 다른 해석을 하도록 부추길 수 있는 지표를 가질 수도 있다.

### [과제]

1. 측정: 이야기가 한 인물에게 초점이 맞춰져 있지만 관객이 중요한 요소들을 모르고 있는 《이창》과 같은 유형의 영화와 다른 예들을 찾아보라.

2. 변형된 글쓰기: 인물에게 초점이 맞춰진 이야기에서 하나의 장면을 선택해라. 관객이 스토리의 세련된 말을 이해할 수 있는(또는 추측할 수 있는) 일시적인 위반(《이창》에서처럼)을 생각해 보라. 이런 장면을 시각적 약호로 묘사해 보라(1-3페이지 정도로).

## 악마의 이야기에 대해

여기서 창의력은 악마적일 수 있다. 따라서 우리는 다음과 같은 악마적인 예에 대한 목록과 항목을 논리적으로 결정지을 수 있다. 클루조의 《디아볼릭》은 여러 가지 방식으로 제목을 붙일 수 있는 영화이다.

《디아볼릭》(앙리 조르주 클루조, 1955)

　스토리는 완전 범죄——거의——에 대한 것이다. 부정한 남편과 정부가 심장병이 있는 아내에게 치명적인 공포를 불러일으켜 제거하려고 애쓴다. 그들은 부인이 남편 살해에 가담했고, 시체가 불가사의하게 사라졌으며, 유령이 와서 살아 있는 자들을 괴롭히고, 죽은 자가 되살아나는 등의 사건들을 믿게 만든다. 이런 일은 전혀 일어나지 않을 뿐더러 관객은 여주인공처럼 **목격한** 사건들을 의심할 생각이 들지도 않는다. 실제로 시나리오의 계략은 이야기를 제로 초점 맞추기의 기능을 수행하게 만들고, 우리로 하여금 사건들의 진실을 객관적으로 이해하고 있다는 생각이 들도록 유도하는 것이다. 그에 반해 우리는 조종된 희생자의 잘못된 시각을 공유하게 된다.

# 7 이야기의 층위들

영화에서 무척 좋아하는 아름다운 스토리들을 우리에게 이야기해 주는 사람은 누구인가? 물론 영화(이따금 이야기되는 것과 같은 '위대한 성상화가')이지만 종종 다른 **목소리**일 수도 있다.

### 《독일, 창백한 어머니》(헬마 잔더스 브람스, 1980)

젊은 어머니는 전쟁이 끝난 뒤 연합군의 폭격으로 파괴된 독일을 걸어서 가로지른다. 어머니는 아이를 무동을 태워 여행하면서——관객들에게 이야기하듯이——아이에게 여주인공이 임종의 순간에 비로소 잔인한 산적들의 손아귀에서 벗어나게 되는 그림의 끔찍한 동화를 이야기해 준다.

### 《자유의 환영》

영화의 시작 부분에서 우리는 폭력과 사랑의 환상적인 스토리가 전개되는 것을 볼 수 있다. 톨레드에서 나폴레옹 전쟁중에 한 프랑스인 대위가 사망자의 아름다운 동상에 반해 신성모독적인 행동에 가담한다. 그러나 가장 설레는 순간——즉 그가 사랑하는 연인의 무덤을 파헤쳐 날씨로 인해 훼손된 채 기적적으로 보존된 시체, '특이한 시체'

를 발견하게 되는 순간――에 우리는 톨레드의 스토리가 금방 책을 덮
은 인물이 읽은 스토리일 뿐이라는 것을 깨닫도록 현재 파리의 공원으
로 되돌아간다.

이것이 **이야기** 속에서 동일한 방식의 **이야기**의 두 가지 예이다. 잠
시 동안 우리에게 스토리를 직접 이야기해 주는 것은, 이제 영화가 아
니라 화자의 기능을 수행하는 것은 스토리 안의 인물이 된다(우리는
이런 경우에 **바로 이해할 수 있는** 이야기의 **디에게시스 외적인**[46] 화자와
상반되는 **디에게시스 내적인** 화자를 언급한다).

'이야기 속의 이야기'는 다음과 같이 찾아보기 어려운 기법이 전혀
없다. 앞장에서 인용된 작품들에는 자신의 러브 스토리와 호화 여객
선의 난파를 이야기하는 《타이타닉》의 여주인공으로부터 《시민 케인》
이나 대리석 인간의 생애를 이야기하는 일련의 증인들에 이르기까지
부차적인 이야기들과 화자 역할의 인물들이 많다.

물론 부차적인 이야기들은 다른 이야기들만큼 다양하다. 이렇게 우
리가 예로 든 시작의 두 가지 예들은 공통점들이 있지만(매번 그와 같
이 눈에 띄거나 쉽게 알아볼 수 있는 동화 이야기들의 문제이다) 그 사이
에 차이들도 분명하게 드러낸다. 《독일, 창백한 어머니》에서 동화는
말로만 이야기되는 반면에 《자유의 환영》에서는 우선 '영화'로 이야
기된다. 그것은 관객이 책과 독자를 발견할 때 놀라움의 효과를 낳을
수 있도록 만든다. 게다가 그림의 동화는 처음부터 끝까지 이야기되
는 반면 《자유의 환영》에서의 동화는 많은 비약으로 중단된다. 분명히
이런 선택들은 복잡한 서술적 전략의 성격을 띤다. 특히 《자유의 환영》

---

46) 디에게시스에 대한 내러티브의 개입. [역주]

에서는 관객의 놀라움과 방향 상실을 노리고 있고, 《독일, 창백한 어머니》에서는 동화가 상상 세계와 스토리의 비극 사이에 반향 효과를 노리고 있다.

이렇게 이야기의 다른 층위의 사용은 영화와 시나리오에 가능할 수 있는 새로운 장을 열어 놓는다. 이제 우리에게 친숙한 전략에 따라 이것을 연구해 본다는 것은 시나리오 작가들에게 마련된 수단들을 평가하는 동시에 실행된 선택의 이유들과 쟁점들을 심사숙고할 수 있게 해주는 것일 수 있다.


# 1. 이야기의 국가별 돌아보기


## 이야기의 상황들

실생활에서 이야기의 상황들은 수없이 많다. 영화에서도 마찬가지이다. 영화는 이야기 속에서 이야기가 생성되도록 만드는 수많은 방식을 이용한다.

### ▶ 구전 이야기

우리는 《독일, 창백한 어머니》나 《타이타닉》의 예에서와 같이 한 인물이 이야기하는 것을 볼 수 있다. 이런 상황은 단연 가장 빈번한 경우이다.

## ▶ 기록된 이야기

기록된 이야기는 《자유의 환영》시작 부분의 동화나 상당히 많은 영화에서 어린이들에게 읽어 주는 아주 많은 동화들처럼 극영화에서 종종 큰 목소리로 읽힌다. 《달콤한 내세》에서의 '아믈랭의 플루트 연주자'를 예로 들어 보기로 한다.

다른 텍스트들, 조사 담당 기자가 케인의 후견인이었던 은행가의 회고록을 읽는 《시민 케인》이나, 여주인공의 마지막 글자가 이야기 속에서 이야기의 출발점이 되는 《미지의 여인으로부터 온 편지》(막스 오필스, 1948)에서 읽는 다른 방식들.

## ▶ '영화 속의 영화'

아주 빈번한 다른 상황: 부차적인 이야기는 **스토리** 속의 이미지로 된 이야기이다(영화나 텔레비전).

앞서 언급된 바 있는 많은 영화들은 이런 방법을 사용한다.

— 우스꽝스러운 단편 영화(《5시에서 7시까지의 클레오》).
— 시사뉴스 영화(《시민 케인》이나 《대리석의 사나이》).
— 텔레비전에 소개된 작가 영화(《비누 거품의 도둑》).

다음과 같은 경우도 발견할 수 있다.

— 텔레비전 뉴스(《증오》나 《매드 시티》, 코스타 가브라스, 1998).

— 다른 텔레비전 방송물: 《암살자》(마티외 카소비츠, 1996)에서 도
처에 존재하는 스크린 위에 폭력적인 극영화들, 《단순한 비밀》(제
리 잭스, 1997)에서 나이 든 숙모가 열정을 가지고 완성한 시리즈.
— 스펙터클의 다른 형태: 《사랑 이야기》(모리스 피알라, 1983; 상드
린 보네르가 뮈세 역을 맡고 있다) 시작 부분에서의 연극 장면, 《패
왕별희》(첸카이거, 1993)에서 반복되는 오페라 장면.

## ▶ 내면적 이야기

다른 중요한 실마리: 종종 부차적 이야기들은 인물들의 정신 현상에
서 그 근원을 찾는다. 어떤 의미에서 주인공들이 자신들에게 이야기하
는 것은 '내면적 이야기' 이다.

— 《해는 떠오른다》에서의 장 가뱅처럼 주인공들이 회상하는 것.
— 또는 《아르치발도 데 라 크루스의 범죄 인생》(루이스 브뉴엘,
1955)에서 결혼식 날 저녁 권총을 발사하여 약혼녀를 죽여 복수
한다고 생각하는 아르치발도 데 라 크루스처럼 주인공들이 '꿈
꾸는' 것(인정된 표현).

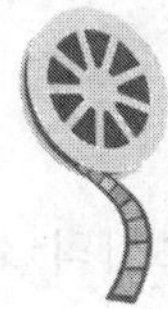

다음과 같은 것을 찾으면서 이런 목록을 완성해 보라:
— 인용된 항목에서의 다른 예들(영화 · 연극 등).
— 이야기의 다른 상황들: 라디오, 가족 영화, 비디오 게
임 등.

# 끼워맞춘 이야기

여러 개의 서술적 층위가 결합될 수 있다. 《천일야화》에서 세에라자드가 이야기하는 스토리 속에서 다른 이야기꾼이 선원 신드바드의 이야기를 하는 것과 마찬가지로 영화에서 이야기가 이미 인물이 한 이야기 속에 삽입되는 경우가 있다.

브뉴엘의 영화들은 이런 끼워맞추기가 자주 이루어진 예들을 보여주고 있다.

### 《아르치발도 데 라 크루스의 범죄 인생》

아르치발도의 꿈은 그가 자기의 삶을 말하는 이야기 속에 **포함된다**(그는 자기가 저질렀다고 주장하는 일련의 범죄를 판사에게 털어놓기로 결심한다).

### 《부르주아의 은밀한 매력》

한 경관이 경찰서장의 꿈속에서 '유혈이 낭자한 경찰 반장' 의 우울한 이야기를 해준다. 더 놀라운 끼워넣기: 중심 인물 중 한 사람(사교계의 만찬에 초대받은 손님들이 연극의 한 장면에 등장하는 유명한 순간)의 악몽이 친구의 악몽의 일부분이 된다.

다른 유명한 예: 《사라고스에서 발견된 육필 원고》. 포토츠키의 소설에서 이야기들의 끼워넣기는 다섯 개의 층위까지 이른다. 보이첵 하스의 영화(1965)는 환각 · 유령 스토리 · 꿈 이야기를 계속한다.

[과제]

소설이나 영화에서 착상하여 복잡하게 뒤얽힌 여러 개의 이야기를 내포한 (엄밀한 의미에서의 여러 가지 이야기, 스펙터클, 꿈 등) 시나리오를 한 편 써보라(서술적 약호로).

《일르 섬의 비너스》(메리메)에서 빌려 온 제안: 고대 그리스의 비너스 조각상은 새신랑이 신부를 위해 마련했다가 경솔하게 준 반지를 손가락에 끼고 결혼식 날 밤 나타나 혼란스럽게 만들고, 그 젊은 남자를 사악한 포옹으로 질식시켜 버린다. 메리메의 소설에서 이 스토리는 신랑 아버지의 손님인 기자를 통해 이야기된다. 당신의 시나리오에서 기자 · 신랑 · 신부 · 아버지, 여러 증인들의 이야기나 추억 · 악몽과 같이 복잡하게 뒤얽힌 이야기들이 있을 수 있다.


## 같은 것과 다른 것


'단순하게' 이야기하는 대신에 이야기 속에서 이야기에 의존하는 이유는 무엇일까? 이런 질문에 답하기 위해서는 묘사를 끝내고——우선——내포된 이야기와 주된 이야기의 **관계**에 관심을 가질 필요가 있다. 부차적 이야기와 중심적인 이야기는 《해는 떠오른다》나 《타이타닉》에서처럼(동질적 디에게시스적인 이야기) 같은 인물들과 같은 세계로 같은 스토리를 이야기할 수 있을까? 아니면 그것들은 《자유의 환영》이나 《독일, 창백한 어머니》에서처럼(이질적 디에게시스적인 이야기) 다른 스토리들을 이야기할 수 있을까?

우리는 문제가 분명하게 해결되지 않는——흥미롭지만 보기 드문——상황들에 시간을 끌지 않을 것이다. 우디 앨런은 《해리 파괴하기》(1997)에서 이 점을 인물들 사이에 논쟁의 소재로 만들고 있다. 주인공의 소설들에서 뽑은 장면들은 그의 삶에서 빌려 온 유사한 것들을 내포하고 있는 에피소드들일까? 아니면 다른 세계와 다른 인물들의

# 부차적 이야기의 여러 가지 기능

다른 층위의 이야기들 사이에 관계가 거의 항상 부차적인 이야기의 기능을 결정짓는다. 이것이 **플래시백**과 콜라주 같은 기법의 가장 일반적인 두 가지 사용의 분할선이 될 수 있다.

## ▶ 플래시백

이야기의 다른 층위들에서 같은 스토리가 다루어질 때 부차적 이야기는 거의 항상 회상의 버팀목 같은 역할을 한다(시간에 대한 다른 변화보다 더 보기 드물게). 실제로 부차적 이야기는 우리가 이미 길게 설명한 바 있는[47] 양상들에 따라 회상을 정당화하는 데 사용된다.

## ▶ 연결

이야기의 다양한 층위에서 이야기된 스토리들이 달라질 때 상황도 상당히 달라진다. 이때 암시적인 이야기는 주된 이야기에 생소한 요소를 내포할 수 있기 때문이다. 이것이 《천일야화》에서처럼 이질적인 소재들을 단 하나의 서술로 **연결**하고, 통일성과 다양성을 조화시키는 방법이다. 이 작품에서 매일 저녁 절대 권력자 남편에게 새로운 이야

---

47) 제5장 시간에 관한 부분 참조.

기를 하나씩 해주는 셰에라자드의 스토리는 다수의 다른 이야기들을 단 하나의 큰 이야기로 모을 수 있다.

일화를 바꾸기도 하고 서술적으로 같은 틀을 유지하면서 이야기를 단일화하는 이런 방식은 정규적인 만남으로 관객들을 단골로 만들려는 텔레비전에서 많이 사용된다.

'젊은이들'을 위한 여러 가지 방송들은 암시적인 이야기들을 토대로 구성되어 있다. 《타오 타오》에서는 엄마가 에피소드마다 다른 동화의 이야기를 해주는 새끼 판다의 스토리가 이야기되고 있다. 《나를 무섭게 해봐》에는 각자 차례대로 공포감을 주는 스토리를 이야기하는 청소년들이 집단으로 등장한다.

[과제]
이런 예들로부터 일련의 다양한 스토리들(그렇지만 공통점이 있는 것들로)을 모아 보라. 이런 스토리들을 연결시킬 수 있는 서술 상황을 생각해 보라. 이런 상황을 한 페이지 정도로 기술해 보라(서술적 약호).

소재에 대한 제안: 다른 나라들의 다양한 사건들, 여러 작가의 단편들, 다양한 기원의 동화들을 수집해 보라.

상황에 대한 제안:
— 혁신적인 것(예를 들면 인터넷)을 찾아보라.
— 화자적 인물들을 소개하고, 그 스타일을 만들어 보라.


## ▶ 콜라주와 단절

암시적인 이야기는 전혀 다른 관점에서 사용될 수도 있고, 초현실주의자들이 이해하고 있는 관점에서 보면, 즉 기존 소재들의 다소 자의적인 결합으로 보면 **콜라주**의 역학적인 성격을 띨 수도 있다. 이때 이야기는 이질적인 부분집합에서 이야기의 분산을 유도할 수 있다. 예

를 들면:



특히 고다르의 영화들:



여기서 아무 상관이 없는 주된 이야기에 뜻하지 않게 나타나는 것처럼 보이는 이런 부차적인 이야기들의 덧붙여진 특성을 정리해 보라. 하지만 물론 화자적 인물을 깊이 고려하지 않고도 분산이 더 강조될 수도 있고, 그런 인물이 오히려 가필의 강렬함을 완화시킬 수도 있다.

일반적으로 복잡한 이야기를 분석하거나 공들여 만들 때, 그것이 통일성과 일관성의 어떤 요인들을 내포할 수 있는지 생각해 보아야 한다. 《미치광이 피에로》의 우스꽝스러운 스토리는 실연에 대해 과장해서 이야기하고 있고, 《증오》의 이야기는 세계의 부조리를 가리킨다. 매번 영화의 중심 테마 문제이다.

[과제]

소설이나 영화에서 착상하여 중심적 이야기의 다른 스토리를 이야기하는 암시적인 하나 혹은 여러 개의 이야기를 내포하고 있는 시나리오를 생각해 보라. 그것을 한두 페이지로 요약해 보라.

중심적 이야기와 부차적 이야기의 관계는 다소 분명할 수 있다. 제안: 《타이타닉》의 식당에서 승객들 중 한 사람이 율리시스의 난파나 오르페우스의 신화(사랑과 죽음…)를 이야기하거나 페로의 동화(당신이 선택할 것)를 이야기할 수도 있을 것이다.


# 부차적 이야기의 처리

## ▶ 여러 가지 표현 소재

암시적인 이야기는 다양한 효과로 아주 다양하고 다채로운 방식을 이용할 수 있다. 여기서 우리는 '표현 소재' 의 문제(예를 들면 이미 **플래시백**에 대한 부분에서 언급된 바 있는)와 특히 양자택일, 즉 이미지나 낱말이냐를 다시 발견할 수 있다. 이런 문제는 특히 스토리 안에서 '낱말' (구어나 문어)로 되어 있는 이야기들과 관련이 있다. 그렇다면 영화에서는 이야기들이 단지 언어로만 표현되는 것인가? 일반적으로 암시적인 이야기가 어느 정도 확장되자마자 영화적 글쓰기는 파롤로 바뀌는 경향이 있다. 수많은 예들이 있다.

### 《시민 케인》
### 《부르주아의 은밀한 매력》

여러 인물들이 이야기를 시작한다. 그리고 나면 그것은 우리 눈앞에서 전개된다.

논리적 상황: 우리는 스토리들을 듣기 위해 영화관에 가는 것이 아니라 그것을 스크린으로 보기 위해 간다. 《타이타닉》이 자신의 기억을 이야기하고 있는 한 노파를 보여 주는 것으로 그쳤다면, 이 영화는 엄청난 흥행 수입을 상상할 수도 없었을 것이다.

그렇지만 상반된 예들도 있다. 우리가 앞에서 인용한 바 있는 영화들(고다르의 영화들, 《증오》《독일, 창백한 어머니》)에 다음과 같은 영화들을 덧붙여 보자.



## 《쥘 앤 짐》

짐이 아폴리네르와 마들렌이 연애편지를 교환하고 있다는 것을 이야기할 때 스토리는 모두 낱말로 구성되어 있다. 영상으로는 이야기하는 짐의 모습과 이야기를 듣고 있는 다른 사람들만이 보일 뿐이다.

우리는 이런 예들에서 부차적 이야기가 영화의 극히 일부분만 구성할 뿐이라는 것을 주목할 수 있다. 우리는 각각의 경우 단지 이야기의 언어적 특성과 연관된 자연적이거나 도발적인 정도를 평가할 수 있다.

마지막으로 '영화 속' 이야기는 재미있는 놀라움의 효과(《자유의 환영》의 시작 부분에서 발견할 수 있고, 곧 다른 예들도 볼 수 있다)를 가능하게 만들 수도 있다는 이 항목을 특기할 필요가 있다.

[과제]

1. 영화에서 낱말로 이루어진 디에게시스 내적인 이야기(《쥘 앤 짐》이나 《미치광이 피에로》에서처럼)의 예를 하나 찾아서 그것을 이미지로 바꿔 보라. 이렇게 바꾼 것을 시각적 약호로 표현해 보라(한두 페이지 분량으로).

사실 각색의 고전적 방식(시각적 글쓰기로의 전이)이지만 특수한 양상을 내포하는 방식의 문제이다.

— 전개 방법들(시작·결말·부차적 이야기의 잠정적 중단)을 어떻게 관리할 것인가?

— 중심적 이야기와 부차적 이야기 사이에 거리를 얼마나 둘 것인가? 당신은 등질성이나 그와 반대로 대비의 관점에서 작업할 수 있다.

2. 역설적인 아마추어들의 경우: '영화 속 영화'가 낱말에 의해서만 이야기될 수도 있는 시나리오를 생각해 보라. 그런 시나리오를 시각적 약호로 써 보라(한 페이지 정도로).

## ▶ 유연성 있는 대상

예를 들어 암시적인 이야기들의 확실한 처리를 살펴볼 때 그런 이야기들은 중요한 이야기들보다 훨씬 더 유연성 있는 대상들처럼 보일 수 있다. 작가들과 시나리오 작가들은 그들의 관점에서 주된 이야기로 보기 드물게 받아들여진 자유를 허용하는 것 같다. 부차적 이야기의 범위에서 정말 조금씩 찾아낼 수 있다.

예를 들어 디에게시스 내적인 이야기들은 **훨씬 가변적인 길이로** 구성되어 있다. 종종 아주 길 수도 있고(《작은 거인》), 종종 아주 짧을 수도 있다(《아르치발도 데 라 크루스의 범죄 인생》의 꿈속에서 목격한 살인). 물론 이야기의 다른 층위들간의 관계는 결과적으로 변하게 된다. 부차적 이야기는 종종 영화의 아주 작은 일부분에 불과할 수 있지만, 중심적 이야기가 단순히 '포장'의 역할을 하게 되면서(《작은 거인》이나 《타이타닉》) 영화의 중요한 부분을 형성할 수도 있다.

암시적인 이야기들은 길든 짧든 다른 관점에서 **완전**할 수도 있고, **불완전**할 수도 있다. 예를 들어 한 편의 영화에 투사된 여러 편의 영화의 처리를 비교해 보기로 한다.

— 우디 앨런의 영화에서 《카이로의 붉은 장미》(극영화)나 《비브르 사 비》(고다르, 1962)에서 드레이어의 《잔다르크의 수난》의 단편들만 보일 뿐이다.
— 이에 반해 《5시에서 7시까지의 클레오》나 《비누 거품의 도둑》은 두 작품이 보여 준 영화들은 거의 전편이 영사되고 있다.

콘티뉴이티(연속성)에서 연유하는 것과 비교될 수 있는 자유. 이런 부차적 이야기들은 다음과 같이 이야기될 수도 있다.

— **단숨에**: 《시민 케인》에서의 대처 이야기.
— 또는 **여러 번에 걸쳐서**: 《욕망의 모호한 대상》에서 페르난도 레이는 기차 안에서 여행의 동반자들에게 자신의 불행한 러브 스토리를 이야기해 준다. 청중과 기차간으로의 주기적인 회귀로 해학적으로 그의 이야기의 단계들이 특징지어진다.

면밀한 검토를 계속하면서 우리는 앞서 시간에 대한 부분에서 언급된 상황들을 다시 발견할 수 있다. 암시적인 이야기는 주목할 만할 정도로 용이함이 있어서 **반복** 작용에 적합하기 때문이다. 예들은 여러 가지가 있다.

— 여러 명의 화자들이 《시민 케인》이나 《대리석의 사나이》에서처럼 부분적으로 서로 겹치는 이야기들을 제시할 수 있다.
— 《카이로의 붉은 장미》에서의 영화, 《패왕별희》에서의 오페라, 《비누 거품의 도둑》에서 광고를 위한 텔레비전에서와 같이 영사나 공연이 스토리 안에서 반복될 수 있다.

# 이야기 속 이야기에 의존하는 일반적이거나 특별한 세 가지 이유

## ▶ 구성

유연성 있는 대상으로서 부차적 이야기는 그와 같은 방식으로 시나리오의 구상에 가능할 수 있는 거대한 장, 특히 그것은 이야기의 구성을 위해 재미있는 방편을 마련해 준다. 실제로 앞서[48] 기술된 바 있는 복잡한 서술 구조의 예들은 자주 암시적인 이야기의 사용에 의존하고 있다.

가능할 수 있는 다른 많은 예들 중에서 우선 두 편의 영화 간에 바로 이해할 수 있는 것과 암시적인 것(그러나 두 편 모두 같은 제목일 것)을 체계적으로 번갈아 보여 주는 《비누 거품의 도둑》의 구조를 상기시켜 보고, 점점 복잡해지는 사건들을 떠올려 보기로 한다. 다른 종류의 복잡한 구성에서 《패왕별희》는 전통적인 대형 오페라의 비극적인 같은 장면의 회귀를 통해 중국 역사와 개인의 운명을 혼합시킨 총체적으로 묘사하고 있는 전개를 특징짓는다.

[과제]
영화나 소설에서 착상하여 당신이 반복이나 대비 효과를 가능하게 만드는 서술적 분리(암시적인 이야기)를 삽입시킬 수 있는 이야기를 생각해 보라.
《레이디버드, 레이디버드》(켄 로치, 1994)에서 빌려 온 제안: 행정권에 의해 아이들을 빼앗긴 부인(그녀는 너무 불안정하고 너무 불성실한 삶이었던 것 같다)

---

48) 특히 제5장 시간에 관한 부분 참조.

은 새로운 사랑을 맞게 된다. 그녀는 그와 다시 가정을 꾸릴 수 있다고 생각하지만, 그녀가 낳은 아이도 차례로 곧 떠나게 된다. 이런 결말에 이르기 바로 직전 이야기를 시작해서 그것을 몇 가지 상황(아이들에게 강요받는 출발, 우연한 만남의 장면, 행정부에서 파견된 관료와의 대담 등)의 회귀로 특징짓기 위해 이야기나 기억을 사용해 보라.

## ▶ 심리 묘사와 관점

디에게시스 내적인 이야기가 어떤 인물에 의해 형성될 때(이야기 · 기억 · 꿈) 이야기가 그 인물과 어떤 특별한 관계를 갖게 되는 것은 당연하다. 종종 이렇게 영화는 우리가 화자의 감정을 느낄 수 있도록 부차적 이야기를 활용한다. 그리고 꿈들은 개략적으로 이런 심리학적 기능을 갖는다. 예를 들어 《시민 케인》에서 르랜드와 수잔이 《살람보》의 같은 첫 부분을 이야기할 때 각자 그것을 자기 식으로 소개한다. 꿈의 측면: 배신한 부인을 죽이려고 생각하는 아르치발도 데 라 크루스가 꿈속에서 목격한 살인은 틀림없이 그의 복수 욕구에 해당한다.

암시적인 이야기들의 경우 화자의 관점을 취해야 할 필요성은 전혀 없다. 디에게시스 내적인 화자는 어떤 화자이든 하나의 관점이나 다른 관점을 취할 수 있다. 따라서 화자는 나름대로의 관점이나 신의 관점에서 이야기할 수 있고, 다른 인물의 관점에서 이야기할 수도 있다. 예를 들면 종종 디에게시스 내적인 화자는 자신이 목격하지 못했던 사건들을 이야기하기도 한다(《시민 케인》에서 르랜드는 그런 식으로 케인과 수잔의 첫 만남을 이야기한다).

이야기나 기억에 해당하는 시퀀스들을 영화에서 찾아내어 부차적 이야기가 어떤 점에서 주관적인지(또는 주관적이 아닌지) 연구해 보라.

이런 사전 작업은 결과가 처음부터 뻔하지 않기 때문에 재미가 있다.

— 《해는 떠오른다》《작은 거인》《시민 케인》에서의 **플래시백**들은 화자들에 따라 어떤 관점에서 구성되어 있는가?

— 살펴볼 필요가 있는 다른 예: 화자가 미친 사람인 《칼리가리 박사의 밀실》.

[과제]

부차적인 이야기들에서 초점 맞추기 변화의 경우 당신은 제6장 관점에 대한 부분에 제시된 과제를 활용할 수 있다(특히 1. 신의 시선은? 부분의 과제와 2. 내재성의 마지막 과제 참조).

## ▶ 부차적 이야기와 부연 설명

### 《부르주아의 은밀한 매력》

젊은 장교는 '아마 좀 길지만 재미있을 거야' 라고 예고하면서 어린 시절의 이야기를 끌어들인다.

### 《은하수》

기적의 이야기 끝부분에서 듣는 관객은 '정말 놀라운 스토리로군' 하고 감탄한다.

이렇게 종종 암시적인 이야기는 영화들 자체에서 언급되기도 한다. 거기서 놀라울 것은 아무것도 없다. 이야기는 **영화 속 대상**이 되는 동시에 **영화의 대상**이 된다. 보완·판단·토론(총체적으로 '메타텍스트'라는 용어로 지칭할 수 있는)은 이야기에 대해서나 이야기를 중심으로 쉽게 전개될 수 있다.

물론 중요한 이야기들도 자막('이 영화의 인물들은 가공적이다. 동시에 일어나는 사건들은……' 등)이나 화면 밖 소리(오프)(《암살자》에서 마티외 카소비츠의 화면 밖 소리(오프)는 '처음부터 대수롭지 않은' 스토리의 전개로 시작한다)로 언급될 수 있다. 그러나 방법은 더 많이 강조되기도 하고, 더 드물어지기도 한다. 반면에 암시적인 이야기의 설명은 도처에서 발견할 수 있다.

예를 들면 어린이를 위한 작품들에서 어른인 화자적 인물이 그가 해준 이야기에서 교훈을 끌어내는 것은 흔한 일이다(《타오 타오》에서의 화자적 어머니와 어른 바바르가 텔레비전에서 행하듯이).


[과제]

영화나 소설에서 암시적인 이야기의 예를 하나 선택하고, 그것이 삽입된 장면에서 주제에 대한 설명을 생각해 보라. 그 장면을 시각적 약호를 사용하여 한두 페이지 정도로 기술해 보라.

《맞대결》(마린 카미츠, 1972)을 활용하는 제안: 사건은 1960년대말 노동자들이 장기간의 파업(공장을 점거하고 사장을 감금하며)에 이르게 된 섬유공장에서 일어나게 된다. 카미츠의 영화가 영사될 상황과 토론이 시작될 상황을 생각해 보라. 영화는 반드시 시대에 뒤떨어지는 것인가? 오늘날(영화·사회)과 무엇이 다른가? 등등. 물론 설명들이 지루해지는 것(사건의 급변, 유머 등)을 피할 수 있는 세부 묘사들을 생각해야 한다.

당신은 진지한 설명을 제시할 수 있지만 이야기된 것에 대한 엉뚱함을 이용할 수도 있다. 예를 들면 《비누 거품의 도둑》에서 멍한 눈으로 텔레비전만 바라보고 있는 부인이 아무것도 이해하지 못하겠다고 투덜댄다. 남편은 아내에게 설명하길, "그것은 간단하다. 흑백일 때는 영화이고, 컬러일 때는 광고이다." 이것이 진부하게 보면 기본 규칙이지만 이 순간에 영화에서는 모든 것이 혼합된 상태이고, 상식적인 이런 설명은 대조적으로 서술의 무절제를 강조하는 데 도움이 된다.

# 2. 진실

## 거짓말하는 영화들은?

**《리푸아 씨》(르네 클레망, 1953)**

제라르 필립은 그가 유혹하고 싶은 처녀에게 자신의 삶을 이야기해 주는 돈 후안 같은 인물이다. 그는 런던에 첫 진출을 상기한다. 가난하고 몽상적인 그 젊은이에게 거리에서 미모를 갖춘 미지의 여인들의 꽁무니를 따라가는 일이 생겼다. 그녀들에게 다가가는 순간 그는 화면 밖 소리(오프)로 '생각을 바꿨어'라고 말한다. 그러나 이미지는 우리에게 사건들에 대해 그리 훌륭한 해석을 해주지 못하고 있다. 그가 뒤따라갔던 처녀는 다른 남자를 발견하고는 그 남자와 함께 화가 난 제라르 필립이 보는 앞에서 멀어져 간다.

여기서 인물을 해석해 주는 화면 밖 소리와 인물에 대해 객관적인 해석을 하는 '영화 속' 이야기 사이의 모순은 중요한 하나의 사건을 나타나게 만든다. 인물이 이야기할 때 반드시 진실을 말하는 것은 아니다.

다른 예시:



찰리는 미모의 여비서에게 반한 보잘것없는 사무원이다. 여비서는 그보다 '화이트칼라'인 그의 동료를 더 좋아하고 있다. 어느 날 강도 일당이 은행에 침입한다. 연적인 라이벌이 비겁하게 책상 밑에 숨어 있을 때 찰리는 용감하게 강도 일당에 맞서 은행의 돈을 구하는 동시에 애인을 구하고, 사랑과 명예·포상을 받게 된다. 그리고 나서 그는 대걸레 옆에서 잠이 깬다. 맙소사, 이 모든 것이 꿈일 뿐이다.

여기서도 영화가 우리에게 보여 주었던 이야기, 즉 이번과 같은 인물의 '내면적 이야기'(그의 꿈)와 같은 것은 우리에게 현실을 보여 주지 않는다.

비교적 진부한(특히 부차적인) 이런 예들을 통해 우리는 암시적인 이야기의 새로운 영상, 즉 **진실**을 생각하게 된다.


## 게임의 규칙

진실한 이야기란 무엇인가? 일반적으로 문제는 허구의 이야기에서와 같은 의미가 아니라는 것을 누구나 알고 있다. 우리는 살아가면서 이야기의 진실을 밝히려는 이야기가 언급하고 있는 실제 상황들과의 소통을 판단해야 한다. 마리냐노 전투는 1515년에 벌어졌던 것일까? 흡혈귀 노스페라투는 존재했었을까? 답을 구하려면 사건들을 확인해 보아야 한다.

그와 반대로 허구의 이야기는 적절한 참고 자료를 갖는다. 그것은 벤허의 어머니가 그리스도로부터 나병을 치료받은 적이 있고(《벤허》, 윌리엄 와일러, 1959), 노스페라투는 브렘 주민들의 피를 빨아먹으려고 무덤에서 빠져나온다(《노스페라투》, 무르나우, 1922)는 것을 이야기해 줄 수 있다. 받아들이는 것이 항상 쉽지 않다 하더라도 우리는 이것을 믿어야 한다. 이것이 게임의 규칙이다. 영화(동화나 소설의 경우도)의 시간과 공간에서는 이야기가 거짓말일 수 없는 것이 바람직하다. 반드시 이야기가 상정하는 진실은 그것이 드러날 수 있는 것만큼 낯설고 사실 같지 않은 **이야기의 진실**이다.

그러나 이렇게 **바로 이해할 수 있는 이야기**의 필수적인 진실이 있다면 암시적인 이야기를 위해서는 무엇이 있는 것일까? 상황은 무척 다르다. 실제로 서술적인 어떤 협정도 **인물의 이야기**를 구성하지 못한다. 그때부터 그에게 보편적인 피조물에서와 마찬가지로 오해하거나 거짓말하거나 환상을 품는 일이 생길 수 있다. 영화 · 책 등과 같은 간접적 수단으로 중요한 이야기에 포함되어 있는 모든 유형의 **부차적인 이야기**의 경우도 마찬가지이다. 진실과의 모든 관계들은 이유를 따지기 이전에 가장 세심한 정확성으로부터 가장 자유분방한 환상에 이르기까지 부차적인 이야기에서 가능할 수 있기 때문이다. 암시적인 이야기는 허구의 이야기에 진실과 그것에 의해 제시된 해석 사이에 게임의 여지를 보여 준다.

많은 영화들에서 이런 가능할 수 있는 게임의 여지가 전혀 마련되지 못하고 있다. 영화들은 암시적인 이야기를 이야기가 서술에 도입할 수 있는 유연성(《작은 거인》이나 《타이타닉》《해는 떠오른다》도 마찬가지이다. 이런 관점에서 앞서 예로 든 다양한 영화들을 다시 참조해 볼 수 있다)을 위해서만 이용하고 있기 때문이다. 그렇지만 몇몇 영화들은 종종 진실이나 현실의 문제를 핵심으로 삼으면서 이야기와 진실 사이에 제기되는 관계를 실제로 다각화하기도 한다. 연구하는 데 아주 재미있는 착상이 여기에 있고, 몇몇 예들로 돌아간다는 것 때문에 우리는 여기에 몇 가지 준비 작업을 할 수 있다.

## 어떻게 알 것인가?

관객은 어떻게 영화가 제시하는 암시적인 이야기들의 진실을 평가할 수 있을까? 관객은 여러 종류의 지표를 활용할 수 있다.

### ▶ 외적 지표들

우선 외적 지표들은 진실의 이야기(《타이타닉》이나 《작은 거인》의 주인공들은 곧 **자신들의 삶**을 이야기하게 된다는 것을 예고한다)로 **규정될** 수도 있고, 그와 반대로 상상적이고 경이롭고 환상적인 이야기(예를 들면 《자유의 환영》의 본래 이야기는 **동화**에서 착상된 것이라는 점을 자막으로 알려 주고 있다)로 **규정될** 수도 있는 **이야기**의 전개와 관련되기도 한다.

**화자의 위치와 기능**이 서술의 상황과 마찬가지로 이루어지기도 한다. 강의실 안의 교수(《자유의 환영》에서의 근위기병같이 거칠고 강압적인 교수처럼)나 조사를 위해 채택된 증인(《시민 케인》)은 반증되기 전까지 진실의 이야기를 하는 것이 전제되기 때문이다. 정반대로 다른 상황들이 반대의 결론을 야기하기도 한다. '이야기' 가 '몽상가' 의 것이라면 우리는 그것이 진실이 아니라는 것을 확실히 알 수 있다.

《버려진 아이들》

누워 자고 있는 페드로의 모습과 디졸브로 그와 꼭 닮은 사람이 일어
나는 모습이 보인다. 꿈은 의심할 여지가 없다. 따라서 우리는 목격한
사건들이 이때 실제 일어나지 않는다는 것을 알 수 있다.

상황은 무대에서 상영된 스펙터클(연극·오페라)의 문제이거나 이야
기가 《칼리가리 박사의 밀실》에서처럼 미친 사람의 것이라면 비교될
수 있다.

## ▶ 일관성과 그럴듯함

물론 이야기나 화자의 기능이 이야기된 사건들의 사실성에 대한 확
실한 지표를 부여하지 못하는 경우들도 많다. 예를 들어 '영화 속 영
화'는 그것이 다큐멘터리 영화냐 극영화냐에 따라 현실 세계나 상상
세계를 가리킬 수 있다. 내면적인 이야기는 단순한 환상이나 실제 사
건들의 기억일 수 있다. 인물 화자들의 신뢰도는 항상 처음부터 형성
되는 것이 아니다. 이때 **그럴듯함**과 **일관성**의 기준들이 마련될 수 있
다. 이곳으로 되돌아가기 위해 관객은 자신이 알고 있는 다른 이야기
들을 가지고 문제가 되는 이야기의 그럴듯함에 가치를 부여한다. 또
한 관객은 이런 이야기가 영화에 삽입될 수 있는 방법에 가치를 부여
하기도 한다. 여러 가지 결론에 따라 관객은 이야기를 현실과 진실의
측면으로 분류하거나 분류하지 않을 수도 있다.

— 따라서 우리는 거의 주저하지 않고 《독일, 창백한 어머니》의 여
  주인공이 이야기하는 스토리에서의 동화나 《증오》의 젊은 주인

공들이 내뱉는 '농담들'을 인정할 수 있다.

— 반면에 우리는 《타이타닉》이나 《해는 떠오른다》의 이야기들을 신뢰하기에 이른다. 이 두 편의 영화는 관련된 영화들의 장르에서 기대할 수 있는 것과 일관성이 있고, 이에 부합하는 사건들의 연결을 우리에게 맡기고 있다.

**[과제]**

암시적인 이야기를 내포하고 있는 영화를 한 편 선택해라. 관객이 원작에서와 달리 이야기의 진실을 평가하게 할 수 있는 변형을 생각해 보라.

제안: 《타이타닉》에서 로즈의 이야기(플래시백)는 잘못되었거나 거짓일 수 있다. 잭은 살아남아서 《타이타닉 2》가 만들어질 수도 있을 것이다(진지한 문제였다).


## 재미있는 몇 가지 상황들


앞서 살펴본 바와 같이 종종 영화는 같은 사건들에 대한 여러 가지 해석을 제시하고, 이런 다양성에서 《리푸아 씨》에서의 유머 형식이나 《은행》에서의 놀라움과 마지막 실패 같은 몇 가지 효과를 끌어내기 위해 암시적인 이야기가 마련해 놓는 여지를 이용하기도 한다. 보통 이런 게임들의 효과는 한정되어 있다. 특히 관객이 진실이 무엇인가를 알아내는 데——적어도 마지막에——어려움이 거의 없기 때문이다.

물론 그것이 다를 수도 있다. 몇몇 영화들은 진실에 대한 조사, 다른 여러 가지 해석의 대조, 사건들에 대한 것을 중심으로 사건들을 재구성하기도 한다. 이런 경우는 범죄를 줄거리로 삼고 있는 잘 알려진 몇 편의 영화((《라쇼몽》 《무희들》, 최근 영화 《펄프 픽션》)에서 찾을 수 있다. 또한 《시민 케인》이나 코스타 가브라스의 몇 편의 영화(《의문의 실종》, 1981; 《뮤직 박스》, 1989) 및 《대리석의 사나이》와 같이 정치적인 것을 주제로 한 경우도 있다.

## ▶ 영상들의 구조

### 《대리석의 사나이》

이야기의 여주인공인 젊은 영화인은 연구 목적의 영화를 위해 스탈린 체제하의 폴란드에서 작업의 주인공인 노동자(마토이츠 비르쿠트 분)의 삶에 대한 영상들과 정보들을 다시 찾으려 하기 때문에 조사는 영화 덕택에 스토리 안에 통합된다. 그녀는 먼저 주인공의 공적들과 그의 명예를 향한 막을 수 없는 지위 상승을 찬양하는 영화들이나 다큐멘터리 영화, 시사뉴스 영화를 찾는다. 그녀는 몇 가지 요소들을 약화시키고 미묘한 변화를 주면서 이 첫번째 이야기를 완성하는 증인들을 우연히 만나게 된다. 예를 들면 그녀는 마토이츠 비르쿠트의 결혼에 대한 기사를 보았음에도 불구하고 사실 그는 결혼할 수 없다(서류 문제 때문에)는 것을 알고 있다.

그러나 그녀는 특히 그 인물의 공적과 직업·명예가 미리 상당히 준비된 **구성**의 결과였다는 것을 이해한다. 영화의 영상은 허위가 아니라 현실을 찬미하기 위해 만들어진 것이고, 거기서 설명하기에는 부적합한 하나의 이미지이다.

결국 다른 이야기들의 대조와 사건들과의 관계에 대한 의문 때문에 《대리석의 사나이》에서 스토리에 의문이 제기되고, 재현의 구조에 대한 고찰이 이루어질 수도 있다.

## ▶ 결정 불능의 진실

주목할 만한 다른 전형적인 하나의 예는 관객이 진실의 문제를 확실하게 해결할 능력이 없는 경우(극단적인)이다. 그런 경우는 같은 사건의 다른 여러 가지 이야기에서 선택할 수 없거나, 그것이 부차적 이야기가 실제 사건을 가리키는 것이냐 그렇지 않느냐를 정할 수 없기 때문이다.

### 《자유의 환영》

장 클로드 브리알리는 침실에서 밤새도록(우리는 영상으로 보게 된다) 낯선 방문객들, 즉 검은 옷을 입은 익명의 여인, 그에게 자전거를 타고 편지를 배달해 준 우편집배원, 끝으로 타조 한 마리가 왔다가는 것을 보았노라고 의사에게 이야기해 준다. 의사는 망설일 것도 없이 악몽이라 단정하고, 그의 말을 끊고 이야기하길 "당신이 꿈을 이야기하고 싶으면 정신분석학자를 만나러 가시오." 그러나 브리알리는 반박하길 "의사 선생님, 이것은 꿈이 아니었어요. 나는 우편집배원이 가져다 준 편지를 가지고 있습니다. 여기, 보세요!"

우리는 이런 대립된 요소들을 보면서 생각해 보는 수밖에 없다. 이것이 현실인지 아닌지? 영화는 다른 문제로 넘어가면서 마지막 낱말을 감춘다. 이런 종류의 상황들은 종종 결론에 놓이게 되고, 많은 영화들은 마지막 종결부에 불확실성을 배치한다(《한밤중에》, 바질 베아르덴 · 알베르토 카발칸티 · 샤를 크리크톤 · 로베르 아메, 1945).

그러나 브뉴엘의 몇 편의 영화들은 **처음부터 끝까지** 현실 세계와 상상 세계의 구별이 불가능한 상태로 구성되어 있다. 《부르주아의 은밀한 매력》에서는 꿈들이 상당히 많이 나타나지만 관객이 인식하는 데 어떤 기준을 마련해야 할지 모를 정도로 그 특징이 계속 변한다. 이런 종류의 불확실성은 계속 유지되려면 아주 잘 구상된 서술 구조를 전제로 한다.

어떤 관점에서 보면 이런 유형의 게임들의 효력은 상당히 클 수 있다. 그것은 관객으로 하여금 본질적인 문제들, 즉 진실의 여러 가지 판단 기준, 이미지와 현실과의 관계, 현실 세계와 상상 세계의 구별의 근거들에 의문을 제기하도록 만들기 때문이다.


[과제]

1. 여러 가지 이야기에서 조사: 같은 사건들의 여러 가지 이야기를 내포하는 시나리오를 한 편 생각해 보라. 이 시나리오를 시각적 약호로 써보라(2-4페이지 정도로).

제안(1996년 다르덴 형제의 《약속》에 의한): 벨기에에서 악덕 숙박업자이기도 한 소기업가는 이민자들을 불법으로 노동시킨다. 어느 날 불법노동자들 중의 한 명이 심각한 사고를 당하게 된다. 골치 아플 우려가 없음에도 사장은 그 노동자를 병원으로 옮기기를 거절한다. 부상자는 죽게 된다. 사장은 아들의 도움을 받아 시체를 암매장한다. 당신은 희생자가 사라진 뒤 한 친구가 찾으려고 하고, 사장 곁에서 죽은 노동자의 부인, 동료 중 한 사람의 여러 가지 이야기들을 모으는 것을 생각할 수도 있다.

중요한 점은 관객이 사건들에 대한 여러 가지 해석을 등급화할 수 있는 표지들을 관리하는 것이다(그것이 가능하기를 바란다면).

2. 대가들의 경우 이중적 독서의 시나리오: 영화나 소설에서 착상하여 두 가지 방법으로 읽힐 수 있는 장면을 포함한 시나리오를 생각해 보라. 우선 주된 이야기의 일부분처럼 읽을 수 있게 하고, 그 다음에 암시적인 이야기(꿈·이야기·스펙터클)처럼 읽을 수 있게 하라. 이런 장면을 시각적 약호로 묘사해 보라(1,2페이지 정도로).

여러 가지 예:

— 《은행》에서의 꿈.

— 《마지막 지하철》(프랑수아 트뤼포, 1980)에서의 마지막 실패: 영화의 결
  말로 가면서 제라르 드파르디유는 레지스탕스 운동을 위해 극장을 떠나
  카트린 드뇌브에게 마지막 인사를 한다. 우리는 그들을 병원에서 다시
  발견할 수 있다. 부상당한 그를 그녀가 문병 온 것이다. 그녀는 상복을 입
  은 채 그에게 사랑을 고백한다. 물론 우리는 갑자기 프레임이 넓어지고
  막이 내려왔을 때 그 사이에 일어난 일을 생각하게 된다. 놀라움: 우리
  는 극장 무대 위에 있고, 두 인물이 코미디를 연기하고 있다.

이런 '포획' 효과를 낳으려면(관객은 덫에 걸린다) 영화는 처음부터 이야기
의 층위들 사이에 어떤 차이를 드러내서는 안 된다. 《마지막 지하철》은 우리가
나중에 발견할 수 있는 외화면 영역에 기호들의 위치를 마련해 놓음으로써 극
장의 모든 기호들(무대 · 막 · 관객들)을 세심한 주의를 기울여 없애고 있다.

# 8 격자형 구조

무엇이 문제인가?

### 《노스페라투》

노스페라투 성으로 가는 도중에 무르나우 영화의 젊은 주인공은 여인숙에 잠시 머물게 된다. 그는 방 안에서 흡혈귀에 대한 책 한 권을 발견한다. 그가 그 책에서 읽은 것이 창으로 보이는 광경과 정확하게 일치한다. 즉 동물들은 흡혈귀들이 다가오자 공포에 사로잡힌다.

### 《증오》

영화는 어두운 스크린에 화면 밖 소리(오프)로 이야기되는 '농담'으로 시작된다. 이것은 영화가 이어서 상세히 묘사하게 될 비극적 사건을 예고한다. "이것은 50층에서 떨어지며 '지금까지 모든 것은 잘되고 있어'라는 말을 되풀이하는 사람의 스토리이다."

### 《8과 1/2》(펠리니, 1963)

영화는 창작의 고통에 빠져 있는 감독을 상기시키고 있다. 제목은 펠리니 자신을 참고로 설명된다. 당시에 그는 아홉번째 영화를 촬영하는

▎중이었다.

위에서 예로 든 서로 어울리지 않는 세 편의 영화는 하나의 공통점이 있다. 세 편의 영화는 영화의 일부분과 영화 전체 사이에 거울놀이를 만들어 내고 있다. 이런 방식은 아주 오래전부터 실행된 바 있지만 앙드레 지드 이후 '격자형 구조'라는 표현으로 지칭되고 있다. 암시적인 이야기는 격자형 구조의 특별한 경우이지만 이 구조에 반드시 암시적인 이야기가 내포되는 것은 아니다. 예로 든 영화 《증오》에서는 부분과 전체 사이에 조화는 서술적 이탈 없이 이루어진다. 따라서 두 가지 방식은 자주 복잡하게 뒤얽히기도 하지만 서로 구분된다.


# 1. 묘사의 요소들

## 정의

우리가 앞서 살펴본 바 있는 많은 서술 방식들과 마찬가지로 격자형 구조는 우선 보기 드물고 궤변적인 방식으로 비칠 수 있지만 그것은 잘못된 것이다. 아마 지드의 참조는 유명한 문학 작품들과 마찬가지로 《햄릿》(나이 어린 왕자가 서언에 그 자신의 비극적 사건을 빌리고 있는 희곡을 상연하도록 한)을 참고하도록 할 것이다. 그러나 실제로 그런 방식은 아주 일반적이고, 아주 다양한 형식들을 가질 수 있을 정도로 쉽게 모든 종류의 영화들에서 찾을 수도 있다.

문학에서의 격자형 구조 사용을 면밀히 연구한 바 있는 루시앵 달렌바흐에게서 다음과 같은 정확한 정의에서 출발한 탐구 원리(심연의 공포에 쉽사리 빠지지 않으려면 아주 유용한)를 차용해 보기로 한다. "이야기 전체를 반영하는 내면의 거울은 격자형 구조로 되어 있다."(루시앵 달렌바흐, 1977, p.52) 이런 '반영'의 경우 우리는 루시앵 달렌바흐로부터 세 유형의 소통, 즉 주제·구조·언술 행위를 구별할 수 있다.


## 주제

소통은 일화(주제)와 관계가 있을 수 있다. 우리는 같은 스토리의 전체 혹은 부분을 단계별로 알아볼 수 있다. 지드의 기본적인 예(주로 문장에서 빌려 온)나 《햄릿》, 동물들이 느끼는 공포가 책에서 영화로 옮겨지면서 배가되는 《노스페라투》에서도 마찬가지이다. 중요치 않은 인물들의 이야기가 주된 스토리를 상기시키는 경우도 빈번하다.

### 《아담의 갈빗대》(비아체슬라프 크리크토포비치, 1990)
이 러시아 영화에서 처녀는 애인과 함께 도망갈 준비가 되어 있다. 남자는 그녀를 위해 아내와 아이를 곧 버리게 된다. 그때 그녀는 남편이 정부와 함께 막 떠나 버렸기 때문에 절망에 빠진 젊은 엄마와 마주치게 되면서 당황한다.

### 《게임의 규칙》
결국 불행한 주인공이 사냥꾼이 '쏜' 총에 맞은 것처럼 나중에 죽게 되듯이 새끼토끼들이 죽는다. 대사에서 '그는 한 마리의 새끼토끼처럼 공같이 구른다' 는 소통이 강조된다.

## 구조

두번째 전형적인 예: 격자형 구조는 같은 규칙(같은 약호)에 따라 구성된 부분과 전체 사이에 구조의 소통을 토대로 한다.

### 《닥터 노》(테렌스 영, 1963)

체스를 하고 있는 악독한 닥터 노의 모습이 보인다. 그는 사람들을 체스의 말처럼 조종하기를 즐긴다. 또한 어항의 물고기들의 행동을 설명하는 그의 모습도 보인다. 물고기들 중 두 마리는 싸우고 있다. 세번째 물고기는 떨어져 있다가 다른 물고기들이 힘이 약해지자 공격해서 쉽게 승리를 거둔다. 이것이 바로 닥터 노가 동양과 서양의 대립을 이용하면서 시도해 보려는 방법이다(다행히도 그는 실패하게 된다).

소통들은 더 교묘해질 수도 있다.

### 《자유의 환영》

이 영화는 다음과 같은 놀라운 원리에 따라 구성되어 있다. 이야기는 우연히 만난 인물들로 여러 번 바뀌면서 스토리가 전개된다(예를 들면 여자 자동차 운전자에서 그녀가 무료 편승시켜 준 여행자로 바뀌게 된다). 이런 원리는 바로 도미노 게임의 원리이다. 그런 중에 우리는 영화의 한 장면에서 얼근히 취한 경찰서장이 카페의 탁자 위에 펼쳐 놓은 도미노 게임(결코 이루어지지 않을 한 판을 위해)을 볼 수 있다. 같은 영화의 다른 장면에는 묵주가 삽입되어 있다. 그것은 이어지는 에피소드들처럼 실에 꿰인 묵주알로 **약호의 새로운 형상**을 구축하게 된다.

우리는 같은 방식으로 일관성이 없고 단편적이고 실제로 '폭발된' 영화의 일반적인 구조라고 할 수 있는 《미치광이 피에로》의 마지막 부분의 폭발을 인용해 볼 수도 있을 것이다(벨몽도는 다이너마이트를 두르고 자살한다).

## 언술 행위

세번째 가능성: 격자형 구조는 이야기의 생성(언술 행위)과 관련된 하나의 요소, 혹은 여러 가지 요소들의 반복으로 작용할 수 있다. 이때 우리는 영화 속에서 여러 편의 영화(또는 다른 종류의 공연물이나 이야기), 영화인들(또는 다른 종류의 작가들이나 예술가들), 관객들(또는 다른 종류의 대중)을 만날 수 있다. 여기서 여러 가지 예들은 보통 유사성이 금방 인지되기 때문에 가장 수가 많은 것은 아니지만 적어도 가장 확실하다.

앞서 인용된 바 있는 많은 경우들(특히 암시적인 이야기에 대한)을 다시 언급하지 말고 영화들과 영화의 상황들을 다루고 있는 다소 잘 알려진 몇몇 경우들을 상기시켜 보기로 한다. 그 예로 배우들에 관한 영화(《선셋 대로》, 빌리 와일더, 1950; 《이브의 모든 것》, 조셉 맨케비츠, 1950; 《진실》, 조르주 클루조, 1960)로부터 장 뤽 고다르(《경멸》, 1963), 프랑수아 트뤼포(《아메리카의 밤》, 1973), 빔 벤더스(《사물의 상태》, 1982), 우디 앨런(《스타더스트 메모리》, 1980)과 같은 촬영에 관한 수많은 영화들과 다른 많은 영화들을 들 수 있다.

# 경계와 누적

다른 여러 가지 유형의 격자형 구조 사이에 한계가 항상 명확한 것은 아니다(더구나 이것은 많은 분류에서의 경우이다).

종종 다른 유형들의 조화가 겸비되기도 한다. 예를 들면 영화 촬영에 관한 많은 영화들에서 본래의 영화와 부차적인 영화는 반향을 일으킨다(《8과 1/2》에서와 같이). 또한 몇 편의 영화들은 반영 작용과 반향 효과를 끝없이 조종하기를 즐기는 것처럼 보인다. 《이창》이 그 좋은 예이다.

### 《이창》

첫번째 격자형 구조: 안락의자에서 움직일 수 없는 신세가 되어 시선을 통해서만 세상을 볼 수 있는 주인공의 상황은 관객의 상황을 그대로 따르고 있다(따라서 인물의 엿보기 취미에 대해 다른 인물들이 전개하고 있는 도덕적 논란은 직접적으로 관객과 연관이 있다).

게다가 이야기의 핵심에는 부부의 실패가 있다. 말하자면 남편이 아내를 죽이기 때문에(이것이 제임스 스튜어트가 혐의를 두고 밝히게 되는 범죄이다) 총체적인 실패이다. 그런데 다른 모든 인물들도 부부 문제에 연루되어 있다. 제임스 스튜어트는 그레이스 켈리와의 장래에 어떤 태도를 취할지 생각하게 되고, 그의 맞은편 집으로 이사 온 젊은 부부는 얼마 지나지 않아 부부싸움을 하기 시작하며, 1층에 사는 이웃집 여인은 사랑의 슬픔으로 자살하는 등 연루되어 있다.

마지막으로(다른 유형의 격자형 구조) 때맞춰서 추시계를 수리하러 온 히치콕의 모습이 보인다.

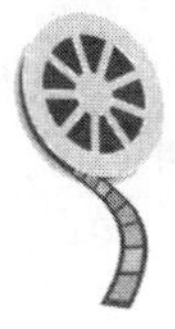특히 풍부한 소재가 여러 가지 예들의 연구를 충족시킬 수 있다. 다음과 관련된 조화들을 토대로 한 격자형 구조를 체계적으로 연구해 보라.

1. 내용.

2. 구조.

3. 언술 행위의 장치.

마지막으로 당신은 다음과 같이 시도해 볼 수도 있다.

— 다른 예술과 매체(연극·회화·음악·문학·만화·텔레비전·라디오 등)들에서 빌려 온 예들을 연구해 볼 수 있다.

— 격자형 구조가 덜 직접적인 유사성에 근거하는 예들을 주목해 볼 수 있다. 예를 들면 《안달루시아의 개》(루이스 브뉴엘, 1928)의 시작 부분에 또렷한 눈은 관객의 눈이기도 한 것과 마찬가지로, 카메라의 전지전능함으로 세계를 굽어보는 '악마 같은 마부제 박사' (프리츠 랑, 1960)의 시선은 감독의 형상화이다.

— 인물과 작가와의 소통이 기능적인 요소들에 근거하는 것(인물들 중 한 명이 감독이나 배우인 경우)이 아니라 인칭에 관계된 표시들에 근거하는 예들을 찾아볼 수 있다. 다음과 같은 경우를 예로 들어 보면,

— 유사한 이름들(《할 수 있는 자가 구하라: 인생》(장 뤽 고다르, 1979)에서 한 인물은 고다르로 불리고, 《자유의 환영》에서 다른 인물은 파졸리니로 불린다).

— 육체적 존재(히치콕은 자기 영화에 등장하는 것으로 유명하다. 또한 서양의 우디 앨런으로부터 동양의 니키타 미할코프에 이르기까지 배우 겸 감독들도 여러 명 있다).

[과제]

1. 일화에 관한 반향 효과: 빌려 왔거나 꾸며낸 시나리오에 주된 이야기와 비교 가능하거나 유사한 부차적 이야기를 삽입해 보라(《아담의 갈빗대》나 《이창》에서 사용한 방식으로). 이 시나리오를 소설적 약호로 요약해 보라(한 페이지 정도로).

제안:

— 당신은 《리프 라프》(켄 로치, 1990)에서 착상해 볼 수도 있다: 주인공들은 비참한 처지의 노동자 집단이다. 남자들은 부득이 조선소에서 불법 노동을 한다. 그 소녀는 가수가 되려고 하지만 헛된 일이다. 그녀는 마약에서 벗어나지 못한 채 같은 집단의 한 남자와 사랑에 빠지게 된다.

— 당신은 우연히 만난 한 인물(또는 인물들)로 이런 스토리들 중 하나를 고쳐 볼 수 있다. 예를 들면 소녀는 한때 쇼 비즈니스에서 일한 적이 있는 어린 시절의 한 친구를 다시 만나게 된다.

2. 구조의 일치: 확실히 구조의 수정이 가능한 소설이나 영화를 한 편 선택해라. 이야기 전체와 같은 원리에 따라 구성된 하나의 대상이나 여러 개의 대상 또는 여러 가지 행동(《자유의 환영》의 도미노 놀이나 《시민 케인》의 퍼즐 맞추기와 같은)을 이야기에 삽입해 보라. 이런 새로운 요소들과 이야기 속에 그것이 삽입된 것을 묘사해 보라(1-2페이지 정도로).

구조의 여러 가지 예:

— 영속적인 회귀(순환적 구성).

— 대칭과 양분(《우연》 참조).

— 이중적 해석(《페이스 오프》, 오우삼, 1977 참조).

제안: 《비련의 신부》(프랑수아 트뤼포, 1963). 청상과부(잔 모로 분)는 결혼식 바로 그날 세련된 멋쟁이 집단에 의해 재미로 살해된 남편의 복수를 시도한다. 그녀는 살인범들을 한 사람씩 찾아 냉철하게 순서를 정해 살해한다.

행동에 삽입될 수도 있고, 그 구조가 플롯의 구조에 일치할 수 있는 요소들의 예:

— 여러 가지 대상, 여러 가지 상황: 공을 던져 인형을 쓰러뜨리는 놀이, 임무의 목록(헤라클레스의 작업들은?).

— 소설: 《로저 애크로이드의 살인 사건》《장미의 이름》(연이은 살인).

— 영화: 《비소와 낡은 레이스》(프랭크 카프라, 1944).

# 2. 여러 가지 기능들

## 왜 격자형 구조인가?

격자형 구조의 여러 가지 기능들 중 몇 가지는 우리에게 친숙하다. 암시적 이야기와 마찬가지로 격자형 구조는 실제로 다음과 같은 가능성을 열어 놓는다.

— 영화에 대한 부연 설명.

— 잘 구상된 구성 효과.

— 반복.

또 다른 양상들은 표현의 중복이나 유폐, 같은 것에 대한 즐거움, 역설처럼 더 많은 특성이 있다.

### ▶ 표현의 중복

같은 사건들을 여러 가지 형태로 반복하면서 격자형 구조는 그것을 강조하게 된다. 이 구조는 종종 이런 사건에 대해 분명한 교육적인 효과가 있다. 이렇게 《닥터 노》에서의 물고기들의 싸움은 곧바로 그 행동이 이어서 전개될 사건이 따르게 될 원리를 설명한다. 마찬가지로 《증오》나 《자유의 환영》의 프롤로그들은 '행동을 리드하게 된다.'

### ▶ 유폐

　동일한 것의 다양한 축소로 모든 구실을 막을 수 있다. 같은 것의 반복은 피할 수 없다. "어느 누구도 자신의 운명을 피할 수 없다." 이것은 《이창》에서 커플들이 늘어나는 것이나 《게임의 규칙》에서 쥐리외와 토끼들을 동일시하는 것에 부여될 수 있는 의미 작용 중의 하나이다.

## ▶ 같은 것에 대한 즐거움

　다른 각도에서 살펴본 항구성과 다양성의 결합은 특유의 즐거움을 낳는다. 조예가 깊거나 단지 주의가 깊은 관객은 변장한 히치콕이나 《시민 케인》의 퍼즐 조각 같은 조사의 부분들을 찾아내면서 상당히 기뻐한다.

## ▶ 역설

　영화는 이야기와 그와 닮은 것 사이에 생길 수 있는 차이를 이용할 수도 있다. 《닥터 노》에서도 마찬가지이다. 닥터 노가 물고기 세 마리의 싸움으로 설명하는 쇼트는 실패로 돌아가기 때문이다.

　이런 방향을 따르게 됨으로써 역설적인 재미있는 구조로 귀착될 수 있다. 결론적으로 우리는 이런 측면을 고찰하기 위해 특히 고무적인 두 가지 예를 들어 보기로 한다.

## 《대리석의 사나이》

우리는 안제이 바이다의 영화가 젊은 여성 영화감독 아니에스카와 그녀가 영화를 연출하기 위해 주도할 수밖에 없는 탐구의 스토리를 이야기하고 있다는 것을 이미 알고 있다. 그녀의 모험의 예기치 못한 일들을 통해 영화는 함축적이지만 분명한 결론을 점진적으로 보여 준다. 즉 묘사된 역사적인 맥락(1970년대 전후의 공산화된 폴란드)에서 영화의 가능성들은 필연적으로 제한된다. 아니에스카는 공식적인 선전에 모순되는 현실을 발견하게 된다. 결과: 그녀는 영화의 계획을 포기할 수밖에 없게 되면서 그녀의 영화는 결코 빛을 보지 못하게 된다.

특히 여기서 흥미를 끄는 점은 이런 도덕적 교훈이 우리가 《대리석의 사나이》를 이해하는 데 역효과를 가져올 수 있다는 사실이다. 이것은 우리가 1976년 영화를 연출했던 바이다의 상황이 아니에스카의 상황과 비교해 볼 만하다는 것을 이해할 수 없는 것은 아니기 때문이다. 따라서 그녀의 영화가 완성되었다 하더라도 그것은 어떻게 보면 권력에 의해 강요된 강압과 제한된 것들을 받아들였기 때문에 그럴 수밖에 없다는 것을 이해할 수 없는 바는 아니다. 그때부터 우리는 그녀의 영화가 1970년대의 대중적인 투쟁을 다루기 어렵다는 것을 '쇼트들 사이에서' 읽으려면 그녀의 분명한 의도(1950년대의 스탈린주의에 대한 고발)를 넘어설 것을 권유받게 된다. 이렇게 격자형 구조는 영화와 그것이 반영하고 있는 것과의 차이로 생성되는 의미로 가득 채워진다.

## 《비누 거품의 도둑》

장르의 차이가 확연히 드러나지만 원리는 같다. 우리는 유명한 네오 리얼리즘 영화 《자전거 도둑》(비토리오 데 시카, 1948)의 혼성 모방 작품인 '작가 영화'의 텔레비전 방영을 이야기하는 마우리지오 니체티의 영화의 주제를 이미 언급한 바 있다. 이 이야기를 통해 영화는 특히 이탈리아 영화인들에 의해 종종 고발되었던 위험을 상기시키고 있다. 텔레비전으로의 영화 방영의 조건들(특히 광고로 인한 중단)은 영화의 효과를 잃게 만들 위험이 있다. 《비누 거품의 도둑》에서 이것은 실제로 공포이다. 모든 프로그램의 인물들이 뒤섞이고, 수영장 광고를 위해 수영복을 입은 금발의 여배우는 이 작가의 영화에도 등장한다. 정반대로 이 영화의 여주인공이 스포트 광고에도 등장한다. 영화는 이야기를 계속할 수 없고, 감독은 곧 회복을 시도한다. 마지막 영상은 한 여성 시청자가 입장 차이에서 꺼버린 텔레비전 수상기에서 계속 떠나지 못하고 있는 가련한 남자를 보여 준다. 교훈은 분명해 보이면서도 비관적으로 보일 수 있다. 텔레비전에 밀려난 영화들과 영화의 작가들은 더 이상 어떤 미래도 없다.

그러나 여기 《비누 거품의 도둑》에서 바로 이해될 수 있는 영화와 '영화 속 영화'라는 두 측면의 차이를 고려해야만 한다. 네오리얼리즘의 혼성 모방 영화는 인물들조차도 현대성을 포기하고 싶어할 정도로 현대성(텔레비전·시청자들·광고)에 의해 뒤죽박죽되어 버린 것에서 사실 놀라울 것이 아무것도 없는 시대와 거의 직결되지 않는 시대착오적인 영화이다. 그러나 바로 이해될 수 있는 영화는 전혀 다르다. 영화는 그 자체를 위협하는 현대성의 요소들에 밀려나기는커녕 그런 요소들을 이야기의 원동력으로 활용하고, 그런 방법으로 영화의 주도권과 생명력을 증명하는 이상할 정도로 효과적인 비평을 제시한다(마우리지오 니체티의 영화가 아마 영화미학 자체에 광고로 인한 중단을 통합시킨 영화사의 최초 영화일 것이라고 지적한 바 있다). 여기서도 격자형 구조는 의미가 풍부한 역설적인 구조의 토대로 사용되고 있다.

[과제]

우리가 방금 분석한 바 있는 예들의 변조를 꼭 겨냥하지 않는다면 격자형 구조의 다른 기능들을 검토해 보는 것도 가능하다.

1. 주된 이야기의 변형. 꾸며냈거나 빌려 온(영화 · 소설 · 단편) 스토리에 당신에게 가능할 수 있는 격자형 구조의 요소들(1,2,3의 유형)을 도입해 보라.

— 첫번째 변형: 이야기의 논리를 강조하고 설명하기.

— 두번째 변형(좀 어려운): 이야기에 문제를 제기하고, 주된 스토리와 그것을 반영한 것과의 차이를 이용해 비평적이나 아이러니컬한 거리를 두어보기.

상기의 두 변형을 1-2페이지 정도로 요약해 보라.

제안(《사과》에서 착상된): 열두 살쯤 되는 두 소녀는 집 안에 갇혀 있다. 그들의 어머니는 맹인이고 아버지는 독실하지만 딸들에게 외부의 위험을 걱정한다. 두 딸은 결코 학교에 가본 적이 없고, 겨우 말을 할 수 있을 정도이다. 이웃 사람들은 그들의 처지를 딱하게 여기고 사회복지사의 개입 방법을 시도한다. 아버지는 두 딸이 외출하도록 놓아둘 수밖에 없게 되고, 그녀들은 세상이 재미있고 즐겁다는 것을 알게 된다.

두 가지 변형이 있는 격자형 구조는 여기서 다음과 같은 것에 근거할 수도 있다.

— 신문 기사 읽기.

— 이웃들이 해주는 이야기.

— 《야생의 아이》(프랑수아 트뤼포, 1970)나 《카스파르 하우저의 수수께끼》의 영상.

— 동화들.

2. 포함되어 있는 같은 요소로의 변형: 반대 방향에서의 같은 연습. 영화에서 언급이 가능한 영화나 소설을 선택하거나 생각해 보라. 주된 이야기의 두 가지 버전을 생각하고 요약해 보라.

제안:

— 《올리브 나무 사이로》(압바스 키아로스타미, 1994): 젊은 농부는 결국 그의 사랑을 받아들이게 되는 처녀와 사랑에 빠지게 되는 영화에서 그 자신의 역할을 설명하고 있다. 현실에서도 그 청년은 파트너와 사랑에 빠져 있다. 시작 부분에서 그녀는 그 청년을 멸시하게 되는데…… 두 가지 버전을 써보라.

— 《클레브 공작부인》으로부터: 불륜에 유혹을 느낀 부인이 《클레브 공작부인》을 읽는다. 그녀는 여주인공의 행동에서 영감을 얻어 남편에게 다른 남자를 사랑하게 되었노라고 고백한다. 당신은 이것으로부터 스토리의 두 가지 버전, 즉 소설을 모델로 한 버전과 다소 근본적으로 반박하는 버전을 전개시켜 볼 수도 있을 것이다.

# 9 파생과 재순환: 텍스트 상호성

## 1. 서론

고다르의 경우 영화를 촬영하는 것은 인용하는 것[49]이다. 다음과 같이 주장하는 철학자 알랭을 떠올리면서 영감을 얻고 계승하고 모방한다는 것을 덧붙일 수도 있다.

> 모방하는 것이 창작의 유일한 방법이다.
>
> 알랭, 《행복론》(1932), 파리, 갈리마르, 1985.

### 《카사블랑카여 다시 한번》(허버트 로스, 1972)

이 영화는 우디 앨런을 《카사블랑카》(마이클 커티스, 1942)에서 험프리 보가트가 연기한 인물의 팬으로 만들었다. 그는 살아가면서 결정적인 순간마다(사랑을 고백하고 싶고, 사랑과 우정 중 선택해야 할 때) 영화

---

49) "영화 속의 모든 것은 인용이고 문장들도 마찬가지이다." 알랭 베르갈라(**Alain Bergala**) 연구서에서 1993년의 발언.

의 핵심적인 장면들, 즉 주인공과 더불어 마스코트와 대사를 머릿속에
다시 떠올린다. 강박관념으로 모델과 그 모방자, **신화**와 **삶**과의 차이
가 강조된다.

### 《영 프랑켄슈테인》(멜 브룩스, 1974)

이 작품은 판타지 영화의 혼성 모방이다. 우리는 여기서 이런 장르를
필요로 하지만 과도함과 비웃음으로 주목받게 되는 배경·인물들·상
황들을 발견할 수 있다. 이런 것들은 암시적으로 읽히게 되어 코믹 효
과를 자아낼 뿐이다.

그렇지만 인용을 활용하는 것이 반드시 패러디의 경향이 있고 유희
적인 것은 아니다.

### 《대지의 신과 악마》(글라우버 로샤, 1964)

이 영화는 에이젠슈테인의 영화와 더 정확히 말하자면 《전함 포템킨》
에서의 오데사 계단의 유명한 시퀀스를 다른 특징들로 연상시키는 학
살 장면을 보여 주고 있다. 이렇게 로샤는 자신이 소련의 이 영화인과
공통점이 있다는 것을 주장한다.

### 《철의 사나이》(바이다, 1980)

이 영화는 4년 후 같은 인물들의 스토리와 폴란드인들의 공산주의 권
력에 대한 같은 투쟁의 스토리를 계속 이야기하기 위한 《대리석의 사
나이》 속편에 해당된다. 영화의 전개는 다분히 역사의 변천의 성격을
띠고 있다.

네 편의 영화: 그 뉘앙스와 효과가 끝없이 변하는 유사성과 구별의 혼합으로 구성되고 정의되도록 이런 모델을 근거로 하는 영화와 모델 (여기서는 영화의) 사이에 가능할 수 있는 네 가지 관계.

이것은 보통 **텍스트 상호성**이란 용어로 지칭되는——넓은 의미에서——**텍스트**들 사이의 소통이다. 이 장은 시나리오와 관련된 것을 위해 텍스트 상호성을 고찰해 보게 될 것[50]이다.


## 몇 가지 기준

문학에서는 텍스트 상호성 이론의 발달로 하나의 텍스트는 작가의 머리에서 사전 준비된 상태로 갑자기 나오는 것이 아니라 텍스트에 그 형식과 의미를 부여하는 다른 텍스트들과의 관계 속에서 구상된다는 사실이 강조되어 왔다. 실제로 다른 작품들을 참조하는 것은 예술사에서도 변함이 없다. 고전적인 예들: 라퐁텐은 이솝 우화에서 착상을 한 것이다. 라신과 코르네유는 고대 작가들에게서 영감을 얻었고, 바로크 음악은 계속되는 변주곡들에서 곡마다 같은 모티프들을 계승하고 있다.

그러면 영화에서는? 텍스트 상호성의 개념이 분석에서는 비교적 최근에 사용된 것이다. 반면에 실제로 영화에서는 아주 일찍이 이전의 텍스트들의 사용이 여러 가지 형식으로 전개되었다.

---

50) 이 장은 프랑수아즈 모니에(Françoise Maunier)와 디디에 트뤼포(Didier Truffot)의 연구서들(미간행된)에 많은 도움을 받고 있다.

— 《레미제라블》의 각색이 최초로 이루어진 것은 1907년이다.

— 무성 영화는 이미 리메이크(1909년 그리피스의 《밀폐된 방》은 이
탈리아 영화 《배반》의 리메이크 작품이다)되거나 패러디(1916년
《찰리 카르멘을 연기하다》)된 경우가 많다.


시나리오의 구상 작업 자체(예를 들면 시놉시스에서 시나리오로의 이
행)는 텍스트 상호성의 실제로 간주될 수 있다(특히 다른 여러 명의 작
가들이 개입할 때).

현상은 다른 관점에서 다음과 같은 최근의 발달을 거두게 된다.


— 시사적인 영화는 종종 암시적인 영화가 된다. 프랑스의 베넥스
나 카소비츠, 미국의 스필버그나 루카스 · 타란티노와 같은 감독
들은 그들의 영화에 영향을 미치는 영화광(그리고 텔레비전광)의
문화가 있다.

— 이야기들이나 영화의 다른 형식들 사이에 교류는 늘어나고 있
다. 텔레비전은 영화로 성공한 이야기들(예를 들면 《숲 속의 로
빈》과 같은 어린이용 만화 영화)을 흡수했고, 영화는 이제 텔레비
전 시리즈물의 이야기들(《중산모자와 가죽장화》, 제레미아 셰니크,
1998; 또는 《X파일, 영화》, 밥 로만, 1998)을 점점 더 많이 답습하
고 있다.


이런 모든 요소들은 작품들을 그것들 사이에서 통합하는 관계들에
관심을 갖도록 자극할 뿐이다. 분석가들의 경우 작품들을 잘 안다는
것은 텍스트들의 형성 과정을 잘 이해하고(시나리오들은 어떻게 탄생
되는가라는 질문에 답을 잘할 수 있고), 텍스트들의 의미 작용과 영향

력을 파악할 수 있다. 시나리오 작가의 경우 이런 사전 작업은 절대
적 독창성의 신화(그리고 연구)를 해결하는 데 도움이 될 수 있다.

**당신**은 시나리오를 어떻게 쓰는가? 유명하든 유명하지 않든 모든 시
나리오 작가들(영화인들)처럼 기존의 소재에서 착상을 얻어 여러 가지
방식으로 작업하면서 마침내 그것을 당신의 소유로 만들기에 이른다.
이것이 바로 우리가 지금까지 추구해 왔고, 시나리오의 실제에서 텍
스트 상호간의 양상들을 직접 탐구하는 데 전개할 수 있는 방식이다.

## 영화와 시나리오의 텍스트 상호성

우리는 텍스트 상호성이 영화에만 관계되는 것이 아니라는 것을 이
미 언급한 바 있다. 이어지게 될 묘사의 대부분은 다른 예술에도 적
용될 수 있다. 영화에서 묘사는 시나리오에만 관계되는 것이 아니다.
영화의 모든 구성 요소들은 음악 · 조명 · 몽타주 · 배우들 등과 같은
다른 텍스트들과의 관계에도 내포되어 있을 수 있다. 예를 들면:

**《장미의 이름》**(장 자크 아노, 1986)
제임스 본드 영화에서 가장 유명한 숀 코너리가 기욤 드 바스케르빌
을 연기했다는 사실이 이야기에 내포된 탐정 영화 장르의 기준을 배가
시킨다.

시나리오는 이런저런 구성 요소들(다른 관점에서 보면 이야기의 여러
가지 요소들과 상호 작용할 수 있는)을 통합할 수도 있고, 그렇지 않을
수도 있다. 예를 들면 시나리오는 무대장치에 대한 지시를 하고, 스토

리에 삽입되는 모든 요소들을 언급할 수도 있다. 예를 들면 영화의 상영이나 음악(《M》에서 살인범의 휘파람 부는 분위기처럼)과 같은 경우이다. 물론 여기서 우리는 이야기와 더 직접적으로 관계되는 것에 중점을 두지만 분담하는 것이 항상 쉬운 것은 아니고 종종 무척 자의적일 수 있다.

## 여러 가지 원전

영화는 앞서 인용한 바 있는 예들에서처럼 다른 영화뿐만 아니라 텔레비전 방송 · 만화 · 소설 · 신문 기사 · 그림 등과 같은 것에서 '영감을 얻을' 수 있다. 우리는 이 장의 마지막 부분에서 우선 쓰게 될 시나리오에 상응하는 이야기들이 될 수 있는 원전(영화 · 소설 · 희곡 등)을 중시하면서 그 원전의 다양성을 제시해 보고 싶다.

## 영화의 텍스트 상호성의 용법

우리는 개념에 대해 다음과 같은 두 가지 적용을 고려하게 될 것이다.

— 원전과 영화와의 관계는 텍스트들간의 **파생** 관계로 표현될 수 있다. 그런 의미에서 원전과 영화와의 관계는 '새로운' 시나리오의 구상을 위해 **게임의 규칙**을 마련한다. 우리는 당신에게 이런 몇 가지 게임의 규칙을 제시한다.

— 텍스트들간의 관계들은 특히 대중의 기대와 연관된 다양한 **효과**

의 원인이 되고, 영화가 대중의 기대를 충족시켜 주거나 저버리는 방식에 속한다. 따라서 텍스트 상호성은 관객을 게임에 끌어들인다. 우리는 이에 대한 여러 가지 양상을 설명하게 될 것이다.

이런 두 가지 관점은 우리가 이제 당신을 초대하게 되는 몇 가지 게임의 규칙들의 목록에 포함된다.

# 2. 전사술(轉寫術): 각색과 리메이크

## 게임의 규칙

첫번째 게임의 규칙을 설명하기 위해 선행되어야 할 과제가 있다.

[과제]
당신이 좋아하거나 잘 알고 있는 영화나 소설을 생각해 보라. 이야기를 1,2 페이지 정도(시놉시스)로 요약해 보라. 아니면 그 중의 한 장면을 선택해서 그 장면의 시나리오를 써보라.

당신의 텍스트와 원본을 비교해 본다면 아마도 당신의 복사본이 아주 충실하지 못함을 깨닫게 될 것이다. 아마 당신은 몇 가지 사건들을 빠뜨리거나 몇 가지 세부 묘사들을 바꾸고, 몇몇 요소들을 첨가시키기도 했을 것이다(비평가들이 언급한 영화들의 시나리오들을 이야기할 때 매일 그렇게 하기도 한다). 이때 당신은 예를 들어 다음과 같은 몇 가지 의문을 제기할 수 있다.

1. 이런 변형들이 재미있을까? 그것이 이야기 안에서 무엇을 바꾸어 놓을 수 있을까?

2. 당신의 시나리오는 실행된 변화에도 불구하고 '실현 불가능한 것일까?'
3. 당신은 왜 이런 변화들을 실행하게 되었는가?

당신은 이런 과제로 방금 단순한 **원리**를 적용해 보았다(어쩌면 당신은 보통 게임의 규칙을 완전히 준수하지 않고 흔히들 그러하듯이 원리를 적용했겠지만). 우리가 '전사술(轉寫術)'이란 용어(임의로 지나치게)로 지칭한 바 있는 이런 원리는 이미 이야기된 스토리를 다시 이야기하는 데(기존의 이야기를 재현하는 데) 있다. 이것이 문학 작품의 **각색**(소설로 이야기된 이야기를 영화로 이야기하는 것, 예를 들면 《적과 흑》)이나 **리메이크**(《M》처럼 기존의 영화를 다시 만드는 것을 전제로 하는)의 토대가 되는 원리이다. 원작과 모방작은 반드시 같을 수는 없지만 둘 다 같은 이야기를 가리키고, 게다가 종종 똑같은 제목이 붙여지기도 한다.

각색과 리메이크 둘 다 아주 일반적이다. 알다시피 시나리오들은 압도적으로 다수가 각색이고, 대부분의 고전 영화들이나 성공작들은 **리메이크**의 대상이 된다(가능한 몇 가지 예로 《유령 마차》나 《벤허》《네 멋대로 해라》를 들 수 있다). 게다가 두 가지 작업은 종종 혼합되기도 한다. **리메이크**된 대부분의 영화들은 이미 각색 그 자체이다(잘 알려진 예: 메리메의 단편과 제임스 맥카인의 소설이 각각 여러 번 각색된 《카르멘》이나 《포스트맨은 벨을 두 번 울린다》). 리메이크 영화들은 같은 논리에 따른다. 그것은 보유하고 있는 기존의 이야기들에서 착상을 얻을 수 있고, 기존의 이야기들을 **현재의 순간**에, 특히 **현재의 '언어'**(19세기 명작 소설들이 20세기에 영화화되고, 그리고 종종 텔레비전용 영화로 만들어지는 것과 같이), **현재의 기술들**(무성 영화를 유성 영화로, 흑백 영화를 컬러 영화로 다시 만들고, 돌비나 THX사운드 시스템으로 바꾸고, 특수 효과를 부가시킨다), **현대의 얼굴들**(신인 배우들)로 각색할 수 있기 때문이다.

이런 각색(현재와 현재의 기술로)은 원작의 다른 여러 가지 유형의 재구상, 즉 **리메이크**를 위한 미장센(장면화) 작업, 문학 작품 각색의 경우 소설적 글쓰기에서 시각적 글쓰기로의 이행을 포함한다. 미장센(장면화)은 시나리오 작가와는 관계가 없다. 우리는 앞서 시각적 글쓰기를 다룬 바 있지만[51] 다시 시도해 보는 것이 바로 전의 당신의 과제에서처럼 이야기의 변화를 가져올 수도 있다. **원작과 똑같은 모방작**은 예외적이고 헤어조그의 《노스페라투》(1978)와 같이 보기 드물기 때문에 사실들에서 이것은 일반적인 경우로 비칠 수 있다. 헤어조그의 이 영화는 무르나우의 영화를 아주 충실하게 베낀 것처럼 보이지만 몇 가지 다른 것을 포함시키고 있다.


## 변형

그렇다면 실행된 변형들은 무엇이고, 실현성이 있는 변형은 무엇인가? 당신 자신이 그러했던 것처럼 오히려 지금으로서는 원작 이야기를 존중하는 관점에서 가장 최근의 몇 가지 변형들을 주목해 보기로 한다(우리는 나중에 다른 가설들도 살펴보게 될 것이다).

### ▶ 어떤 에피소드들이나 어떤 부분들이나 어떤 인물들의 생략이나 첨가

폴커 슐뢴도르프가 각색한 귄터 그라스의 《양철북》은 소설의 마지

---

51) 제1장 참조.

막 부분(주인공이 자랐을 때)을 생략했다. 《십계》(1956)의 리메이크 영화는 1923년에 만든 영화의 두번째 부분(모세의 삶을 현대로 바꾸어 놓았던)[52]을 생략했다.

이런 변화의 관례에서 몇 가지 **경향**을 알 수 있다. 그렇지만 이런 경향들을 너무 성급하게 규칙으로 간주해서는 안 된다. 예를 들면:

**문학 작품의 각색들은 종종 집중과 생략을 야기한다**

두 인물이 하나로 되는 경우는 《양철북》이나 《사탕수수길》(유잔 팔시, 1983)과 같은 영화이다. 이 영화는 소설에서 어머니나 할머니와 관계된 에피소드들을 주인공의 어머니에게 통합시키고 있다. 이런 경제 규칙이 강요될 필요는 없다. 몇몇 영화들은 그와 반대로 토대가 되는 문학적 소재를 확장하고 있다. 예를 들면 《검은 눈동자》(니키타 미할코프, 1986)는 체호프의 단편 〈강아지를 데리고 있는 부인〉(1899)을 확장시킨 것이다.

텔레비전(예를 들면 길고 파란만장한 이야기들로)에서와 마찬가지로 영화(《스타워즈》의 12시간 참조)에서 근간에 증명된 지속 시간의 변화는 가능한 것들의 영역을 분명하게 확장시킨다.

**최근 영화들은 예전보다 종종 더 길고 더 발달되어 있다**

현대의 **리메이크** 영화들은 소재를 확장시킨다. 거기서도 다르게 만드는 것을 막을 수는 없다.

---

52) 두 편 모두 세실 B. 드밀(Cecil B. De Mille)의 영화이다.

첨가나 생략은 의미상 중요한 효과를 가질 수 있다

《포스트맨은 벨을 두 번 울린다》를 각색한 영화(리메이크 영화)인 《강박관념》에 비스콘티는 심리극에 내포된 동성애적 관계와 이야기에 정치적 차원(에스파냐 전쟁에 연관된)을 삽입시키고 있는 에스파냐 인물을 첨가시키고 있다.

## ▶ 다른 시기와/나 다른 장소로의 전환

많은 각색 영화와 거의 모든 리메이크 영화들은 이야기를 관객과 가깝게 만든다. 《마농 레스코》의 행동은 아베 프레보 소설에서의 18세기에서 클루조(《마농》, 1948) 영화에서의 제2차 세계대전으로 옮아간다. 《M》의 행동은 1930년대 베를린(프리츠 랑의 영화, 1931)에서 1950년대의 로스앤젤레스(조셉 로지, 1951)로 옮아간다.

이야기를 연출된 나라와 시기에 맞춘 것처럼 보이는 표준화된 해결책은 분명히 가능한 전환의 유일한 형식도 아니고, 유일하게 확인된 것도 아니다. 어떤 순간으로든 전환이 가능할 수 있다. 1964년 루이스 브뉴엘은 옥타브 미르보의 《어느 귀부인의 하녀가 쓴 일기》를 각색할 때 이야기를 19세기에서 1930년대로 바꾸었다. 이 영화는 정치적 차원(파시즘의 부상)과 자서전적 차원(브뉴엘은 이 시기를 프랑스에서 보냈다)을 동시에 포함시키고 있다.

## ▶ 다른 장르로의 전환

　배경의 변화와 장르의 변화를 경계짓는 것이 어렵다는 점을 주목할
필요가 있다. 《황야의 7인》(존 스터지스, 1960)이나 《황야의 딸》(라울
월시, 1949)의 경우, 전자는 일본의 역사극(《7인의 사무라이》, 구로사와
아키라, 1954)을 서부극으로 바꾼 것이고, 후자는 누아르 영화(《하이
시에라》, 라울 월시, 1941)를 서부극으로 바꾼 것이다. 《아웃랜드》(피
터 하이암즈, 1980)는 유명한 서부극 《하이눈》(프레드 진네만, 1952)을
SF영화로 리메이크한 것으로 간주된다.

　이런 유형의 예들만을 생각한다면 아주 일반화된 것은 아니지만 소
설이나 동화의 만화 영화로의 모든 각색들을 고려한다면 장르의 전환
은 모두 진부해지게 된다. 월트 디즈니의 《신데렐라》와 같은 각색 영
화(클리아드 제로니미 · 윌프레드 잭슨 · 해밀턴 러스코, 1950)는 원래의
동화를 뮤지컬 코미디(아주 미국적인 세계로)와 만화 영화로 동시에 전
환시키고 있다.

## ▶ 전개의 변화

　《노스페라투》의 결말이 무르나우의 영화(흡혈귀는 죽고 세계는 구원
받는다)에서는 낙관적이고, 헤어조그의 영화(흡혈귀는 죽지만 저주는
계속된다)에서는 비관적이다. 정반대로 루이지 코멘치니의 《몰이해》
(1967)는 어린 주인공의 죽음으로 끝나지만 리메이크 영화(《오해》, 제
리 샤츠버그, 1983)의 경우 할리우드는 해피앤드(그는 평생 마비환자로
남는다)를 강요한다(아주 상반되게).

이런 조사가 완벽한 것은 아니다. 특히 다른 장들(시간성·관점 등)에서 앞서 연구된 바 있는 변형들을 다시 언급한다는 것은 우리에게 무의미한 것처럼 보인다. 변형들은 특히 지식과/이나 시간과 관계가 있을 때 재미있게 이루어질 수 있다는 것만 주목할 필요가 있다.

### 《강박관념》

《포스트맨은 벨을 두 번 울린다》의 각색 영화들이 모두 연인들에 의한 남편의 살해를 직접 보여 주는 데 반해, 비스콘티는 《강박관념》에서 경찰에 의한 연인들의 심문을 통해서만 그 순간을 상기시키려고 한다. 그것이 그들의 유죄에 의혹을 감돌게 한다.

### 《바이올린 플레이어》(찰리 반담, 1994)

소설 《뮤지칸》[53]에서 작가는 주인공의 어린 시절을 이야기해 주는 것으로 시작하지 않는다. 작가는 주인공이 현재 늙어가면서 지하철에서 구걸하는 모습을 보여 주고 있다. 그리고 난 뒤 작가는 회상 작용을 통해 현재(지하철)에 대한 주기적인 탐방기사로 간간히 중단되는 외견상의 혼란(청년기·유년기) 속에서 주인공의 삶을 이야기해 준다. 이 소설을 각색한 영화에서 찰리 반담은 주인공의 어린 시절로 시작하지도 않고, 소설에서처럼 지하철 안에서의 원숙한 나이로 시작하지도 않는다. 그는 다음과 같은 핵심적인 장면으로 시작한다. 아르망은 흥행극장주에게 나타난다. 그는 우선 데뷔하기에는 너무 늙었다는 것을 깨닫게 되고, 언제나 변함없는 그의 라이벌 친구가 자살했다는 사실을 알게 된다.

---

53) 앙드레 오데르(André Hodeir), 《뮤지칸》, 파리, 쇠이유, 1987.

다른 유형의 변형들은 물론 '각색'이 점점 더 '부실'해지게 되면서 결합될 수 있고, 그 효과들을 겸비할 수도 있다.


## '각색'과 적응


우리는 최소한의 변형들에서 종종 상업적인 목적에서 야기된 시대의 맥락과 대중의 추정된 기호에 **맞춤**으로 비칠 수 있는 것을 부정적으로 평가하고 싶어질 수도 있다. 예를 들면 미국인들이 집에서 나가는 것을 좋아하지 않으니 할리우드는 모든 세계적인 성공작의 미국 판본을 만든다고 말할 수 있다. 《뉴욕 세 남자와 아기》(레너드 니모이, 1988)는 《세 남자와 아기 바구니》(콜린 세로, 1985)를 다시 만든 것이다. '미국판' 《네 멋대로 해라》로 《브레슬레스》(짐 맥브라이드, 1987)도 있다. 이런 현상이 다른 방향에서도 관찰될 수 있다는 것을 주목할 필요가 있다. 예를 들면 장 르누아르는 《지킬 박사와 하이드 씨》의 이야기를 프랑스에서 《코르들리에 박사의 유언장》(1960)으로 바꾸었다.

그러나 특히 이런 현상을 **적응**의 과정처럼 긍정적으로 평가할 수도 있다는 것을 강조할 필요가 있다. 이런 방향에서 당신은 다음과 같은 의문을 제기하면서 접근할 수 있다. 이런 이야기가 나의 세계에서 가능할 수 있을까? 어떤 형태일 수 있을까? 어떤 식으로 의미를 가질 수 있을까? 요컨대 나는 어떻게 그것에 새로운 의미를 부여할 수 있을까?

이때 당신은 《강박관념》의 이탈리아적 맥락에서 음악애호가인 남편에게 재즈보다는 오히려 벨칸토를 듣게 만들고, 미국 문화로 지나치게 강조된 법정의 긴 시퀀스들을 생략하게 될 수도 있다. 아니면 당신이 프랑스식의 '무정부주의적 감각'(《세 남자와 아기 바구니》에서 주인공은 경찰을 웃음거리로 만든다)이나 미국식의 '도덕적 감성'(《뉴욕 세 남자와 아기》에서 중심 인물들은 경찰들과 결탁되어 있다)을 가지게 됨에 따라 경찰에 대한 주인공의 태도를 근본적으로 바꿀 수도 있다. 당신은 아마 찰스 레인의 무성 영화 《사이드워크 스토리》(1989)의 무모한 계획을 성공시킬 수도 있을 것이다. 말하자면 현대의 '어두운' 세계에서 채플린의 《키드》(1921)를 부활시킬 수 있다(고전 영화의 '어두운' 리메이크 영화들이 수적으로 많다는 것은 특기할 만하다).

[과제]

영화나 소설(또는 연극)을 한 편 선택해서 하나 혹은 여러 개의 변형을 포함하는 리메이크 영화나 각색 영화(오히려 충실한 각색)의 시놉시스를 써보라(1,2페이지 정도로).

   1. 다른 시대, 다른 나라로의 전환.

   2. 몇 가지 사건들의 수정.

   3. 몇 가지 요소들의 첨가나 생략.

제안(밀란 쿤데라의 《우스꽝스러운 사랑》[54]의 '에두아르와 신'에서 빌려 올 것): 행동은 공산주의 체코슬로바키아에서 이루어진다. 에두아르는 지방의 초등학교 교사로서 근무를 막 시작했다. 그는 신앙심이 깊은 가톨릭 신자 처녀 알리스와 사랑에 빠진다. 그는 그녀의 마음을 사로잡기 위해 신자인 체하면서 교회에도 함께 간다. 그런 태도는 금방 탄로나(도시는 좁다) 여러 가지 결과를 초래하게 된다. 에두아르는 학교장의 소환을 받아 그의 태도를 비난받게 되지만, 그는 굽히지 않고 상황을 그 덕분으로 돌린다(그의 종교적 신념에 대한 표면상의 열정이 광신적인 공산주의자이자 욕구불만의 노처녀 교장 선생님을 감동시킨다. 그는 그녀와 관계를 시작하게 된다). 동시에 그는 알리스가 자신이 주인공으로 생각한 남자의 제안을 받아들이게 됨으로써 알리스의 사랑을 차지하게

---

54) 밀란 쿤데라, 《우스꽝스러운 사랑》, 프랑스어 번역판, 갈리마르, 폴리오, 1986, p.255.

되지만, 그때 그녀가 그에게 별로 관심이 없다는 것을 깨닫고 관계를 끊는다. 그의 마지막 상황은 오히려 편안하다. 학교에서의 그의 위치도 안정되고, 유혹자의 이력을 성공적으로 시작한다.

당신은 여기서 플롯의 중심 요소(사랑으로 위장된 신념)를 수정하여 그것을 다른 상황(제2차 세계대전중 독일 점령하의 프랑스, 탈식민지화, '유일사상'과 자유주의의 지배 등)으로 바꾸고, 예기치 못한 사건들을 변화시킬 수 있다.

# 일관성, 대조, 전복

## ▶ 일관성

당신이 착상한 이야기에 변화를 주려면 당신의 시나리오가 방향과 논리를 가지고 있는지 자문해 보아야 한다. 즉 당신의 혁신적인 것이 그럴듯함이나 최소한 보편적 일관성에 동화되어 있는가? 리메이크 영화들과 각색 영화들을 다룬 비평들은 종종 이런 의문을 제기한다. 즉 이런저런 행동이 그 본래의 맥락에서 벗어나도 이해할 수 있는지 자문해 볼 필요가 있다.

예를 들면 로지의 《M》의 **리메이크** 영화의 경우 답은 일반적으로 부정적이었다. 1950년대 로스앤젤레스의 부랑아들의 환경은 1920년대 베를린의 최하층과 같은 기능을 수행할 수 없었다. 비교 가능한 분석으로 《포스트맨은 벨을 두 번 울린다》(보브 라펠슨, 1981)의 세번째 리메이크 영화의 시나리오 작가들은 드라마를 1930년대와 의미를 부여하기에 필요할 것 같은 절정의 상황으로 재배치하기에 이른다.

▶ 대조

그렇지만 이런 고찰이 각색 영화나 **리메이크** 영화를 너무 순응주의적으로 생각하도록 만들어서는 안 된다. 1950년대 앙드레 바쟁(1959)은 자기 취향에 맞추는 데 너무 익숙한 프랑스식의 각색을 비올레 르 뒤크에 의한 영혼 없는 대성당들의 복원과 비교한 바 있다. 우리는 이야기의 다른 요소들 사이에 대조를 방안으로 삼고, 아직도 통용되는 표준의 흐름을 거스르는 일관성을 마련할 수 있다(그래도 일관성을 마련해야만 할 때 아마 그것은 더 어려울 수도 있을 것이다).

고전의 레퍼토리에서 빌려 온 연극 작품을 각색한 몇몇 영화들은 대사가 운문으로 되어 있는 원본 텍스트를 그대로 보존하고 있다. 장 폴 라프노와 장 클로드 카리에르는《시라노 드 베르주라크》(1990)에 에드몽 로스탕의 알렉상드랭(12음절의 시구)을 보존하고 있다. 바즈 루어만의《로미오와 줄리엣》(1996)은 행동을 라이벌 관계의 일당들이 대립 상태에 있는 난폭한 현대 세계로 바꾸어 놓았지만 셰익스피어의 텍스트를 바꾸지는 않았다.

[과제]
대가들의 경우: 당신은 어려움을 개의치 않는다면 고전 텍스트를 부분적으로 바꾸어 볼 수도 있다. 연극 작품이나 소설에서 한 장면을 선택해 그것을 그대로 사용하면서 시각적 약호로 각색해 보라(2-4페이지 정도로). 예를 들면:
— 원작의 대사들(《시라노 드 베르주라크》나 《로미오와 줄리엣》 참조).
— 프랑수아 트뤼포가 《쥘 앤 짐》(앙리 피에르 로셰 소설의 각색 영화)에서 적용했듯이 화면 밖 소리로 처리한 문학 텍스트의 일부분.

## ▶ 전복

　각색 영화는 원작의 이야기를 진짜 전복시키는 것과 같은 기능을 할 수도 있다. 비평적이거나 우스꽝스러운 적용의 기술에 너무 깊이 관여하지 말고 종종 루이스 브뉴엘이 사용한 전략을 언급해 볼 필요가 있다. 우리는 이런 관점에 앞서 예로 든 바 있는 문학 작품을 각색한 몇 편의 영화들을 다시 고찰해 볼 수 있다.

### 《세브린느》

　이 작품은 조셉 케셀의 소설을 효과적으로 각색한 영화(현대적 맥락으로 연출의 전환, 장면의 고전적 데쿠파주 등)이지만, 꿈의 삽입과 현실과 상상 세계의 모호한 경계들이 이야기의 전개(실제로 일어날 수 있는 것일까?)와 그 의미 작용을 모호하게 만들고 있다.

### 《자유의 환영》

　마찬가지로 이 영화의 시작 부분에서 시인 구스타보 베케르의 《입맞춤》의 각색은 고전적인 영화적 글쓰기를 적용하고 있지만, 그것은 특히 마지막 종결부에서 생긴 변화를 통해 에스파냐 동화의 논리를 허물고 있다. 루이스 브뉴엘은 불경한 주인공의 죽음을 생략하고 예기치 않은 새로운 사건을 덧붙이고 있지만, 그는 역설적으로 서술이 비약되는 것을 막기 위해 그것을 사용하고 있다(여성 독자는 대위가 미모의 죽은 여인의 시체가 기적적으로 그대로 보존되어 있는 것을 발견하는 바로 그 순간에 주의를 집중하게 된다는 것을 상기해 볼 필요가 있다). 이렇게 각색은 의미와 효과가 분명한 문학적인 이야기를 열려 있고 모호한 영화의

▌이야기로 만든다.

이런 전략들은 각색에 열려 있는 다양한 방법을 보여 주게 된다. 각색에서는 필요하다면 차용된 주제와 독창적인 요소가 함께 제 기능을 할 수 있다는 것이 확인된다.

**[과제]**

이야기(브뉴엘이 앞서 예로 든 바 있는 영화들에서 행한 것처럼)를 혼란스럽게 만들거나 문제를 제기하는 방식으로 고전적인 단편(예를 들면 모파상이나 메리메의 단편)을 각색해 보라. 당신이 각색한 작품의 시놉시스를 1,2페이지 정도로 써보라(소설적 약호로).

제안: 모파상 원작 《목걸이》의 각색 영화에서 몇몇 학생들은 '황당한' 해결책을 내놓았다. 특히 한 학생은 이런 생각을 가지고 있었다. 거리에서 호객행위를 하는 마틸드는 잔이 없는 여인들 사이를 오가면서 "빌어먹을! 잔 년!" 하고 여러 번 되풀이해서 내뱉는다. 이것은 작가의 실수가 아니라 의도적인 '혼란'의 문제이다. 관객-독자는 그녀가 미쳤는지, 아니면 주의를 끌기 위한 전략의 문제가 아닌지 생각하게 된다.

# 3. 여러 가지 파생:
# 속편, 시리즈물, 패러디 영화

## 게임의 규칙

리메이크 영화와 각색 영화에서 텍스트 상호적인 관계는 하나의 중요한 특징으로 규정된다. 1차적 텍스트(영화나 소설)는 2차적인 텍스트의 구상의 토대가 되고, 따라서 시나리오 작가(또는 더 일반적인 작가)에게 출처의 총체를 구축하기 때문에 관객이 잘 알고 있는 것을 전제로 하지는 않는다. 그럴 수 있기는 하지만 필수적인 것은 아니다. 2차적 텍스트는 1차적 텍스트를 **대신하기도** 하고(예를 들면 우리는 '책을 읽는' 대신에 '영화를 볼' 수도 있다), 그것이 독자적으로 제 기능을 하기도 한다. 우리는 이제 다른 상황, 즉 2차적 텍스트가 1차적 텍스트에 덧붙여져 **그것에 대한** 의미를 갖게 되는 경우를 찾아보게 될 것이다.

예를 들어 당신이 다른 영화의 속편(《비지터》의 속편 《비지터 2》나 《대리석의 사나이》의 속편 《철의 사나이》)이 될 수 있는 시나리오를 쓰게 된다면, 네 단계로 특징지어진 새로운 게임의 규칙을 적용할 수 있다.


— 당신은 확실한 이야기로부터 시작해라.
— 당신은 1차적 텍스트가 아주 그럴듯한 것을 제공하는 이야기를 구상해 보라.
— 그렇지만 당신은 다른 스토리를 이야기해 보라. 두 가지 이야기는 겹쳐질 수 없기 때문이다. 따라서 그것은 차이가 숫자에 기인하는 것에 불과하더라도 거의 항상 다른 제목이 붙여진다(《비지터 2》[55]).
— 1차적 텍스트와 2차적 텍스트와의 관계를 파악하는 것은 2차적 텍스트의 기능에서 중요하다.

---

55) 원제목은 《시간의 통로: 비지터 2 *Les Couloirs du temps: Les Visiteurs 2*》(1998)이다. [역주]

이런 게임의 규칙은 수많은 적용이 가능할 수 있다. 우리는 특히 영화의 스토리와 현행에서 동시에 잘 나타나는 두 가지 유형, 즉 같은 **확장** 영역에 통합시켜 검토해 볼 수 있는 **속편들**과 **시리즈물**의 경우와 편의상 장르에 대한 단락에서 생각해 볼 수 있는 패러디 영화와 다른 변별적 담론의 경우를 언급하게 될 것이다. 이런 두 유형은 물론 결합될 수 있다.

## 확장

공통된 원리는 같은 세계(같은 디에게시스)와 특히 같은 인물들을 고수하는 것이지만 다른 스토리(새로운 모험들)를 이야기하는 것이다. 문학적인 선례들이 없는 것은 아니다. 잘 알다시피 아주 유명한 예들 중에 《오디세이》는 《일리아스》의 속편을, 《여우 이야기》는 교활한 여우의 여러 가지 경솔한 짓들을 이야기한다.

이런 유일한 원리로부터 원작과 확장과의 시간적 관계가 해결되는 방식에 따른 몇 가지 가능성이 보인다. 당신은 두 가지 지배적인 요소들 사이에서 속편이든 시리즈물이든 선택할 수 있다.

### ▶ 속편

속편은 지배적인 **연속성**을 우선한다. 예를 들면 2차적 영화는 1차적 영화의 결말에 이어 일어나는 사건을 이야기하고, 시간의 선형적인 흐름이 아주 뚜렷하다. 영화의 경우 그런 예들은 상당히 많다. 즉 《황후 시씨》는 《시씨》(두 편 모두 에른스트 마리시카, 1956)의 **속편**이고, 《2010

년 우주 여행》(피터 하이암즈, 1984)은 《2001년 스페이스 오디세이》(스탠리 큐브릭, 1968)의 **속편**이다. 《람보 2》(조지 판 코스마토스, 1985)·《람보 3》(피터 맥도널드, 1988)·《람보 4》(테드 코체프, 1992)는 말할 것도 없다.

텔레비전에서 《초원의 집》이나 《퀸 박사》는 비교 가능한 원리에 따라 제 기능을 한다.

가령 더 드물겠지만 1차적 이야기 이전이나 그 사이에 위치하는 사건들을 이야기할 수도 있다. 이런 영역 전체에서 가족과 후손이 아주 귀중한 방편을 마련해 준다(《엘로이즈》, 베르트랑 타베르니에, 1994; 《드라큘라의 후손》, 프레디 프란시스, 1974 등).

### ▶ 시리즈

시리즈(일상의 용법보다는 더 명확한 의미에서)는 주된 **반복**을 중시한다. 이어지는 시나리오들은 비슷한 독립적인 모험들을 제시한다.

이것이 《양자 코드》나 《내일 한 시》와 같은 텔레비전 연속극의 원리이고, 영화에서는 제임스 본드 등장 영화나 《생 트로페의 기병대장》(1964)·《기병대장 결혼하다》(1968)와 같은 루이 드 퓌네스 주연의 장 지로의 영화들처럼 근위기병 등장 영화들의 원리이다.

같은 인물들이 발견되지만 시간의 흐름은 전혀 없거나 거의 느껴지지 않는다. 이야기는 회상이 없거나 거의 없다(제임스 본드는 늙었는가?).

### ▶ 쟁점

확장의 일반 원리와 지배적 요소 중 하나를 선택하는 것과 관련되는 결과와 쟁점은 중요하다. 그것은 물론 **같음**과 **다름**의 관계와도 연관이 있다.

　**선험적으로** 사람들은 속편이나 시리즈 한 편을 구상할 때 기존의 서술적 소재(리메이크 영화의 경우에서처럼)뿐만 아니라 관객의 허구적인 세계와 친숙성을 이용한다. 이런 시도에 의미를 부여하는 것이야말로 대중이 세계와 인물들을 알고 평가하는 것과 같은 것이다. 예를 들면 "당신은 알리앵을 사랑한다, 그러므로 당신은 알리앵 같은 사람들을 무척 좋아한다." 그래도 새로운 관객들의 환대를 예견할 수 있다.

　이런 공통된 것을 기초로 속편과 시리즈는 아주 다른 전략들을 세울 수도 있다.

— **속편**(또는 변형)에서 중요한 여러 가지 **변화**들이 있을 수 있고, 2차적 시나리오는 1차적 이야기와 다른 방향을 가질 수 있다(《오디세이》나 발자크 작품과 마찬가지로 《철의 사나이》의 경우이다).

— 반면에 **시리즈물**에서는 게임의 규칙이 같은 것으로의 회귀이다. 관객은 이야기의 몇 가지 특징들을 **정확하게** 찾아내야 한다(관객은 그것을 기대하게 되고, 일반적으로 만족한다). 그것은 **같은 서술적 도식**(《내일 한 시》의 주인공은 혼자만 알고 있는 사건들에 개입하려고 한다), **같은 유형의 상황**(《제임스 본드》 시리즈에서의 기술적 장치들을 많이 사용한 행동의 무대), 거의 항상 **같은 결말**이다.

　사실 실제에 있어서 두 가지 작용 방식의 경계는 항상 명확하지 않다. 《터미네이터 2》나 《비지터 2》 같은 몇몇 속편들은 시리즈의 숫자와 같은 기능을 한다. 관객은 같은 인물들과 그들의 모험의 연속성뿐만 아니라 같은 유형의 이야기를 발견할 수 있기를 기대하고, 실제 관객의 기대는 충족된다.

결론적으로 문예란의 한마디가 필요하다. 그것은 이론적으로 아주 다른 전형적인 예를 나타낸다. 그것은 여러 개의 에피소드가 독립적인 것은 아니지만 여러 부분으로 나누어진 하나의 이야기의 문제이다.

당신은 다음과 같은 방향에서 여러 가지 예의 연구 방향을 결정할 수 있다.

— 어떤 영역에서 속편과 시리즈물을 찾을 수 있을까? 예를 들면 오늘날 텔레비전에서 흔히 볼 수 있는 시리즈물들은 예전의 영화에서도 볼 수 있었다(《톰과 제리》와 같은 만화 영화, 채플린이나 로렐과 하디[56]의 풍자극 등).

— 독특한 예: 우선 비슷해질 수 있는 것과 반대로 이런 파생 방식이 반드시 용어의 경멸적인 의미에서 '시리즈물'의 제작에 한정되는 것은 아니다. 그 예로 프랑수아 트뤼포의 앙투안 두아넬 시리즈를 들 수 있다. 《400번의 구타》(1959) 이후 청소년이 된 장 피에르 레오는 그 후 여러 편의 영화에서 그의 감정 교육과 성인의 삶에 입문하는 역(《도둑맞은 키스》, 1968; 《부부 생활》, 1970)을 맡게 된다.

— 분류: 같은 장르들도 두 가지 방식으로 표현될 수 있을까?

---

56) 로렐(Stan Laurel; 1890-1965)은 영국에서 태어나 서커스와 만담 흥행을 거쳐 1917년 영화계에 들어갔고, 하디(Oliver Hardy; 1892-1957)는 미국 조지아 주에서 태어나 지방 무대 생활을 거쳐 1913년 영화계에 들어갔다. 두 사람은 1927년 할로우치 밑에서 콤비를 이루었다. 깡마르고 왜소하며 수줍어하는 로렐과 비대하고 까다로운 하디의 대조를 강조한 우스꽝스런 행동으로 관중을 웃겨 1931년 《극락의 한 쌍》 등 약 15편의 장편을 포함하여 1945년까지 2백여 편의 영화에서 주연을 맡은 바 있다. 1940년대에 접어들면서 아보트와 코스텔로 희극 콤비가 등장하면서 인기가 떨어졌다. [역주]

[과제]

직접적인 적용. 시놉시스 형식(시나리오 전체를 검토하는 식으로)으로 구상해 보라.

1. 당신이 선택한 영화의 속편.
2. 같은 영화(또는 다른 영화)의 이전의 에피소드.
3. 당신이 잘 알고 있는 텔레비전 시리즈물의 에피소드.

이런 세 경우에 영화나 첫 시리즈물을 잘 알고 있을 필요가 있고, 관객에게 세계와 주인공을 잘 아는 방법들을 제시해 주어야 한다. 또한 새로운 관객들이 여러 가지 효과를 파악하고 평가하려면 최소한의 지표들을 가지고 있는 정도까지 도달해야 한다.


특별한 경우: 속편이나 시리즈물의 경우 리메이크 영화와 각색 영화에서 앞서 지적된 바 있는 맥락에서 현실화와 각색의 논리를 다시 찾아낼 수 있다. 예를 들면 1942년 미국은 《타잔》을 선전에 이용했고, 원숭이 인간이 정글에서 독일인들에게 당당하게 맞서 싸우는 《승리한 타잔》(레서)을 제작하기도 했다.


[과제]

당신의 시놉시스를 시사 문제로 각색하면서 위의 연습의 1번이나 2번의 문제를 그대로 적용해 보라.

# 4. 장르의 여러 가지 장치

## 게임의 규칙

게임의 새로운 규칙을 설명해 보기로 한다. 당신이 앞서 많은 다른 장르들과 같은 서부극이나 탐정 영화, 판타지 영화의 시나리오를 쓰기로 결심했다면, 다시 말해 당신의 영화를 어떤 **장르**의 틀에 맞출 생각을 했다면 정확하게 한 편의 영화만 참조하는 것이 아니라 공통된 여러 가지 특성(배경 · 인물들 · 사건들 · 분위기)을 보여 주는 작품들 전체를 참조하게 될 것이다. 이런 공통된 특징들이 당신뿐만 아니라 관객에게도 꼭 필요한 하나의 모델을 명확히 규정하게 된다. 장르를 참조함으로써 관객에게 용어상 **존재**와 **부재**의 기대감이 생길 수 있다.

예를 들면 1950-60년대 고전적인 판타지 영화에서 관객은 아마 고딕 양식의 버려진 성, 무시무시한 흡혈귀들과 순결한 여주인공들, 관, 말뚝과 마늘을 기대했을 것이다. 반면에 관객은 권총을 사용하는 결투나 우주선을 기대하지 않기 때문에 이런 요소들이 뜻하지 않게 출현하면 관객은 놀랄 뿐만 아니라 제자리에 있지 못할 것이다.

따라서 장르가 작가에게 여러 가지 정보(장르의 틀 안에 위치해 있으면서 모든 것을 만들어 내려고 해서는 안 된다)와 제약(모든 것이 가능한 것은 아니다)을 동시에 제공해 주는 것은 아니다. 그래서 장르 시나리오(영화)의 작가는 속편과 시리즈물의 작가처럼 관객의 기대에 부응하는 이야기를 구상해야 한다. 그것은 이야기가 관객의 기대를 충족시켜 줄 수도 있고, 반대로 기대를 저버릴 수도 있기 때문이다. 아니면 이야기가 두 가지 태도를 결합시킬 수도 있기 때문이다.

이렇게 신속하게 진행되는 여러 가지 평가(장르의 기능에 대한 연구는 실제로 상당히 복합적이다)에 분명하게 강조되고 많은 참고를 하게 되는 장르들(서부극이나 판타지 영화 · SF 영화 · 풍자극 · X등급 영화 같은)과 비교할 때 훨씬 더 모호한 장르들이 존재한다(예를 들면 '희비극'은 종종 여러 가지가 뒤범벅된 영역에 속한다)는 것만 덧붙일 필요가 있다. 따라서 모든 시나리오가 반드시 장르의 틀에 대한 전략을 세울 필요는 없다.

다른 관점에서 보면 장르들 사활의 문제이다(보통 서부극은 이제 '죽은' 장르로 간주되고 있다).

## 신중해라

장르의 '원칙을 따르는' 방법은 여러 가지가 있다. 우선 진지하게 (대략) 몇 가지 방법, 즉 유사성 · 혁신(또는 변형) · 각색(또는 적응) · 초(超)유사성 · 위반을 주목해 볼 필요가 있다.

### ▶ 유사성

당신은 기대하던 요소들과 기능들을 눈가림 없이 계속 사용하여 관객의 기대를 충족시켜 주도록 해라. 따라서 당신은 관객의 기대가 충족될 수 있는 영역에서만 독창성과 창의력을 발휘할 수 있다. 이것이 장르 영화, 예를 들면 전성기의 서부극이나 오늘날 탐정 영화의 '정상적인' 기능이다. 《실베스트르 박사》나 《데릭 형사》와 같이 텔레비전으로 방영된 탐정 영화 시리즈물들은 분명히 탐정 영화 장르에 포함된다.

## ▶ 혁신 또는 변형

장르의 규칙들을 처음부터 재검토하지 않더라도 새로운 몇 가지 요소들을 끌어들일 수 있다(아니면 당신은 몇 가지 요소들을 관례적인 것보다 더욱 발전시킬 수도 있다).

기간이 정해진 이런 시도들은 장르를 바꿔 1950년대 앙드레 바쟁이 '초(超)서부극'이라 이름 붙인 서부극의 유형처럼 새로운 장르 영화를 형성할 수도 있다(우리도 강조하는 바이다).

서부극은 그 자체로 부끄러울 수 있기 때문에 **추가적인 관심**, 즉 미학적 질서와 사회학적 · 도덕적 · 심리학적 · 정치적 · 미학적인 관심을 통해 그 존재를 입증하고자 할 것이다.

앙드레 바쟁, 《영화란 무엇인가?》의 제3장 〈영화와 사회학〉,

파리, 세르프, 1961, p.148.

《하이눈》이나 《셰인》(조지 스티븐스, 1953) 같은 영화는 초(超)서부극으로 규정될 수 있다.

## ▶ 각색(또는 적응)

여기서 몇 편의 프랑스식 뮤지컬 코미디 영화들이 재미있는 한 예를 보여 준다. 이런 종류의 영화들은 자크 드미의 영화들(《로슈포르의 아가씨들》, 1967)이나 아주 최근의 영화 《잔과 무시무시한 소년》(올리비에 뒤카스텔 · 자크 마르티노, 1998)처럼 다른 맥락과 다른 스타일에서 뚜렷한 미국식 장르(특히 사건의 전개에 노래하고 춤추는 장면 삽입)의 중요한 특징들 중 몇 가지를 그대로 따르고 있다.

### ▶ 초(超)유사성

아직도 규칙을 충실히 지키는 방법, 혹은 더 이상 규칙을 충실히 지키지 않는 방법이 있을까? 덧붙이고 효과를 강조하고 기대하던 요소들을 반드시 그대로 받아들이는 문제이다. 이것이 관객의 기대를 충족시켜 줄 뿐만 아니라 관습(또는 두 가지를 동시에)을 강조할 수 있다.

— 이탈리아식 서부극은 고전적인 서부극의 이런 면을 받아들여 결국 이 장르 영화를 새롭게 바꾸어 놓았다.
— 쿠엔틴 타란티노와 같은 감독은 탐정 영화(《재키 브라운》, 1998)로 오늘날과 같은 영화를 만들었다.

### ▶ 위반

이것은 이제 규칙을 충실히 지키는 방법이 아니라 게임의 규칙들을 위반하는 방법이다. 몇몇 영화들은 이렇게 일시적으로 관객을 농락할 가능성이 있다. 장 루이 트랭티냥 주연의 이탈리아식 서부극 《침묵》(세르지오 코부치, 1969)에서 적극적인 주인공은 결국 모든 기대와 달리 죽는다. '속임수'의 이런 장르 영화는 관객을 크게 실망시킬 뿐이다. 관객은 이것을 다양하게 처리할 수 있다(속았다는 것에 분개하거나 놀라는 것을 즐기는).

위반이 게임의 규칙으로 여겨진다면 이야기는 다른 기능을 택한다. 이제 우리는 그것을 살펴보게 될 것이다.

# 패러디, 혼성 모방, 풍자

## ▶ 게임의 규칙

비슷한 용어들의 미묘한 차이를 설명하려 하지 말고 분명한 이야기에 적용되든 장르에 적용되든 가능한 다른 게임의 규칙을 언급해 보기로 한다.

예를 들면 이런 규칙: 당신은 당신이 선택한 이야기나 장르에서 출발해 원작과 인지될 수 있는 **차이**를 만드는 변화를 도입할 수 있다. 효과는 흔히(항상 그런 것은 아니지만) 코믹하거나 풍자적이고, 목적은 유희적이거나 비판적이다(또는 둘 다일 수 있다).

예시들은 상당히 많다. 일반적으로 판타지 영화의 고전들이 한 편이나 여러 편의 패러디 영화의 계기가 되었다. 그 중 특이한 버전은 《지킬 박사와 하이드 씨》의 로렐과 하디(《피클 박사와 프라이드 씨》, 스코트 펨브로크, 1925)이다. 다른 스타일이지만 동유럽의 대작 서사 영화들(《전함 포템킨》과 《대리석의 사나이》 역시 패러디 영화이다)도 마찬가지이다. 1950-60년대 이탈리아 영화는 '대작 영화들'의 패러디 영화의 특성을 보였다. 그 예로 히치콕의 《사이코》(1960)를 패러디한 《프시코지시모》(스테노, 1961)·《로코와 소렐》(지오르지오 시모넬리, 1961)·《로코와 그의 형제들》(비스콘티, 1960) 등과 같은 영화를 들 수 있다.

장르의 패러디(그리고 비평)에 대해서 우디 앨런의 영화들, 특히 초

기 영화들(예를 들면 탐정 영화를 패러디한 《돈을 갖고 튀어라》, 1969)
이나 멜 브룩스(《영 프랑켄슈테인》이나 《불타는 안장》)의 패러디 영화,
1970년대 비판적인 서부극들의 착상(아서 펜의 《작은 거인》이나 마르코
페레리의 《백인 여인을 건드리지 마라》, 1973)을 언급해 볼 수 있다.

이런 예들(이런 점에서 다음 편에 여러 가지 모델이 되는), 보통 참고
가 된 이야기들은 아주 익숙한 것들이다(대중적인 장르들이나 유명한
영화들). 사실 원작 영화와 패러디 영화와의 차이를 인지한다는 것은
원작이 유명하다는 것을 전제로 하기 때문이다.

## ▶ 여러 가지 방법

차이는 어떻게 생기는가? 빈번하게 사용되었던 방법들 중 몇 가지
를 인용해 보기로 한다.

### 부적절한 요소들의 삽입

원작의 이야기에 비해 부적절한 요소들(종종 저속하거나 일반적인 요
소들)의 다소 많은 삽입은 다른 장르나 다른 기록을 가리킬 수 있다.

— 하이드 씨로서 로렐은 행인들에게 중학생 같은 장난을 치면서 끔
  찍한 악의를 표현하고 있다.
— 《10월》(에이젠슈테인)의 유명한 다리의 오프닝 장면은 익살스러
  운 경찰의 추격에서의 요인과 같다.
— 《타잔, 정글의 수치》(피샤, 1974)는 타잔의 세계에서 선천적으로
  미지 상태의(억압된) 에로틱한(분명한) 주제를 펼치고 있다.

— 시대에 걸맞지 않는 물건이나 소품이 종종 중요한 역할을 하기
도 한다(예를 들면 무협 영화에서의 전화기).
— 다른 혼합: 《제시카와 로저 래빗》(로버트 저메키스, 1988)은 고전
적인 미국 영화의 세계에 만화 인물들을 등장시키고 있다.

## 혼란 또는 사건의 반전

종종 자신감 넘치는 주인공이 실패를 거듭하는 서툰 사람(이전의 채
플린 같은 우디 앨런)이나 비겁한 사람, 아주 비열한 사람(《작은 거인》
에서 커스터 장군)이 되기도 한다.

> **《대담한 흡혈귀의 킬러들》**(로만 폴란스키, 1968)
> 흡혈귀들 중 하나는 유대인이고 성호에 무감각하며, 다른 흡혈귀는
> 동성애자이고 다정한 어린 소녀들에게 아주 무관심하다. 끝으로 인류
> 를 흡혈귀들로부터 영원히 해방시켜 주고 싶어했던 학자는 반대로 흡
> 혈귀들이 전 세계를 마음대로 휩쓸고 다닐 수 있게 만든다.

## 과장, 강조

사건의 급변이 반복되고, 효과는 커진다(앞에서 언급한 초유사성 참
조). 《작은 거인》에서 역마차의 전형적인 공격의 재연은 다음과 같은
특징을 강조한다. 공격하는 인디언들 중 한 명이 이 사이에 칼을 물고
(정말로) 있는 것이 아닌가!

**거리에 대한 직접적인 표현**

예를 들면 주인공이 인디언들의 전투 전술의 위선적인 순박함(서부
극에서 전형적인)에 놀라게 되는 《작은 거인》에서처럼 인물들에 대한
부연 설명을 통해서, 즉 인디언들은 그들의 적들을 포위하기 위해 배
후에서 당당하게 공격하기 때문에 손쉬운 표적처럼 보인다.

## ▶ 효과

차이의 효과들은 다양할 수 있다. 여기서는 가장 일반적인 것들 중
몇 가지를 언급해 보기로 한다.

**유희적 효과**

의미의 다른 효과들을 확장시키려 하지 말고, 특히 인식과 차이의
이중적 쾌락을 노리는 것이 중요하다.
다음과 같은 혼성 모방의 경우: 아녜스 바르다는 익살스러운 무성
영화(《5시에서 7시까지의 클레오》에서의 짤막한 단편 영화)를 모방하고,
장 뤽 고다르는 《기관총부대》에서 뤼미에르 형제의 《열차의 도착》
(1895)과 《아기의 점심》(1895)을 모방하고 있다.

**코믹하고 풍자적인 효과**

겉보기에 조잡해 보이는 코믹 효과들은 진지하고, 게다가 고상한 모

델들이 신성을 상실하는 것에 포함되며, 그런 모델들을 비난하는 방식
을 취하게 된다. 미국의 성공작들에 대한 이탈리아의 패러디 영화들은
문화적 적응으로 읽히게 되었다.

### 비평 효과

차이가 모델의 부적절함이나 한계들을 드러나게 만들 수도 있다(이
때 '비평'이란 용어는 일반적인 의미에 속한다).

### 《작은 거인》

커스터 장군의 부하들이 저지른 인디언 캠프의 학살에 관한 관점의
전도로 고전적 서부극 전통의 자기 민족 중심주의와 잔인성은 구별되
어 강조된다(무성 영화에서 다른 관점들이 발견된다 하더라도 고전적 서
부극에서 이런 유형의 에피소드는 일반적인 것이다).

비평이란 단어의——더 긍정적인——다른 의미: 예를 들면 혼성 모
방에서는 원작의 읽기와 해설이 이루어지기 때문에 거리와 강조로 모
델들의 특징들이 돋보일 수도(특징들을 반드시 처음부터 재검토할 수는
없지만) 있다.

### 《드레스 투 킬》(브라이언 드 팔마, 1980)

드 팔마는 《사이코》에서의 샤워장 시퀀스를 모방하면서 강간의 환
상을 설명하고, 꿈을 통해 히치콕의 영화가 거부했던 것을 보여 주고
있다.

니체티의 영화에서 《자전거 도둑》의 모방이 모델이 된 영화의 중요한 특징들을 생략하거나 왜곡하는 그런 기능을 다하지는 못한다.

[과제]

당신이 잘 알고 있는 장르에서 전형적인 한 장면을 선택해 위에 열거된 장르에 게임의 규칙들(강조 · 전도 등) 중 하나 혹은 여러 개를 적용하여 변형시켜 보라. 시각적 약호로 그 장면의 새로운 버전을 써보라.

당신은 다음과 같은 것을 선택할 수도 있다:

— 오히려 진지한 방식('초서부극'이나 '프랑스식' 뮤지컬 코미디에서처럼).

— 《5시에서 7시까지의 클레오》의 익살스러운 영화(유희적 영역)나 《작은 거인》에서의 역마차의 공격(풍자적 영역)처럼 코믹한 방식.

전형적인 장면의 제안:

— 흡혈귀나 살인자가 희생자에게 다가가는 장면.

— 액션 영화에서 추격 장면.

— 시트콤에서의 가정 생활 장면(또는 부모와 자식 간의 언쟁 장면).


# 5. 재활용: 인용, 차용, 콜라주


## 게임의 규칙


여기 다른 하나의 규칙이 있다: 당신은 당신의 시나리오(또는 영역들 사이에 한계를 정하기가 점점 더 어려워지는 당신의 영화)에 **기존의 작품 일부분**을 삽입할 수 있다. 이것이 인용의 원리(또는 차용이나 콜라주의 원리)이다.

문학에서 빈번한 인용의 실제가 우리가 생각하는 것보다 영화에서 더 적지는 않다. 영화는 이런 것을 인용하기도 한다.

— **영화들**(또는 텔레비전 영상들): 고다르는 《비브르 사 비》에서 드레이어의 《잔다르크의 수난》의 몇 개 이미지들을 인용하고 있다. 우디 앨런은 《카이로의 붉은 장미》에서 프레드 어스테어 주연의 뮤지컬 코미디(《실크햇》, 마크 샌드리치, 1935)의 시퀀스 하나를 인용하고 있다. 《디스 보이즈 라이프》(마이클 캐이턴 존스, 1993)는 《슈퍼맨》의 짤막한 일부분을 인용하고 있다.

— 문학 **텍스트**나 문학과 연관된 **텍스트**: 시·소설·동화·에세이·광고 등. 예를 들면 고다르의 영화들은 온갖 종류의 텍스트 인용들이 많다. 《미치광이 피에로》 앞부분의 한 시퀀스에서는 인물들이 광고 문안을 말한다. 《따로 또 같이》(1964)에서는 세 친구가 자동차를 타고, 두 청년 중 한 명이 크노의 《오딜》에서 발췌한 부분을 큰 소리로 읽는다. 처녀의 이름(안나 카리나 분)이 오딜이다. 그리고 자동차는 터널로 들어가고 큰 소리로 읽기는 마치 아무 일도 없었던 것처럼 계속된다(청년이 그 책을 외우고 있거나 영화를 잠시 동안 판타지 영역으로 넘어가게 하고 있는 것을 나타내는 것이다).

— **영상들**: 브뉴엘은 《자유의 환영》의 시작 부분에 고야의 유명한 그림(《마호의 등》)을 삽입하고 있고, 《나자랭》(1959)에는 환하게 웃고 있는 그리스도를 나타내는 클로비스 트루이유의 그림을 삽입하고 있다.

— **음악·샹송**: 이런 유형의 차용은 대부분의 음향 트랙에 온갖 종류의 음악이 차용되고 있기 때문에 거의 영속적이다. 그러나 적

어도 이런 형식에서 차용이 이야기와 직접적인 관련은 없다.

엄격한 차용과 글자 그대로 인용(어떤 영화에서 다른 영화로 옮겨진 《잔 다르크》의 쇼트)은 **암시**(여기서 원작이 차용되지만 다소 정확하게 모방된다. 예를 들면 《기관총부대》의 장면 연결은 《10월》의 장면 연결과 같은 역할을 한다)처럼 다른 방법에 속한다.

인용이란 용어는 이런 암시의 경우에도 사용된다. 예를 들면 고다르는 《미치광이 피에로》의 여러 개 시퀀스에서 니콜라스 레이나 로셀리니를 '인용하고' 있다고 할 수 있다. 그 중의 몇 가지 특징들, 즉 상황들, 대사들, 글쓰기 방법들은 《그들은 밤에 산다》(니콜라스 레이, 1949)나 《공포》(로베르토 로셀리니, 1954)의 분명한 몇 개 시퀀스를 상기시키고 있다.

결과: 이런 게임의 규칙과 앞서 기술된 바 있는 다른 규칙들(예를 들면 혼성 모방 중심으로)과의 차이는 항상 명확하지 않다(실제로 종종 서서히 하나의 역할에서 다른 역할로 옮아가기도 한다). 그렇지만 우리는 이런 두 가지 특징을 주목할 수 있다.

— 차용은 텍스트의 **일부분**과 관계가 있을 뿐이다(이야기의 전체보다는 오히려 작은 단위들과 분산된 요소들이 이용된다).
— 종종 **글자 그대로** 차용의 문제이다(또는 적어도 **전체의** 차용: 쇼트나 시퀀스, 그림이 **아주 충실하게** 인용되기도 한다).

이런 작용에서 관객이 원작을 항상 알 필요가 없다는 것을 다른 관점에서 주목할 필요가 있다(그것은 상황 나름이라는 것을 보게 될 것이다).

## 역할과 방법

이제 두 가지 관례적인 의문을 제기하기로 한다. 어떻게? 그리고 왜?
우선 인용을 중심으로 한 몇 가지 전형적인 예에 대한 언급은 역할의
설명을 더 구체화시켜 여러 가지 반응 요소들을 우리에게 제공해 줄
수 있다. 우리는 그런 언급에서 동시에 텍스트 상호성의 일반적인 기
능의 새로운 양상들을 찾아낼 수도 있다.

### ▶ 심리적 성격 규정이나 사회적 성격 규정

흔히 볼 수 있는 인용의 첫번째 경우는 2차적 텍스트처럼 스토리에
포함되어 있는(예를 들면 한 인물이 영화를 보고 있거나 기억하고 있고,
책을 읽고 노래를 듣는다) 차용된 텍스트의 일부분이 심리적이고/이거
나 사회적인 성격 규정의 역할(이런 기능은 종종 다른 기능들과 결합되
기도 한다)을 하는 경우이다. 이런 예들은 상당히 많다.

**《디스 보이즈 라이프》**
레오나르도 디카프리오란 인물과 그의 친구들은 그들 나이의 대부분
청소년들처럼 《슈퍼맨》을 보고 있다.

**《카이로의 붉은 장미》**
세실리아(미아 패로우 분)는 프레드 어스테어가 춤추는 스크린 앞에서
꿈꾸며 위기의 냉혹함을 벌충한다.

예를 들어 영화가 다시 찾아낼 수 있는 분명한 틀에서 차용한 광고·신문·방송(라디오나 텔레비전)을 인용한다면 사회적 성격 규정은 '실제 효과'의 창출에 혼합될 수 있다.

### 《증오》

세 주인공이 파리 시내를 거닐 때 보이는 광고판들('페리에—세계는 당신의 것')은 영화의 다큐멘터리적 측면을 강조한다.

그렇지만 인용된 텍스트와 영화의 맥락과의 관계는 항상 단순한 것이 아니다. 영화는 차이와 무례함을 가장할 수도 있다.

### 《자유의 환영》

경찰서의 벽에 그려진 나폴레옹 군대에 저항하는 에스파냐인들을 나타내는 고야의 그림 〈마호의 등〉의 복제화는, 저항에 대한 경찰의 애정을 보여 주는 것이 아니라 오히려 그와 반대로 문화적 소산들이 그 의미를 벗어날 수도 있는 방법을 보여 주는 것이다.

고다르 영화에서 인물들의 세계에 삽입된 인용은 종종 아주 비현실적이고, 차용으로 야기된 특성('콜라주' 부분 참조)을 강조하고 있다. 두 명의 도로 청소부가 카메라를 향해서 정치철학 텍스트들을 암송하고 있는 《주말》(1967)의 시퀀스는 아마도 극단적인 예일 것이다.

[과제]

1. 영화 속의 한 인물, 예를 들면 《신만이 나를 본다》에서의 요부(잔 발리바르 분)나 《마리우스와 자네트》에서의 여주인공(아리안 아스카리드 분)을 선택해라.

— 남자(또는 여자)가 영화에서처럼 좋아할 수 있는 것, 예를 들면 책읽기·

노래 등을 찾아보라(전자의 예는 지적인 문화이고, 후자의 예는 대중적인 문화이지만 관계는 더욱더 예측하기 어렵다).

— 하나나 여러 개의 인용에 이런 취미들(유용한 요소들: 포스터, 그림, 무대에 보이는 책, 배경 음악, 대사)이 활용될 수 있는 장면을 써보라.

2. 배경 묘사를 위한 유사한 표시: 여러 가지 인용으로 《증오》의 예에서처럼 사회의 묘사가 완전하게 이루어지는 장면을 써보라.

제안: 모리스 피알라의 《반 고흐》의 시작 부분에서 문학이나 연극의 어떤 것을 참고로 가셰 박사의 가정에 대한 묘사가 완전하게 이루어지는가를 찾아보라(영화는 우리에게 이미 그림으로 그의 기호에 관한 정보를 주고, 그의 딸이 연주하는 음악을 들려 주고 있다).

이런 연습을 위해(이 장에서 이미 제시된 바 있는 대부분의 연습을 위한 것처럼) 당신은 이렇게 할 수 있다.

— 지시된 것처럼 기존의 영화들로 시작할 수도 있고,

— 다른 연습을 위해 구상된 시나리오들을 다시 사용할 수도 있다.

## ▶ 도움

차용이나 인용은 이야기를 보완해 주거나 도움을 줄 수도 있다.

### 이야기를 완전하게 만들기 위해

일반적이고 어떤 면에서는 최소의 형식: 틀을 완전하게 만들고, 이야기의 분위기를 완전하게 만들기 위해 영화들(예를 들면 다큐멘터리 영화나 시사뉴스 영화)의 발췌 부분을 삽입하는 경우.

### 《독일, 창백한 어머니》

폭격 시퀀스를 위한 폭탄과 비행기의 쇼트들.

《대리석의 사나이》

가상 다큐멘터리 영화에 들어 있는 시위대 행렬의 쇼트들.


《참을 수 없는 존재의 가벼움》(필리프 카우프만, 1987)

테레사(쥘리에트 비노쉬 분)는 소련 탱크의 폴란드 침공 때 거리에서 사진을 찍고 있었다. 몇 장의 뉴스 가상 사진들이 시위대 사이에 있는 그녀의 모습을 보여 준다(흑백으로).


이런 유형의 예들은 수적으로 많다. 이런 경우에서의 차용이 항상 눈에 띄는 것은 아니다(마찬가지로 그것은 종종 잘 드러나지 않기도 한다).

## 이야기를 강조하기 위해

사건을 다른 형태로 중복시키고 그런 식으로 강조하기도 하는 요소들의 삽입이 더 많이 구상되기도 한다. 여기 간단한 예시가 하나 있다.


《스크림 2》(웨스 크레이븐, 1997)

이 괴기 영화에서는 유령으로 변장한 살인자가 그의 희생자를 뒤따라가는 동안 텔레비전 수상기에서는 무르나우의 《노스페라투》의 영상들(충분히 비교 가능한)이 방영되고 있다.

## 원작의 더 많은 활용

《미국에 계신 나의 아저씨》

이야기의 여러 순간들이 여러 편의 고전 영화에서 발췌한 부분으로 언급되고 있다(어떤 의미로는). 니콜 가르시아가 애인을 찾으려고 떠날 때 짤막한 인서트로 말에 오르는 장 마레의 모습이 보인다.

### 《디스턴트 보이스, 스틸 리브스》(테렌스 데이비스, 1988)
동일한 메커니즘은 노래와 더불어 작품에도 해당된다. 인물들은 이야기의 상황들과 연결되어 대중적인 성공을 다시 거두게 된다.

### 설명하고 해석하고 폭로하기 위해

공헌은 다른 쇼트에 위치할 수 있고, 관계는 더 복잡해질 수 있다. 인용은 종종 설명과 해석·폭로의 기능도 있다.

### 《미국에 계신 나의 아저씨》
앙리 라보리의 쥐들에 대한 인용들은 인물들의 반응과 동물들의 집에서 관찰된 행동들을 교류시키고 있다.

### 《살로 소돔의 120일》(피에르 파올로 파졸리니, 1975)
사드의 언급들은 폭로자 역할을 하고, 파시스트적 행동들의 사드적 양상들을 드러낸다.

### 《망령들》(비스콘티, 1971)
나치당원들의 음모를 언급한 '위대한 인간들은 길가에 작은 꽃도 짓밟지 않는다' 는 헤겔의 말을 인용하는 경우도 같은 기능이다.

## ▶ 거리

인용은 반대로 시나리오의 이런저런 요소와 상반된 관계를 유지할
수도 있다. 이때 그것은 영화에서 **구분되도록** 되어 있다. 이야기가 인
물들이 체험한 '현실'과 영화 · 소설 등에 의해 전달되고, 그것들이
완성한 모델들과의 거리를 나타내는 데 사용되는 많은 경우들에서도
마찬가지이다.

### 《카사블랑카여 다시 한번》

험프리 보가트의 등장으로——《카사블랑카》의 인용인——주인공의
실패나 서투른 짓이 반대로 강조된다.

### 《운명의 날》(자크 타티, 1948)

우체부로서 타티는 영화에서 '마셜 플랜'과 같은 것들을 찬양하는 측
면을 보여 주었던 바와 같이 한결같지 않은 성공과 항구적인 코믹 효과
로 미국 우체국의 기술들을 프랑스의 조그만 촌락에 적용시키려고 애
쓴다.

### 《만사형통》(장 뤽 고다르, 1972)

비교 가능한 기능, 즉 인용의 또 다른 방식으로 상송은 영화의 결말
을 반어적으로 유도하기도 한다. 세상은 순조롭지 못하고 비가 내린다.
텍스트에서 언급하길 "프랑스에 해가 비친다. 그러니 나머지는 중요하
지 않다."

## ▶ 여러 가지 참고

이런 모든 예들에서 우리는 인용과 차용의 **의미**를 강조해 보았다. 그러나 다른 텍스트를 인용하는 것은 영화에 있어서 여러 가지 참고망에 **위치하는** 방법이며, 텍스트가 가리키는 정보들과 동시에 그것이 정보들과 설정하는 관계를 통해서 문화에서의 그 위치를 나타내는 방법이다.

예를 들면 종종 인용된 텍스트는 **독단적인** 기능을 부여받은 것처럼 보일 수 있다. 그런 텍스트는 삽입된 영화를 지지한다. 그것은 일반적으로 사상가들과 철학자들(앞선 예들에서의 헤겔이나 라보리트와 같은)을 인용하는 경우이다.

약간 다른 방식의 인용은 부속을 의미하는 하나의 방법이기도 하다. '친숙한 인용'에 대해 언급할 수 있을까? 영화는 다른 목소리와 자체의 목소리를 연결시키고, 다른 목적들을 토대로 해서 그 자체의 목적을 밝힌다. 다른 목적들이 그 자체의 목적을 반향하거나 연장시킨다. 이 장의 서론에 인용된 로샤의 에이젠슈테인 영화를 참고한 것은 분명히 이런 유형의 기능을 갖는다. 그런 의미에서 많은 인용들과 암시, 참고한 것들이 언급될 수도 있을 것이다. 이런 방법들을 통해 영화들은 감독들이 특히 좋아하고, 그 안에서 자기와 닮은 점을 발견하며 관객이 참조하기를 바라는 작품들을 지적한다. 많은 다른 감독들의 영화처럼 브뉴엘의 영화(초현실주의자들·사드·고야 등)도 마찬가지이다. 여기서 참고하는 것이 아주 피상적일 수도 있다는 데 주목할 필요가 있다. 예를 들면 배경에서 포스터(《네 멋대로 해라》에서의 르누아르의 포스터[57]), 제목이나 이름(《자유의 환영》의 인물 이름이 파졸리니이다)의 사용으로 충분할 수 있다.

다른 방향: 인용된 텍스트는 영화가 그 텍스트에 비해 일탈된 상태이고, 그 텍스트의 한계들과 엉뚱함을 활용하기 때문에 거부되거나 효력이 없어질 수도 있다. 이런 관계는 더 복잡하고 더 보기 드물다. 즉 그것은 다음과 같은 유명한 장면에서처럼 **비평적**이나 **풍자적**인 것을 겨냥한 역할 전체와 비교해 볼 필요가 있다.

### 《비리디아나》(루이스 브뉴엘, 1961)

브뉴엘은 레오나르도 다빈치의 〈최후의 만찬〉을 인용하고 있지만, 비웃는 방식으로 예수그리스도와 사도들을 장애가 있고 배은망덕하며 약탈을 일삼는 걸인들의 무리로 바꾸어 놓고 있다.


### [과제]

1. **강조 · 설명**: 이미 작업된 장면을 하나 택해라. 영화들에서 이 장면의 중요한 양상을 강조하거나 설명할 수 있는 인용으로 샹송과 시, 다른 유형의 텍스트들을 찾아라. 스토리 안에 인용이나 몽타주 효과(《미국에 계신 나의 아저씨》에서처럼), 화면 밖 소리(오프) 등과 같이 가능할 수 있는 삽입 방법을 하나 혹은 여러 개를 선택해서 시나리오 안에 통합시켜라.

2. **거리 · 아이러니**(반어법): 같은 작업의 원리지만 모순과 차이를 중시한다(《비리디아나》에서의 〈최후의 만찬〉이나 《만사형통》에서의 '프랑스에 해가 비친다'의 경우처럼).

실례: 다양한 관계 유형들은 미국에서 텔레비전으로 방영된 연속극 《꿈꾸어라》에서처럼 혼합될 수도 있다. 주인공 마르탱은 어릴 때부터 텔레비전으로 방영된 옛날 흑백 영화들을 보며 자란다. 그의 정신적인 삶은 그런 옛날 영

---

57) 앞서 《증오》에서 인용된 포스터('페리에―세계는 당신의 것')는 하워드 혹스(Howard Hawks)와 드 팔마, 즉 《스카페이스 *Scarface*》(1932)의 유명한 쇼트에서 갱단의 슬로건, 리메이크 작품 《스카페이스》(1983)에서의 팬암(Pan Am)의 광고에 대한 암시이다.

화들의 발췌 형식으로 스크린에 비친다. 이런 인용들은 대체적으로 두 가지 방식으로 작용할 수 있다.

— 인용들은 진행중인 사건을 강조하거나 설명할 수 있다(예를 들면 귀여운 소녀 앞에서 마르탱의 모습은 튀어나온 눈을 가진 텍스 아베리의 검은 가면으로 사라진다).

— 인용들은 실제적인, 종종 끔찍한 사건 앞에서 마르탱의 태도를 기만에서 깨어나게 한다. 마르탱은 그런 사건에 밝은 표정을 짓는다. '실제' 이미지보다 더 잔인한 삽입 화면(예를 들면 대포나 폭탄)은 마르탱에게 그의 전부인이 공개되지 않은 가혹한 언행을 퍼부을 때 그가 보라는 듯이 흘린 미소를 정말로 묵살시켜 버린다.

3. 거리 · 모순: 《카사블랑카여 다시 한번》을 모델로 삼아 시나리오를 구상해 보라(평범하거나 복잡한 인물은 가상의 주인공과 동일시된다). 예를 들면 낭만적인 처녀와 《타이타닉》, 반항적인 청춘 남녀와 《증오》를 결합해 보라. 거리와/나 모순을 강조하는 하나나 여러 개의 인용이 들어 있는 장면을 써보라. 당신은 인물과 그것의 모델과의 상이하고 더 복잡한 관계를 발전시킬 수도 있다.

4. '즐겨 보는' 영화와 작품들: 당신이 선택한 장면에 당신이 좋아하는 영화 · 책 · 시 등의 인용이나 암시를 삽입시켜 보라. 이번에는 장면과 그것들의 관계나 정확성은 상관없다. 그 대신에 그것들을 이야기에 잘 '연계시키도록' 해라. 얻어진 장면을 기술해 보라.

## ▶ 위임

인용과 차용은 다른 텍스트를 통해 표현되는 방법이 될 수도 있다. 즐겨 보는 영화들 중 하나에서 짤막한 교훈적인 우화를 한번 더 차용해 보기로 한다.

### 《카이로의 붉은 장미》

한 장면에서 여주인공 세실리아와 남자 배우 질은 그가 찍었던 영화들 중 하나에서 끌어 온 러브신의 대사를 암송하면서 서로 응수하고 있다. 모든 말들이 차용된 것이고, 두 인물이 그들의 것이 아닌 말들을 반복하고 있음에도 불구하고 그들 사이에 진짜 러브신이 이루어진다(그리고 결국 실제 키스를 하기에 이른다).

종종 영화도 마찬가지이고(다른 것처럼), 영상과 다른 것들에 대한 말(그것이 이해되든 이해되지 않든)을 통해 이야기하는 영화들도 많다. 고다르는 이에 대한 아주 많은 예(아마 극단적인 경우일지도 모르는)를 보여 주고 있다.

### 《미치광이 피에로》

이 영화는 온갖 종류의 직접적인 인용(예를 들면 랭보와 로르카의 시)이 많을 뿐만 아니라 감독이 다른 감독들의 족적에 자신의 족적을 남기지 않고는 이야기할 수 없는 것처럼 많은 시퀀스들이 다른 영화들(니콜라스 레이의 《그들은 밤에 산다》, 로베르토 로셀리니의 《공포》, 잉마르 베리만의 《모니카》 등)의 시퀀스들에서 영감을 얻고 있다.

허구를 벗어나(한번만으로는 관례가 될 수 없다) 이런 방식은 아주 공공연하게 《게르니카》(1950)에서 구사한 알랭 레네의 방식이기도 하다. 나치에 의한 이 도시의 끔찍한 폭격을 상기시키기 위해 이 영화는 차용된 소재로 피카소의 그림과 조각, 엘뤼아르의 시를 사용하고 있을 뿐이다.

왜 다른 사람들의 목소리로 표현되는가? 종종 다른 담론들(영화·이미지·시)의 일부분이 우리가 표현해야만 하는 것과 가장 잘 부합할 수도 있다(그리고 동시에 이런 식으로만 말해서는 안 될 것이다). 종종 드러내 놓거나 신중에 신중을 기하거나 다른 이유에서 경솔하게 말할 수 있는 것은 아니다. 이때 차용은 메가폰과 마찬가지로 가면이 된다.

그러나 물론 우리는 차용한 것을 선택해서 삽입시켜 명확하게 다시 표명하는(명확하게 다시 표명할 때) 식으로 그것을 재해석할 수도 있다.

## 《미치광이 피에로》

《미치광이 피에로》의 마지막 시퀀스에서 고다르는 로셀리니의 시퀀스를 하나 인용하고 있지만(막 자살하려는 순간에 벨몽도는 《공포》에서의 잉그리드 버그만처럼 아이들에게 전화를 건다), 그는 그의 영화에서 빈번하게 나타나는 아이러니와 자조의 경향으로 시퀀스를 줄이고 거기서 페이소스를 없앤다.

## 《노스페라투》

그와 반대로 헤어조그는 무르나우의 시퀀스들을 인용할 때 이야기의 비관주의를 미학적 쾌락으로 벌충하기 위한 것처럼 시퀀스의 조형적인 차원을 발전시키고 있다.

## [과제]

이야기(소설 · 시놉시스 등)에서 전개시킬 만한 장면(특히 당신이 '이야기할 수 있는' 장면)을 선택해라. 장면이 표현하는 것과 관계가 있고, 다음과 같은 것에 도움이 될 수 있는 영화들이나 다른 텍스트들의 장면들을 기억하도록 해라.

— 장면을 구성하고,
— 장면의 중요한 특징들을 강조하는 데
이런 참고 사항에 의거하여 장면을 서술적 약호로 써보라.

## ▶ 콜라주

인용 · 차용 · 재활용은 단절과 비정형의 방식에도 작용할 수 있다. 실험 영화의 측면에서 우리는 **파운드 풋테이지**(found footage; 수거된 영화의 파편들로 영화를 구성하는 것)의 실제에서 콜라주나 **레디메이드**처럼 초현실주의자들의 실천이 연장되는 것을 발견할 수 있다. 그러나 서술 영화는 통일성에 대한 불일치(적어도 어떤 측면에서)를 중시하고, 이야기의 파편화를 위해 차용된 것을 활용하는 여러 가지 예들을 제시하기도 한다.

이것은 고다르가 종종 사용하는 전략이다.

《주말》

이 영화는 다양한 소재들, 즉 광고의 일부분, 문학이나 철학의 인용(카르미카엘 · 루이스 캐럴 · 엘리 포르 등), 잡다한 영화들을 참고로 한 것들(《추방당한 천사》《사막의 여포로》《전함 포템킨》)이 많다.

이러한 것들의 삽입으로 영화는 풍화된 항아리가 된다. 그 안에서 이야기의 흐름은 끊임없이 단절된다. 특히 이런 불연속의 미학이 비평의 목적이다(영화에서 분명하게 참조된 브레히트 작품에서의 거리두기 효과 참조).

[과제]

1. 당신이 선택한 장면에 이야기를 분할시키고 단절시키는 것 같은 역할을 하는 발췌 부분들과 인용들을 삽입해 보라. 그 장면의 새로운 버전을 기술해 보라. 당신이 유지하거나 재구성하기를 바라는 일관성의 정도를 참조할 것.

2. 대가들에게 마련된 것: 칼 라이너의 《죽은 자들은 남성복을 입지 않는

다》(1982)에서처럼 정반대의 방법을 적용해 보라. 이야기를 재구성한 보통 아주 유명한 영화들의 발췌 부분만으로 구성된 '몽타주' 영화(이것은 문학에서의 '표절 작품'과 등가적인 영화이다)의 문제라는 것을 상기할 필요가 있다.

따라서 당신에게 이런 것이 중요할 것이다:

— 기존의 영화들에서 차용한 몇몇 시퀀스들을 재구성하는 것(발표된 바 있는 시나리오들과 그것의 장면 분할(데쿠파주)들이나 당신의 기억들과 카세트를 이용해라).

— 이런 발췌 부분들을 연결시키면서 가능한 한 일관성 있는 이야기를 구성하는 것이 중요할 것이다. 당신은 통일성을 회복하는 데 도움이 되는 요소들을 덧붙일 수 있다.

이런 몽타주는 유희적인 목적일 수 있다(《죽은 자들은 남성복을 입지 않는다》). 종종 경제적 어려움 때문에 감독들은 영화의 스토리 안에 몽타주를 강요받기도 했다. 《돈 주앙》(빈센트 셔먼, 1948)의 경우 "감독은 점점 나이가 들고 점점 더 심해지는 알코올 중독으로 대부분 에롤 엘린에게 지불해야 할 경제적 난관을 겪은 뒤 몇몇 쇼트를 연출하는 데 재정적인 무능력 때문에 몇 년 전 촬영한 러쉬 필름에서 《영국 엘리자베스 여왕의 사생활》과 《로빈의 숲 속의 모험》을 찾아낼 수밖에 없었다."(《텔레라마》, n° 2538, p.8)

이 두 가지 연습의 경우 선별은 자동으로 이루어질 수 있다(우연을 개입시킬 수 있는 방법을 찾아보라, 즉 눈을 감고 책을 펼쳐 페이지 숫자로 주사위놀이를 해보라).


## 인식의 문제들


텍스트 상호성의 다른 형식들의 경우처럼 인용 · 차용 · 콜라주, 다른 재활용에 관해 사전 물색 작업과 동일화의 문제가 제기되기도 한다. 당신은 아마 우리가 기술하고 있는 것에 대해 얼마 동안 의아하게 생각했을 수도 있다. 그러면 관객들은 어떨까? 관객은 종종 난해한 이런 참고 자료들에서 무엇을 이해할 수 있을까? 그리고 관객이 그런 것들을 이해하지 못한다면 무슨 의미가 있을까?

차용된 것이 분명하게 드러날 수 있는(또는 드러나지 않을 수 있는) 방법을 고려하면서 아주 구체적인 측면에서 이런 의문들을 제기해 보기로 한다. 영화에서도 인용부호에 상응하는 것이 있을까? 관객은 차용된 것이 있다는 것을 어떻게 알까? 그리고 무엇인지 알 수 있을까? 상황은 복잡하다.

예를 들면 영화의 일부분이 암시적으로 영사되는 것으로 나타날 때(인물이 스크린에서 그런 영상을 볼 때) 그것은 이야기 안에서 특별한 위치('영화 속의 영화')를 점유하게 되지만, 그것이 차용의 문제인지 아닌지 정보를 주는 것만으로는 충분치 못하다(2차적 영화는 원작의 소재가 될 수도 있다).

참고 자료들이 종종 자막이나 인물들에 의해 주어지기도 한다. 어떤 경우에는 인용이 부가된 특성으로 두드러지기도 한다(더구나 그것은 이야기와 이질적이다).

### 《미국에 계신 나의 아저씨》

1980년에 만든 이 컬러 영화를 보면 이전의 영화들에서 차용된 쇼트들(말을 탄 장 마레)은 흑백이다.

### 《부르주아의 은밀한 매력》

이 영화에 삽입된 아라공의 《문체론》 인용에서 사용된 표현 방식들은 시대에 뒤떨어진다("난 당신의 군대 전체에 먹칠을 했어……").

종종 인용은 유명해져서 인지되기도 한다. 즉 장 마레·험프리 보가트·노스페라투, 《사이코》에서의 샤워장 시퀀스, 레오나르도 다빈치의 〈최후의 만찬〉은 모른다는 것이 이상해 보일 수 있다. 그렇지만 모든 것은 관객의 문화에 달려 있는 것이고, 놀이에서 관객에게 마련된 위치가 항상 같은 것은 아니다.

— 몇몇 경우에는 인용이 이와 같이 인지되도록 되어 있다. 예를 들면 독단적인 인용은 제 기능을 다한 것으로 인정해야 한다.
— 다른 경우에 차용은 오히려 이야기에 용해되어야 한다(예를 들면 전쟁·재난 등과 같이 쇼트들이 만들어 낸 분위기를 위해 차용된 배경 쇼트).
— 종종 그 어느쪽 해석도 가능할 수 있다. 우리는 앞서 리메이크에서 혼성 모방에 이르는 규칙의 단계를 살펴보면서 이런 다양성에 직면한 바 있다. 어쨌든 텍스트 상호성 분야에서 독자의 역량은 중요한 자료이고, 독서의 다원성은 변함없는 현상이다. 당신이 인지하고 있는 바에 따르면 당신은 같은 영화를 볼 수 없을 것이다(그렇다고 해서 단계나 확신이 없는 것도 아니지만).

결론적으로 재미있는 전형적인 예를 주목해 보기로 한다. 몇몇 영화들은 참된 인용과 거짓 인용을 혼합해 놓고, 그것을 구별하지도 않으며, 다른 목소리들을 개입시킨다.

### 《카이로의 붉은 장미》

우디 앨런은 참된 인용들(프레드 어스테어)을 통해 미국식 코미디를 언급하는 동시에 패러디 영화(디에게시스 내적인 영화 《카이로의 붉은 장미》)를 통해서도 미국식 코미디를 언급하고 있다.

브뉴엘은 영화에서 성경과 다른 신성한 텍스트의 참된 인용들과 거짓 인용들을 식별할 수 없도록 아주 미리 계산된 게임을 설정해 놓고 있다.

[과제]

명료한 것과 함축적인 것의 변화. 인용과 차용에 관한 이전의 예들 중 하나를 따르도록 해라.

1. 관객에게 인용과 차용을 찾아서 배치해 보도록 해라.

2. 같은 시나리오의 2차적 버전에서는 그와 반대로 인용과 차용을 최대한 숨겨 보도록 해라.

그 결과들을 기술해 보라.


# 6. 결론: 다양성과 뒤얽힘


## 다른 몇몇 시나리오의 시나리오


우리가 면밀한 검토를 시작하고, 시나리오의 경우 다른 텍스트들에서 영감을 얻을 수 있는 수많은 방법이 있다는 것을 상기시키기 위한 방법이 몇 가지 더 있다. 이런 도출들이 반드시 작품들의 실질적인 형성 과정에 해당하는 것은 아니지만, 당신은 다음에 그것에서 영감을 얻을 수 있을 것이다.

## ▶ 격언, 화법, 경구에서 시작하라

그리고 이런 것을 예시하거나 가리키는 서술적 도식을 탐구해 보라.

— 크쥐시토프 키에슬로프스키의 《십계》는 현대 폴란드에서의 성
   서의 십계를 구체화하고 있다.
— 마찬가지로 '살인하지 마라'는 크쥐시토프 자누시의 동일한 제
   목의 영화(1988)에서 두 가지 측면, 즉 죄악(방탕한 살인)과 징벌
   (용납할 수 없을 것같이 보이는 죄인의 사형 집행)의 예증을 보여
   준다.
— 에릭 로메르의 '코미디들과 속담 소재의 소희극'에 대한 같은 원
   리, 다른 스타일(뮈세 이후).

## ▶ 신화(또는 이에 상당하는 것)에서 시작하라

당신이 선택한 세계에서 이런 소재를 전개시키기 위해,

— 오르페우스 신화는 《흑인 오르페》(마르셀 카뮈, 1959)에서 리오
   카니발로 바뀌었다.
— 《트리스탄과 이졸데》는 《영원한 회귀》(장 콕토, 1943)의 근간이
   되었다.
— 노아의 방주 이야기는 종종 공상과학(SF) 영화의 세계로 각색되
   기도 한다(《세계의 충격》, 루돌프 마테, 1951; 《딥 임팩트》, 미미 레
   더, 1997).

신화를 참고한 것은 많든 적든 파악할 수 있고 중요하다. 종종 신화는 아주 느슨하고 선택된 장르와 연관이 있는 사건의 급변으로 형성된 골조만 마련해 주기도 한다.

## ▶ 변화가 다양한 사건으로 시작하라

가능한 전개 방식은 수없이 많다.

— 《타이타닉》에서 제임스 카메론은 난파의 이야기에 러브 스토리를 접목하고 있다.
— 《네 멋대로 해라》의 경우, 변화가 다양한 사건(먼저 트뤼포가 시놉시스에서 인용한)이 영화의 골조를 마련해 주고 있다.
— 《증오》에서 마티외 카소비츠는 극의 맥락을 형성하는 인물들과 상황들을 발전시키고 있다.

1992년 파리에서 마콤이라는 열 살 먹은 소년이 경찰서에서 형사에게 아주 가까운 거리에서 총에 맞아 죽었다.

마티외 카소비츠, 질 파비에, 《지금까지 만사형통이다…… 영화 〈증오〉를 중심으로 한 시나리오와 사진들》, 아를르, 악트 쉬드, 1995.

변화: 장 루슈는 이미 《파리 스케치》에 인용된 바 있는 스케치를 위해 일반적으로 변화가 다양한 사건(파리 북역에서의 자살)을 채택하지만, 앞으로 (정확하게) 20분 후에 무슨 일이 일어날까 자문해 보면서 그 사건을 이야기의 **결말**로 삼았다.

## ▶ 구성의 틀을 차용하라

또는 잘 알려진 장르(또는 작품)의 전개 방식:

— 《증오》는 카날 플뤼스의 현장보도 방송 '24시' 처럼 구성되어 있
  다. 사건은 하루 동안에 전개되고, 영화는 정확한 시간을 나타내
  는 자막으로 구분되어 있다.
— 《비브르 사 비》는 자막(이번에는 오히려 장들의 제목의 전형으로
  작용하는)으로 구분된 열두 개의 장으로 이루어진 영화이다.

## ▶ 한번 혹은 여러 번의 변화가 있는 모티프를 차용하라

이야기에 차용된 하나의 모티프(상황·사건의 급변)를 삽입시키고,
그것의 변화를 한번 혹은 여러 번 제시하라.

— 《현기증》에서 히치콕은 브뉴엘의 《엘》 같은 구조(종탑)와 인물들
  (한 쌍의 부부)을 이용하고 있다. 그는 다음과 같은 형식적이고
  서술적인 다양한 변화를 제시하고 있다. 《엘》에서 위협에 불과한
  것이 히치콕의 영화에서는 자살로 꾸며진 살인이 되고, 결국 자
  살이 된다.
— 《버려진 아이들》은 소련 영화 《삶의 여정》(니콜라이 에크, 1931)의
  에피소드 하나를 차용하고 있지만, 그 결말과 교훈을 바꾸었다.
  《삶의 여정》에서 진보주의적인 교육자가 타락한 젊은이에게 보
  여 준 확신은 완전한 성공이다. 교육자는 젊은이에게 돈과 책임

을 맡기면서 그를 공동체로 되돌아오게 만든다. 브뉴엘의 영화에서 젊은이는 환경과 운명에 다시 사로잡히게 된다(불량배 친구가 그의 돈을 빼앗고 모든 것을 망쳐 놓는다). 《삶의 여정》의 판본 자체는 디킨스의 《올리버 트위스트》의 에피소드(이미 브뉴엘의 영화에서와 같은 비관적인 결말을 보이는)에 대한 변형이다.

## ▶ 같은 도식을 한번 혹은 여러 번 변화시켜 여러 번 활용하라

텍스트 상호성과 유사한 자동 생성 과정에서 몇몇 요소들을 바꾸면서 같은 도식이나 같은 서술적 요소들을 여러 번 활용하라.

### 시간을 변화시키면서

상이한 여러 가지 에피소드에 들어 있는 유사한 이야기들을 통해 똑같은 하나의 사회적 현상(공동체는 다른 공동체를 배척한다)을 보여 주고 있는 그리피스의 《편협》의 예를 상기시켜 볼 필요가 있다.

### 장소를 바꾸면서

다른 다섯 개의 세계 주요 도시[58]에서 택시를 타고 달리면서 똑같이 밤(같은 날 밤)에 '실시간으로'[59] 전개되는 다섯 개의 스토리를 이야기

---

58) 로스앤젤레스 · 뉴욕 · 파리 · 로마 · 헬싱키. 〔역주〕
59) 제5장 시간에 대한 부분 참조.

하는 《지상의 밤》을 참조할 필요가 있다. 스케치마다 파리의 다른 구역을 탐색해 보는 《파리 스케치》에서의 장소와의 다른 관계.

### 인물들을 바꾸면서

우리는 《윤무》에서 대칭 구조의 러브 스토리들이 차례로 이어지고 있는 것을 살펴본 바 있다. 매번 파트너들 중 한 명은 부정하다. 그는 차례가 되면 다음 스토리에서 버림받게 된다.[60]

## ▶ 같은 도식을 근간으로 이런 변화들을 유일한 스토리로 '엮어라'

이것은 흥미로운 전략이다. 《부르주아의 은밀한 매력》이나 《가난한 콤바흐인들의 횡재》(1971)는 같은 사건의 다양한 반복, 즉 어떤 경우에는 실패한 초대로, 또 다른 경우에는 자동차의 공격에 같은 인물들을 연루시키고 있다.

## 뒤얽힘

결론적으로 두 가지 예를 제시하는 것으로 이런 두 가지에 중점을 둘 수 있을 것이다.

---

60) 제2장 서술에 대한 부분 참조.

— 다양한 유형의 도출과 차용은 종종 **총체적인 서술적** 전략들에 결합되어 있다.

— 텍스트 상호간의 측면은 **수많은 다양한 영화**에서 필요불가결하다(이런 측면은 종종 우리가 '연구할' 영화를 중요하다고 생각할 수도 있는 것처럼 미리 결정되어 있지는 않다).

### 《스크림 2》(웨스 크레이븐, 1997)

이 영화는 '속편'과 '시리즈'라는 두 가지 특성들을 겸비하고 있기 때문에 구별이 명확하지 않은 예들 중 하나이다. 이 영화는 특수 촬영을 많이 사용하여 일련의 끔찍한 살인들을 연상시켰던 원작 《스크림》의 속편 양상을 띠면서 같은 집단의 인물들(광고에서 언급되었던 '살아남았던 사람들')의 '새로운 모험들'을 이야기하고 있다. 시나리오의 다양한 기법들(예를 들면 첫번째 살인을 이야기하고, 관객의 일부에게 모방 욕구를 불러일으킬 수 있다는 것이 전제되어 있는 영화 속의 영화)은 1차적 이야기를 하나의 **프로그램** 같은 역할을 하도록 만든다. 인물들과 관객들은 사건들이 처음처럼 전개되기를 기대하기 때문이다.

이렇게 야기된 기대는 차츰 어긋나기도 하고 충족되기도 한다. 이야기는 몇 가지 놀라움을 준비해 두지만 결국 예정된 도식을 벗어나지는 않는다. 따라서 영화의 세계는 반복의 원리(공포는 결국 동일한 것이다)에 지배를 받게 된다.

이런 다양한 중복들은 다른 참고 방식에 의거한 강조와 남용의 성격을 띠기도 한다. 이렇게 영화는 초유사성(유령으로 변장, 아주 의례적인 공격)의 역할을 하고, 계속 아주 분명하게 지적된 장르(괴기 영화)에 속하게 된다. 즉 스토리 안에서(인물들은 공포 영화를 보러 가고, 그것에 대해 토론한다), 그리고 장르의 고전적인 측면들을 참조해 봄으로써(《사이코》의 샤워장 장면의 암시, 무르나우의 《노스페라투》의 인용) 가능하다.
강조된 다른 장르들(예를 들면 두 범죄 사이에 붙어 있는 뮤지컬 코미디
의 번호)을 너무 드러나게 참고한다는 것은 이야기의 약호화된 특성에
역점을 두는 것이기도 하다.

이런 과정은 모두 너무 유희적인 기능을 초래한다. 관객들은 이 모든
것이 영화일 뿐이라는 것을 잘 알면서도 공포를 느끼며 즐긴다.

### 《장미의 이름》(장 자크 아노, 1986)

이 영화는 움베르토 에코의 유명한 소설을 각색한 것으로 같은 서술
적 도식과 전반적으로 같은 준거 체계를 근거로 하고 있다. 이 영화는
성경에서의 요한계시록의 이야기를 모방한 일련의 범죄들을 이야기하
고 있다(아직도 그럴까!) 인물들의 일부는 이 서한집을 찾아내 풀이하
기도 한다. 이때 이것은 인물들에게 그런 것처럼 관객에게 있어서도
사건들을 설명해 줄 수 있는 이데올로기적 해석(연속되는 죽음은 신의
징벌이다)과 같은 역할을 수행하는 동시에 하나의 프로그램(관객들도
죽음이 계속 발생하고, 그것이 모델과 닮아 있기를 기대한다)과 같은 역
할을 수행한다. 처음에 일련의 사건들이 이런 기대를 충족시켜 주지만
조사관(순식간에 셜록 홈스라는 별명을 얻은 기욤 드 바스케르빌)의 통찰
력으로 결국 가설은 무너지게 된다. 〈요한계시록〉과의 일치는 연출의
결과일 뿐이고, 신의 징벌은 이 스토리에서 이루어질 것이 아무것도 없
다는 것을 발견할 수 있다. 그렇지만 성경의 참조는 두 진영간의 대립
——범죄들을 유발시켰던——의 핵심에 있다. 즉 종교에 근거를 둔 반
계몽주의 옹호자들은 권력을 유지하기 위해 성서를 이용하고 싶어하는
반면에, 진보주의 사상가 그룹은 비판 문화를 옹호한다.

텍스트 상호간의 참조를 조명해 보는 것——스토리 자체에서——은

서스펜스를 자아내는 동시에 관객을 이론적 논쟁에 연루시킬 수도 있
다. 따라서 이것은 이야기에서 필요불가결한 것이다.

# 용어 해설

Adaptation(각색): 문학 작품을 영화로 전환.

Auricularisation interne/externe(내면적/외면적 청각화): 한 인물에게 내면적으로 청각화된 이야기에서 인물이 들을 수 있는 것을 관객도 듣는다. 그렇지 않은 것은 외적 청각화이다.

Caméra subjective(주관적 카메라): 영화에서 인물의 시각적 인지와 결합되는 것.

Caméra sémi-subjective(주관적 카메라): 영화에서 인물의 주관적 이미지들과 인물의 외면적 표현이 결합되는 것.

Diégèse(diégétique)(디에게시스)(디에게시스적인 것): 이야기된 스토리(양화의 허구에 의해 제시된 세계)에 속하는 모든 것. 예를 들면 영화에서 이어지는 두 시퀀스가 디에게시스에서 긴 공백(여러 해의 디에게시스적인 지속 시간)에 의해 분할된 두 장면을 재현할 수 있다.

Énonciation(언술 행위): 담론을 만들어 내는 행위.

Extradiégétique(디에게시스 외적인): 디에게시스에 속하지 않는. 예를 들어 디에게시스 외적인 음악은 오로지 관객을 위해서만 존재하는 음악이기 때문에 스토리 안에서 생성되지 않을 뿐더러 들리지도 않는다.

Flash-back(플래시백): 회상(동의어 회고법). 대칭적으로 flash-forward(플래시 포워드)는 이야기가 갑자기 미래로 들어가는 것(동의어 예변법)이다.

Focalisation(focalié, focal)(초점 맞추기)(초점 맞춰진, 초점의): 이야기에 맞춰진 시점. 여러 가지 상황이 있을 수 있다.

Focalisation interne(내면적 초점 맞추기): 이야기가 인물의 내면을 간파한다(반대의 경우 외면적 초점 맞추기).

Focalisation multiple(multifocalisation)(다중적 초점 맞추기): 다중적으로 초점이 맞춰진 이야기가 초점이 맞춰진 여러 인물들의 시점을 결합시킨다.

Focalisation sur un personnage(한 인물에 초점 맞추기): 한 인물의 시점을

택한 이야기는 그 인물(초점 인물이라는)에 초점이 맞춰져 있다.

Focalisation zéro(제로 초점 맞추기): 제로 초점 맞추기(또는 초점이 없는 이야기)는 어떤 인물의 시점도 택하지 않는다. 이것은 일반적으로 더 폭넓고 더 완벽한 시점이다('전지적 화자' '신' '시리우스' '위대한 성상화가'의 이야기).

Hétérodiégétique/homodiégétique(이질적 디에게시스적인 것/동질적 디에게시스적인 것): 동질적 디에게시스적인 이야기는 다른 이야기에 포함되어 있고 1차적 이야기와 같은 디에게시스를 나타내는 이야기이다(1차적 이야기가 이야기하는 것은 같은 스토리에 속한다). 그와 반대로 이질적 디에게시스적인 이야기는 다른 디에게시스(다른 스토리 전체를 이야기한다)를 제시하는 2차적 이야기이다.

Intertexte(간텍스트): 주어진 텍스트가 다소 분명한 관계가 있는 텍스트들의 텍스트나 그 전체.

Intertextualité(텍스트 상호성): 고유의 의미와 가치를 갖는 하나의 텍스트와 다른 텍스트들과의 '대화.'

Intradiégétique(디에게시스 내적인): 디에게시스에 포함된. 디에게시스 내적인 화자는 동시에 영화의 인물이기도 하다. 그런 화자가 만들어 내는 이야기는 디에게시스 내적인 이야기이다.

Matière de l'expression(표현 재료): 다른 '언어들'의 물질적 특성. 예를 들면 문어나 구어, 정지 사진 영상이나 동영상 사진, 음악적 소리 등. 크리스티앙 메츠가 언어학자 루이 옐름슬레우에게서 빌려 와 영화 이론에 도입한 개념.

Métatexte(메타텍스트): 다른 텍스트를 해설하는 부연 설명이나 텍스트(넓은 의미에서).

Mise en abyme(격자형 구조): 이야기(또는 이미지)에서 일부분이 전체를 반영하는 거울 효과.

Motiver(동기 부여를 하다): 설명하거나 입증하는 것. 이야기의 요소에 디에게시스적인 동기를 부여한다는 것이야말로 스토리 안에서 그 요소에 어떤 정당성을 부여하는 것이다. 예를 들면 플래시백을 한 인물의 회상처럼 표현하면서 그것에 동기 부여가 될 수 있다.

Narrataire(대화자): 이야기의 수신자(예를 들면 영화의 관객).

Ocularisation interne/externe(내면적/외면적 시각화): 내면적으로 시각화된

이야기에서 관객은 인물이 보는 것을 본다. 그 반대의 경우 이야기는 외면적
으로 시각화된다.

**Récit**(이야기): 서사학(주네트 참조)에서 이 용어는 통상적인 용법보다 더 좁
은 의미로 사용된다. 이 용어는 '하나의 사건이나 일련의 사건의 관계를 수
용하는 서술적 언술'을 가리킨다. 이런 정확한 의미에 속해 있는 이야기는 하
나의 담론이고, 이런 담론의 대상이 되는 스토리(또는 디에게시스)와 상반된
다. 영화에서는 이야기의 지속 시간(평균 120분)과 디에게시스적 지속 시간(몇
시간에서 몇 년에 이르기까지)이 구별될 수 있다.

**Remake**(리메이크): 같은 시나리오를 새로운 배우들, 새로운 미장센으로 수
정하여 이전의 영화를 새롭게 만든 버전.

**Texte**(텍스트): 넓은 의미에서 이 용어는 씌어진 텍스트뿐만 아니라 작품 전
체(예를 들면 한 편의 영화)나 작품들의 일부분이나 전체(하나의 시퀀스나 어떤
그룹의 영화)까지 가리킨다.

이 용어 해설을 작성하기 위해 사용된 주요 참고 자료: 제라르 주네트
(1972) · 크리스티앙 메츠(1968) · 에티엔 수리오(1953) · 장 베사렐과 앙드레
가르디(1995) · 크리스틴 드 몽발롱(1987).

# 참고 문헌

인용된 책들은 다르게 표기된 것을 제외하고 파리에서 출판된 것이다.

## 개론서

### ▶ 기본 서적


Carrièren(J.-C.), Bonitzer(P.), *Exercise du scénario*, F.E.M.I.S., 1990.

Duc(B.), *La Pratique du scénario*, Dujarric, 1992.

Field(S.), *Screen play, The foundation of screenwriting*, New York, Dell Publishing Co, 1979(un classique).

Jenn(P.), *Techniques du scénario*, F.E.M.I.S., 1991.


### ▶ 전문 서적


Mehring(M.), *The Screen play, a blend of film from and content*, Boston, Focal Press, 1990.

Seger(L.), *Making a good script great*, Hollywood, Samuel French, 1987.


### ▶ 기타 개론서


Bloch(J.), Fadiman(W.), Peyser(L.), *The Manuel of screen writing*, 프랑스어 번역판: *Manuel du scénario, américain*, Bruxelles, Centre d'Information des Médias Audiovisuels, 1992(입문서로서 적합할 수 있는 아주 규범적인 책; 영화에서 인용한 구체적인 많은 예들).

Boucris(L.), *De l'écrit à l'écran*, ADAPT, 1996.

Dimaggio(M.), *The Screenwriter looks at the screenwriter*, Hollywood, Samuel French, 1972.

Froug(W.), *The New Screenwriter looks at the new screenwriter*, Samuel

French, 1991.

Hampe(B.), *Video scriptwriting*, Plume/Penguin Books, 1993.

Jézéquel(J.P.), *La Production de fiction en Europe*, La Documentation fran-çaise, 1993.

Peeters(B.), Faton(J.), Pierpont(P.De), Storyboard. *Le Cinéma dessiné*, Belgique, 1992.

Roth(J.M.), *Écrire un scénario de film*, Top Éditions, 1995.

Roth(J.M.), *Écrire un scénario de film*, Top Éditions, 1998(개정판).

Salé(C.), *Les Scénaristes au travail*, Hatier, 1981.

Salinger(V.C.), *Les Secrets du scénario*, Écrire aujourd'hui, 1995.

Wolff(J.), Cox(K.), *Top secrets: Screenwriting*, Los Angles, Lone Publishing Eagle Co, 1993.

▶ 비평적 상상력 증진을 위한 책

Chalvon-Demersay(S.), *Mille scénario. Une enquête sur l'imagination en temps de crise*, Éditions Métailié, 1994.

Vogler(C.), *Le Guide du scénariste. La Force d'inspiration des mythes pour l'Écriture cinématographique et romanesque*, Dixit, 1998.

## 서사학

▶ 서사학과 문학 서사 이론

Adam(J.-M.), *Le Texte narratif*, Paris, Nathan, 1985.

Barthes(R.), *S/Z*, Paris, Le Seuil, 1970.

Bayard(P.), *Qui a tué Roger Ackroyd?*, Paris, Minuit, 1998.

Dällenbach(L.), *Le Récit spéculaire. Essai sur la mise en abyme*, Paris, Le Seuil, 1977.

Eco(U.), *Lector in fabula*, Grasset, 1985.

Genette(G.), *Figures III*, Paris, Le Seuil, 1972.

Greimas(A.-J.), *Sémantique structurale*, Paris, Larousse, 1966.

Greimas(A.-J.), *Sémantique et science sociale*, Le Seuil, 1976.

Groupe μ(Jacques Dubois, Francis Edeline, Jean-Marie Klinkenberg et coll), *Rhétorique générale*, Paris, Larousse, 1970.

Hamon(Ph.), 〈Pour un statut sémiotique du personnage〉, *Poétique du récit*, Paris, Le Seuil, coll. 〈Points〉, 1976.

Propp(V.), *Morphologie du conte*, Paris, Le Seuil, coll. 〈Points〉, 1970.

Todorov(T.), *Théorie de la littérature. Textes des formalistes russes*, Le Seuil, 1965.

▶ 영화서사학

Gardies(A.), *Le Récit filmique*, Paris, Hachette, 1993.

Gaudreault(A.), Jost(J.), *Le Récit cinématographique*, Paris, Nathan Université, 1950.

Jost(J.), *L'Oeil caméra, entre film et roman*, Presses Universitaires de Lyon, 1987.

Masson(A.), *Le Récit au cinéma*, Éditions de l'Étoiles, Cahiers du Cinéma, 1994.

Vanoye(F.), *Récit écrit, récit filmique*, Nathan Université, 1989.

# 영화사와 영화 이론

▶ 이론과 분석

Aumont(J.), *Pour un cinéma comparé. Influences et répétitions*, Cinémathèque française, 1966.

Aumont(J.), Bergala(A.), Marie(M.), Vernet(M.), *Esthétique du film*, Nathan Université, 1994.

Aumont(J.), Marie(M.), *Analyse du film*, Nathan Université, 1998.

Bazin(A.), *Qu'est-ce que le cinéma?*, Paris, Gallimard, 1959.

Burch(N.), *Praxis du cinéma*, Paris, Gallimard, 1969.

Metz(CH.), *Essais sur la signification au cinéma*, Klincksieck, 제1권, 1983,

개정판; 제2권, 1972.

Serceau(M.), Protopopoff(D.), *Le Remake et l'adaptation*, CinémAction, n°
53, 1989.10.

Taranger(M.-C.), *Luis Buñuel, le jeu et la loi*, Presses Universitaires de
Vincennes, 1990.

▶ 영화사

Buache(F.), *Le Cinéma américain*. 1971-1983, Lausanne, l'Âge d'Homme,
1985.

Buache(F.), *Le Cinéma italien*. 1945-1990, Lausanne, l'Âge d'Homme,
1985.

Cieutat(M.), *Les Grandes thèmes du cinéma américain*, Éditions du Cerf,
1988.

Janicot(Ch.), *Anthologie du cinéma invisible*. Cent scénarios pour cent ans
de cinéma.

Pelaum(H.G.), Prinzler(H.H.), *Le Cinéma en république fédérale d'Allemagne*,
Bonn, Inter Nationes, 1994.

Virmaux(A. et O.), *Les Surréalistes et le cinéma*, Paris, Seghers, 1976.

## 시나리오 총서

Revue *L'Avant-Scène Cinéma*.
Collection 〈Long Métrage〉, Éditions Yellow Now, Crisnée, Belgique.
Collection 〈Synopsis〉, Nathan.

# 색 인

【인명】

가르디 Gardies, André  145

가르시아 Garcia, Nicole  336

가뱅 Gabin, Jean  176,184,188,191,211,227,
257

가브라스 Gavras, Costa  256,277

가틀리프 Gatlif, Tony  157

간츠 Ganz, Bruno  152

게디기앙 Guédiguian, Robert  123

고다르 Godard, Jean-Luc  184,200,201,
203,247,262,264,266,285,287,295,327,330,
331,333,337,341,342,343

고시니 Goscinny, René  154

고야 Goya y Lucientes, Francisco José
de  204,330,333,338

고틀리브 Gottlieb, Adolp  27

골드만 Goldmann, Pierre  209

골드버그 Goldberg, Erwin  23,24

구로사와 아키라〔黑澤明〕  130,199,306

그라스 Grass, Günter  303

그랭거 Granger, Farley  105

그레마스 Greimas, Algirdas J.  42,44,74,
145,150,152,154,155,157,158

그리피스 Griffith, David W.  108,177,
191,298,351

그림 Grimm  253,254

기네스 Guinness, Alec  67

기노시타 게이스케〔木下惠介〕  130

길러민 Guillermin, John  95

길리엄 Gilliam, Terry  54

나트 Nat, Marie-José  227

나폴레옹 Napoléon  204,253,333

뉴웰 Newell, Mike  129,147

니모이 Nimoy, Leonard  308

니체티 Nichetti, Maurizio  218,292,293,
329

니콜 Niccol, Andrew  226

니콜슨 Nicholson, Jack  160,168

달렌바흐 Dällenbach, Lucien  283

데스플레생 Desplechin, Arnaud  144

데 시카 de Sica, Vittorio  138,292

데이비스 Davies, Terence  336

델솔 Delsol, Paula  131

도널드슨 Donaldson, Roger  95

도마르틴 Dommartin, Solveig  152

돈스코이 Donskoi, Marc  129

뒤라스 Duras, Marguerite  115

뒤몽 Dumont, Bruno  67

뒤카스텔 Ducastel, Olivier  203,323

드뇌브 Deneuve, Catherine  280

드레이어 Dreyer, Carl Theoder  170,266,
330

드미 Demy, Jacques  322

드보스 Devos, Raymond  262

드봉 De Bont, Jan  95

드파르디유 Depardieu, Gérard  135,280

드 팔마 De Palma, Brian  248,328

들롱 Delon, Alain  77

디드로 Diderot, Denis  60,136,137

디 람페두사 Di Lampedusa, Tomasi
138

디즈니 Disney, Walt  306

디카프리오 di Caprio, Leonardo  332

디킨스 Dickens, Charles  351

딘 Dean, James  216

라보리 Laborit, Henri  336

라부르데트 Labourdette, Elina  136

맥도널드 Mac Donald, Peter  316
맥린 McLean, Norman  112
맥브라이드 McBride, Jim  308
맥카인 McCain, James  302
맨케비츠 Mankiewicz, Joseph L.  160,
  285
맬리 Mally, Gus  90
먼로 Monroe, Marilyn  133
메리메 Mérimée, Prosper  259,302,313
멜리에스 Méliès, Georges  210
모니첼리 Monicelli, Mario  87
모레티 Moretti, Nanni  185
모로 Moreau, André  104
모로 Moreau, Jeanne  230,288
모리스 Morris  154
모리아크 Mauriac, François  142,232
모차르트 Mozart, Wolfgang Amadeus
  78
모파상 Maupassant, Guy de  36,142,313
몰리나 Molina, Angela  132
몰리나로 Molinaro, Édouard  133
몰리에르 Molière  97
몽고메리 Montgomery, Robert  236
묄렌 Meulen, Adam Frans Van der  83
무르나우 Murnau, Friedrich Wihelm
  13,215,273,281,303,306,335,342,354
뮈세 Musset, Alfred de  70,257,348
미르보 Mirbeau, Octave Henri Marie
  305
미첨 Mitchum, Robert  244
미할리누 Mihaileanu, Radu  148
미할코프 Mikhalkov, Nikita S.  287,304
바딤 Vadim, Roger  216
바르다 Varda, Agnès  213,221,327
바르도 Bardot, Brigitte  216
바르트 Barthes, Roland  104
바사니 Bassani, Giorgio  138
바스케르빌 Baskerville, Guillaume de
  299,354
바이다 Wajda, Andrzej  189,291,296

바쟁 Bazin, André  311,322
바흐만 Bachmann, Ingeborg  161
반담 Van Damme, Charlie  307
발론 Vallone, Raf  82
발리 Valli, Alida  105
발리바르 Balibar, Jeanne  247,333
버그만 Bergman, Ingrid  342
버취 Burch, Noël  197
버호벤 Verhoeven, Paul  107
베넥스 Beneix, Jean-Jacques  298
베레그 Verhaeghe, Jean-Daniel  177
베르네유 Verneuil, Henri  151
베르디 Verdi, Guiseppe  105
베르톨루치 Bertolucci, Bernardo  174
베른 Verne, Jules  61
베리 Berry, Jules  227
베리만 Bergman, Ingmar  202,341
베케르 Becker, Jacques  214
베케르 Bécquer, Gustavo  312
베케트 Beckett, Samuel  236
벤더스 Wenders, Wim  90,152,238,285
벨몽도 Belmondo, Jean-Paul  184,262,
  285,342
벨보 Belvaux, Rémy  236
보가트 Bogart, Humphrey  56,57,64,111,
  295,337,345
보가트 Bogart, Paul  133
보그다노비치 Bogdanovich, Peter  168
보네르 Bonnaire, Sandrine  245,257
보르헤스 Borges, Jorge Luis  39,52
보카치오 Boccaccio, Giovanni  93
본드 Bond, James  95,299,316
볼롱테 Volonte, Gian Maria  85
봉젤 Bonzel, André  236
부즈디르 Boughedir, Ferid  129
부케 Bouquet, Carole  132
뷔아슈 Buache, Freddy  95,138,139,147
뷔토르 Butor, Michel  26,31
부어맨 Boorman, John  151,165
브뉴엘 Buñuel, Luis  13,105,130,132,178,

# 역자 후기

　1990년대 초반 기획 영화의 시도와 더불어 우리 영화가 급부상하게 되면서 단순한 영화 애호가로부터 전문적인 영화 연구자에 이르기까지 영화에 관심을 갖는 층들이 수적으로도 많아졌을 뿐만 아니라 다양해진 것을 알 수 있다. 이런 저력이 우리 영화의 질적·양적 팽창에 상당한 기여를 한 것으로 볼 수 있다. 영화는 누구보다도 감독이 돋보이게 되는 예술이자 대중 문화이고 보니 스크린에 영사되는 영상화만이 전부인 것처럼 영화에 관심 있는 대다수의 사람들이 생각하고 있다. 하지만 무엇보다도 좋은 영화가 만들어지기 위해서는 구성이 탄탄한 좋은 시나리오라는 밑그림이 있어야 가능할 수 있다.

　나는 시나리오 창작이나 구성에 관한 강의를 하면서 프랑스의 영화 교육에 대해 늘 관심을 가지고 있었다. 특히 시나리오 쓰기에 대해 관심이 많았다. 학교에서는 흥행만을 목적으로 하는 영화보다는 영상으로 무엇을 어떻게 표현할 수 있을까에 무게가 실려 있어야 한다. 시나리오의 쓰기의 정도가 있다면 아마 많은 습작 훈련일 것이다. 습작을 위해서는 단순히 쓰는 차원에 그치는 것이 아니라 많은 노력이 필요하다. 우선 기존의 영화들 중 잘 만들어진 영화를 보는 데 많은 시간을 투자할 필요가 있고, 그런 영화의 시나리오를 읽고 베껴 보는 노력도 게을리 해서는 안 된다. 이런 과정을 거치면서 시나리오 쓰기의 기술을 익힐 수 있다. 이런 과정에 도움이 될 수 있는 것은 직접 교육을 받거나 책의 도움을 빌려 보는 것이다.

　그동안 시나리오 쓰기에 관한 책들은 출간되어 있는 것만도 수십 종에 이르고 있다. 나름대로 특성을 지니고 있지만 그 중에 저서들은 극소수이고 대다수가 번역서들이다. 번역서의 대부분은 미국의 책들이고 일본의 책들이 몇 권이 나와 있으며, 유럽에서 출간된 책들이 번역된 경우는 찾아보기 힘든 실정이다. 시나리오 쓰기에 관한 책들도 다양한 것들이 소개될 필요가 있다. 시나리오에 관한 책들을 읽던 중 우연히 만나게 된 시나리오 쓰기와 영화 분석에 도움이 될 수 있는 프랑스에서 출판된 시나리오 쓰기의 이론과 분석에 관한 책을 한 권 더 보태기로 한다.

이 책은 안 로슈(Anne Roche)와 마리 클로드 타랑제(Marie-Claude Taranger)가 프랑스 남부 프로방스 대학에서 수년간 영화 분석과 시나리오를 강의하면서 얻은 결과를 토대로 엮은 1999년 뒤노드(Dunod)출판사에서 출판된 《시나리오의 공장 *L'atlier de scénario*》을 완역한 것이다. 이 책은 시나리오 쓰기에 중점을 두고 있지만 '영화 분석의 요소'라는 부제에서 알 수 있는 바와 같이 영화를 분석하는 데 상당한 도움을 받을 수 있다. 두 저자는 시나리오를 유희적이고 분석적으로 접근할 것을 제안하고 있으며, 영화를 보다 더 잘 이해하고 시나리오를 쓰기 위한 실마리를 제공하려는 데 중점을 두고 있다. 더 나아가 이 책은 영화적 글쓰기의 기본 개념이라고 할 수 있는 이야기의 순서 · 시간 · 공간 · 시점 · 텍스트 상호성 등을 정리하고 전체적인 분석에 의거하여 시각적 글쓰기의 여러 가지 제약을 수용하고, 이에 대한 복잡성과 다양성을 제대로 파악하여 그것을 개개인의 시나리오 쓰기의 계획으로 삼을 수 있는 실제적인 습작 훈련의 장을 마련해 줄 수 있을 것이다.

이 책은 시나리오를 꿈꾸고 있는 사람들 나름대로 습작 방법을 개발하기 위해 다양한 지표를 찾으려는 초보 시나리오 작가나 경험이 많은 전문 시나리오 작가, 영화 애호가나 영화를 공부하는 학생들, 영화를 가르치는 사람들에게 많은 도움이 될 수 있을 것이다.

이 책은 저자가 시나리오 쓰기의 이상적인 훈련을 위해 영화나 시나리오의 분석과 실제에 초점을 맞출 뿐만 아니라 수업에 직접 적용해 본 경험의 결과를 근간으로 삼고 있다. 저자는 서론에서 세 가지 방침(분석과 글쓰기를 연계하여 전체적인 틀을 먼저 작업하고 세부적으로 들어가며, 시나리오를 프로그램인 동시에 텍스트로 생각할 것)을 전제하며 본문을 전개하고 있다.

이 책은 아홉 개의 장으로 구성되어 있다. 먼저 시나리오에서 소설적 약호와 차별화하여 시각적 약호로 기술해야 하는 시각화의 중요성을 강조하고 있고, 제2장에서는 시나리오 쓰기에서의 서술과 구조적인 측면을 이론과 범하기 쉬운 오류와 함께 이론적 보완으로 복선과 속임수까지 상세하게 기술하고 있으며, 제3장에서는 영화에서 가장 중요한 등장 인물의 구성, 특히 주인공의 성격 규정, 안정성, 변화에 대해 기술하고 있고, 제4장에서는 사건이 전개되고 의미 전달 기능이 있고 영화의 구성에 중요한 역할을 하는 공간의 성격 규정 요소로서의 기능, 서술적 기능, 서술적 역동성, 닫힘과 열림의 이원적 구성을 기술하고 있다. 제5장에서는 시나리오에서 가장 많이 다루어지는 것 중의 하나인 시간, 영화의 시간과 실제 시간의 다를 수밖에 없는 시간 구성의 측면을 기술하고 있고, 제6장에서는 서사학의 가장 고전적인 문제 중의 하나이고 시나리오 쓰기에서 초점 맞추기에 중요한 문제인 시점을 기술하고 있고, 제7장에서는 수많은 이야기의 상황들을 기술하는 데 중요한 이야기의 다양한 층위, 즉 이야기 속에서 이야기가 생성되도록 만드는 방식의 이용 방법을 기술하고 있고, 제8장에서는 영화에서 종종 볼 수 있는 격자형 구조에 대해 작품들의 예시를 통해 기능과 이론을 기술하고 있으며, 마지막으로 제9장에서는 기존의 소재, 즉 기존의 텍스트에서 착상을 얻어 다양한 방식으로 작업이 이루어지는 시나리오 쓰기에서 텍스트 상호성의 양상들을 탐구하여 그것을 실제 작업에 적용해 보기 위한 방식과 실례를 기술하고 있다.

이 책은 시나리오 쓰기에 대한 이론을 전개하면서 다른 시나리오 이론서에 비해 영화 작품의 인용이 지겨울 정도로 많다. 이것이 장점인 동시에 단점이 될 수 있다. 먼저 장점은 시대적으로나 국가별로 다양한 영화들(여전히 서구 영화 중심이지만)이 인용되고 있다는 사실이고, 단점은 너무 많은 영화들이 단편적으로 짤막하게 소개되어 있어서 영화를 직접 본 경험이 없는 독자의 경우 지루한 느낌이 들 수 있다. 그렇지만 이런 영화들을 섭렵할 수 있는 기회로 삼는 계기가 된다면 풍성한 수확을 기대할 수 있을 것이다. 또한 이 책은 이론의 제시뿐만 아니라 이론을 적용해서 써볼 수 있도록 과제를 마련해 두고 있어서 시나리오 쓰기를 꿈꾸고 있는 초보 시나리오 작가들에게도 많은 도움을 줄 수 있을 것이다.

끝으로 출판시장이 불투명한 상황임에도 불구하고 이 책을 흔쾌히 출판해 준 동문선 신성대 사장님과 수많은 영화들의 원어명을 찾아 정리하고 꼼꼼하게 교정해 준 동문선의 편집부 식구들에게 진심으로 감사를 드린다.

2004년 11월  이용주

이용주(李龍柱)
성균관대학교 대학원 수료(문학박사)
프랑스 파리III대학 D.E.A.
현재 국민대학교공연예술학부(연극영화), 배재대학교공연영상학부(연극영화),
서원대학교공연예술학부에서 강의중.
저서: 《소설과 신화》《프랑스 문화와 예술》(공저)
《프랑스 문화》(공저), 《로베르 브레송》(공저),
번역서: 《시학》《영화미학》《상상력을 자극하는 110가지 개념》
《《시민 케인》 비평 연구》《고독한 글쓰기》《인간의 시간》(공역) 등 다수.

문예신서
283

시나리오 쓰기의 이론과 실제

초판발행 : 2004년 11월 25일

東文選

제10-64호, 78. 12. 16 등록
110-300 서울 종로구 관훈동 74
전화 : 737-2795

편집설계 : 李姃롯

ISBN 89-8038-513-7 94860
ISBN 89-8038-000-3 (세트/문예신서)

東文選 文藝新書 3001

# 새

**카밀 파글리아**

이형식 옮김

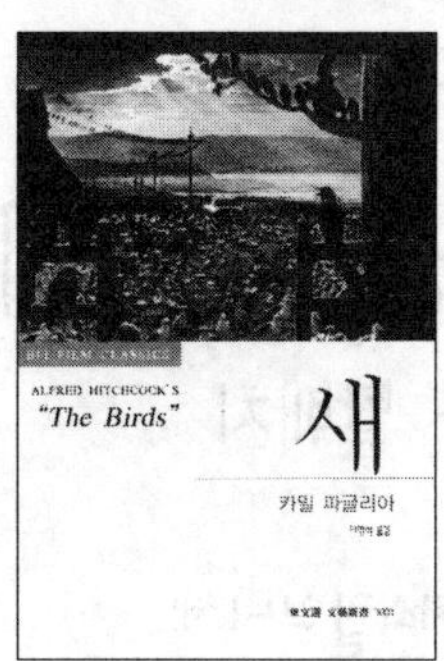

## 세계 명작 영화에 대한 가장 권위 있는 해설시리즈

자신의 영화 중 기술적으로 가장 힘들었던 《새》는 앨프레드 히치콕이 《사이코》 후속작으로 만든 영화로 범죄에 대한 그의 관심에 언제나 내제되어 있던 파괴적이고 탐욕적인 속성을 직접적인 주제로 다루고 있다. 캘리포니아에서 있었던 새 공격에 대한 당시 신문 기사와 다프네 뒤 모리에의 원작을 바탕으로 한 《새》는 첫번째 주연을 맡은 티피 헤드렌을 출연시켰다. 불안, 성적인 힘, 자연의 폭력을 다룬 이 영화는 히치콕의 진수를 보여 준다.

〈BFI 고전 영화〉 시리즈로 펴내게 된 카밀 파글리아의 《새》 해설서는 문학 이론과 인문학적인 해박한 지식으로 무장한 저자의 명쾌한 설명으로 지금까지 눈여겨 보지 않았던 영화의 디테일들을 꼼꼼하게 풀어 주는 책이다. 이 책의 장점은 광범위한 리서치와 인터뷰를 통한 영화 제작 배경 설명, 면밀한 화면 분석과 정신분석적인 해석, 영화 촬영상의 기술적인 난점에 대한 해설이라고 할 수 있다. 저자는 다프네 뒤 모리에의 원작과 캘리포니아에서의 사건을 바탕으로 영화를 구상하게 된 배경, 히치콕과 티피 헤드렌의 만남, 스태프의 역할, 영화 개봉과 홍보 활동 등에 대한 정보들을 관계된 자료 추적과 관련 인물들과의 인터뷰를 통해 우리에게 제공해 주고 있다.

거장다운 연구에서 카밀 파글리아는 이 영화의 미학적·기술적·신화적인 특질을 서로 연결하며 영화에서의 젠더와 가족 관계의 묘사를 분석한다. 이 책은 《새》를 공부하는 학생과 팬들에게 기쁨을 주며, 미국의 가장 재미있는 지식인 중 한 사람의 명성을 확인시켜 주는 우아하고 매우 읽을 만한 책이다.

東文選 文藝新書 244

# 영화와 회화

## — 탈배치

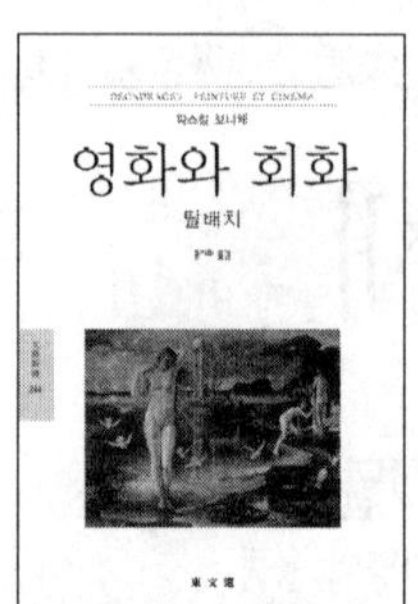

**파스칼 보니체**

홍지화 옮김

우리는 영화와 회화 사이의 덜 분명하지만 보다 확실하고 보다 비밀스러운 관계를 조명하고자 한다. 영화는 예술적인 문제들과 만나게 되거나, 회화가 다르게 다루었던 효과들을 나름의 목적에 이용할 것이다. 회화의 고정성과 영화 이미지의 유동성으로 인해 영화와 회화가 반드시 단절되는 것은 아니다. 왜냐하면 영화는 나름대로 고정된 이미지와 연관되고, 회화도 움직임과 연관되기 때문이다.

영화와 회화에 바쳐진 이 텍스트 모음집에서 파스칼 보니체는 현대 예술의 변모——마네부터 포토리얼리즘에 이르기까지——를 통해 회화에 대한 영화·카메라·스크린·움직임의 영향을 분석한다. 또한 회화의 쪽 단위로 조판하는 정판의, 정태적인 프레임의, 게다가 현대 회화의 폭력적인 제스처의 몇몇 영화인들에 대한 상호 영향을 분석한다. 두 가지 전제들이 이 책에서 시험된다. 이를테면 회화가 극예술에도 속한다는 것, 그리고 영화는 몇몇 경우에 산업이 그에게 부과하는 서술적 운명을 피하려 한다는 것이다. 두번째의 경우는 고다르 혹은 안토니오니가 증명하는 것처럼 현대 회화의 모델에 따라 추상적인 서정주의에 도달하기 위한 것이다.

東文選 文藝新書 227

# 영화의 이론

## 벨라 발라즈

이형식 옮김

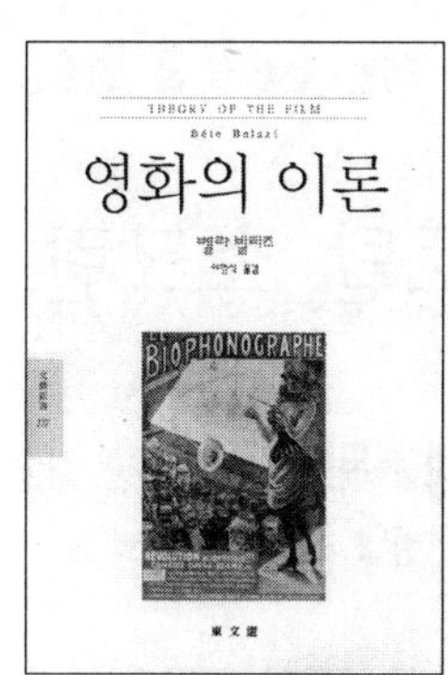

　발라즈의 《영화의 이론》은 현대라는 시점에서 읽어도 그 시각의 참신함이 신선한 충격으로 다가올 정도로 영화 예술의 중요한 포인트들을 짚어내고 있는 책이다. 이 책에서 특히 인상적인 부분은 무성 영화가 인간의 얼굴을 다시 발견하고 클로즈업을 통해 얼굴 표정이 창조할 수 있는 표현력을 극대화할 수 있었던 과정들을 당시 영화의 예를 들어 상세하게 설명하고 있는 장이다. 그는 인쇄 문명에 의해 주변으로 밀려났던 인간의 얼굴에 대한 관심이 무성 영화의 도래로 인해 다시 회복되었다고 하면서, 특히 클로즈업을 통해 표현할 수 있는 미세한 표정의 변화를 어떤 예술에서도 볼 수 없는 영화만의 표현 수단으로 보고 있다. 그는 이처럼 인간의 얼굴에 대한 감수성을 높이고 시각 문화를 발전시키던 무성 영화의 업적이 발성 영화의 도래로 인해 파괴되었음을 안타깝게 생각한다. 이 책은 발성 영화가 무성 영화 시대에 이룩했던 시각적 표현 수단을 회복하기를 바라는 그의 기대가 오늘날 얼마나 성취되었을까를 다시 생각하게 만든다.

東文選 文藝新書 211

# 토탈 스크린

장 보드리야르
배영달 옮김

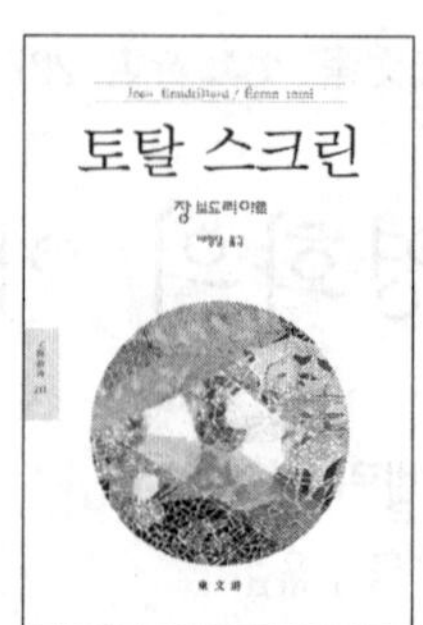

　우리 사회의 현상들을 날카로운 혜안으로 분석하는 보드리야르의 《토탈 스크린》은 최근 자신의 고유한 분석 대상이 된 가상(현실)·정보·테크놀러지·텔레비전에서 정치적 문제·폭력·테러리즘·인간 복제에 이르기까지 현대성의 다양한 특성들을 보여 준다. 특히 이 책에서 보드리야르는 오늘날 우리를 매혹하는 형태들인 폭력·테러리즘·정보 바이러스와 관련하여 기호와 이미지의 불가피한 흐름, 과도한 커뮤니케이션, 프로그래밍화된 정보를 분석한다. 왜냐하면 현대의 미디어·커뮤니케이션·정보는 이미지의 독성에 의해 증식되며, 바이러스성의 힘을 지니기 때문이다.
　보드리야르는 현대성은 이미지의 독성과 더불어 폭력을 산출해 낸다고 말한다. 이러한 폭력은 정열과 본능에서보다는 스크린에서 생겨난다는 의미에서 가장된 폭력이다. 그리고 그것은 스크린과 미디어 속에 잠재해 있다. 사실 우리는 미디어의 폭력, 가상의 폭력에 저항할 수가 없다. 스크린·미디어·가상(현실)은 폭력의 형태로 도처에서 우리를 위협한다. 그러나 우리는 스크린 속으로, 가상의 이미지 속으로 들어간다. 우리는 기계의 가상 현실에 갇힌 인간이 된다. 이제 우리를 생각하는 것은 가상의 기계이다. 따라서 그는 "정보의 출현과 더불어 역사의 전개가 끝났고, 인공지능의 출현과 동시에 사유가 끝났다"고 말한다. 아마 그의 이러한 사유는 사유의 바른길과 옆길을 통해 새로운 사유의 길을 늘 모색하는 데서 비롯된 것일 터이다. 현대성에 대한 탁월한 통찰력을 보여 주는 보드리야르의 이 책은 우리에게 우리 사회의 현상들을 비판적으로 읽게 해줄 것이다.

東文選 現代新書 9

# 텔레비전에 대하여

## 피에르 부르디외

현택수 옮김

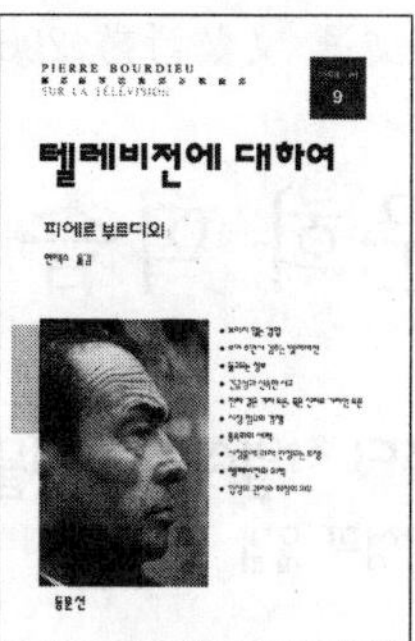

텔레비전으로 방송된 이 두 개의 콜레주 드 프랑스에서의 강의는 명쾌하고 종합적인 형태로 텔레비전 분석을 소개하고 있다. 첫 번째 강의는 텔레비전이라는 작은 화면에 가해지는 보이지 않는 검열의 메커니즘을 보여 주고, 텔레비전의 영상과 담론의 인위적 구조를 만드는 비밀들을 보여 주고 있다. 두번째 강의는 저널리즘계의 영상과 담론을 지배하고 있는 텔레비전이 어떻게 서로 다른 영역인 예술·문학·철학·정치·과학의 기능을 깊게 변화시키는지를 설명하고 있다. 이러한 현상은 시청률의 논리를 도입하여 상업성과 대중 선동적 여론의 요구에 복종한 결과이다.

이 책은 프랑스에서 출판되자마자 논쟁거리가 되면서, 1년도 채 안 되어 10만 부 이상 팔려 나가 베스트셀러 리스트에 오르고, 세계 각국에서 번역되어 읽혀지고 있는 피에르 부르디외의 최근 대표작 중 하나이다. 인문사회과학 서적으로서 보기 드문 이같은 성공은, 프랑스 및 세계 주요국의 지적 풍토를 말해 주고 있다. 이처럼 이 책이 독자 대중의 폭발적인 반응과 기자 및 지식인들의 지속적인 반향을 불러일으키는 이유는, 세계적으로 잘 알려진 그의 학자적·사회적 명성 때문이기도 하지만 무엇보다도 언론계 기자·지식인·교양 대중들 모두가 관심을 가질 만한 논쟁적인 내용을 담고 있기 때문이다.

東文選 文藝新書 206

# 문화 학습 — 실천적 입문

## 주디 자일스 / 팀 미들턴
장성희 옮김

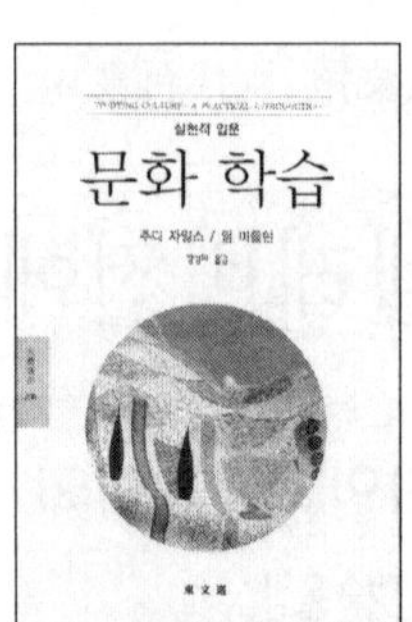

이 책은 문화 연구의 핵심 개념들을 소개하는 개론서로, 특히 문화 연구라는 주제를 처음 접하는 사람들을 위해 쓰여졌다. 저자들이 선택한 독서들과 활동·논평들은 문화 연구의 장을 열어 주고, 문화지리학·젠더 스터디·문화 역사 분야에서의 새로운 작업을 결합시킨다.

제I부는 문화와 문화 연구에 대한 다양한 해석들에 관한 논의로 시작해서 정체성·재현·역사·장소와 공간에 대한 탐구로 이어진다. 제II부에서는 논의를 확장시켜서 고급 문화와 대중 문화, 주체성, 소비와 신기술을 포함한 좀더 복잡한 주제들을 소개한다. 제I부와 제II부 모두 추상적 개념들을 경험적 자료들에 적용시키는 방법과 문화 분석에 있어 여러 학제적 접근 방법의 중요성을 예시해 주는 사례 연구들로 끝을 맺는다.

중요 이론가들과 논평가들의 저서에서 발췌한 인용문들이 텍스트와 결합되어 학생들이 주요 관건들·이론들·논쟁들에 접근하도록 돕는다. 이 책 전반에 등장하는 연습과 활동은 독자들로 하여금 제시된 문제들을 분석적으로 생각하게 고무한다. 심화된 연구와 폭넓은 독서를 위해 서지·참고 문헌·권장 도서 목록을 함께 실었다.

이 책은 그 다양성을 통해 문화 연구에 관한 지속적인 관심과 이해의 초석이 될 것이다.

주디 자일스는 리폰 & 요크 세인트 존 칼리지에서 문화 연구·문학 연구·여성학을 강의하고 있으며, 팀 미들턴은 리폰 & 요크 세인트 존 칼리지에서 문학 연구와 문화 연구를 강의하고 있다.

東文選 文藝新書 186

# 각색, 연극에서 영화로

**앙드레 엘보** / 이선형 옮김

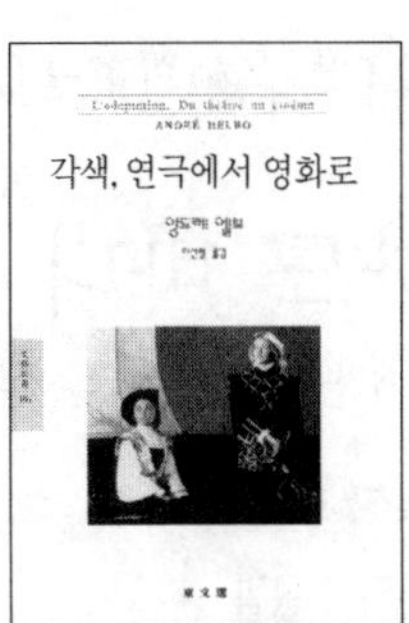

　본 저서는 공증된 사실을 출발점으로 삼고 있다. 관객은 어두운 객석에서 무대를 바라보며 낯선 망설임과 대면한다. 무대막과 스크린은 만남과 동시에 분열을 이끌어 낸다. 무대 이미지와 영화 영상은 분명 동일한 딜레마를 제시하지는 않는다. (나쁜) 장르 혹은 (정말 악의적인) 텍스트의 존재를 믿는다면, 물음의 성질은 달라질 것이다. 공연의 방법들은 포착·기호 체계·전환·전이·변신이라는 이름의 몸짓으로 말하고, 조우하고, 돌진하고, 위장한다.

　과연 이러한 관계의 과정을 통해 각색에 대한 총칭적인 컨셉트를 정의내릴 수 있을까? 각색의 대상들·도구들·모순들·기능들, 그리고 그 메커니즘은 무엇이란 말인가?

　기호학적 영감을 받은 방법적인 수단은 문제를 명확하게 표명한다. 이 수단은 실제적인 글읽기를 통해 로런스 올리비에와 파트리스 셰로의 《햄릿》, 베케트가 동의하여 필름에 담은 《고도를 기다리며》, 그 외의 여러 작품에 대한 실제적인 글읽기에서 잘 드러난다.

　기호학자인 앙드레 엘보는 현재 브뤼셀 자유대학교 인문대학 교수로 재직중이다. 그는 연극 기호학 센터 소장을 역임하고, 여러 국제공연기호학회에서 활발하게 활동하고 있다. 그의 저서 《공연 기호학》·《말과 몸짓》 등은 기호학적 방법론을 바탕으로 한 공연 예술에 관한 연구이다. 그런데 엘보의 연구가 후반으로 들어서면서 오페라 및 퍼포먼스와 같은 전체 공연 예술로 그 지평을 넓혀 가고 있음은 매우 흥미로운 일이다. 공연 예술 전반에 대한 기호학적인 연구를 통해 궁극적으로 영상 예술과의 조우를 꾀하고 있기 때문이다. 본 저서 《각색, 연극에서 영화로》는 바로 이러한 전환점을 잘 보여 주는 하나의 결과물이라고 하겠다.

東文選 文藝新書 188

# 하드 바디
## — 레이건시대 할리우드 영화에 나타난 남성성

**수잔 제퍼드**
이형식 옮김

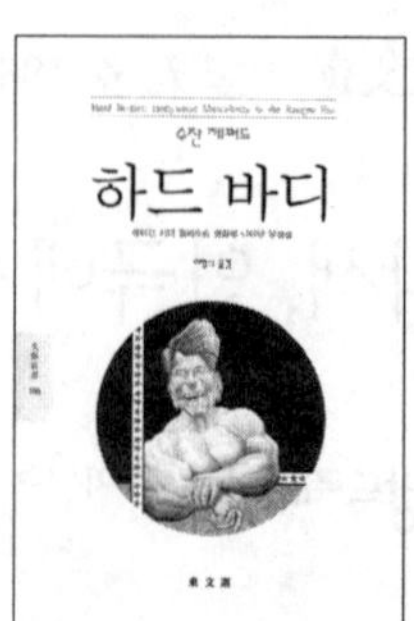

《하드 바디》는 어떻게 해서 강인한 몸을 가진 남성 주인공들이 화면을 채우게 되었는가를 통찰력 있게 보여 주는 저서이다. 람보, 터미네이터, 존 매클레인, 로보캅과 같은 하드 바디 남성들은 미국을 공격하는 국내와 국외의 적들에게 미국의 강인함을 몸으로 보여 준다. 하드 바디는 레이건 정부가 악마로 규정했던 소련을 비롯하여 외국 테러리스트와 외국 경제력의 위협으로부터 미국을 지켜내며, 국내적으로는 마약 사범과 동성애자 등 미국의 전통적인 가치를 위협하는 소프트 바디를 처단한다.

'문화제국주의'의 첨병 역할을 하는 영화는 가장 민감하게 시대의 정신을 반영하는 매체 중 하나이다. 어느 특정 시대에 어떠한 영화 장르가 인기를 끄는 것은, 그 장르가 그 시대 사람들의 집단적인 욕망을 충족시키고 그들의 열망을 효과적으로 반영하기 때문이다. 한때 가장 미국적인 영화 장르였던 서부 영화의 흥망성쇠를 추적해 보면 이것을 잘 알 수 있다.

1980년대는 많은 면에서 1950년대와 유사점을 공유하고 있다. 아이젠하워가 통치한 8년간의 극우 보수적 분위기, 냉전 체제의 고착과 매카시즘, 그리고 한편으로는 경제적인 안정과 베이비 붐 세대의 부상, 핵가족에 근거한 전통적인 미국적인 가치의 찬양 등의 1950년대의 현상은 1981년에 취임한 레이건이 돌아가고자 했던 사회였다. 민권 운동, 페미니즘, 청년들의 반문화 운동, 베트남 전쟁 등이 전통적 백인 남성 위주의 사회 질서에 도전을 가하기 전의 평온하고 목가적인 소도시 미국 사회로 돌아가기를 원했던 것이다. 이러한 열망은 1980년대에 등장한 1950년대를 다룬 영화들로 표현되었다. 레이건은 베트남 전쟁의 패배로 만신창이가 된 미국의 자존심 또한 다시 일으켜 세우고 싶었고, 판타지 속에서나마 승리를 거두고 싶었던 열망은 《람보》를 비롯한 자위적인 영화로 표현되었다. 이들 영화의 성공은 승리하는 미국의 이미지에 미국 국민들이 얼마나 굶주려 있었는지, 이것을 80년대의 영화들이 어떻게 충족시켜 주었는지 보여 준다. 아이젠하워처럼 레이건도 두 번의 임기 동안 재임했고, 그 자리를 아들 격인 부시에게 넘겨 주었다.

東文選 文藝新書 189

# 영화의 환상성

**장 루이 뢰트라** / 김경온 · 오일환 옮김

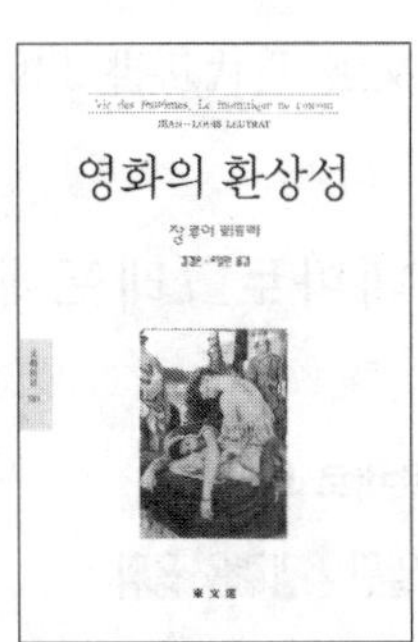

영화는 발생 초기부터 환상성이라는 테마를 집요하게 다루어 왔다. 단지 환상성의 개념이 생각만큼 일관되고 통합된 모습을 드러내지 않았을 뿐이었다. 영화적 기계 장치는 실재 현실과 그 모사들을 재료로 취해 유희했다. 실재 현실과 그 모사의 결합을 그리는 일은 흥미롭지만 무모한 시도였다.

그러나 제7의 예술 영화는 이 모호한 영역에 접근할 때에만 진정한 정체성을 소유할 수 있다. 이 좁은 변방 지역에는 모순된 내면을 가진 피조물들이 가득 차 있다. 유령들, 캣우먼들, 괴물로 변신하고 있는 박사들이 그들이다. 이 책은 영화의 환상성을 구현한 영화 작품들을 나선의 움직임 속에서 포착한다. 《안달루시아의 개》와 《지난해 마리앵바드에서》가 이 책의 출발과 결말, 두 극점에 각각 자리잡고 있는 가운데 그동안 파묻혔던 판타스틱 공포영화들을 소생시키는 소용돌이의 흐름이 두 극점 사이에서 일어난다. 그래서 인생과 영화의 판타스틱 코드를 통찰한 제작자 발 루턴의 감독들인 자크 투르뇌르 · 로버트 와이즈 · 마크 로브슨의 작품들이 되살아나고, 그리고 마리오 바바의 작품들, 잭 클레이턴의 《순수한 자들》, 무르나우의 《노스페라투》, 카를 테오도르 드라이어의 《흡혈귀》 같은 옛 작품들, 또 《여방문객》 · 《꿀벌통의 정령》 · 《노란 집의 추억》 속의 비밀에 싸인 주인공들이 되살아난다. 결국 이 책은 영화와 시간의 관계, 영화의 멜랑콜릭한 성격, 그리고 영화의 힘에 대해 이야기한다.

장 루이 뢰트라는 프랑스 파리 3대학의 영화사와 영화미학 교수로 영화와 문학의 관계, 파롤과 이미지성의 힘 등에 대한 강좌를 열고 있다. 영화에 관한 많은 논문 · 저서들 외에 소설가 쥘리앵 그라크에 대한 저술서도 발간했다.

東文選 現代新書 149

# 시네마토그래프에 대한 단상

**로베르 브레송**

오일환 · 김경온 옮김

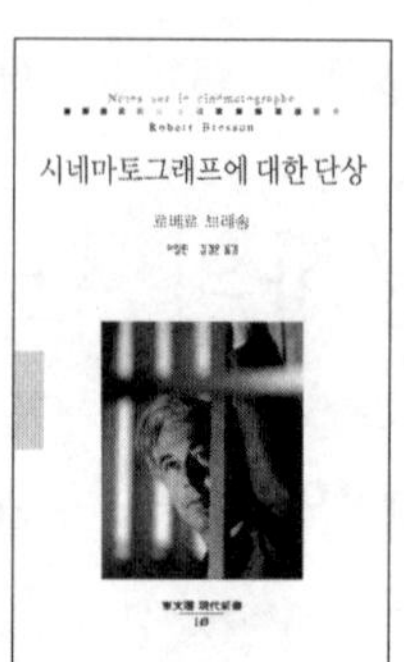

"이 단어들은 치열한 실험을 거듭하는 한 영화 감독의 일기장 속 메모들 그 이상이다. 이 단어들은 상처투성이이다. 고통의 표시들, 보석들이다. 우리의 밤 속에서(스크린에 불이 들어오기 위해서 필연적으로 와야 하는 창조의 밤) 이 단어들은 별처럼 빛난다. 우리에게 단순하면서도 험난하기 그지없는 길, 완벽을 향해 가는 길을 가리키는 별처럼 빛난다."

르 클레지오

로베르 브레송은 1907년 9월 25일 프랑스의 퓌드돔에서 태어났다. 파리 근교의 라카날 중 · 고등학교에서 수학하였고, 미술에 입문한 후 영화계로 진출했다. 1943년 첫 장편 영화 《타락한 천사들》을 연출했으며, 이 작품은 소설가 장 지로두가 대사를 썼다. 1945년, 브레송은 디드로의 소설 《운명론자 자크》의 한 구절에서 영감을 받아, 장편 영화 《불로뉴 숲의 여인들》을 연출했다. 이 작품은 초현실주의 시인이자 전방위의 만능 예술가였던 장 콕토가 대사를 썼다. 또 1951년에는 베르나노스의 《어느 시골 사제의 일기》, 1969년에는 도스토예프스키의 《다정한 여인》, 1971년에는 《몽상가의 나흘 밤》(도스토예프스키) 등의 소설을 각색하여 연출했다. 로베르 브레송은 극적 효과가 제거된 정제된 연출 스타일로 오늘날까지 영화사의 고전으로 평가받는 수많은 작품을 남긴 감독이다. 《사형수의 탈주》(1956), 《소매치기》(1959), 《잔 다르크의 재판》(1962), 《당나귀 발타자르》(1966), 《무셰트》(1967), 《호숫가의 랑슬로》(1974), 《아마도 악마일 거야》(1976), 《돈》(1983) 등의 작품이 있으며, 1999년에 사망하였다.

東文選 文藝新書 162

# 글쓰기와 차이

## 자크 데리다

남수인 옮김

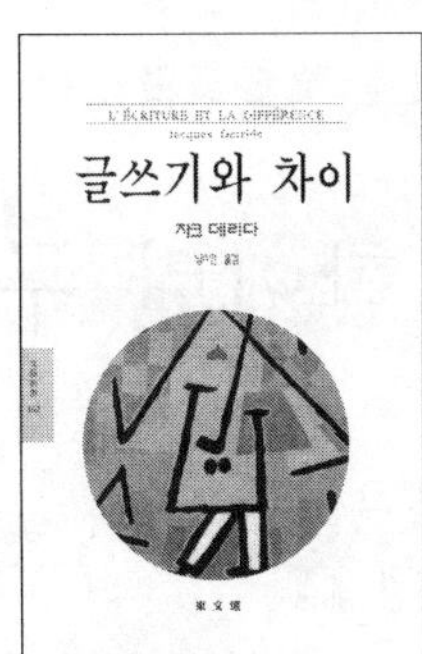

　해체론은 데리다식의 '읽기'와 '글쓰기' 형식이다. 데리다는 '해체들'이라고 복수형으로 쓰기를 더 좋아하면서 해체가 '기획' '방법론' '시스템'으로, 특히 '철학적 체계'로 이해되는 것을 거부한다. 왜 해체인가? 비평의 관념에는 미리 전제되고 설정된 미학적 혹은 문학적 가치 평가에 의거한 비판이라는 부정적인 이미지, 부정성이 필연적으로 내포되어 있는 바, 이러한 부정적인 기반을 넘어서는 讀法을 도입하기 위해서이다. 이 독법, 그것이 해체이다. 해체는 파괴가 아니다. 비하시키고 부정하고 넘어서는 것, '비평의 비평'을 하는 것이 아니다. 해체는 "다른 시발점, 요컨대 판단의 계보·의지·의식 또는 활동, 이원적 구조 등에서 출발하여 다른 가능성을 생각해 보는 것," 사유의 공간에 변형을 줌으로써 긍정이 드러나게 하는 읽기라고 데리다는 설명한다.

　《글쓰기와 차이》는 이러한 해체적 읽기의 전형을 보여 준다. 이 책은 1959-1966년 사이에 다양한 분야, 요컨대 문학 비평·철학·정신분석·인류학·문학을 대상으로 씌어진 에세이들을 수록하고 있다. 이 책은 루세의 구조주의에 대한 '비평'에서 시작하여, 루세가 탁월하지만 전제된 '도식'에 의한 읽기에 의해 자기 모순이 포함될 수밖에 없음을 지적함으로써 자신의 읽기가 체계적 읽기, 전제에 의거한 읽기, 전형(문법)을 찾는 구조주의적 읽기와 다름을 시사한다. 그것은 "텍스트의 표식, 흔적 또는 미결정 특성과, 텍스트의 여백·한계 또는 체제, 그리고 텍스트의 자체 한계선 결정이나 자체 경계선 결정과의 연관에서 텍스트를 텍스트로 읽는" 독법이 될 것이다. 이러한 독법을 통해 후설의 현상학을 바탕으로, 데리다는 어떻게 로고스 중심주의가 텍스트의 방향을 유도하고 결정하고 있는지 보여 주는 한편, 사유의 새로운 지평을 열어 보고자, 중요하지 않은 것으로 간주되어 경시되거나 방치된 문제들을 발견하고 있다.

東文選 文藝新書 239

# 미학이란 무엇인가

**마르크 지므네즈**

김웅권 옮김

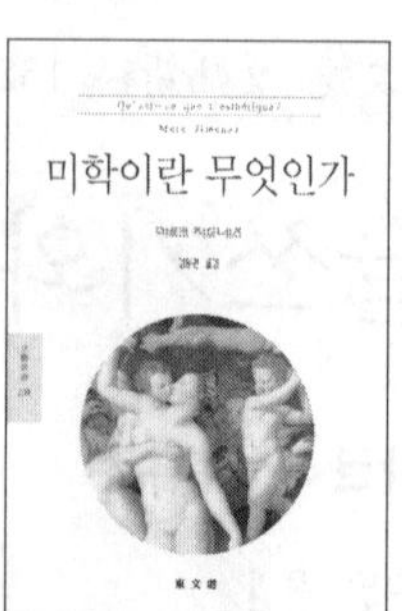

미학이 다시 한 번 시사성 있는 철학적 주제가 되고 있다. 예술의 선언된 종말과 싸우도록 압박을 받고 있는 우리 시대는 이 학문의 대상이 분명하다고 간주한다. 그런데 미학은 상대적으로 최근에 태어난 것이다. 왜냐하면 예술에 대한 성찰이 합리성의 역사와 나란히 한 역사이기 때문이다. 마르크 지므네즈는 여기서 이 역사의 전개 과정을 재추적하고 있다.

미학이 자율화되고 학문으로서 자격을 획득하는 때는 의미와 진리에의 접근으로서 미의 문제가 초미의 관심사가 되는 계몽주의의 세기이다. 그리하여 다양한 길들이 열린다. 미의 과학은 칸트의 판단력도 아니고, 헤겔이 전통과 근대성 사이에서 상상한 예술철학도 아닌 것이다. 이로부터 20세기에 이루어진 대(大)변화들이 비롯된다. 니체가 시작한 철학의 미학적 전환, 미학의 정치적 전환(특히 루카치 · 하이데거 · 벤야민 · 아도르노), 미학의 문화적 전환(굿맨 · 당토 등)이 그런 변화들이다.

예술이 철학에 여전히 본질적 문제인 상황에서 과거로부터 오늘날까지 미학에 대해 이 저서만큼 정확하고 유용한 파노라마를 제시한 경우는 드물다.

마르크 지므네즈는 파리I대학 교수로서 조형 예술 및 예술학부에서 미학을 강의하고 있다. 박사과정 책임교수이자 미학연구센터 소장이다.